스트라디바리우스와 아비

스트라디바리우스와 아비 (하)

2020년 6월 22일 처음 펴냄

지 은 이 | 송상훈
펴 낸 이 | 송상훈
펴 낸 곳 | 문미디어

출판등록 | 2015년 2월 3일(제2015-000029호)
주    소 | 경기도 고양시 덕양구 고골길117-55 B동 201호(10265)
대표전화 | 070-8954-2012  |  010-3390-2016
전자우편 | ssk7387@naver.com
편    집 | junglebook
인    쇄 | 프린에이드

ISBN 979-11-957973-3-2(03810)

• 책값은 표지에 있습니다.
• 파본이나 잘못된 책은 서점에서 교환하여 드립니다.

송상훈 장편소설

# 스트라디바리우스와 아비

문미디어

.

# 차례

꿈이 현실이고 현실이 꿈인 세상

　어둑한 새벽이었다. 짙은 구름의 무리들이 산정에서 밀생해서 낮게 웅크리고 있던 기형적인 뾰족한 침엽수의 잎들을 밟으며 삽시간에 능선을 타고 골짜기를 타고 내려왔다. 산언저리에 활엽수의 넓은 잎사귀들이 평화롭고 자유롭게, 무성하고 차분하게 자라는 곳에서 잠시 머물러 쉬는 듯이 미동도 하지 않고 정체되어 있다가 주위의 눈치를 보고 소심하게 사뿐사뿐 움직이는가 싶더니 급기야 심통이 난 철부지 아이들처럼 투정을 부리고 보채며 주위를 산만하고 혼란스럽게 하고 이리저리 두서없이 갈팡질팡 어수선하게 움직였다. 그것이 여기저기 사방에 회오리를 만들었다. 카오스. 그러다가 짙은 구름 너머 잡목들이 우거진 숲속에 깃들어 있는 호랑지빠귀의 애끓는 울음소리가 들리는가 싶더니 불확실하게 평정심을 잃은 충동적이고 광적인 움직임을 보이던 무수한 구름의 무리들이 얌전한, 어릴 적부터 철저한 교육을 받아 교양과 예절을 몸에 익힌 정숙한 요조숙녀로 새롭게 다시 태어나는 것 같았다. 전쟁터에서 대장군의 단호한 결정으로 거대한 북을 세차게 치면서 전군에 신호를 보내듯이 일사분란하게 움직이는 것이었다. 아무래도 호랑지빠귀의 울음소리가 후퇴하라는 명령이라도 되는 듯이 겹겹이 삼엄하게 경계를 서고 있던 병사들과 심지어 파수병까지도 하나둘씩 그들의 은둔처로 발걸음을 번잡스럽게 움직이고 있었다. 그렇게 짙게 드리워진 구름의 무리들이 서서히 어디론가 사라지고 있었다.

짙은 구름의 무리들이 어디론가 사라졌고, 산등성이에 셀 수 있을 정도의 구름의 실타래들이 듬성듬성 자리를 잡고 어수선하게 흩어지고 풀어져 있었다. 신선한 아침이 자신의 숭고한 권리를 스스로 찾아가듯이 본연의 모습에 충실하기 위해서 무던히도 애쓰고 있었다. 산등성이가 흐릿하게 보일 정도의 시계가 확보되었을 때 저 아래쪽에서 꽃뱀헌터가 군세고 날쌘 백마를 타고 제법 경사가 있는 산길을 말발굽소리를 울리며 올라오고 있었다. 텅 빈 아스팔트 위를 홀로 걷는 것이라 그런지 축축하게 젖고 무거운 새벽을 깊숙이 찔러들어가는 것이었다. 쩌렁쩌렁. 그렇게 웅장하고 별스럽고 요란스럽지는 않고 마치 대지 위에 촉촉하게 내린 이슬 위를 새벽을 깨우는 교회 종소리처럼 다소 이질적이긴 했다. 그는 정성스런 황금갑옷은 입고 황금투구는 왼손에 들고 있었다. 아주 이상한 것은 긴 말갈기와 긴 꼬리를 한 날쌘 백마에는 마구가 없었다. 안장도 없고 굴레도 없고 고삐도 없었다. 발을 거는 등자도 없어서 공중에 떠 있는 발을 고정시킬 수 없어 백마가 움직일 때마다 제각각 움직이는 것을 볼 수 있었다. 재갈을 물리지 않아도 고삐를 당겨서 방향을 지시하지 않아도 백마가 생각하고 느끼며 알아서 능동적으로 움직이는 것이었다. 혼연일체.

꽃뱀헌터는 어떤 목표를 정하고 충실하게 움직이는 것이 분명했다. 아침으로 향하는 길지 않은 시간 속에서 무의미하게 보낼 수도 있는 그런 애매한 상황에서 앞으로 성큼성큼한 걸음씩 나아가고 있었던 것이었다. 그는 아침을 깨우는 정겨운 새소리들에도 귀기울이지 않고 깊은 산속 골짜기에서 발원하여 흐르는 반질거리는 물소리에도 한눈팔지 않는 것이었다. 바쁜 것 같기도 하고 느긋한 것 같기도 했다. 세상을 받아들이는 시선과 방식이 평범한 사람들과 달라 보였고 일반적이고 보편적인 사고 체계를 가지고 있지 않아 보였다. 의연하고 대범해 보였다. 그럼에도 신선한 바람이 불어 머물다가 어디론가 사뿐히 떠나버리는 것에도 사소한 의미를 부여해서 아쉬워하는 것 같았다.

꽃뱀헌터가 백마를 타고 노란 선을 밟으며 걷고 있었다. 2차선도로였다. 양쪽 길가로 이슬을 듬뿍 머금은 길고 넓은 수많은 잡목의 잎사귀들이 처진 한적한 도로 위에는 승용차

한 대 얼씬거리지 않았다. 도로 오른쪽으로 큼직한 전봇대가 검고 굵은 전깃줄을 꼿꼿하게 지탱하고 길게 뻗어서 지향하는 곳으로 향하고 있었다. 이미 여름의 초입인 5월 중순을 가파르게 올라가고 있었다. 산속의 새벽임에도 공기 속으로 다소 묵직한 습기가 침투하고 있어 온몸이 쾌적하지도 산뜻하지도 정갈하지도 않았다.

꽃뱀헌터는 오른손으로 백마의 긴 말갈기를 잡고 경사가 있는 아스팔트 위를 올라갔다. 왼쪽 길가에 '하나님 기도원'이라는 팻말을 보고 다소 풀어진 정신을 곧추세웠다. 그는 오직 하나의 목적을 향해 결연하게 발걸음을 옮기는 것 같았다. 국가와 민족을 위해서 목숨을 바치는 애국자의 보무당당한 행보는 아니었고 인류의 일반적인 가치와 보편적인 규범을 지키기 위한 경건한 의식이었다.

"로신안떼, 오늘은 새벽부터 너를 깨워서 미안하구나. 우리의 일은 시간과 장소를 가리지 않는 것이 어쩌면 매력이지 않겠어. 사람들이 경외하고 따르는 전지전능하신 신은 언제나 바쁠 수밖에 없단다. 신은 그들이 시시때때로 변하는 마음의 자락까지는 관여하지는 않지만, 성스러운 이름과 영광을, 충일한 사랑과 은혜를 밑천으로 풍족하게 살아가는 목사들에게, 교회는 소유의 대상이 아니라 공유의 대상이라고 충분히 얘기하고 온몸으로 실천하였는데도 그것을 가법게 생각하고 묵살하는, 자기 자신의 사리사욕을 채우는 일에만 혈안이 되어 있는 목사들에게, 개척 교회를 피와 땀과 눈물로 일구어 대형 교회의 반열에 올려놓고 미련 없이 물려주기가 아까워서 자신의 아들에게 세습하는 노회한 목사들에게, 밖에서는 바르고 올곧은 성품과 행동으로 사람들에게 귀감이 되는 목사가 집에 돌아오면 돌변하여 변태적이고 험악한, 치졸하고 간사한 모습과 방법으로 아내를 억압하고 때리고 성폭행하는 그런 목사들에게. 손수 무서운 철퇴로 내리찍고 있단다. 로신안떼, 너도 알고 있지 않니. 이런 행동이 인류의 안위를 위해서이고, 삶을 지탱하듯이 인류를 지탱하는 확신이 되고 기준이 된다는 것을."

　꽃뱀헌터는 산속 깊은 곳에서 찬송이 계곡을 따라 흐르는 부드러운 물줄기를 타고 흐릿하게 깃드는 것을 들을 수 있었다. '주님 다시 오실 때까지'였다. 그는 위에서 내려오면 보이지 않는, 급하게 꺾인 곳에서 로신안떼를 멈추게 하고 기다렸다. 영용한 이순신 장군이 간혹 쓰는 긴 칼을 옆에 차고 말이다. 그는 길목을 지켜서 다가오는 적을 맞이하겠다는 심산이었다. 그래서 그런지 로신안떼도 앞으로 다가올 무시무시한 적을 경계하고 주시하듯이 한눈팔지 않고 집중하고 있는 듯했다. 그는 어깨에 쌓이는 긴장을 내려놓고 풀기 위함인지 낮은 목소리로 찬송을 따라 불렀다. 그때 멀지 않은 곳에서 1톤트럭이 와이퍼를 좌우로 반복적으로 몇 번 움직이며 내려왔다. 근처에 사는 부지런한 농부인 것 같았다. 바쁜 와중에도 하나님의 성품을 온몸으로 닮기 위해서 새벽기도를 드리고 내려오고 있는 것 같았다. 그 농부는 꽃뱀헌터와 로신안떼가 보이지 않았던 것이다. 그러다가 좀 시간이 지나자 검은색 고급세단을 탄 호리호리한 중년신사가 급커브를 돌아서 서서히 내려오는 것을 보았고, 아스팔트 노란선 위에서 아까부터 굳건하게 지키고 있던 로신안떼가 앞다리를 치켜드는 것과 동시에 거칠게 울면서 강하게 저항했다. 그런 갑작스런 위용이 고급세단을 탄 중년신사를 강하게 몰아붙이는 계기가 되었다. 그러자 황금빛 안경테를 쓴 호리호리한 중년신사는 다급한 마음에 핸들을 오른쪽으로 급하게 꺾으며 브레이크를 밟았다. 그런 황망한 가운데 길가에 있던 전봇대를 강하게 박았다. 민감한 센스가 있어 알아서 제동이 걸리는 믿음과 신뢰가 보장되는 그런 완성도 높은 고급세단이었다. 자동차의 두뇌가 간헐적 오류를 범했는지 아니면 신의 작심이 내포되어 있었던 것인지 확언할 수는 없었지만, 고급세단은 충격을 받지 않을 수 없었다. 만약 에어백이 중년신사를 보호하지 않았다면 제법 큰 상처를 입었을 것이 자명했다.

　그 중년신사는 무진장 겁을 먹고 있었고, 고급세단의 문을 열고 나가려는 순간에 로신안떼가 그 문 앞에 다가가서 앞발을 들어서 문짝을 강하게 내리찍었다. 말굽에 문짝이 찌그러지고 스크래치가 나고 차창도 금이 가고 스크래치가 났다. 로신안떼가 앞발의 힘의 강도를 끌어올리자 급기야 차창이 부분적으로 깨지고 있었다. 그런 가운데 중년신사는 고급세단 안에서 완전히 고립되었고, 갑작스런 공포와 두려움에 헤어나지 못하고 있었다. 룸미러에 매달려 있는 검은색 십자가도 갈피를 잡지 못하는 것은 매한가지였다.

"당신 곁에 매달려 있는 십자가 안에 짐이 영원히 살아가고 있다. 과거에도 그렇고 현재에도 그렇고 미래에도 그렇다. 너희들은 그 보혈의 대가로 이렇게 안락하고 평화롭고 생생하게 생존하는 것이다. 교회법에 엄연히 정금 같이 아로새겨진, 아버지가 아들에게 그 아들이 또 아들에게 세습하는 것을 금지하고 있다. 너의 속 깊은 곳에 도사리고 있는 야비하고 불순한 마음은 어린 딸을 신학대에 보내서 전도사의 배지를 달고 세습의 발판을 만들기 위해서 지금 이 상황에도 무던히도 노력하고 있는 것을 이미 알고 있다. 너의 가슴엔 사이비 성령이 존재하고 있다. 그것도 중한 일이지만 오늘 너를 손수 찾은 것은 그것 때문만이 아니다. 아내를 착취하고 때리고 괴롭히는, 하나님이 인간에게 선물한 섹스를 성스럽게 아껴 쓰지 않고 자신의 소유인 것처럼 남발하고 변태적인 왜곡된 형태로 받아들이고 접근하는 것이 개탄스러워서 이렇게 너를 응징하기 위해서 왔다. 너의 아내는 불쌍한 여인이다. 뭇 사내의 가랑이를 왔다가며 살았어도 진실되고 고귀한 곳이 많았단다. 가혹한 현실의 무게에 어쩔 수 없이 어둡고 음습한 그곳까지 밀려들었을 뿐이었다. 그 허물을 감싸안아 새로움과 긍지를 심어주지 못하고, 짓누르고 짓밟아서 때리고 감금했다. 더욱이 사지를 묶고 눈을 가렸다. 미친 듯이 옷을 찢고 가위로 잘랐다. 브라와 팬티를 남겨둔 하얀 알몸에 포도주를 뿌려서 핥고 빨았다. 무자비하고 거칠게. 개돼지보다 못한 놈!"

　그 중년신사는 실성한 사람처럼 안전벨트를 풀고 조수석으로 넘어가고 있었다. 그러자 꽃뱀헌터는 허리에 차고 있던 긴 칼을 뽑아서 번개처럼 재빠르게 내리찍었다. 천둥이 골짜기마다 깃들어 안식을 찾는 정겨운 새소리를 일시에 멈추게 했다. 묵직하고 간결했다. 거의 실성하고 혼미한 중년신사가 조수석문을 열려고 하는 순간에 벌어진 갑작스런 일이었다. 그 중년신사는 그 충격으로 황금색 안경테가 벗겨졌고 헝클어진 머리칼 아래 좁은 이마에 미세한 상처로 인하여 붉은 피가 흘러내렸다. 긴 칼이 조수석 문짝을 뚫고 실내까지 시퍼런 날카로움을 여실히 드러내었다. 저항하지 못했다. 살려고도 죽으려고도 하지 않고 그 자리에서 맥없이 앉아 있었다. 혼절하지 않았다.

　그때 아까 꽃뱀헌터와 로신안떼가 걸어오던 그곳으로 싼초가 타박타박 당나귀를 타고 걸어왔다. 멀리서 그 광경을 봤는지 당나귀에 채찍을 가하며 경사진 아스팔트를 투박한 소리를 내며 서둘러 다가왔다.

　"싼초, 천벌을 받아 마땅한 버러지보다 못한 이 자를 어찌하면 좋겠느냐. 이 자리에서 지옥의 업화 속에서 영원히 헤어나지 못하게 만들어놓을까. 아니면 고자로 만들어 짐이 허락한, 신의 성스러운 선물을 영원히 탐닉하지 못하게 만들어, 사내도 아니고 여자고 아닌 정체성이 불명확한 지점에 부려놓는 것도 괜찮지 않겠니? 성주로 살아본 그래서 경험이 풍부한 너의 고견을 듣고 싶다."

　"저는 하나님도 아니고 방랑기사도 아닙니다. 그럼에도 불구하고 나리께서 저의 생각과 경험을 듣고 싶다면 두서없이 늘어놓아 보지요. 저의 생각은 우선 피해 당사자에게 가서 무릎을 꿇고 마음에서 우러러나오는 깊은 사죄를 하는 것이 최우선이라고 생각합니다. 더욱이 그 피해자의 의견을 차근차근 정중히 들어보고 그녀가 원하는 방식대로 처단하는 것도 나쁘지 않을 것입니다. 그것이 정신적 괴로움과 육체적 고통으로부터 잠시나마 벗어날 수 있는 방편이기도 한 것입니다. 전 세계적으로 미투운동이 급속하게 벌어지는 작금의 시대에 하나님에게 직접적으로 용서를 구하고, 그것으로 그놈들은 심적 위안을 충분히 받고 있습니다. 그것이 자신이 행한 죄의 무게를 조금이나마 덜어내기 위한, 영악하고 안이한 생각으로 죄의 팩트를 비틀고 왜곡하고 있습니다. 하나님은 죄를 합리화하고 영합하는데 편리하게 가져다 쓰는 생필품이 아닙니다. 휴지도 아니고 치약도 아니고 이쑤시개도 아닙니다. 하나님은 인류의 중심이고 가치이고 사랑이고 본질입니다. 그래서 하는 말입니다. 늘 존경하고 찬란하신 나으리, 저놈에게 죄의식에서 벗어날 수 있는 빌미를 주지 마시고 긴 칼을 한 치의 의심도 없이 과감하게 내리찍어 천벌을 내리시기를 바라고 바라겠나이다."

"네 말의 절반은 옳다. 먼저 짐에게 용서를 구하는 것은 옳지만, 그것으로 저놈이 현실을 외면하는 긴요한 수단으로 사용하면 그것은 옳지 않다. 나에게 진솔한 용서를 구하고 연이어 당사자에게 진솔한 용서를 구하는 것이 옳다. 신은 그래서 존재하는 것이다. 신의 존재를 우습게 보는 자들이 보통 그러한 되지도 않은 논리를 전개하지만, 신의 존재를 믿고 따르고 가슴 깊은 곳에 성령을 모시면 응당 그렇게 스스럼없이 올바른 행동이 나오게 되어 있단다. 천벌은 조금 더 기다려보자. 지금 당장 지옥의 업화 속에 던져버릴 수도 있지만, 마지막으로 기회를 주기로 하자. 인자하고 공정한 부모가 자식의 잘못을 알면서도 참고 인내하며 기다리는 것과 다르지 않은 것이다.

"나으리 말씀이 진리이십니다. 하지만 목사의 탈을 쓰고 개돼지보다 못한 행동을 저지르는 자를 가만히 두면 못된 버릇을 키우는 것과 다르지 않습니다. 일벌백계하여 본보기로 삼는 것이 옳고, 지당한 일입니다."

"제아무리 돼먹지 못한 자식이라도 부모된 자는 자식을 버리지 않는다. 다소 거리를 두고 잘못을 깨달을 때까지 기다릴 뿐이다. 그것이 부모된 자의 굴레이고 도리이고 의무인 것이다. 싼초, 이젠 여기는 이 정도로 내버려두는 것도 나쁘지 않을 것 같다. 그 자가 스스로 일어나서 스스로 깨우치기를 바라며 다른 일정을 소화하기로 하자. 세상은 넓고 할 일은 많다. 세상 속에는 적지 않은 인종과 문화, 종교와 율법으로 각각 사람들이 저마다의 일상을 공고히 맞이하고 성취하며 나아가고 있다. 그들은 죄를 짓고 회개를 하는 것을 반복한다. 불완전한 존재이기에 그렇다. 그렇다고 일일이 개입해서 그들 모두를 지옥의 업화 속으로 던져넣을 수는 없을 것이다. 그들 가까이에 언제나 죄의 달콤한 과육이 우연을 가장한 채 서서히 다가와서 꼬드기는 것이기에"

꽃뱀헌터는 고급 세단 위에 내리찍은 긴 칼을 뽑아서 칼집에 넣고 아무렇지도 않은 듯이 중년신사가 내려온 기도원

쪽으로 방향을 잡고 천천히 올라갔다. 그 뒤를 싼초가 아직도 인정하지 못하고 못마땅한 듯이 불퉁한 표정으로 투덜거리며 뒤따랐다. 그 뒤를 산등성이에나 골짜기에 몰래 자취를 감추고 숨어 있던 짙은 구름의 무리들이 언제 나타났는지 알 수는 없으나 일순간에 무겁게 짓누르며 다가와서 머물렀다.

다음날 아침, 꽃뱀헌터는 새벽 즈음에 일어났다가 다시 침대 속으로 빨려들어갔다. 그때 꿈이라는 장치가 선명하게 깃들었다가 의식의 창틀에 흐릿하게 걸려 있는 것을 미세하게 느낄 수 있었다. 그는 어제 해거름에 학교에서 허물없이 친하게 지내는 대체적으로 도수 높은 그래서 두꺼운 안경알이 어울리는, 중고등학교 때 공부 잘하는 모범생으로 보이는 영어선생이 소주 한잔을 하자고 해서 어쩔 수 없이 마시지 않을 수 없었다. 평소에 스스럼없이 지내던 터라 벼르고 벼른 날이 어제였다. 영어선생에게서 카톡이 왔었다. 내일은 스승의날이기에 임시공휴일이라고 했다. 때문에 무료한 시간을 달래기를 원한다고 했다. 꽃뱀헌터 또한 일요일 오후의 무료함을 달래기 위해서 그를 만나기로 했던 것이다. 영어선생은 합천호 수문이 비스듬히 보이는 곳에서 개구쟁이 어린 아들 둘을 키우고 사는 극히 일반적인 가정을 이루고 사는 중년이었다.

영어선생은 약속장소에 이미 나와 있었다. 주차장에 고르고 잘게 부서진 돌들이 두껍게 깔려 있는 횟집이었다. 횟집 입구 양쪽으로 큼직한 수족관이 있고 그 안에는 이미 다 자란 잉어와 향어가 있고 송어와 매기가 있었다. 기포발생기가 일정한 속도로 기포를 발생하면서 물고기들의 생명을 연장해주고 있었으나 오랫동안 연장될 것 같지 않았다. 먹음직한 회의 빛깔로 접시에 올려 클라이언트의 입속으로 들어가기 전 애처로운 모습이었다. 그런 한 치 앞을 헤아릴 수 없는 불안한 상황에 처해 있어도 물고기들은 연신 입을 벌리고 아가미를 열고 닫고 있었다. 치열한 실존. 생사여탈권을 가진 뜰채가 비좁은 공간을 갑작스럽게 침투해서 포획할지, 의지할 곳 없는 평평한 도마 위에서 날카로운 칼을 태연하게 받아내야 하는지, 불안하고 초조한 모습으로 힘없이 창백하게 내일을 기약할 수 없는 유영으로 지느러미를 간신히 흐느적거리는 것 같았다. 아마도 물고기들에게 내일이라는 약속의 시간과 공간이 원래 존재하지 않고 제한적인 오늘만 존재하는 것 같았다. 어쩌면 물고기들은 그런 생각과 개념 자체가 원래 존재하지 않고 지금이라는 평면만 존재하는 것인지도 모른다. 아무것도 모른 채 어영부영 의미 없이 무기력하게 살아가는, 사람들도 일상의 견고한 수족관에 갇힌 채 지금이라는 평면 위에서 살아가는 것처럼. 언제 무정하고 가혹한 뜰채가 어항 속으로 갑작스럽게 침투하여 잡아갈지, 파닥거리는, 그것이 인생살이인지도.

꽃뱀헌터는 수족관 속에서 끊임없이 지느러미를 흔들고 그 자리를 유지하는 물고기들 중에 유독 한마리가 점점 지느러미의 움직임이 둔해지더니 무리에서 이탈하는 것을 볼 수 있었다. 여전히 입을 벌리고 아가미를 열고 닫으며 지느러미를 움직이고 있었다. 그러면서도 일상에서 너무나도 당연하고 쉽게 유영하고 누리던 평온하고 고요한 물속이 어느새 버티기가 버겁고 괴로운지 처참하고 초라하게 대가리를 쳐들고 서서히 수면 가까이로 떠오르는 물고기를 볼 수 있었다. 온몸이 서서히 굳어지고 죽어가는, 부레의 기능이 떨어지고 장기의 기능이 떨어지는 그런 격한, 불안하고 암담한 상황에 내몰린 것 같았다. 평소에 느끼고 있던 수압의 부피와 무게를 감당할 수 없는 모습이었다. 온몸에서 서서히 기운이 빠져나가자 더욱 절실하게 다가오는 것을 느낄 수 있었던 것이리라. 그 물고기는 아가미를 힘들게 움직이며 속으로 그런 생각을 할지도 모른다. 그래도, 파닥거리는 육체를 산채로 널찍한 도마 위에 오르는 불안과 공포에서만은 벗어날 수 있다고, 그래서 무딘 칼등을 얻어맞고 기절하지 않아도 되는, 안도의 한숨을 쉬는 모습이 저런 모습으로 드러나는 것인지도 모를 일이었다. 거의 자연사의 가까운 삶을 살았다고 자인하며 흐뭇한 미소를 드러내는 것이 저런 초라하고 불안한 모습인지도. 여전히 무의미하게 유영하는 물고기들을 가까이서 힘겹게 바라보며 측은한 생각을 하는 표정이 아마 저런 모습인지도, 그 누구도 모르는, 저 기울어진 보디를 한 물고기만 알 뿐이었다. 사람들의 일상과 별반 차이가 없었다. 그 자신이 그 상황에 처하고 고립되어 봐야 느끼고 깨닫는 것이었다. 그것은 하루의 시공이 설정된 현재를 살아가는, 무분별하고 막연하게 다가오는 죽음을 기다리는 우둔한 사람들의 면면이라고 생각되었다. 꽃뱀헌터는 그런 생각을 하며 닫힌 횟집출입문을 밀치고 들어갔다.

횟집 홀은 조용했고, 머리가 희끗희끗하고 배가 제법 나온, 이마와 눈가에 주름 몇 가닥이 어색하지 않은 60대 후반을 가로지르는 주인장이 카운터에서 공손한 말투와 친근한 표정과 손짓으로 친절하게 별실로 안내했다. 꽃뱀헌터가 별실문을 열자 영어선생은 이미 한상 가득 주문해놓고 기다리고 있었다. 색감이 화사한 송어회였다.

꽃뱀헌터는 등받이 좌식의자에 앉았다. 국어선생에게서 카톡이 연달아 날아들었다. 그는 그것을 앉아서 확인했다. 그는 그녀를 자신의 마음 한복판에 들여놓지 않고 가장자리에 기웃거리게 했다. 이젠 그녀가 자신을 한편으로 주도면밀하게 파악하고 한편으로 주저주저 어설프게 염탐하는 단계를 지났고 이젠 확신의 단계에 접어들고 있었다는 것을 느낄 수 있었다. 그녀의 무모한, 폐쇄적인 자신감이 있어야 가능한 일이었고 거의 개인적이고 폐쇄적인 확신임에 틀림없는 일이었다. 그녀에게 안정의 단계로 접어들기 위해서는 그의 지극히 보편적이고 사적인 인가가 있어야 가능한 일이었다. 하지만 그는 그녀에게 답장을 하지 않고 차갑게 외면하고 있었다. 무관심에 가깝다고 말하는 편이 옳을 것이었다. 그는 그녀가 원하는 것을 알고 있었기 때문에 그러했다. 만나서 손잡고 정답게 키스하고 애무하며 반복적으로 나아가다가 오매불망 갈망하고 기다리던 간절하고 열정적인 섹스를 원 없이 하는 것. 차근차근 때로는 격하게 헝클어진 매듭을 풀듯이. 그가 그 외지고 단절된 입구를 막고 열어주지 않으면 그녀는 더 이상 다가오지 못하고 제자리걸음으로 기웃거리다가 맴돌며 허한 마음을 채워주기 위해서 검증되지 않은 투박한 사내를 찾아 정처 없이 방황할 것이 자명했다. 하지만 그녀는 그런 상실감에 젖어 있을 단계까지는 아니고 접점을 찾는 과정이었던 것이리라. 자기연민과 자기착각 속에 혼몽하게 취해서 헤어나지 못하는 그런 침울하게 가라앉은 그런 단계는 아니었다. 그럼에도 그는 그녀가 다가오는 이유를 곰곰이 생각해보지는 않았고, 그것은 직감적으로 느낄 뿐이었다. 평소에 보이쉬한 목소리와 명랑하고 쾌활한 표정과 모습 뒤에 외롭고 애처롭게 웅크리고 있던 그녀의 참모습을 얼핏 볼 수 있었기 때문이었다. 평범하지 않은 독특한 삶의 아픔과 고통이 고스란히 맺혀서 자신이 자신을 병들게 하고 쪼그라들게 하고 있었다는 것을. 아마도 그녀는 꽃뱀헌터 자신과 공통분모가 있는, 유사하게 닮아 있는 그런 면 때문에 본능적으로 그녀를 강하게 밀쳐냈는지도 모른다. 예전에 산으로 들로 걷고 또 걸으며 그 번뇌와 망상을 떨쳐버리기 위해서 애쓰던 자신의 모습이 그녀를 통해서 투영되었기 때문에 더더욱 그랬을 것이다. 그는 기억하고 싶지 않은 끔찍한 삶에서 벗어나고 싶었지, 그녀를 통해서 새록새록 돋아나서 돌발적이고 일시적인 격한 분노와 증오에 내몰리는 것을 바라지는 않았기 때문에. 그녀를 보면 과거의 어느 시점에 아무렇게나 지나가서 묻힌 삶의 찌꺼기들이 수면으로 서서히 떠오르는 것을 미미하게 느낄 수 있었다. 그녀를 복도에서 우연히 지나쳐도 다가올 삶의 새로움과 비전이 모락모락 피어오르지 않고 거침없이 다운되고 추락되는 것을 새삼스럽게 느낄 수 있었다. 그런 면이 꽃뱀과는 상이했다. 이상하게 꽃뱀을 보면 다가올 나날이 설렘과 기다림으로 소망과 꿈으로 서서히 다가와서 무르익었던 것이다. 밤낮으로 차가움과 따스함이 반복적으로 다가와서 꽃잎을 차분하게 하고 들뜨게 했고, 간혹 그 사이를 시원한 바람이 아주 먼 곳에서 불어와서 가지와 꽃잎 사이에 한참을 머물다가 어디론가 사라지면 어느 순간부터 꽃은 서서히 시들고, 처참하게 소멸되는 그런 초라한 나날들. 그 자리에 조그마한 열매를 맺어 과육을 채워나갔고, 충일함과 즐거움을 만끽할 수 있었다. 꽃뱀은 그랬던 것이다. 더욱이 그녀의 부드러운 터치는 막대사탕처럼 혀끝을 자극하는 그런 오묘한 맛이 있었고, 그것이 꽃뱀과 국어선생의 확연한 차이였다. 이미 태어나면서부터 타고난, 그래서 부단한 노력과 풍족한 재력으로도 극복할 수 없는, 은밀하고 불가사의한 그런 오묘하고 신묘한 그런 느낌과 분위기. 그 누구도 해결할 수 없는 오래된 수수께끼처럼 궁금증을 끊임없이 증폭시키는 기이한 실체. 신비스럽고 비밀스러운 찬란한 비늘이 하나씩 또 하나씩 그녀의 은밀한 부위에 애틋하게 새록새록 돋아나는 것 또한 느낄 수 있었던 것이다. 그것이 들리지도 보이지도 않는 기이한, 뇌쇄적인 파장을 만들어 견고한 유혹의 울타리를 만드는 것인지도. 그래서 그녀가 사람들을 현혹시키는 꽃뱀인지도.

영어선생은 소주 한잔을 따라주었다. 그는 평소 학교에서 활달하고 장난기 있는 특유의 표정과 행동, 투박하고 거친 말투에서 오는 친근감이 장점이었다. 그가 오늘따라 유달리 예의 바르고 신중하고 침착하게 행동했다. 삶의 긴 여정 속에 중년에 접어들어 생기는 삶의 여유인 것 같기도 했다. 살아오면서 한번씩은 다 해보거나 흘려보내서 어떤 새로운 것에 흥미와 열정이 없는 무의미한 상태인 것 같기도 했다. 하루가 가고 하루가 오는 것이 수업이 시작되고 수업이 끝나는 일상적인 반복과 다르지 않은, 무미하고 건조하고 재미없고 느슨한 일상에서 오는, 그럼에도 매달 그 날짜에 일정한 급료와 넉넉한 휴식이 보장되어 있어 안정적인 삶으로 내일의 끼니를 걱정하지 않아도 되는 그런 편안하고 안락한 모습이기도 했다. 그는 키가 크지 않고 가끔씩 습관적으로 반복하는 폭음과 폭식으로 옆구리와 엉덩이가 많이 부풀어 오르고 처져 있었다. 앉아서 술을 마시고 젓가락이 닿을 거리에 놓인 선홍빛 농염한 빛깔을 발산하는 정갈한 송어회를 한점 집어서 어둑어둑한 와사비의 침묵을 깨뜨리는 가벼운 파장으로 나아가기 위한 일련의 움직임도 쉽지 않는, 안간힘을 쓰는 모양이었다. 아마도 내장 깊숙한 곳까지 침투하고 공간 속으로 팽창하여 해방감을 얻는 니글니글 복부의 비곗덩어리로 인하여 호흡은, 거칠어 보였고 불규칙적으로 가팔라보였다. 일상적인 자연스런 호흡도 힘든 노동으로 간신히 내뱉는 호흡과 다르지 않은 것 같았다. 그래서 그런지 그의 이마에는 언제나 땀방울이 송골송골 맺혀 있었다. 그래서 그는 발가락에 낀 때까지 닦은 지저분한 물수건으로 이마에 맺혀서 흘러내리는 땀방울을 연신 닦아내고 있었다. 꽃뱀헌터는 앉은뱅이탁자 맞은편에 있어도 그의 거친 호흡소리를 쉽지 않게 들을 수 있었다. 들이쉬고 내쉬는, 밸런스가 많이 무너졌지만 간신히 유지하며 호흡하는 그를 말이다. 일반적인, 보통사람들과 확연히 다른 흥미로운 캐릭터임에는 틀림없었다. 더욱이 그는 이미 탈모가 많이 진행된 볼썽사나운 초라한 상태였다. 열린 창문으로 한없이 기울어진 햇살이 비스듬히 아슬아슬하게 밀고 들어오자 평소에도 유난히 빤질거리던 벗어진 이마 위에 빛의 산란이 일어나는 것이었다. 대학시절에 텁수룩하게 이마를 덮고 눈썹을 덮던 그 길고 풍성한 머리칼은, 이미 소멸의 공허한 메아리만 남기고 이미 사라지고 없는 맨송맨송한, 안쓰럽고 비참한 상태였다. 설상가상으로, 그의 두툼한 목선을 따라 내려가다 보면 안정적으로 머무는 그곳에 여성들의 가슴으로 보이는 봉긋한 능선과 애매한 골짜기가 형성되어 있는 것을 볼 수 있었다. 그는 여성형 유방증을 앓고 있는 듯 보였다. 며칠 전에 반갑다며 포옹할 때 온몸으로 느낄 수 있었다. 얇은 옷 사이로 가슴이 메마르지 않은 여성을 꼬옥 안았을 때 느낄 수 있는, 그런 부드럽고 탄력적인 오묘함과 풍성함을 말이다. 그 당시 꽃뱀헌터는 상대가 세월의 무게에 다소 헐거운, 그래도 애착을 가지고 버티는 중년의 여성으로 착각이 들 정도였다.

영어선생은 소주를 몇 잔을 연거푸 마시고 큼직한 머리를 양쪽으로 흔들었고, 예전과 다름없는 우스갯소리를 늘어놓았다. 하지만 말속에 흥이 없고 재치가 없고 재미가 없었다. 밑간이 안 된 매운탕처럼 일반적이고 평범한, 밍밍한 말투였다. 김빠진 사이다 맛이 아마 이런 맛일 게다. 톡 쏘는 맛이 소실된 그런 맛.

　"이상한 일이지만, 체육선생이 부임하고 학교가 많이 안정되었소. 그 이전까지 학교를 점령하고 있었던 보이지 않는 불온한 기운과 세력은 서서히 꼬리를 내렸고 후퇴를 결심한 듯 먼 발치에서 머물러 있는 것 같소이다. 아무래도, 당신은 이 학교를 있는 그대로 지키고 보존하기 위해서 보내진 수호자인 것 같소. 겉으로 갑주를 두르고 장검을 휘두르며 불온한 무리들을 물리치고 위압하지는 않았지만, 그들이 스스로 오금을 저리며 물러서게 할 정도로 위엄이 있고 헌걸차고 호방해 보이오. 작년까지만 해도 이런 비정상적인 일은 없는, 조용한 시골에 있는 평범한 남자고등학교에 불과했소. 올해 초부터인가 아이들이 한 명씩 한 명씩 이상해지더니 순식간에 전염되어버렸소. 마치 김매기 약을 온몸에 뒤집어쓴 것처럼, 점점 시들어가고 점점 타들어가고 있었소. 원인은 알 수 없으나 아이들이 자위에 중독되어서 그랬던 것 같소이다. 그들은 기숙사에서도 그랬고 화장실에서도 그랬소. 심지어 교실에서도. 미루어 추측할 수 있는 것은 음악선생이 부임하고 나서 벌어진 일련의 사건이라는 것이

오. 아이들이 각자 치열하게 음악선생 곁에 다가가서 그녀의 향기와 체취를 맡고 느끼기 위해서 치열하게 노력했고, 경쟁을 하듯이 음악선생의 사진을 몰래 찍어 퍼 날라 공유했소이다. 그들은 음침하고 구석진 조용한 곳을 찾아서 바지를 과감하게 내려서 혼자 때로는 여럿이 틀어박혀 자위를 하는 것을 직접 목격한 적도 있소. 그들은 모두 격한 사정으로 희열과 안식을 찾았고, 삶의 위안을 그런 식으로 불안하게 찾고 있었소. 그것이 그 아이들이 할 수 있는 유일한 방법이고 출구이겠지만."

꽃뱀헌터도 영어선생의 말에 수긍할 수 있었다. 하지만 겉으로 내색하지는 않고 태연하게 모른 척 젓가락으로 육감적인 색감을 드러내는 송어회를 집어서 초고추장을 듬뿍 묻혀 풋풋한 상추와 깻잎 위에 올려놓고 마늘과 고추를 하나씩 얹어 푸짐하게 입속으로 넣으며, 가파르게 내뱉는 그의 말을 정중하게 곧이곧대로 들었다. 그는 안으로 밖으로 강하게 누르는 비곗덩어리로 인하여 연신 격한 호흡에서 벗어날 수 없었고, 그럼에도 그는 어렵사리 버티며 이어나갔다.

"그것은 그것이고, 나는 말이오. 체육선생을 만나면 한 번쯤은 묻고 싶었던 것이 있었소. 어쩌면 그렇게 군더더기 없는 늘씬하고 아름다운 보디를 만들고 유지할 수 있었는지. 어릴 적부터 운동으로 다져진 몸이어서 그런 것인지, 좀 상세하게 얘기 좀 해주시오. 나도 이번 기회에 마음먹고 운동을 해보게요."

그런 와중에도, 영어선생은 꽃뱀헌터에게 야구에 관한 것은 묻지 않았다. 그는 꽃뱀헌터에 대한 불행한 과거사를 대충 알고 있었기 때문에 그랬다. 자신도 육체적인 부조화와 결함으로 인해서 사람들의 괄시와 험담을 어릴 적부터 경험하고 있었기에 그럴 것이다. 그래서 어느 정도 꽃뱀헌터의 아픔과 고통을 이해하고 느끼고 있었기에.

"사람들은 엄마의 자궁에서 착상할 때부터 이미 서로 다른 쓰임새와 도구로 태어납니다. 그것은 신의 거하심과 계획하심으로 가능한 일입니다. 영어선생님은 학문과 지식을 가르치는 선생님으로 저는 육체적인 메커니즘과 변화를 가르치는 선생으로. 서로가 다르기에 세상은 온전하고 충분할 수 있고 적당하고 넉넉할 수 있습니다. 그래서 인류는 넘치지 않는 일정한 리듬과 형태를 유지하며 살아갈 수 있는 것입니다. 그것은 복잡함을 추구하지 않고 단순함을 추구하는 신의 섭리에 가까운 것입니다."

"체육선생은 모르는 것이 없소이다. 겉으로 보이는, 빈틈 없는 외모와 늘씬한 보디만 소유하고 있었던 것이 아니라 내적으로도 사려 깊고 견실하고 충실한, 옹골차고 견고하니 말이오. 이미 그 나이에 세상의 이치와 도리를 깨닫고 상대방의 처지와 마음을 헤아리고 이해하고 배려하니 말이오. 체육선생의 새로운 면모를 확인하는 것 같소이다. 그래서 사람은 자주 만나서 얘기하고 부딪쳐봐야 그 사람의 옳고 그름을 알고 제대로 된 참된 값어치를 알 수 있다고 했는지 모르겠소이다. 겉모습으로 드러나는 외적인 화려한 모양과 형태가 다가 아니란 것을 말이오."

영어선생은 꽃뱀헌터에게 소주를 한 잔 더 따라주었다. 영어선생은 자신의 소주잔도 자신이 채워서 꽃뱀헌터에게 권했다. 그럼에도 그는 선홍빛 빛깔을 드러내는 송어회에 젓가락이 빈번하게 움직이지 않았다. 평소의 모습과 확연히 달리했다. 그는 페이스를 적절하게 조절하고 자신을 경계하고 있다는 것을 느낄 수 있었다. 아마도 그는 가깝고도 분명한 목표를 설정하고 그것을 천천히 실행으로 옮기고 있었던 것인지도. 혼자 조마조마 마음 졸이고 있었던 것인지도. 그 내용을 꽃뱀헌터에게 조심스럽게 차근차근 얘기하기 위해서 오늘 이 자리를 만든 것인지도 모른다. 그는 억누를 수 없는, 초조하고 불안한 마음을 자제시키기 위해서 손에서 찬물을 놓지 않고 마시고 또 마시는 것 같았다.

"체육선생, 솔직히 말해서 나 또한 음악선생의 사진을 보고 자위를 했소이다. 와이프와 방어적인 미지근한 섹스를 하다가도 그녀의 싱그럽고 섹시한 이미지가 떠오르면 비겟

덩어리가 출렁거리고 온몸이 부서질 정도로 격렬해지는 것을 느끼며 적극적으로 다가갔소이다. 신혼 때 잠시 다가왔다가 사라지는 그런 열정의 무게와 부피를 그녀를 통해서 되살아난 것이었소. 아주 반가운 일이었소. 노호한 파도가 이리저리 급격하게 몰려와서 방어적이고 수동적인 섹스의 권태로움과 느슨함에 젖어 있는 와이프를 덮친 것이었소. 평소에 신음소리도 의도적으로 지르며 단조로웠던 와이프의 반응과 움직임도 어느덧 디테일해졌고, 격렬해졌고, 풍성해졌소. 원래 삐쩍 마른 와이프는 처음에는 당황스러운 눈빛이 역력했소. 이 사람이 죽을 때가 됐나! 그런 와중에도 온몸에 비지땀을 흘리며 열정적인 섹스로 다가가자 이내 안도의 한숨을 내쉬는 것 같았소. 와이프는 최선을 다하고 집중하는 모습을 보고 나의 진심을 알아주었던 것이오. 불행하게도 말이오. 격한 사정과 함께 와이프의 움직임도 둔해지는가 싶더니 천천히 사그라졌고 이내 평온을 찾은 고요한 안식이 그녀의 얼굴에 스며드는 것을 느낄 수 있었소. 난 그 지점에서 마무리하지 않고 끊임없이 부드럽게 누르고 당겼고 빨고 핥았소이다. 지금 와서 생각해보니 난 그 당시 와이프와 섹스를 한 것이 아니라 싱그러운 미소를 머금은 음악선생과 섹스를 한 것이었소. 그래서 와이프에게 미안하오. 보약까지 해준 와이프에게 말이오."

꽃뱀헌터는 한동안 가만히 영어선생의 말을 듣고만 있다가, 이 학교로 내려오던 날 이사장과 점심식사를 할 때의 장면이 선연히 떠올랐다. 그 당시에도 무겁게 가라앉은 이런 설명할 길 없는 가라앉은 우중충한 분위기였다. 이사장 얼굴은 깊은 상념과 번뇌로 무참하게 짓눌려져 있었고 육체는 기력이 소진한 사람처럼 처참하게 아래로 늘어져 있었다. 이사장은 견고하게 주위를 휘감고 있는 일상의 내용과 형태를 포기하고 외면한, 영어선생의 이런 무기력한 행동과 모습이 흡사했다. 그럼에도 일루의 희망을 가슴속에 간직한 채 자신만 알고 느끼고 바라는, 그래서 아직 꺼내놓지 않은 그런 모습. 어쩌면 이사장도 꽃뱀을 열렬히 사랑하고 사모와 섹스를 할 때 맵고 달콤한 양념으로 이용하는 것인지도. 불현듯 그런 생각이 밀려들었다. 그래서 이사장은 속에 담고 있었던 말을 사회적 위치와 체면과 위신으로 말미암아 기어들어가는 머뭇거리는 애매한 행동과 모습을 한 것인지도. 그는 영어선생의 말을 소상하게 경청하고 나서 서서히 그렇게 돌아가고 있었다는 것을 확신할 수 있었던 것이다. 이사장도 영어선생과 마찬가지로 꽃뱀과 부드럽고 진한 섹스를 하고 싶었고, 그때를 학수고대하고 있었다는 것을. 사모에게서 느낄 수 없는, 영영 찾을 수 없는, 태생적으로 지니고 태어난 뇌쇄적인 그 알 수 없는 미스테리한 그 뭔가를 꽃뱀에게서 이미 보고 느겼고, 그는 그것을 일정한 절차에 맞게 얻고 싶었고, 그것도 아니면 변칙적으로도 얻고 싶었던 것이다. 결국에는 그것이 섹스로 이어지고 섹스로 끝날 것이란 것 또한 꽃뱀헌터는 이미 알고 있었던 것이다.

"난 말이오. 여자는 와이프만 있으면 족하다고 생각했소. 하지만 그것이 아니었소. 언 땅을 녹이며 울긋불긋 소박하고 화려한 봄꽃의 향기와 자태가 봄바람의 손짓으로 하늘거릴 때 조금씩 그 단단하게 굳은 생각과 신념이 조금씩 녹아내리는 것을 느낄 수 있었소. 회식 때 노래방에서 음악선생의 몸놀림과 감기는 목소리를 보고 듣고 느끼면서, 또 며칠 전에 학교 복도를 지나칠 때 예쁘고 맵시 있는 몸치장과 애교가 있는 미소로 정겹게 인사를 할 때 내가 이제까지 우물 안에 멍청한 개구리로 살았다는 것을 깨달았던 것이오. 그때 눈을 떴소. 막연하게 후회했소. 그 이후 나도 모르는 사이에 그녀는 나의 심장 깊숙한 곳에 안착하여 다정다감한 의미 있는 미소를 지으며 오랫동안 머물러 있었단 말이오. 그것은 온전히 나의 의도와 의지와는 무관한 일이었소. 어느 날 문득 나의 심장 중심부에 그녀의 발랄하고 상큼한 이미지가 다가와서, 알을 품듯이 따스하고 부드러운 깃털을 밀착해서 온기를 만들고 있었던 것이오. 그때부터 그녀는 내 심장의 격한 움직임과 함께 동거하고 있었던 것이오. 체육선생, 이 일을 어쩌면 좋겠소?"

"참으로 곤란한 상황이네요."

무심결에 내뱉은 말이었으나 현명한 대답이었다. 비열하고 야비한 꽃뱀의 마수가 성실하고 순진한 영어선생에게까지 뻗어서 몹시 괴롭히고 있었다는 것을 확인하자 몹시 놀라지 않을 수 없었다. 꽃뱀헌터는 더 이상 할 말을 잃어 어안이 벙벙했다. 자신도 어떻게 이 상황과 현상을 모면하고 풀어야 할지 도무지 알 수가 없었고, 막막했다. 그렇다고 실의에 빠진 영어선생의 처지를 보고 외면할 수도 없었다. 더욱이 영어선생에게만 제한되고 국한된 것 같지 않았다. 그녀의 마수의 영역에서 헤어나지 못하고 기웃거리고 맴돌고 있는 그들은, 머리를 숙이고 침묵한 채 겨우 숨을 들이쉬고 내쉴 뿐 다가오는 침울한 긴 밤이 얼마나 외롭고 괴롭고 고통스러울지, 사는 게 사는 게 아니고 차라리 죽는 것이 더 낫다고 생각할 것이리라. 그녀의 마수에 걸려든 사내들은.

"그녀가 나의 심장에 은밀하게 머물고 나서 그때부터 난 술을 줄이고 음식을 줄이기로 마음을 먹었소. 그녀의 해맑은 미소와 은근한 몸짓이 그렇게 인도하고 만들었소. 그것으로 끝나지 않고 해질녘에 시간을 내어서 공원을 빠른 걸음으로 몇 바퀴 돌고 있었던 것이오. 나 또한 이런 행동을 왜 하는지 확실하게 대답할 수는 없을 것 같소. 아무래도 음악선생의 출현으로 이런 행동과 마음가짐이 생겼다는 것이오. 시시때때로 와이프가 운동 좀 해서 살 좀 빼라고 종용했지만, 잔소리로 치부하고 한쪽 귀로 흘려보냈던 나태한 나였소. 마음은 음악선생 쪽으로 거의 다 기울었고 충동적으로 은밀하게 다가가고는 있었지만, 그것을 세상에 드러낼 수 없는 것인지라 속으로만 전전긍긍하며 와이프 몰래 화장실에서 자위를 하며 어렵사리 달래보는 것이 고작이었소. 가족에게는 미안하고 창피한 일이오."

이사장도 이런 마음으로 꽃뱀과 자신을 저녁식사에 초대했을 것이라 생각했다. 꽃뱀을 2층집에 잠시 머물게 한 것도 그녀를 가까이에 두고 시간을 벌어서 틈새를 노리기 위한 여지이고 수작인지도. 지근거리에 있으면 언젠가 한번은 허점이 보일 것이고 그때 강하게 파고들어 반전을 꾀하고 승기를 잡는 것도 나쁘지 않은 방법인 것이다. 그는 이사장의 노리끼리하고 반질거리는 얼굴 뒤에 음흉하고 야비한, 악랄하고 이기적인 본성을 숨기고 다가갔을 것이라 생각했다.

"체육선생 이제 어찌하면 좋단 말이오."

할 말이 없었다. 꽃뱀의 치기어린 장난과 예쁨이 이사장의 공허한 마음의 빈방을 남몰래 찾아들어가서 머물 듯이 영어선생의 공허한 마음의 빈방을 파고들었던 것이다. 주인에게 부동산계약서도 쓰지 않고 말이다. 그 빈방에서 그녀는 있는 듯 없는 듯 며칠을 조용히 가늘게 호흡하다가 어느 날부터 그녀는 창문을 열고 비질을 하고 걸레질을 했을 것이다. 어쩔 때는 콧노래를 부르기도 하며 말이다. 그러다가 그녀는 자신의 존재적인 이유와 가치를 인식시키기 위해 빈방을 나와서 어깨를 흔들고 엉덩이를 흔들며 바람에 너풀거리며 아무렇게 자라고 있는 잡풀들 사이를 가로질러 나아가며 산책을 할 것이리라. 그녀 자신의 예쁨과 향기의 은근함을 산들바람의 양어깨에 실어서 멀리 보내기 위해서 말이다.

"우선 꽃뱀을 피하세요. 학교에서도 피하고 밖에서도 피하는 것이 최선의 방법입니다. 어떻게 들릴지는 모르지만, 마음의 공허한 빈자리를 다른 것으로 채우세요. 오늘부터 교회에 가서 성실하고 은근하게 성령을 영접해서 헛것과 망상이 얼씬도 못하게 멀리 쫓아버리든지 눈에 넣어도 아프지 않은 귀여운 아이들로 내면을 채우든지, 그것으로도 안 되면 같이 늙어가는 아내의 풋풋한 미소와 아름다움으로 채우세요. 현 상황에서는 그것밖에 말씀 드릴 것이 없습니다."

꽃뱀헌터는 그렇게 충고를 해도 별로 실효성이 없다는 것을 알고 있었다. 이미 그는 그녀의 마수에 걸려들어 포로가 되어 있었기 때문에 어떤 말이나 충고도 들리지 않을 것이리라. 그래도 그런 원론적이고 보편적인 말밖에 할 수가 없었다. 그렇다고 꽃뱀의 실체에 대한 부분을 자세히 차근차근 얘기할 수도 없고, 그것을 얘기한다고 해서 영어선생이 믿지도 않을 것이다. 이해하려고도 하지 않을 것이고 받아들이지도 않을 것이다. 그것에 대한 것은 자신만 알고 무덤까지 가져가야할 것 같았다. 자신의 클라이언트 이사장에게도 비밀로 해야 될 것 같은 생각이 들었다.

영어선생은 제 할 말만 즐비하게 늘어놓고 맛깔스런 선홍빛 송어회만 쳐다보고, 더 이상 젓가락질을 하지 않았다. 그는 말을 하지 않고 어딘지 불퉁한 언짢은 표정을 하고 무겁게 가라앉은 진중한 침묵으로 일관했다. 방 안의 분위기는 냉랭했고, 꽃뱀헌터도 침묵한 채 소주잔에 소주를 따라서 한 잔씩 마실 뿐이었다. 그렇게 영어선생은 넋 잃은 사람처럼 맞은편 바람벽에 걸려 있는 가슴골이 깊고 넓적다리가 하얗고 보드라운, 야시시한 모델의 관능적이고 유려한 자태를 한없이 바라다보고 있다가 자리에서 벌떡 일어서서 아무 말도 없이 밖으로 나갔다. 꽃뱀헌터는 그의 시선이 오래도록 머물렀던 젊고 농염한 모델을 바라보기 위해서 앉은자리에서 몸을 비스듬히 돌려 올려다보았다. 그는 그 모델의 농염한 표정과 자태 속에 어렴풋이 꽃뱀의 이미지가 새록새록 돋아나는 것을 볼 수 있었다. 방긋한 미소와 눈웃음이 은근하고 잔잔하게 배어나 미온적인 뭇 사내들의 마음을 열정적인 투지로 변모시키는 것과, 언제나 촉촉하고 도톰한 입술을 다소곳이 벌려 정돈된 가지런한 치아가 알아서 윤기를 내며 미온적인 뭇 사내의 입술을 열정적인 키스로 충동질해서 끌어들이는 것이 말이다. 그는 뭇 사내들을 현혹시키는 여인들은 거의 다 공통적이고 보편적인 뇌쇄적인 예쁨과 아름다움을 가지고 발산하고 있다는 것을 느끼고 깨달았다. 어쩌면 영어선생도 그 모델에게서 꽃뱀과 매치되는 그 뭔가를 보고 느꼈는지도 모를 일이었다. 그는 이런저런 생각을 하다가 화장실에 간 것이라고 생각하고 있었다. 어쩌면 자위! 그러던 그가 거의 30분이 지나도 되돌아오지 않자 아주 이상한, 불길한 생각이 갑자기 밀려들었다. 그래서 그는 먹던 송어회를 몇 점 남겨두고 일어서서 남자화장실 쪽으로 가보았다. 문을 열자 암모니아냄새는 훅 끼쳤고, 화장실은 텅 비어 있었다. 그래서 횟집 카운터에 있는 다소 선량해 보이던 주인장에게 가서 물어보았다. 영어선생은 아까 계산을 하고 밖으로 나갔다고 했다. 그 주인장의 사무적인 친근한 말씨가 이상하게 불안감을 증폭시켰다.

꽃뱀헌터가 횟집 밖으로 나오자, 태양은 이미 소멸해버렸고 그 자리를 은은하게 발그스름한 저녁노을이 이미 고혹적인 표정과 자태를 연출하고 있었다. 그 저녁노을이 수족관에 유영하는 물고기들의 공간 사이사이 은은하게 스며들고 있었다. 기포발생기는 여전히 물속에 일정한 속도로 방울방울

만들어 물고기와 저녁노을의 생명을 간신히 연장해주는 인공호흡기 같다는 생각이 들었다. 저녁노을과 수족관에 갇힌 물고기. 그들은 서로에게 은근한 위안이 되는 애틋한 모습이었다. 낮에 쫓기어 밤으로 향하는, 뜰채에 들려 도마 위로 향하는 것이 닮아 있었다. 어쩌면 저녁노을도 수족관에 갇힌 물고기도 멀리서 가까이서 머물다가 다가와 단숨에 들이닥치는 죽음을 체념하고 있는 모습이 저렇게 애처롭게 드러나는지도 모를 일이었다. 싸늘해지는 밤과 죽음에 이르는 섭리를 인정하고 받아들이는 과정과 접근방식이 아마 저런 태연하고 느긋한 모습으로 드러나는 것인지도.

꽃뱀헌터는 수족관에 발그레한 저녁노을 사이로 물고기들이 느슨하게 유영하는 것을 보다가 그 속에서 영어선생의 이미지가 불안하게 으스스 부서지고 사라지는 것을 볼 수 있었다. 환시인지! 그래서 그는 발걸음을 옮겼다. 혹시 자살. 그래서 서둘러 2차선 도로를 건너 주유소가 있는 곳으로 가서 공원으로 내려갔다. 아마도 영어선생이 공원에 와 있을 것만 같은 예감이 들었던 것이다. 공원에는 물놀이시설이 형형색색으로 넓게 자리를 차지하고 있었다. 여름철에는 아이들이 서로서로 시시덕거리며 왁자하게 떠들며 즐겁게 웃는, 장난치다가 넘어져서 우는, 때로는 수군거리는 아이들의 치기어린 다채로운 행동과 모습을 볼 수 있을 것만 같았다. 그는 그곳을 벗어나서 폭이 좁은 공원길을 순행하지 않고 역행하며 빠른 걸음으로 옮겼다. 묵직하고 까마득한 불안감이 몰려들었다. 빠르게 걷는 도중에도 며칠 전 자전거를 타다가 역주행 했던 예의 없이 무뢰하고 방자한 검은색 승용차가 떠올랐다가 뭉그러지듯이 사라졌다.

꽃뱀헌터는 골프연습장을 지나 오른쪽에 화장실이 있는 곳에서 영어선생을 만났다. 그의 이마에는 땀이 흥건하게 흘러내리고 있었다. 그의 상의는 물속에 들어갔다가 나온 것처럼 땀으로 흠뻑 젖어 있었다. 그가 빠른 걸음으로 걸을 때마다 비곗덩어리가 아래위 좌우로 출렁거렸고 호흡도 목구멍까지 차올라 거칠고 탁했다. 그런 와중에도 그는 꽃뱀헌터를 보고 손을 흔들며 애써 미소 지을 뿐 그 자리에서 멈추지 않고 빠른 걸음으로 계속 걸었다. 꽃뱀헌터는 그에 대한 불안감이 삽시간에 누그러졌지만, 안쓰러웠다. 개운하지 않았다. 아직도 그는 언밸런스한, 출렁거리는 육중한 보디를 앞세워 삶의 끈을 놓지 않고 걷는 모습이 대견해 보이기까지 했다.

꽃뱀헌터는 경사진 공원길을 따라 올라가는, 오른쪽으로 길 따라 빛바랜 녹색 울타리가 일정한 높이로 쳐진, 그 안에 쇼트홀이 있는 골프연습장을 들여다보며 걸었다. 그는 목표를 향해 뒤뚱거리며 사라지는 영어선생의 뒷모습을 보고 있었다. 마치 하루 일당을 벌기 위해서 짐을 실은 화물차 같았다. 그럼에도 불구하고 그는 여전히 불안한 찌꺼기가 남아서 가뜬하지 않았다. 그는 앞으로 일어날 영어선생의 일은 내버려두고, 예전부터 그랜저를 타고 자전거를 타면서 한번은 들러보고 싶었던 곳, 골프연습장. 그곳으로 발걸음을 옮겼다. 아까부터 드라이버로 골프공을 치는 경쾌한 소리가 멀리서도 들리곤 했다. 철재지지대가 양쪽으로 높이 솟구쳐올라 그 안에 녹색 그물망으로 날아드는 골프공을 받아내는 것이었다. 주위 경관을 많이 헤치는 건축물임에는 틀림없었다. 방랑기사 돈 끼호떼였다면 분명히 사악한 괴물로 인식하고 큼직한 지지대를 넘어뜨리고 그물망을 갈기갈기 찢어놓았을 것이다. 한산했다. 주차장에는 며칠 전에 자전거를 넘어뜨리고 사라진 검은색 승용차가 한쪽 구석에 주차되어 있는 것이 다였다. 다소 께름칙했다.

그래서 꽃뱀헌터는 골프연습장 주차장에서 기웃거리다가 나와서 그리 멀지 않은 곳 언덕에 자라고 있는, 수몰되기 전에 한 마을을 지키고 마을사람들에게 경외의 대상이었던 신령스러운 사수대가 있는 쪽으로 걸었다. 골프연습장은 다음 기회에 들어가기로 마음먹고, 그는 영어선생이 겨우 걸어올라간 경사진 공원길을 선택하지 않고 투박한 돌계단이 있는 쪽으로 발걸음을 옮겼다. 사수대 근처에는 데크가 주위를 많이 헤치지 않는 선에서 계단으로 긴요하고 촘촘하게 목욕탕 뒤쪽 측백나무가 있는 미로 쪽으로 향하고 있었다. 그는 천천히 걸어서 사수대 곁에 있는 그네의자가 있는 곳으로 갔다. 그는 그곳에서 사수대를 올려다보다가 난간 쪽으로 다가가서 양손을 얹고 온몸을 기울인 채 비로소 안정된, 제대로 된 경치를 볼 수 있었다. 입을 다물고 있는 거대한 댐의 수문은 빽빽한 나뭇잎들에 가려져 제대로 눈에 들어오지 않았다. 그래서 그는 산이 앞을 가로막고 있어 제대로 형성되어 있지 않은, 그럼에도 저녁노을의 빛깔이 빈약하게 스며들어 있는, 서쪽 하늘을 바라보았다. 그러고는 고르고 판판하게 머물러 있는 암갈색 수면 건너편에 있는 드문드문 뿌리를 내린 조그마한 전원주택들을 바라보았다. 그러다가 그는 쇠약해지고 있는 발그레한 선홍빛 저녁노을 쪽으로 시선을 재차 옮겼다. 그윽하고 온유하고 오묘한, 예쁘고 성스러운 몸짓과 빛깔이 오랫동안 머물러 있는 그곳으로. 그 저녁노을이 조밀하고 진해지는가 싶더니 어느 순간부터 엷어지는 것을 현격하게 보고 느낄 수 있었다. 그는 그 애처로운 저녁노을의 흥망성쇠 속에서 단말마의 고통과 두려움, 괴로움과 절망이 온전히 스며들어 있다는 것을 느낄 수 있었다. 저것이 황혼과 성스러운 밤을 맞이하는 저녁노을의 접근 방식인지도 모른다고 생각하고 있었다. 그래서 간절하고 절실한 빛깔과 몸짓으로 최선을 다하는 그래서 후회도 없는 온화하고 정적인 빛깔과 표정으로 온전히 사멸을 맞이하는 지도. 그래서 저렇게 은근하고 곱고, 거룩하고 아름다운 것으로 드러나는 것인지도 모른다. 그 찬란하고 고귀하던 저녁노을도 성긴 어스름한 밤의 입자들에 서서히 잠식되는 것을 볼 수 있었다. 어느덧 황혼. 미세하게 남은 빛살까지도 온전히 빨아들이고 온전히 소멸시키는, 경직되지 않고 경솔하지 않은 긴요한 시간.

그때 벤츠아줌마에게서 카톡이 왔다. 기쁜 소식이라며 내일 한번 와보라는 내용이었다. 더 이상 카톡은 오지 않았다. 그녀가 산청으로 내려와서 하룻밤을 자고 해인사로 향할 때, 그 당시 그랜저 안에서, 음침한 과거에 쫓겨서 실성한 사람처럼 장광설을 늘어놓았던 그녀가 아니었던 것이다. 이미 그녀는, 내면의 움직임과 변화를 조금씩 인식하고 느끼며 소홀하게 대했던 자아의 아기자기하고 천진한, 섬세하고 눈부신 모습을 바라보고, 이미 그쪽으로 서서히 무거운 돌을 놓고 건너고 또 무거운 돌을 놓고 건너고 있었던 것이리라. 아슴푸레한 내면의 공간으로 향하는 돌다리. 조심스럽고 차분하게. 성실하고 근면하게.

그는 그녀에 대한 일거수일투족이 늘 궁금했으나, 그녀의 차분한 일상과 발걸음을 믿고 신뢰하고 있었다. 그래서 그런지, 그녀를 망각의 홑이불로 덮어두고 있었지만, 그 시끄러운 카톡이 그 망각의 홑이불을 찢고 걷어차버렸다. 반가웠다. 아무래도 늘어지고 무기력한 그녀의 신변에 어떤 중요하고 반가운, 입체적이고 충격적인 변화가 있어 보내는 카톡이라는 것을 대충 인식할 수 있을 것 같았다. 그는 많이 궁금했으나 다음으로 미뤄두기로 했다. 자제했다. 그때 그녀의 보디가 떠올랐다. 나이에 걸맞지 않은 매끈하고 부드러운, 탄력 있는 피부의 촉감과 체취가 느릿느릿 다가와서 머물렀다. 그는 내일 오후에 간다고 카톡을 보내고 그네의자에 앉았다. 투수가 마운드에서 공을 던질 때 투구와 투구 사이의 시간적 간격, 즉 인터벌. 그는 그녀와의 인터벌이 필요할 것 같았다. 이상하게 그녀를 생각하면 고등학교 다닐 적 부산에서 간헐적으로 찾아와서 마음 언저리를 깊숙이 할퀴고 지나가는 향수병 비슷한 것이 물씬 풍겼다. 어쩌면 꽃뱀헌터에게 그녀는, 풍요롭고 안락한 고향 같은 여인인지도 모른다. 마음이 허전하거나 황망할 때 한번씩 찾아가 보고 싶은 그런 곳.

그러는 사이, 침잠한 어둠이 빛의 공간을 온전히 잠식하자 따스한 사물의 온기까지 빼앗아버린 것이었다. 그는 등받이에서 몸을 당겨 다리를 편안하게 꼬고 앉아서 짙은 어둠이 켜켜이 내리고 있는 앞을 초점 없이 응시하다가 골프연습장 건물 위에 어른 주먹만한 전구가 앞을 직시하며 그물망의 형태를 선명하게 비추고 있는 곳을 응시했다. 그것과 별개로 무수한 공원의 가로등은 이미 불이 켜져 구석구석을 영리하게 밝히고 있었다. 이제야 그는 아까와 다른 환경에 놓인 것을 명확하게 인식할 수 있었다. 칠흑의 어둠은 밝은 빛을 초대할 수밖에 없는 숙명을 짊어지고 태어난 것인가! 그는 그런 생각을 하고 있을 즈음에, 잠시 멈춰 있던 드라이버 휘두르는 소리가 그물망 사이를 비집고 들어 귓구멍을 강하게 자극하고 있었다. 왜 그는 일면식도 없는데 검은색 승용차를 타고 다니는 그 사내가 싫어지는 것인지 도대체 알 수가 없었다. 편견. 아니면 타고난 예리한 촉수.

그때 그는 영어선생이 하던 운동을 마치고 집으로 갔는지 궁금하기도 해서 그네의자에서 일어나 난간에 기대어 좁은 공원길이 있는 쪽으로 시선을 고정시켰다. 그곳을 시시덕거리기도 하고 히히거리기도 하며 삼삼오오 아줌마들이 왁자하게 지나갔고, 그 뒤를 마라톤 유니폼을 입은 중년사내가 차오르는 호흡을 간신히 참고 누르고 누르며 페이스를 유지하며 뛰고 있었다. 연이어 학교에서 본 경리와 소사 부부가 두 손을 꼭 잡고 조심스럽게 산책을 하고 있었다. 경리는 임신복을 입고 있었고, 그 사이 배가 더 나온 것 같았다. 홀몸이 아니라서 힘에 부치는지 다소 가파른 경사가 시작되는 곳에서 잠시 멈춰서 호흡을 가다듬고 있었다. 그러자 나란히 다정하게 걷던 소사도 멈춰서 그녀의 헝클어진 머리칼을 사랑스런 눈빛으로 가지런하게 쓸어올려주었다. 서로가 서로를 진정으로 위하고 사랑하고 아끼는 모습이었다. 몇몇 부류의 사람들이 지나가고 잠시 어스름한 공원길이 갑자기 조용해지는가 싶더니, 그곳을 혼자 드라이브를 휘두르는 거친 소음이 무엄하게 들이닥쳤다. 불쾌했다. 그 검은색 승용차를 타던 장단지가 짧고 모가지가 짧은 그 께름칙한 사내가 불현듯 떠올랐다가 사라졌다. 그때 그 사이를 가로등이 있고 어둠이 어슴푸레하게 깔려 있는 곳으로 회색 레깅스와 검은색 치마를 입고 손목 아래까지 내려오는 아이보리 후드를 입은 옷맵시가 곱고 정갈한, 아리따운 여인이 경쾌하고 활기차게 빠른 걸음으로 앞만 응시한 채 발걸음을 옮기고 있었다. 귀에는 하얀 선이 없는 블루투스 헤드폰으로 풍성한 머리칼을 가지런하게 감싸고 있어 움직일 때마다 윤기가 나는 풍성한 머릿결이 걸음걸이와 함께 조심스럽게 이리저리 움직이는 것 같기도 했다. 익숙하고 낯익은 여인의 모습. 꽃뱀.

그녀가 어스름한 어둠 속으로 사라질 즈음에, 얼마 지나지 않아 온몸에 땀으로 범벅이 된 뚱뚱한 영어선생이 힘겹게 걷고 있었다. 도수 높은 두꺼운 안경알에 김이 서린 것을 닦기 위해서 잠시 멈췄다가 걷고 있었던 것이다. 대머리인 그는 지금까지 쉬지 않고 지속적으로 운동을 하고 있었다. 성실하고 부지런했고, 영악하고 치밀하기까지 했다. 아마도 그는 꽃뱀이 공원길을 운동하는 시간과 동선을 이미 숙지하고 걷고 있었던 것이리라. 우연을 가장한 필연으로 더 가까이 다가가서 흐느적거리는 그녀의 자태와 체취를 향유하기 위함이었을 것이다. 그래서 그는 횟집에서 송어회를 먹다가 약속시간이라도 잊은 사람처럼 일언반구도 없이 사라진 것이다. 그는 그녀의 꽁무니를 따라다니며 고혹적인 그녀의 체취라도 맡고 싶어서 그러는 것인지도 모른다. 그것을 저장해뒀다가 아내의 메마른 육체를 빌어서 달콤한 애무와 격렬한 섹스를 하는 것인지도 모른다. 대리만족. 그것도 아니면 꽃뱀을 미행하다가 한적하고 음습한 곳을 지날 때 강압적으로 덮쳐서 지금까지 숨겨온 강렬한 욕구를 채우기 위한 포석인지도 모르는 것이다. 아무래도 평소에 품성의 덕을 봐서 후자보다는 전자에 가까울 것 같았다.

더 이상 공원길에는 걷거나 뛰는 사람이 없었다. 한 명씩 한 명씩 제각각의 집으로 가버리고, 갑자기 텅 비었다. 을씨년스러웠다. 그럼에도 어수선하지 않았고, 아까와는 달리 서늘하고 차분한, 안정적으로 가라앉는 느낌이었다. 이젠 두껍게 짓누르는 어둠과 낯선 시간으로 인하여 꽃뱀도 운동을 그만두고 사택으로 갔을 것이다. 그녀가 운동하지 않으면 영어선생도 하지 않을 것이다. 그녀가 인도했기에 충분하고 가능한, 지겹고 고통스러운 운동을 참고 인내했기 때문이다. 평소 게으르고 안일하고 나태하고 태만한, 그래서 늘 푹신한 소파에 누워서 움직이기 싫어하는 영어선생이 할 수 있는 최선이었을 것이다. 어쩌면 자신도 모른 채 심장에 과부하가 걸린 것인지도 모른다. 어느 날 문득 죽음의 그림자 속으로 깊숙이 빨려들어갈지도 모른다는 불안한 예감이 자꾸 들었다.

꽃뱀헌터는 영어선생이 아슬아슬하고 위태위태한 상태에 놓인 것을 인식했다. 그럼에도 자신이 개입할 상황은 아니라고 생각했다. 이미 늦었고, 어떤 결말을 내든지 당사자가 결정해서 그 결과를 받아들여야 한다는 것을 이미 알고 있었다. 그는 이사장도 영어선생처럼 꽃뱀의 주위에 머물면서 그녀의 체취를 맡았고, 곱고 하늘거리는 그녀의 자태를 바라보며 흐뭇한 미소를 머금고 탐미하고 있었을 것 같았다. 그 결과, 달아오르는 강한 욕구를 주체하지 못해서 사모에게 격하게 달려드는 것인지도 모르는 것이리라. 순간순간 이사장도 그녀의 허점을 노리고 있었던 것인지도.

그러는 사이 별들이 아리송한 불빛을 던지고, 그곳에 형체를 알 수 없는 아리송하고 수척한 생명체가 사멸해간 저녁노을 쪽으로 무거운 날갯짓으로 간신히 날아가고 있는 듯했다. 아직도 영원히 정착할 수 없는 어둡고 아득한 밤하늘을 헤매고 있었던 것이다. 편안하고 넉넉한, 소박하고 소소한 안식처를 찾지 못하고 있는 것인지 사랑하는 새로운 애인을 찾고 있는 것인지. 넓고 막막한, 끊임없이 날갯짓을 해도 그 자리에서 벗어나지 못하는 것 같기도 했다. 깃털 속에는 땀이 흥건하게 고이고 쉼 없이 날갯짓 하는 날개도 피로에 지쳐 늘어지고 있었던 것이다. 고요한 밤의 정적도 온전히 보듬지 못하고 외면하고 있는 듯했다. 야생에서 친절을 금기시 하고 있는 것이라 그러는지도. 꽃뱀헌터는 고달프고 외롭게 날갯짓 하는 그 생명체가 육중한 육체를 어렵사리 이끌고 걷고 있는 영어선생과 아주 흡사하게 닮아 있다는 생각이 들었다. 귀엽고 예쁜 처자식이 곁에서 따스한 온기와 일정한 호흡을 하고 하루하루 함께 살아가고 있음에도 그는 여전히 어둠침침한 밤거리를 걸으며 새로운 애인을 노리고 있었던 것이다. 어쩌면 이사장도 그럴 것이다. 이 상황과 조금은 다르지만, 국어선생도 영어선생과 다르지 않을 것 같았다. 그녀는 결혼을 하지는 않았지만 자신의 존재가치를 격하게 타오르는 성욕으로 공고히 하고 싶었던 것이다. 실타래를 풀듯이 보드랍게 보듬고 애무해줄 상대를 찾기를 원하고 있었던 것이다. 그 상대가 손에 닿을 거리에 있는 자신이라는 것을 꽃뱀헌터는 이미 교무실에서 자신을 바라보는 따스하고 은근한 시선 속에서 대략적으로 느끼고 인식할 수 있었던 것이다. 꽃뱀헌터는 남자도 여자도 그 알 수 없는 미지의 그 누군가를 찾고 있는 것인지도 모른다고 생각했다. 그를 만나면 그녀를 만나면 지금까지 무수한 나날을 고민하고 괴로워했던 그 모든 것들이 일시에 해결될 것이라 막연하게 믿고 있는 것인지도 모를 일이었다. 무덤덤하고 무기력한 일상의 삶을 찢는 방법이, 일상에서 벌어지는 크고 작은 상실감과 짓누르는 외로움과 고독에서 벗어나는 방법이 오직 그것 밖에 없는 것인지도 모른다. 어쩌면 꽃뱀헌터도 그 누군가를 찾기 위해서, 세상에는 존재하지 않는 그 누군가를 찾기 위해서 지금까지 방황하고 헤매고 있었던 것인지도 모른다. 끊임없이 미지의 세계를 찾고 갈구했던 빈센트 반 고흐처럼.

다음날 오후 꽃뱀헌터는 해인사에 도착했다. 산등성이를 타고 넘고 골짜기를 타고 넘어 해인사 깊고 깊은 골짜기가 왼쪽 길가로 잘게 부서졌다가 모이는 시원한 물줄기와 정겨운 물소리를 연신 뿜어내는 곳이었다. 이미 그곳은 여름의 불길이 일렁거리며 타오르고 있었다. 그는 버스터미널을 지나 농협과 우체국과 파출소를 지나서 추억만들기 나무팻말이 있는 곳 길가에 그랜저를 세웠다. 은행나무가 가로수로 서있는 한가한 길가에는 주정차 단속을 하지 않는, 조그마한 찻집이 있었다.

벤츠아줌마는 도착해 있었고, 그랜저에서 내리는 그를 보고 찻집 안에서 반갑게 미소 지으며 손을 흔들었다. 그녀는 찻집 깊숙한 곳에 등받이가 높고 푹신한 의자에 앉아 있었다. 그녀는 세련되고 고급스러운 색깔과 디자인으로 이목을 끌지 않은 평범하고 수수한 승복을 입고 있었다. 부드러운 커트머리도 매끈하게 정리하고 없었다. 삭발. 신발도 하얀 고무신이었다. 예전에 세련되고 화려하고 고급스럽고 우아한 모습은 어디에서도 볼 수 없고 검소하고 얌전한 행자의 모습으로 다가와 한가롭게 앉아 있었다. 꽃뱀헌터는 화장기 없는 수수한 그녀의 모습에 놀라움을 금할 길이 없었으나 겉으로 드러내지 않고 희미하게 미소 지을 뿐이었다. 그가 두꺼운 유리문을 열고 들어가자 그녀는 몸을 앞으로 약간 비스듬히 일으켰다가 앉았다.

꽃뱀헌터는 그녀의 변모에 할 말을 잃어 어떤 말을 꺼내놓아야 할지 머뭇거리고 있었다. 서로 마주 앉자 그녀는 시선을 떨군 채 두 손을 하얀 테이블 위에 가볍게 올려놓고 차분하고 얌전하게 앉아 있었다. 난해한 침묵이 흘렀고 그 침묵을 깨뜨린 것은 그녀의 오른손 집게손가락과 중지로 테이블의 표면을 가볍게 터치할 때의 간결한 울림 때문이었다. 그도 침착하게 팔짱을 끼고 그녀에게 응시하고 있던 시선을 고쳐서 양손을 테이블 위에 올려놓고 가볍게 터치했다. 그러면서 받아들이기 거북하고 불편했던 것이 서서히 녹아내리는 것을 그는 느낄 수 있었다.

그는 그녀가 내면에 새로운 플랫폼을 만들어서 새로운 프로그램을 깔아 새롭게 단장하고 있다고 생각했다. 스마트폰도 주기적으로 새로운 프로그램을 업그레이드 하듯이 말이다. 그는 그녀가 실존적인 삶에 가늘게라도 호흡하기 위해서 자신이 평소에 원하고 바라던 특화된 고유한 영역으로 변태하는 과정이라고 생각했다. 그렇지 않았다면 순간순간 하루하루 힘겹고 고달파서 버티고 견디기 힘들어 자살이라는 자의적이고 편의적인 선택을 했을지도 모르는 것이었다.

"고마워. 당신은 나에게 기이하고 엉뚱한 방랑기사 돈 끼호떼로 다가왔지만, 결국에는 성스럽고 은혜로운 하나님의 아들 주 예수그리스도로 다가왔어. 진심으로 감사해. 태어나서 이런 따스한 친절과 아낌없는 희생을 받아본 적이 없었어. 뭇 사내들이 다가올 때는 거의 다 나의 젖가슴을 만지고 빨고 핥고 가랑이 깊숙한 곳에 손가락을 마구 쑤셔넣고 페니스를 쑤셔넣는 것에만 혈안이 되어 있었지. 대가를 바라지 않고 사랑을 베푸는 사내는 당신이 처음이었어. 당신은 처음에는 엉성했으나 옹골찼고 나태했으나 성실했어. 정말 고마워."

꽃뱀헌터는 그녀의 말이 진심에서 우러나온다는 것을 알고 있었다. 그럼에도 앞뒤좌우도 없이 내뱉는 말이라 황당하고 의아했다. 그녀는 자신의 감정에만 고집하는, 골똘히 취해있는 들뜬 상태라는 것을 느낄 수 있었다. 그가 모르는 그녀에게 어떤 기이하고 신기한, 속으로 간절히 바라고 희망하던 일이 일어난 것이 분명했다. 그때 40대 후반으로 보이는 찻집아줌마가 포장되어 쉽게 접할 수 있는 쌍화차가 아니라 뭉근히 끓인 쌍화차를 테이블 위에 놓고 되돌아갔다. 그래서 그런지 찻집에 들어올 때부터 한약재를 끓이는 냄새가 지나치게 코를 자극했다.

그 찻집아줌마는 엉덩이와 허리의 구별이 명확하지 않은 엉성한 몸매를 소유하고 있었다. 그럼에도 보정속옷을 입었는지 무른 살덩어리를 어렵사리 부여잡고 있는 듯했다. 찻집아줌마는 육체를 고단한 노력과 충분한 시간과 비용으로 견고하고 탄력 있게 관리하지 못하고 비좁은, 따스한 찻집 안에서 움직이는 것으로 위안을 삼는 게으른 부류에 속하는 여자 같았다. 더욱이 그녀의 얼굴은 물컹하게 반죽되었고, 이목구비의 구성도 아무렇게나 내던져진 연장처럼 어수선했고 가지런하지도 예리하지도 않았다. 그녀의 미모로 인하여, 지나가는 사내들을 찻집 안으로 불러들인다든지 길가에 오랫동안 머물게 할 정도로 매혹적인 면도 없었다. 단지 언밸런스한 두툼한 입술 위 인중에 조그마한 점이 조잡하게 박혀 있는 것이 특징이라면 특징이었다. 그 찻집아줌마의 시선이 아까부터 그들에게 고정되어 있었던 것을, 그는 인식할 수 있었다. 여자의 심리에 자세하고 밝은 벤츠아줌마는 의미 없이 흐릿하게 미소 지을 뿐이었고 그는 흔하게 일어나는 일이라 마음에 두지 않았다. 그가 대충 봐도 그녀들은 엇비슷한 나이인 것 같았으나 겉으로 보이는 액면가는 천지 차이였다. 그것을, 현실로 받아들이기 싫은 것인지 가끔씩 벤츠아줌마를 흘겨보고 있는 것을 그는 미세하게 보고 느낄 수 있었다. 질투와 구애.

"여긴 내가 하루에 한 번씩 들르는 단골집이야. 주인이 쌍화차를 직접 달여서 팔아. 그래서 주일날에는 단골손님들이 많이 와. 그 속에는 스님들도 많아. 지극정성으로 달인 보약을 한 사발 먹는 기분이 들곤 해. 방금 전에 한 두서없이 늘어놓은 말이 다소 엉뚱하게 들릴지는 모르겠지만, 차근차근 얘기해줄게."

벤츠아줌마는 희미하게 미소 지으며 오른손으로 공손하게 의사표시를 하고 기어들어가는 가는 목소리로 얘기했다. 그러고는 표면이 거친 회색 바탕 위에 연한 홍색의 구절초가 핀 투박한 찻잔을 양손으로 감싸고 있었다. 그녀는 구절초가 세 송이씩 삼각을 이루며 핀 뚜껑과 무성하게 핀 찻잔에서 따스한 온기를 온몸으로 받아들이고 있는 것 같았다. 그녀는 한기를 느끼는 것 같았고 오슬오슬 떨고 있는 것 같기도 했다. 머리를 강한 햇살로부터 보호하는 풍성한 머리칼이 일순간에 사라지자 갑작스런 변화에 적응하지 못하는 일반적인 아슬아슬한 육체의 모습 같았다. 아마도 그녀는 새로운 환경과 상황에 자신만의 방법과 접근방식으로 나아가는 것이 분명해 보였다. 그래서 기존의 패턴과 리듬을 익숙하게 누리고 있었던 보디와 새롭게 다가오는 변화에 적응하기 위해서 부단히 노력하는 보디 사이에 기진한 불협화음이 일어나는 것이 분명해 보였다. 그 과정에 외부적으로 부작용이 일어난 것이 가벼운 감기증세로 나타난 것 같았다. 자신의 육체적인 메카니즘을 알고 있는 그녀만이 정확하게 인식하고 있을 것이었다.

"어제 첫차로 서울에 갔다가 왔어. 합천에서 첫차를 타고 점심때쯤에 서울남부터미널에 도착했지. 3호선을 타고 서울을 관통해서 일산에 도착해, 집 앞 탐앤탐스에서 흰머리만 있는 그래서 교회에서 백로라는 애칭이 있는 장로님을 기다렸어. 초창기부터 함께하신 분이고, 그 이전에는 룸살롱의 단골손님 중의 한 분이었어. 그분이 교회의 살림을 도맡아 보고 있어. 저번 달까지 아이들과 함께 살고 있던 주택도 그분이 거의 다 관리하고 있고 남편의 일거수일투족에 대해서 상세하게 알고 있어. 아마 내가 남편에게 유린당해서 병들어가는 것도 알고 있었을 거야. 집안일을 돕는 아줌마와 집사를 그분이 관리하고 있어."

"아주 사적인 질문이지만, 백로라는 분과 스스럼없이 보디를 나눈 사이?"

벤츠아줌마는 일시적으로 얼굴빛이 붉어지자 쌍화차의 뚜껑을 열어 대추와 잣이 떠 있는 것을 내려다보고 입술에 가져가서 한 모금 마셨다. 가늘고 긴 수증기가 꼬리에 꼬리를 무는 모습을 멍하니 보다가 또 한 모금 더 마셨다. 그녀는 이내 평정심을 되찾고 빙그레 웃으며 차분하게 얘기했다.

"당신을 만날 때면 이상하게 맑고 그윽한 눈빛이 나의 내면의 깊고 소소한 부분까지도 면밀하고 소상하게 들여다보고 있다는 불편한 생각이 들 때가 많았어. 섬뜩했어. 이미 모든 것을 알고 질문하는 것 같아서 당신에게는 솔직하게 바른대로 얘기할게. 백로라는 그 장로님은 훌륭한 인품을 가지신 분이야. 늘 거짓이나 꾸임이 없이 바르고 곧았지. 성실하고 진솔했지. 남편에게 유린당하고 영육이 지치고 쇠약해질 때 언제나 힘이 되었어. 그런 와중에도 남편에 대한 지저분한 일은 그분에게 일절 얘기하지 않았어. 그럴 때면, 나 자신이 너무나도 초라하고 비참해서 땅속이라도 파고들어가고 싶은 심정이었어. 그러다가 우연찮게 교회수도원에서 되돌아오는 길에 그분의 승용차가 고장이 나서 어쩔 수 없이 벤츠를 함께 타게 되었어. 그분은 얌전하게 조수석에 타고만 있는가 싶더니 예전의 얘기를 꺼내었어. 룸살롱에서 있었던 일을 말이야. 난 그때 그분이 나에게 무엇을 원하는

지를 알고 있었어. 남편에게 감시당하면서 간신히 살아가는 것도 염증이 나서, 그래서 잠시나마 그 올무에서 벗어나기 위해서 그분을 도로변에 있는 무인모텔에 모시고 가서 적절하게 섹스를 했어. 남편에 대한 보복심리가 심저에 깔려있지 않았다고는 말할 수 없어. 그분은 룸살롱을 경영할 때도 가끔씩 몸을 나누던 사이였기에 생소하게 다가오지는 않았지만, 그럼에도 그분의 성실하고 부드러운 애무와 배려하는 열정적인 섹스가 생소하게 다가왔어. 그래서 다정다감한 오럴과 섬세한 터치로 그분을 풍요롭고 아늑하게 천국으로 보내줬어. 그 이후 그분과 틈틈이 섹스를 했어. 그분은 당신과 차원이 다르게 다가온 분이었지. 그분은 아버지 같은 자상한 분이었고 당신은 순간순간 에너지와 생명력을 불어넣는 비타민 같은 친구 정도."

"미안. 아픈 곳을 찔러서."

그녀는 말없이 쌍화차만 마시고 있었다. 그러더니 그녀는 고개를 숙인 채 소리 없이 흐느꼈다. 그녀는 가끔씩 하얀 치아로 볼썽사납게 터진 아랫입술을 반복적으로 살짝 물었고 코를 훌쩍거리기도 했다. 한참 후 그녀는 흐릿하게 사라져가는 말꼬리를 부여잡고 재차 어렵사리 얘기를 늘어놓았다.

"꽃뱀헌터. 난, 여기저기 아무렇게나 복잡하게 얽히고설킨 세상에서 벗어나고 싶어. 늘 뭇 사내들은 나에게 뜨겁고, 섹시하고 간결한 보디만을 원하고, 언제나 느끼한 시선을 보내곤 해. 나의 바람막이가 되어주어야 하는 남편인 목사는, 그들보다도 더 했으면 더 했지 덜하지는 않아. 늘 집에만 오면 흉포한 괴수가 되어버리는 거야. 그는 목사로서 경건하고 성실하고 올곧아야 하는 의무와 책무를 저버리고 미친 들개처럼 으르렁거리며 공포와 두려움을 내뿜으며, 그런 와중에 틈이 나면 앞발로 강하게 누르고 날카로운 이빨로 물어당기는 것을 삶의 즐거움과 재미로 생각하는 위인이야. 목사인 남편이, 그런 변칙적이고 해괴망측한 행동을 한다는 것을 상상하는 사람은 아무도 없을 거야. 겉으로는 늘 친절하고 상냥했으니까. 뭇 사내들 또한 만만찮았어. 일시적으로 다가오는 자신의 충동적인 강한 욕구를 푸는 것이 더 중요하니까. 그런 그들의 의도와 생각이 보이고 느껴져. 난 말이야, 아무래도 조밀하게 다가오는 그들의 타오르는 욕구의 압박감을 벗어나기 위해서 첩첩산중 해인사까지 내려온 것 같아. 찬찬히 나의 내면을 되돌아보니까 그런 것 같아. 더욱이 소실되고 잃어버린 나의 삶을 되찾고 회복하고 싶었어. 일반적이고 정상적인 엄마라면 사랑스런 두 딸을 남겨두고 집을 박차고 나온다는 것은 지옥을 경험하는 것과 다르지 않은 것이야. 혼신의 힘으로 유방을 부여잡고 유두를 물고 빠는 아이들의 사랑스런 미소가 떠오르면 우선 유두가 욱신거리고 가슴이 찢어지는 고통으로 내몰리곤 하지. 씨앗을 받아 온몸으로 키운 자식이기에 그럴 것이야. 꽃뱀헌터 당신도, 당신 엄마의 마음을 다 이해하지는 못할 것이야."

꽃뱀헌터는 순간 자신의 심장을 강하게 찔러들어오는 이상한 뭔가를 느꼈다. 연이어 늘 싸늘하고 어둑한 표정으로 힘들게 살아가는 그래서 만나면 숨이 막히는 어머니의 모습이 떠올랐다. 아직까지 그런 현상에 대한 것을 적확하고 상세하게 성명할 길은 없었다. 어머니가 왜 자신에게 적당한 거리를 두고 대했는지, 가혹할 정도로 싸늘하게 밀쳐냈는지 말이다. 그 뭔가의 담담한 진실이 자신의 심장을 강하게 후비고 찔러드는 것 같았다. 무당이 자신의 굿을 못하는 것과 다르지 않은 것 같았다. 그도 자신의 예지로 어머니의 마음을 제대로 파악하지 못하니 말이다.

"각설하고, 그 백로의 말에 의하면 남편은 교통사고가 났다고 해. 한번씩 새벽기도를 드릴 때 운전기사를 데리고 가지 않을 때가 있거든. 검은색 세단이 전봇대를 들이박았다는 거야. 그리고 괴이하게 조수석을 가로질러 번개가 지나갔는지 장검이 지나갔는지 날카롭게 잘려 있다는 거야. 고급 세단은 폐차를 시킬 정도로 반파되었지만, 그런 와중에 남편은 육체적으로 크나큰 상처를 입지 않았고 정신적으로 크나큰 상처를 입었다는 것이야. 미친놈처럼 횡설수설. 그런 남편이 안방에서 나오지를 않는다는 거야. 정신없이 울기도 하고 웃기도 하며 침대에서 이불을 감고 누워 있다가 갑자기 일어나서 무릎을 꿇고 통성기도를 한다는 것이야. 그것도 곡기를 끊고 물도 마시지 않은 채 말이지. 가사도우미가 걱정이 되어서 조심스럽게 문을 열어보면 그는 가사도우미의 바짓가랑이를 잡고 기도인지 넋두리인지 알 수 없는 풀어진 말을 늘어놓는다는 거야."

그녀는 한동안 뜸을 들였다. 삭발해서 더욱 작아 보이는 얼굴은 흙빛이었고, 싸늘했다. 심저에서 서서히 치밀어오르는 절절한 아픔과 고통이 자신을 강하게 압박하는 것 같았다. 평소에 겉으로 드러내는 것보다, 더 오래전부터 관습이나 의식이 안으로 누르고 삭이던 가라앉은 감정의 파편들이 미세하게 어깨를 흔드는가 싶더니 어느새 스멀스멀 다가와서 짓누르는 것 같았다. 그녀는 꽃뱀헌터 앞에서 울컥 울음보를 터뜨리지 않으려고 무던히도 애를 쓰는 것 같았다. 초조한 눈빛으로 입술을 잘게 씹으면서 말이다. 그녀는 그에게 초라한 자신의 면면을 다 보여주고 싶지 않은 것이다. 그녀의 내면 한 면에 흐르는 주파수가 그와 공명을 하는 어떤 면이 있다는 것인지도. 쉽게 얘기해서 그녀는 꽃뱀헌터를 믿고 신뢰하고 사랑하고 있다는 방증이기도 했다.


'주여, 어찌하오리까.

당신이 저의 주인인 것을 잊고 방탕하고 포악하고 난잡게

살았나이다. 당신이 장검을 뽑아 번개처럼 내리치지 않았

다면, 아직도 다가오는 이익과 자기합리화의 범주에서 벗

어나지 못했을 겁니다.

어두운 내면에 괴물이 살아서 거칠게 숨 쉬고 포효하는,

들이박고 갈기갈기 물어뜯는 것을 도외시하고 천박하게

몸 팔았던, 아내의 천박한 삶의 소소한 부분까지도 거울

에 비추듯이 또렷하게 비추었습니다.

그녀는 의지가지없는 외로운, 불쌍한 여인입니다.

곤궁하고 힘들 때는 웅크리고 있던 괴물이 어느 순간에 얼

굴을 드러내며 으르렁 으르렁 으르렁.

참 인간이 간사하기 짝이 없나이다. 배부르고 안락하자 숨

죽이며 기다리고 있었던 그녀의 흠결들이 적나라하게 드

러나 선명하게 보이는.

나체 위에 나체.

여자 위에 남자.

여자 위에 여자.

하얀 넓적다리 속에 매달려 꿀을 채취하는 무수한 사내들

의 이글거리는 눈빛.

늘어진 유두를 만져보고 빨아보고

촉촉한 그녀의 입술을

촉촉한 그녀의 자궁을 쑤시는 쾌락을 탐하는 하이에나.

간드러지는 신음소리와 절규하는 교성.

그런 잔상들이 떠올라 괴롭히고 괴롭혔습니다.

더욱이 아직도 자라고 있는 아이들에게 세습의 발판을 만들어주기 위해서 말씀의 힘과 인품의 행위가 있는 전도유망한 목사는 자라서 큰 가지를 펼쳐서 그늘을 만들어 사람들에게 안식을 주기 전에 멀리 조그마한 교회로 내쫓다시피 했습니다.

교회는 하나님의 것이지 소유의 대상이 아니라는 것을 망각한 채 말입니다.

하나님, 부디 저의 과오와 탐욕과 무지를 용서해주시기 바랍니다.'


벤츠아줌마는 반쯤 마신 따스한 쌍화차의 찻잔을 두 손으로 감싸고 있었다. 끊임없이 사내들에게 착취당하면서 가슴 속에서 끓어오르던, 지금까지 참고 억눌러 왔던 사소한 감정의 부분들을 언어의 모습으로 배설해버리자 후련한 것 같았다. 그럼에도 불구하고 그녀는 속이 비고 생명력을 잃은 해변에 가까스로 밀려온 큼직한 소라껍데기 속에서 애틋하고 그리운, 그 뭔가를 간절하게 듣기 위해서 귀를 기울이 듯이 자신의 내면에 천천히 귀를 기울이는 것 같았다. 그녀는 더 깊은 우울 속으로 가라앉기 위해 자신을 더욱더 가혹하게 자학하고 짓밟는 것도 같았다. 그때 꽃뱀헌터는 내면의 깊이 속으로 잠잠히 가라앉고 있던 그녀를 건져올리기 위해서 그녀의 초라한 욕정이 가늘게 숨죽이고 있는 서글픈 눈동자 앞에 두 손을 가져가서 갑작스럽게 크게 박수를 쳤다. 그러자 그녀의 심저에 뭉그러지는 정신과 의식을 곧추세우는 결과를 만들었다. 그녀는 깜짝 놀라서 고개를 곧바로 들었지만, 풀어진 멍한 상태에서도 미소를 잃지 않았다.

"산책이나 하자. 5월을 즐기고 느끼기엔 온갖 치장을 하는 나무들과 꽃들이 화려한 자태와 향기를 뽐내는 야외가 제격이지."

꽃뱀헌터는 그녀의 왼손을 잡고 찻집에서 끌고나가다시피 데리고 나왔다. 그랜저는 그곳에 주차해 두고 해인사 쪽이 아니라 초등학교가 있는 쪽으로 걷자고 그녀는 말했다. 아직도 그녀는 초라한 자신의 모습과 변화를 사람들에게 드러내고 싶지 않은 것이 분명해 보였다. 그는 힘없이 따라오는 그녀의 손을 강하게 쥐었다. 따스함이 느껴졌다. 그녀의 본질적 자아는 천진난만하고 따스하다는 생각이 들었다. 늘 착취의 대상이었지만, 그 무구함을 잃지 않으려고 무던히도 노력하는 것 같았다. 그는 걷고 있는 동안 그녀가 왜 삭발하고 승복을 입고 다니는지에 대하여 묻지도 의문을 가지지도 않았다. 과거와 사뭇 다른 풋풋하고 즐거운, 한편으로 낯선 새로운 나날을 맞이하고 싶어 과거와 영원히 절연되고 단절된, 그래서 새롭고 이채롭게 세상을 받아들이고 느끼고 싶었던 것을 그는 이미 알고 있었기 때문에.

"저기 저곳에서 아침 겸 점심으로 산채비빔밥을 먹었어. 이 산골짜기에서 자라는 신선한 산나물이 주재료라고 할머니가 자랑삼아 얘기했어. 그 할머니는 세월에 밟혀서 주름살이 패턴도 없이 어수선하게 어지러웠어."

꽃뱀헌터는 그녀가 말한 식당을 올려다봤다. 상호가 진주식당이었다. 해인사에 관광객들이 연이어 몰려들 때는 말끔하고 산뜻했을 건물이었을 것이다. 하지만 세월을 온전히 받아넘기다가 머문 흔적이 건물 구석구석에 고스란히 머물러 있었다. 오래되고 낡은, 허름한 콘크리트 2층 건물이었다. 도로보다 다소 낮은 그 건물 1층 가장자리에 그 할머니가 빨랫줄에 빨래를 펴서 널고 있었다. 젊었을 때 파랗고 찌푸린 하늘을 지탱하던 튼실하고 유연한 허리에서 온기가 시나브로 빠져나가 많이도 휘어져 있었다. 굽히고 펴는 것이 힘들 정도였고, 음식을 하고 설거지를 하는 것도 힘겨울 것 같았다.

그럼에도 시간시간 하루하루를 간신히 버티며 가끔씩 해인사에 찾아오는 손님들을 기다리며 겨우 살아가는 것 같았다. 2층에 여관인 그 건물과 할머니가 같이 늙어가고 있었다. 건물과 사람이 초라하게 서로를 위로하며 늙어가는 것이 신기하기도 했다.

"나도 하루하루를 살다보면 저렇게 할머니처럼 되어 있겠지. 사람들은 있는 그대로 영원히 젊음과 현실에서 머물 수 없으니 말이야. 어쩌면 지금 살아가는 것이 꿈이었으면 좋겠다는 생각을 어릴 적부터 무수하게 많이 했어. 어떤 절대자에게 간절한 기도를 했는지는 알 수 없어도 말이야. 그때는 하나님도 모르고 부처님도 모르고 있던 시기였지. 의붓아버지가 늘 엄마를 재워놓고 방에 몰래 숨어들어서 나를 억지로 핥고 빨고 삽입했지. 아마 그때가 갓 중학교를 들어갔을 때였을 거야. 지금에 와서 생각하면 엄마도 알고 있었던 것 같아. 그 산적 같은 놈의 달콤한, 당당한 페니스가 간절하고 절실했기에 모른 척 한 것 같아. 며칠 후에 엄마가 피임하는 방법을 가르쳤기 때문에. 그때부터였을 거야. 늘 현실이 꿈이고 꿈이 현실이기를 바라며 기도를 드렸지. 짓누르는 수치심과 모멸감으로 하루하루를 연명하기 힘들었으니까. 그래서 참다못해서 고등학교를 다니다가 가출을 하고 말았어."

그녀는 기억의 상자에 보이기 싫어 저 밑바닥에 구겨놓고 숨겨놓은 것을 이제야 꺼내었다. 거의 40년 동안에, 그녀의 인생이 어떻게 흘러갔는지 대략이나마 짐작할 수 있을 것 같았다. 더욱이 그녀의 현재 삶이 그녀가 선택한 것이 아니라 아마도 현실이 선택한 것을 말이다. 그래서 그녀는 올무처럼 가혹하게만 다가오는 현실에서 벗어나기 위해서 꿈의 장치를 빌려서 회피하고 싶었는지도 모른다. 그것도 아니면 지금 그녀와 만나서 손잡고 얘기하는 것이 꿈인지도 모르는 것이다. 어쩌면 빨래를 널고 있는 저 늙은 할머니도 현재의 모습이 꿈이라고 생각하고 사는 것인지도.

## 해피의 죽음

　후덥지근한 날씨였다. 여전히 대구도심 공기의 입자 속에는 한낮의 열기가 엉성하고 허술하게 박혀 있는 것 같지 않고 촘촘하고 조밀하게 박혀 있는 것 같았다. 한낮에 이글거리는 태양이 온전히 사라진 그 자리를 저녁노을이 슬그머니 진하고 옅게 돋아나고 소멸하는 변화로 인하여 유리창에 친밀하고 곱고 따스한, 촉촉하고 은근하게 맺히고 있었다. 몽환적이고 생기발랄하게. 그때 문미디어 대표는 아랫배가 다소 나온 작은 체구를 깊고 푹신한 의자의 부드러운 촉감에 의탁하고 있었다. 그녀는 의자를 뒤로 뉘어서 편안하게 저녁노을을 바라보며 충일함과 즐거움이 묻어나는 미소를 흐뭇하게 지었다. 지금까지 무의미하게 보내며 살아온 일상적인 삶이 이렇게 만족스럽고 풍성하게 다가올 줄은 꿈에도 예상하지 못했던 것이다. 그녀는 평소 심저에서 형체를 알 수 없고 근원을 알 수 없는 아련하게 속삭이듯이 들리던 초라하고 갈급한 메아리도 이젠 어디로 잠적했는지 들리지 않았고, 심지어 최근에는 간헐적으로 어김없이 다가오던 두통과 매일

밤 무겁게 짓누르는 불면증도 어느덧 사라지고 달콤하고 평온한 잠을 이룰 수 있었다. 그것이 꽃뱀헌터라는 그 사내를 만나고 일어난 반가운 현상이었다. 주일날 가서 갈급하게 기도하는 은혜로운 하나님도 해결해주지 못한 일이었다. 일방적이었지만 격렬하고 짜릿한 섹스를 하고 난 후에 일어난 몸의 갑작스런 변화였다. 자신도 모른 채 충일한 만족감에 흥이 났고 콧노래가 절로 흘러나왔다. 거룩한 하나님이 줄 수 없는, 남편이 줄 수 없는 그래서 더욱 공허하고 허전하고 민망한 나날이었다. 이젠 그런 암담한 과거의 나날들이 그 아득한 시절이 될 것 같은 생각이 밀려들자 세상이 이채롭게 다가왔다. 출처는 명확하게 알 수 없으나 이젠 만질 수 있는 온전한 기대로 인하여 막연하게 설레기도 했다.

그녀는 Whitney Houston의 I Will Always Love You 를 유튜브를 통해서 보고 듣고 있었다. 케빈 코스트너 주연의 The Bodyguard OST로 유명한 그 곡이었다. 스마트폰에 연결된 가늘고 긴 하얀 이어폰으로 말이다. 그녀는 동영상과 노래를 보고 듣자 눈가에 눈물이 애잔하게 고이고 있는 것을 느낄 수 있었다. 벅찬 기쁨과 기진한 아픔이 반복적으로 교차하는 것임에 틀림없었다. 아무래도 그녀는 꽃뱀헌터가 자신을 밀착해서 경호하는 케빈 코스트너라도 되는 것으로 착각하고 있는 것 같았다. 그래서 믿음이 가고 신뢰가 쌓이는 것인지도. 더욱이 오랫동안 땀과 노력으로 안정적으로 우람하게 발달한, 넓고 억센 그의 양어깨 사이 묵직한 머리를 언제나 성실하게 받치는 승모근의 윤곽이 돌의 미끈한 결처럼 살아 있는, 그리고 배꼽 양쪽으로 적당한 거리에서 안으로 잘록하게 들어온 날렵한 허리의 굴신, 더욱이 돌덩어리처럼 단단한 엉덩이부터 시작하는 넓고 굵은 넓적다리와 생동감 넘치는 장딴지의 탄력적인 유연함이 관중 속에 숨어 있는 익명의 적으로부터 목숨을 내던지고 자신을 구해줄 것 같았던 모양이었다. 그래서 그런지 그녀는 꽃뱀헌터를 자신의 지근거리에 머물게 하고 싶은 간절한 소망이 내면으로부터 서서히 생기는 것도 느낄 수 있었다. 아무래도 그것은 주기적으로 만나서 늘 불만족스럽고 성적매력이 없는 허약한 남편으로부터 얻지 못했던 육체적인 갈급함과 충만함을 온전히 채우기 위한 수단으로 삼기 위함임에 틀림없었다. 그것이 가파르게 치솟다가 여지없이 가라앉는 감정의 기복을 잠재울 수 있는 최선의 방법이라는 것을 이미 알고 있었던 것이었다.

그녀는 꽃뱀헌터에게 근처에 가면 만나자고 카톡을 보내려고 할 찰나에 그에 대하여 아는 것이 별로 없다는 것을 이제야 깨달았다. 뭘 하는지 어떻게 사는지 어떤 생각을 하는지 아는 것이 없었다. 그녀는 명함을 받으려고도 하지 않았고, 그것이 그 사람을 받아들이는 일반적이고 보편적인 방법이 아닐까 하는 그런 생각도 해보았다. 미스터리에 가까운 사람이었다. 그래도 그에 대하여 묻지 않고 알려고도 하지 않는 것이 예의일 것이라는 생각이 심중에 무겁게 자리를 잡았다. 평소에 출판사를 경영하다가 무수한 사람들을 만나고 헤어지면 언제나처럼 주고받는 것이 명함이었고, 그것으로 상대가 지금까지 살아온 삶과 앞으로 살아갈 삶을 대강 유추할 수 있었다. 하지만 그녀는 지금 그에 대한 소략한 정보도 없다는 것을 알았다. 그럼에도 이상하게 궁금하지 않았다. 교회에 가면 하나님에 대하여 묻지 않는 것과 비슷하다는 생각이 들었다. 성경에 그분의 삶과 말씀이 고스란히 기록되어 있는 것을 알고 있었기 때문에 그럴 것이다. 그녀는 그도 그러할 것이라고 믿어 의심하지 않았다. 겉으로 드러나지 않았으나 어떤 위대하고 경이로운 뭔가를 숨기고 있어 그 언젠가는 자신을 깜짝 놀라게 할 것이라는 막연한 기대가 들었던 것이다.

더욱이 그녀는 헌법이나 법률로 그렇게 명문화되거나 정해진 것은 아닌 것 같은데 그래해야 할 것 같은 당위성마저 들었다. 하늘이 열리고 대지가 생기고 동식물이 뛰고 호흡하면서 그렇게 당연하게 치부하며 내려왔던 그런 것처럼. 그래서 그가 스스럼없이 말하기 전까지 그에 대하여 묻지도 알려고도 하지 않기로 했다. 이름이 뭔지 고향이 어디인지 초등학교는 어디에서 다니고 중고등학교는 어디에서 다녔는지, 더욱이 대학교는 어디에 입학하고 졸업했는지. 어쩌면 그것이 늘씬하고 억실억실하고 잘생긴 그 사내를 온전히 지키는 방법이고 길일지도 모를 일이었다. 그녀는 달콤하게 다가오는 음악을 들으면서 자신의 삶이 그 사내를 만나고 나서 새롭게 설정될 것이라 믿어 의심하지 않았다. 굶주리고 허한, 황폐하고 잔인한 과거 삶의 일상에서 벗어나 늘 새로움과 즐거움으로 충만해질 것 같은 행복한 예감이 밀려들었다.

솔직히 말해서, 그녀는 밸런스가 제대로 잡힌, 온몸에 촉촉한 땀방울이 맺혀 있는 그의 탄력적인 육체의 움직임만 있으면 족했다. 그가 과거에 어떤 사람이었고 현재에 어떤 직책으로 사회생활을 하는 것인지 또 어떻게 살아갈 것인지는 그녀에게는 대단하지 않았다. 시간이 허락하면 정답게 만나서 경치가 수려하고 분위기가 세련되고 포근한 장소에서 만나 얘기하는 그런 사소한, 관례적인 형식은 멀리 집어던져버리고, 알맹이가 있고 내실이 있는 절실하고 푸근한 육체적인 만남을 추구하고 싶었다. 영혼의 교감과 정신적인 소통은 지금의 남편이면 충분했다. 그녀는 각자에게 성실한 육체적인 애씀을 바탕으로 어루만져주는 그런 교감과 소통을 원했던 것이다. 심저에서 일렁거리는 욕정의 불길을 온전히 훨훨 타오르게 해서 찌꺼기를 남기지 않고 흔적도 없이 사해버릴 수 있게 도움을 줄 수 있는 그런 것 말이다. 허연 서리가 내린 축축한 땔감에 불꽃이 튀다가 꺼지는 남편에게서는 바랄 수 없는, 그 섭섭함과 허전함을 채우기 위해서 침대에서 등을 돌려서 손수 초라하게 해결해 왔었던, 화장실 변기에 앉아서 손가락의 움직임에 온몸을 내맡겨야 했던 그 초라하고 무참한 나날들이 주마등처럼 쓸쓸하게 흘러갔다. 그런 공허함과 아쉬움을 달랠 수 있고 온전히 메울 수 있는 유일한 사내가 그 사내라고 생각했다. 그녀에게는 은혜롭고 거룩한 절대자의 손길보다 더 따스하고 신령스러웠다.

둘째딸도 그런 불온한 방법으로 세상에 나올 수 있었다. 남편에게서 섹스에 대한 갈증을 채우지 못하고 초라하게 주저앉은 허한 마음에 대한 보상을 찾아 방황하다가 우락부락한 근육이 어울리는 헬스장에서 만난, 그 사내의 종자인 것이 분명해 보였다. 둘째딸이 어릴 때는 보통 아기의 예쁜 얼굴이었는데 시시때때로 우유를 빨고 옹알이를 하면서 기다가 말을 할 즈음에는 그 사내의 이목구비와 큰 덩치를 알아서 닮아가고 있었다. 뜨끔했다. 처음에는 당황스러웠으나 하루하루가 지나자 별스럽지 않고 태연해지는 것이었다. 자기 합리화.

그런 팩트를 남편은 아는지 모르는지 둘째딸을 무척이나 사랑스럽게 안아서 한없이 쓰다듬어주었다. 아주 고마운 일이었다. 회사에서 퇴근하고 나면 친구도 만나지 않고 곧바로 집에 와서 그 아이와 시간 가는 줄도 모르고 놀아주었고 입 가에는 늘 환한 미소와 웃음이 사라지지 않았다. 진짜 아빠 처럼.

둘째딸은 모텔에서 착상했다. 콘돔을 끼고 하면 제대로 쾌 감이 전달되지 않아 안전한 날을 선택해서 그 사내의 페니스 를 온전히 빨아들이다가 우연히 착상한 생명이었다. 그런 날 은 그 사내와 진한 섹스를 격하게 여러 번 하고 집에 왔고 피 곤해서 온몸이 흐물흐물하게 흘러내렸다. 그럼에도 집 근처 마트에 들러서 찬거리를 사서 손수 밥을 짓고 반찬을 만들어 가족끼리 식사를 아기자기하고 정답게 했다. 설거지를 하고 아이를 재우고 평소에 하던 대로 남편과의 섹스놀이를 관례 적인 행사처럼 재미없이 듬성듬성하게 하지 않았다. 실크잠 옷을 입고 팬티와 브라를 입고, 그녀는 한 번도 섹스를 하지 않은 것처럼 다소 서툴게 애무했다. 애써 노련함을 감추고 성실하고 얌전하게 빨고 핥고 쑤시며 서서히 나아갔다. 발기 한 페니스가 언제 무참하게 경련을 일으키고 사정을 하며 초 라하게 주저앉을지 몰라 조마조마했으나 남편에게 자긍심을 심어주기 위해서 최선을 다해 봉사했다. 그것이 남편에게도, 적어도 그녀 자신에게도 조금이나마 죄책감을 덜 수 있었기 때문이었다. 가족이라는 울타리가 존재하는 이유인지도 모른다. 이율배반적인지는 몰라도 그것이 그녀가 할 수 있는 최소한의 가족에 대한 희생과 봉사인지도.

그 사내와의 만남은 그녀가 헬스장에 운동하러 가지 않자 단절되었고, 일회적인 충동적 단순한 만남으로 끝나버렸다

그럼에도 불구하고, 그녀는 그 사내와 헤어졌지만 둘째딸로 인하여 그 사내의 그림자가 침대에 머물러 있다는 것을 가끔씩 인식하고 있었다. 늘 남편이 혼자 달아올라 손수 옷을 벗고 벗기며 가슴을 만지고 키스를 하고 삽입할 즈음에 그 사내의 우락부락한 잔상이 떠올라 섹스를 주도하는 착각이 들 때가 많았다. 그러던 그 사내의 잔상이 꽃뱀헌터와의 만족스러운 섹스를 하고 나서는 그 자리를 꽃뱀헌터가 굳건하게 차지하고 있었다. 그 사내의 잔상은 어디론가 홀연히 사라지고 없었다. 그런 것을 보고 그녀는 세상의 모든 것은 헛것이고 영원한 것은 없다는 것을 깨달았다. 잠시 머물 뿐 언젠가는 그 희끄무레한 형체 없는 형체가 어디론가 사라지는 것을 말이다.

그녀는 내면에 주저앉아 있던, 그 사내의 우락부락한 잔상도 자신이 더 갈구하고 바라는 미쳐 있는 쪽으로 발 빠르게 체인지하는 것이 이상했지만, 그것이 당연하다고 생각했다. 아이들이 장난감을 가지고 놀다가 새로운 장난감을 사면 쳐다보지도 않는 것과 다르지 않아 보였다. 어쩌면 그녀 자신

에게 그 사내는 아이들이 가지고 노는 장난감이었다는 생각이 문득 들자 무의식적으로 싱겁게 웃음이 흘러나왔다. 지금까지 스치고 지나간 무수한 사내들이 장난감이었다는 것을 이제야 깨달은 것이다. 그렇다고, 그녀는 아무나 몸을 섞어가며 놀아주지 않았다. 선택기준이 있었다. 까다로웠다. 출판사에 꼭 필요한 사람에게만 주어지는 특혜였고 선물 같은 것이었다. 그래서 요즘에는 서교수 아들에게 면밀하게 천천히, 그 아들도 서교수도 모르게 확장하고 있었다. 나란히 모텔에 가서 섹스를 하고 자연스럽게 퇴실할 정도면 최소한 6개월이 필요했다. 터다지기. 그래서 그녀는 의도적으로 시화전이나 시상식이 있으면 서교수 아들을 꼭 불렀다. 서교수에게 종용했다. 보통 서교수에게 그런 부탁을 할 때는 며칠 전에 모텔 침대에서 구워삶았다. 깡마른 육체에도 불구하고 페니스가 큰 그를 혓바닥을 부드럽게 굴려가며 오럴을 해주면서 그 사이사이 조미료를 치며 사정을 유도했다. 그런 후에 페니스를 어루만져주며 얌전하게 얘기를 했다. 그러면 서교수는 긍정적인 대답을 했다. 원래 서교수는 자신이 활동하는 공간에 자신의 아들을 데리고 오는 것을 꺼려했다. 자신의 무분별한 사생활이 자신의 아들 귀에 들어가는 것을 꺼리고 있었던 것이 분명해 보였다.

그의 아들은 서른 즈음이었다. 촉망 받는 소설가였고 시인이었고 극작가였다. 중고등학교를 다닐 때 늘 상을 타고 대학교를 다니면서 신춘문예에 당선되었다. 어린 나이임에도, 여기저기에서 무수한 상을 받았다. 그럼에도 그는 자신을 화려하게 드러내지 않고 차분하게 자신을 들여다보며 자신과 세상을 분리시키며 성실하고 부지런하게 작품생활을 했다. 아직도 명실상부한 베스트셀러 작가의 반열에 오르지는 않았지만 사회생활을 할 정도의, 결혼을 했으면 처자식을 먹여 살릴 정도의 인세는 들어와서 불편한 점은 없었다. 그의 작품세계는 견고하고 짜임새가 있었고, 그 속에 모호한 신비주의적인 세계와 환상을 전개하고 있어 리얼리즘에 염증을 가지고 있는 독자들에게 신선함과 다채로움을 선사하고 있었다. 그럼에도 그는 늘 분별력과 평정심을 잃지 않고 사려 깊게 사물을 제대로 인식할 수 있는, 피해의식으로 왜곡시키지 않고 있는 그대로 바라보고 느낄 수 있는 내면적으로 성숙하고 숭고한, 토대가 훌륭하고 좋은 타고난 예술가였다. 그는 예술가답지 않게 주정적이지 않고 이성적이었고, 자신의 감정의 출렁거림으로 상대에게 피해를 주지 않고 손해도 보지 않는 것을 삶의 모토로 정하고 건전하게 살아가는 현대인이었다. 그래서 한편으로 인간적인 매력은 발산하지 못하고 삶의 소소한 재미도 없는 꼰대 같은 부류에 속하고 있었다. 자신은 극구 부인했지만 말이다. 그는 간혹 위트와 재치로 주위사람들 들었다 났다 하거나 얼굴 가득 잔잔한 미소가 따스하게 머물게 하지 못했다. 그가 마음먹고 좌중에 가벼운 얘기를 꺼내면 지금까지 화기애애하던 분위기도 일순간 차갑게 얼어붙기 일쑤였다. 그의 장편소설 속에는, 독자들이 원하고 바라는 것을 제대로 파악하고 있었지만 현실에서는 늘 외면당하고 깊숙이 스며들지 못하고 겉도는 것을 곤혹스럽게 느끼고 있었다. 그래서 사람들을 만나면 상대가 묻는 말에만 무뚝뚝하게, 짧고 간명하게 대답하고 다른 질문을 기다렸던 것이다. 그는 그 질문과 대답 사이에 고이는 잔인한 침묵이 아래로 애처롭게 가라앉아 흘러가는 것을 몹시 싫어했다. 그래서 그는 둘이 만나는 것이 몹시 부담스러웠고, 될수록 그런 약속을 잡지 않았다. 오래 전부터 알고 지내는 가까운 친구 외에는 약속도 하지 않고 만나지도 않았다. 이런저런 심각한 주제를 꺼내 장광설을 늘어놓아도 귀 기울일 수 있는 절친한 몇몇의 친구들만 만났다가 헤어지는 것이 고작이었다.

문미디어 대표는 그런 독특한 캐릭터를 만나기 위해 사전 작업을 이미 끝내놓고 있었다. 한 시간 후 근처에서 그를 만나기로 했다.

그녀는 밀양보쌈집에서 그를 만나기로 했다. 그곳은 서부 터미널이 내려다보이는 나지막한 3층 건물의 2층이었다. 그녀는 요즘에 경사진 계단을 오를 때 간혹 무릎이 시큰거리고 호흡이 차오르는 것을 느낄 수 있었다. 이젠 예전과 달리 노화가 서서히 육체를 잠식하고 있다는 것을 온몸으로 느낄 수 있었다. 그럴 때마다 그녀는 속으로 틈틈이 운동 좀 해야겠다고 속으로 다짐하고는 있었지만, 일상에 쫓기고 짓눌리다가 보면 그런 자신을 위한 시간을 낼 겨를이 없다는 것을 새삼스럽게 느끼지 않을 수 없었다. 그런 것이 자신을 포함한 현대인들이 겪는 하루하루를 간신히 살아가는 비애일지도 모른다. 그녀는 10분 정도 늦었지만, 미안한 기색 없이 태연하게 두꺼운 유리문을 밀치고 들어갔다. 그녀는 무테안경을 쓰고 창가에 앉아 있는 깡마른 그를 쉽게 찾을 수 있었다. 아직 손님들이 들이닥칠 시간이 아닌지 창가에 혼자 앉아 있었다. 그는 그녀가 도착하든 안 하든 상관이 없는 무덤덤한 표정이었다. 그는 어둠이 자동차의 불빛과 경적소리에 이리저리 쫓기며 어수선하게 내리고 있는 것을 보다가 서부터미널 외벽에 빈틈없이 붙은 광고판 주위에 조심스럽게 내리고 있는 어둠도 바라보고 있는 듯했다. 그러는 사이 그녀는 그의 위치를 재확인하고 일순간 멈췄다. 치밀한 포식자가 먹이를 사냥하기 위한 타고난 주의와 경계심이었다. 그녀는 피식자가 가까이 있었기에 때문에 한 번 더 체크하고, 날것을 어떻게 요리할 것인지도 곰곰이 생각하고 있었던 것이다.

그는 또 꼬리에서 꼬리를 물고 연이어 달리는 자동차를 한 없이 내려다보다가 서부터미널과 잇닿아 있는 관문시장 쪽으로 시선을 옮기는 것 같았다. 그러다가 또 서부터미널 입구 쪽으로 바쁘게 오가는 목적지가 있는 평범한 사람들의 바쁜 일상을 한없이 내려다보고 있는 것 같았다. 그는 그곳에 시선을 고정시켰다. 원래부터 그는 그곳에 관심을 가지고 있었던 것이 분명해 보였다. 그의 고정된 시선과 모호한 분위기를 깨뜨리지 않기 위해서 그녀는 조심스럽게 다가갔던 것이다. 그것을 아는지 모르는지 주방에서 나오던 여주인이 다소 졸음이 오는 피곤한 목소리로 인하여 깨지고 말았다. 그런 의외의 상황으로 인하여 그들은 눈이 마주치게 되었다. 그녀의 눈빛은 불안하고 흐릿하고 모호했으나 그의 눈빛은 고요하고 예리하고 영리했다.

"오래 기다리게 해서 죄송해요. 뭘 그렇게 빤히 내려다보고 있으세요. 시선이 집중하고 있던 것이 무엇인지는 몰라도 뚫어지겠어요."

그는 넋 놓고 자신의 영역에 집중하고 있어 그녀의 갑작스런 침입에 놀라지 않을 수 없었다. 그는 방석에 앉아 있다가 그 자리에서 일어서려 했다. 엉거주춤 일어설 즈음에 그녀가 손을 뻗어서 그를 만류했다. 그런 와중에도 그는 앉은뱅이탁자에 차분하게 손을 올려놓고 여전히 아까 보고 있었던 쪽으로 시선을 비스듬하게 돌리고 있었다. 아직까지 여전히 그는 뭔가를 간절히 찾고 있었던 것이다. 그의 맞은편에 앉아 있는 그녀는 스마트폰을 올려놓고 다소곳하게 앉아서 그를 한참 지그시 바라보다가 궁금한 것이 있는지 인사치례인지는 알 수 없으나 하여튼 물었던 것이다.

"아까부터 뭘 그렇게 집요하게 바라보고 있으세요?"

"아, 죄송합니다. 관문시장 쪽으로 가는 수많은 사람들이요. 그들은 어디에서 와서 관문을 통과하려고 하는지 알 수가 없어요. 시골 밭에서 풀을 뽑다가 흙이 묻은 손으로 무작정 상경하여 관문을 통과하고 싶어서 여기까지 온 것인지도. 관문을 통과하면 지금까지 간신히 겪어오고 있었던 쓰라린 고통과 아픔에서 일순간 절연되어, 온전히 해결된다는 실낱같은 믿음을 가지고 있었던 것인지도. 더 확장하면 인생에도 관문이 있잖아요. 짓누르는 무수한 실패와 좌절 속에서도 그곳만 넘으면 새로운 땅이 펼쳐지고 신선한 공기와 아름다운 풍경이 휘감는 그런 장밋빛 꿈과 생각을 하며 순간순간을 어렵사리 버티며 살잖아요. 그게 관문일 수도 있어요. 또 남녀간에도 여러 관문이 있고 그곳을 넘을 때마다 그들의 관계는 더욱 유기적으로 밀착하고 견고하게 성장을 하잖아요. 손을 잡고 키스를 하고 애무를 하며 스스럼없이 사랑스런 섹스의 관문으로 다가가는 것이잖아요. 그 속에서 또 낯설고 새로운 관문이 나오고 삽입과 사정의 관문 속에서 서로의 육체를 인정하고 받아들이며 어색하고 거칠었던 다듬어지지 않았던 영육이 매끈하고 보드랍게, 안정적이고 따스하게 새로이 태어나는 것과 다르지 않잖아요. 그것을 넘어서기 전까지는 가슴 졸이며 조마조마 안절부절못하고 살아가는 것이잖아요. 아무래도 관문시장의 그 '관문'은 오래 전부터 조상들의 마음속에 미세하게 자리 잡고 내려온 상징적인 그 뭔가가 있는 것 같아요."

'아, 4차원!'

그녀는 현실에서 감당할 수 없는 얼토당토않은 논리를 가져다놓고 반듯하게 나열했다. 그런 논리구조가 기이하고 재미있었다. 촉망받는 예술가다운 깊고 예리한 눈매를 가지고 있었다. 곰곰이 생각해보면 일리가 없는 말도 아니었다. 그래서 그런지 그녀는 그의 말에 귀 기울이고 있었다.

"난 태생적으로 말수가 적고 대인관계도 원만하지 않아요. 그래서 친하지 않은 사람들을 만나는 것이 부담스럽고 불편해서 될수록 약속을 잡지 않아요. 상대에 대한 두터운 믿음과 신뢰가 쌓이지 않을 때는 더더욱 그렇습니다. 늘 피하고 외면하죠. 하지만 문미디어 대표는 이상하게 조여진 그 볼트를 천천히 푸는 느낌이 들어요. 아무래도 당신은 예외인 것 같아요. 문학행사 때 몇 번 본 것이 다인대요. 이상하게 당신은, 사람들의 지나친 경계와 불신을 손쉽게 풀어서 강하게 빨아들이는 능력이 있는 것 같아요. 지금 당장 당신은 자신을 인식하지 못하겠지만 말이죠. 나에겐 말이죠, 당신을 이렇게 만나서 식사를 한다는 것이 마법 같다는 생각이 들어요. 내가 여기 이 자리에 나와 있는 것도 이상한 일이죠."

"과찬의 말씀입니다. 그런 말은 처음 들어봅니다. 늘 사람에 대한 덕이 모자라 어이없이 사기를 당하고, 그래서 사업의 어려움을 겪을 때가 종종 있어요. 늘 빠듯하게 새로운 책을 만들고는 있지만 지금까지 한 번도 세상에 뚜렷한 족적을 남기지 못하고 영광도 보지 못하고 그늘에만 초라하게 웅크리고 있어요. 그래서 지금까지 사회에 조심스럽게 발을 내딛고 있던 출판사를 접고 싶을 때가 많았어요. 늘 지지부진하고 고달프고 힘들었어요. 선생님이 많이 도와주세요."

그는 곧바로 대답하지 않았다. 아까 보고 있던 관문시장으로 시선을 비스듬하게 돌렸다. 그러고는 한없이 아득하게 깊은 침묵으로 일관했다. 신비스럽고 몽환적이었다. 그 사이, 상을 차리고 보쌈이 들어와도 그는 여전히 그 자세를 유지하며 독특한 자신의 세계에 빠져들고 있었다.

"문미디어 대표와 이렇게 자연스럽게 만날 수 있고 편안하게 말할 수 있는 것도 눈에 보이지 않는 곳에서 서로 간에 접점을 찾고 있었던 것일 겁니다. 어쩌면 그 접점이 관문으로 통하는 것인지도 모르는 일입니다."

'자신의 세계에 함몰된 재미있는 캐릭터. 천재가 아닐까 하는 의구심이 들게 하는 독특한 행동과 사고. 재미있다! 재료를 잘 다듬고 썰고 섞어서 버무리면 훌륭하고 맛있는 요리가 될 것 같은 예감. 머지않아 한국을 대표할 베스트셀러 작가가 될 만한 재질과 특징을 가지고 있는, 그래서 그 전에 보험을 들어놔야 될 것 같다. VVIP. 시간이 지나면 그로 인해서 빌딩을 올리고 건물주가 될 것 같은 달콤한 기대를 자아내기도.'

그는 보쌈을 먹으면서도 가끔씩 관문시장 쪽으로 시선을 고정하고 있다가 문미디어 대표가 말을 걸고 소주를 따라주면 되돌아왔다.

"세상을 자신의 고유한 이기적인 시선으로 보고 느낄 수 있는 것이 새로운 세계를 발현시키고, 그것이 훌륭한 작품을 만들 수 있는 재료와 토대가 되는 것 같아요. 그것이 절대자가 이미 설계해 놓고 기나긴 시간을 기다린, 본능적으로 그것을 미세하게 인식하고 나아가는, 그 미세한 인식을 믿고 뚜벅뚜벅 걸어가는 것이 끈기 있고 배짱이 두둑한 행동이겠죠. 세상의 보편적 가치와 관습적 편견의 필터로 걸

러낸 다소 부드러운 질감의 껍질이 없는 것을 접하고 바라
보면 원래 거칠고 투박한 사물의 개성을 간섭 없이 자유분
방하게 호흡하고 춤추고 발산하는 에너지의 형태를 제대로
파악하지 못하는 것이겠죠. 그것을 제대로 볼 수도 있고 느
낄 수도 있는 것은 천부적인 재능이 있어야 가능하겠지만,
그것보다도 삶의 깊고 넓은 곳에서 무겁게 짓누르는 그래
서 힘든 외로움과 고달픈 고독에 짓밟히고 뭉그러지는 것을
반복하면 어렵사리 얻을 수 있는 것이겠죠. 세상의 보편적
인 시선에서 이탈한 상이한 차이가 그런 것이겠죠. 너무 쉽
고 단순한, 언제나 곁에 있었던 것처럼 자연스런 것들 속에
서 평범하면서도 비범한 얼굴을 끄집어내는 것은 살덩어리
가 베이는 고통보다도 더한 뼈를 깎는 고통과 노력이 필요
한 것입니다. 그 단계를 넘어서면 낯선 새로운 성취의 관문
에 이르게 되는 것인지도."

"심오합니다!"

서교수의 아들이 소주를 마시고 젓가락으로 보쌈을 집어
서 쌈을 들려는 순간에 문미디어 대표는 얼른 두툼한 보쌈
을 싸서 그의 입에 가져갔다. 그러자 그는 평소와는 달리 무
뚝뚝한 언짢은 기색으로 거절하지 않고 순순히 입을 벌려
서 받아먹었다. 그로서는 남이 건네는 이런 행위가 처음이었
고, 스스럼없이 입을 벌린다는 것은 있을 수 없었던 일이었

다. 술이 얼얼하게 올라서 그렇다고 치부하기에는 느슨하게 풀어지는 자신이 기이하기도 했다. 하지만 그는 그런 것에 연연하지 않았다. 그는 어쩌면 소설을 쓰다가 훌륭한 문장을 만들기 위해서 반복적으로 쓰고 고치고 지우는 열심과 노력에 염증이 생겨 일시적으로 이런 일탈적인 기회를 이용해서 자신을 한없이 허락하고 풀어놓는 것인지도. 그럼에도 문장이 정돈되지 않고 어수선해지고, 서툴고, 난삽해지는 것을 지켜보다가 잠시 쉬다가 또 그것을 잡고 물고늘어지지만 문장의 얼굴이 화사하게 광채를 내뿜지 못하고, 제대로 형성되지 못하는 피로감에도 불구하고, 저돌적으로 앞으로 뛰어가는 물샐틈없는 저항과 투지와 근성을 보였던 것이 분명해 보였다. 그래서 지금까지 강하게 압박하고 견고하게 지배하고 있던 정신과 의식을 좁고 꼬불꼬불한 한적한 산책길 위에 한가로이 걷게 하고 자유로워진 자신을 한없이 즐기는 것인지도. 소박한 망아.

문미디어 대표는 보쌈을 거의 다 먹고 된장과 공깃밥을 시켜서 정겹게 먹으면서 식사를 하고 노래방에 가지 않겠느냐고 그에게 물었다. 그는 숟가락을 입에 물고 있다가 거의 생각하지도 않고 즉흥적으로 고개를 끄덕거렸다. 본능에 가깝다는 말이 옳을 것이다. 그의 타고난 촉수가 그쪽으로 인도하고 있었던 것이다. 그곳에 가면 자신이 원하는, 자신의 배

85

부른 포만감이 바라고 꿈꾸는 그 뭔가가 이미 계획되어 실행될 것이라는 느긋한 예감이 들었기 때문이었다.

그들은 보쌈집에서 나와 같은 건물 지하1층으로 내려가는 층계참에 잠시 서서 열린 창문 쪽으로 내려다봤다. 문미디어 대표는 열린 창문을 통해서 어수선하게 들어오는 소음이 들려오자 눈살을 찌푸리며 지하1층으로 내려가는 계단을 밟았다. 하지만 그는 정체된 도로 위의 소음에도 아랑곳하지 않고 도심의 구석구석을 섬세하게 들여다보았다. 어느새 도로와 빌딩 사이에 어둠이 켜켜이 눌러앉아 있어 도심의 불빛을 더욱 요란하고 야시시한, 도식적인 자태를 뽐내는데 도움을 주고 있는 듯했다. 그때 방충망이 없는 오래된 창문을 통해서 검은빛이 도는 회색 날개를 번잡스럽게 펼치며 날아드는 꽃술재주나방이 들어왔다. 화려한 불빛을 좇아 여기까지 온 것이 분명했다. 그는 그 나방의 움직임을 좇았다. 계단을 내려가는 그녀의 뒤통수를 향해 곧바로 날아가는가 싶더니 빛을 뿜어서 주위를 밝히는 형광등 쪽으로 직진하고 있었다. 그런 번잡스러운, 무모한 행동 한 걸음 곁에 가혹한 죽음이 무자비하게 기다리고 있다는 것을 모르고 있는 것이 분명해 보였다. 강렬한 불빛을 좇아 위안을 삼는 것이 꽃술재주나방의 숙명인지도 모른다. 더욱이 그 숙명 앞에 다가오는 죽음은 사소하고 하찮은 것인지도 모른다. 어쩌면 그 꽃술재주나

방도 관문을 통과하기 위해서 인적이 없는, 맑고 신선한 공기와 친근하고 정겨운 새소리와 풀벌레소리만 있는 곳에서 평화롭게 살다가 상경했는지도 모른다.

문미디어 대표는 꽃술재주나방을 피해서 얼른 노래방으로 들어갔다. 그는 천장에 매달려 있는 형광등을 향해 반복적으로 들이박는 꽃술재주나방을 비스듬히 올려다보았다. 무모해 보였고 절박해 보였다. 그 자신이 모르는 뭔가가 있는 것이 분명해 보였다. 그는 이런저런 생각을 하다가 그 자리에서 아무런 생각도 없이 넋 나간 사람처럼 꽃술재주나방을 올려다보고만 있었다. 광적으로 치열하게 움직이는 행위를. 그는 그 나방을 받아들이고 이해하는 과정이라고 생각했다. 일종의 명상과 엇비슷한 행위인 것이다. 가끔씩 그가 하는 기이한 행동 중에 하나였다. 멍때리기.

그는 한동안 그렇게 있었고, 노래방에 들어간 문미디어 대표가 나와서 그의 어깨를 툭툭 치지 않았다면 그는 그 자리에서 오랫동안 머물러 있었을 것이다. 그런 행동이 자신에게는 평상시에 아무렇지도 않은 행동이었지만, 다른 사람들은 그렇게 생각하지 않았다. 참 특이하고 괴상한 사람이라고 힐끔힐끔 쳐다볼 때가 많았던 것이다. 그럼에도 불구하고 그는 사람들의 시선에는 아랑곳하지 않았다. 자신이 가냘프게 잡고 있는 설명할 길 없는 미지근한 느낌에만 집중했다.

노래방은 아늑했다. 왼쪽 벽으로 푹신한 3인용 인조소파가 있고 그 앞에 테이블이 있었다. 그 위에는 이미 캔맥주 6개와 마른안주가 있고 그 곁으로 탬버린이 있고 두꺼운 책이 있었다. 천장에는 현란한 불빛이 어슴푸레한 곳을 갑자기 찔러드는 사이키가 쉼 없이 돌아가고 있고 한쪽 면을 차지하는 큼직한 화면에서는 관능적인 몸짓과 웃음을 파는, 늘씬하고 세련된 탐스럽고 뽀얀 몸매로 비키니를 아슬아슬하게 받치고 있는 모델이 하염없이 유혹하고 있었다.

　그녀는 언제나 그랬던 것처럼 노사연의 '만남'을 선곡했다. 그녀는 상대방에게 자신을 호소하고 각인시킬 때 노랫말을 이용해서 그 속에 내재되어 있는 진솔한 의미를 사내에게 우회적으로 전달했다. 일종의 떡밥이었다. 꼭 필요한 사내들에게 적절하게 써먹는 방식이었다. 은근하게 스며들게. 그것을 아는지 모르는지, 그는 시원한 캔맥주를 따서 길게 들이키고 가느다란 손아귀로 강하게 눌러서 찌그러뜨렸다. 그러고는 캔맥주를 하나 더 따자 하얀 거품이 기신기신 올라오는 것을 재빠르게 입술을 가져가서 훔치며 또 길게 들이키며 테이블 위에 내려놓았다. 온전히 비우지는 않고 절반가량 채워둔 채. 연이어 그는 땅콩 몇 개를 집어서 가느다란 손가락으로 세밀하게 껍질을 벗겨서 입속에 털어넣었다. 그러고는 소파에 기대어서 천장에 매달려 있는 사이키를 보고 느긋하게 그녀가 노래를 부르는 것을 쳐다보았다. 그가 쳐다볼 때 그녀는 평소와 많이 달라 보였다. 40대 중반을 치닫는 아줌마의 나이가 아니라 30대 초중반의 날렵한 아가씨로 보였던 것이다. 무릎 위에까지 오는 회색치마를 입고 브라의 윤곽이 뚜렷한 하얀 블라우스를 입고 있었다. 그녀는 발라드를 부르면서도 요염한 몸짓으로 자신을 향해 다가오는 것 같았다. 두껍고 단단한, 투명하고 냉정한 의식의 피막을 하나씩하나씩 벗기는 것 같았고, 역겹지는 않았다. 두 가닥의 긴 혓바닥으로 페니스를 부드럽게 빨고 핥으면서 말이다. 환시!

　그는 문학행사 때 그녀와 짧은 대화를 섞어보면 그녀는 어딘지 모르게 많이 들떠 있고, 피해의식과 자의식에 많이 쫓기는 것 같았다. 정상적인 교육을 지속적으로 받지 못해 적절한 소양과 예의를 갖추지 못하고 있었던 것을 느낄 수 있었다. 그래서 지식을 받아들이는 태도와 접근방식이 소극적이었고, 그것은 자신의 미천하고 보잘것없는 학식을 숨기기 위해서 본능적으로 취하는 궁여지책이었던 것이다. 그래서 겉으로 드러나는 일상적인 모습 속에 충실한 알맹이가 없고 늘 헛헛하고 결핍되어 있는 자신을 느끼고 깨닫는 것 같았다. 그런 평소의 모습과는 달리 오늘은 적극적으로 보였다. 목소리의 톤도 깔고 보디도 살랑살랑 흐느적거리면서 훈훈하게 다가오는 것을 느낄 수 있었다. 그러면서도 차분하고 단정하고 얌전하게 노래를 부르기 위해서 부단히 노력하는 것 같았다. 마음에 드는 사내를 만나면 여자들은 으레 손거울을 꺼내어서 화장에 신경을 쓰고 립스틱도 밝고 산뜻하게 연출하는 것을 잊지 않는 것이 불변의 진리에 가까웠다. 그 짧은 시간 그녀가 그랬던 것이다.

솔직하게 말하면, 그녀는 그가 마음에 들지 않았다. 근육도 없는 깡마른 겉모습에 섹스에 대한 욕구가 강하게 끓어오르지 않았다. 본격적으로 보디와 보디의 소통 속에 완충작용을 하는 것이 탄력 있는 살덩어리인데, 그는 너무 말라 있어 불편할 것 같았다. 그의 부친 서교수와의 섹스도 원활하게 이루어지지 않았기 때문이었다. 뼈가 부딪치고, 연속적으로 부딪치는 소리에 자신의 리얼한 행위를 위축시켰고 많이 아팠다. 그럼에도 온몸을 빨고 핥으며 극진히 대접했지만 탄력 있는 근육에서 오는 단단함과 촉촉함은 느낄 수 없었던 것이다. 그럼에도 그를 밀쳐낼 수 없는 운명이라는 것을 알고 있었던 것이다. 창녀가 자기 마음에 드는 손님만 초이스할 수 없는 것과 다르지 않았다.

그녀는 노래를 부르면서도 그에게 시선을 집중했고, 끈덕지게 물고늘어졌다. 그의 허점, 즉 외로움을 파고들기 위함이었다. 감수성이 뛰어난 그였기에 보통사람들보다 훨씬 더 외로움을 탈 것이라 생각하고 있었기 때문에. 여름으로 접어들고 있어도 말이다. 외로움은 굳이 계절을 선택하면서까지 다가오는 것이 아니기 때문에. 그래서 그녀는 '만남'을 선곡 했던 것이다. 그 속에 인연이 나오고 바람이 나오기 때문이었다. 견고하게 닫아놓은 그의 마음의 빗장을 풀고 들어가기 위해서.

"자, 곽 대표 이리오세요. 맥주나 한잔하고 노래 부릅시다."

그는 느슨하게 풀려져 있었다. 그러는 자신을 내려다보는 의식도 느슨하게 풀려져 있었다. 이젠 눈치 볼 것도 없었다. 술기운이 시키는 대로 나아가고 싶은 마음도 없지 않았다. 그때 큰 화면에서 노래점수가 나왔고 축하하는 박수소리와 팡파르가 스피커를 통해서 울려 퍼졌다. 그러는 사이에, 그녀는 그 곁에 은근슬쩍 밀착해서 앉아 있었다. 그러자 그는 캔맥주를 따서 그녀에게 건넸다. 연이어 그는 그녀의 무릎 위에 손을 올려놓고 한참을 그렇게 있었다. 간보기. 그녀는 캔맥주를 마시며 그의 무례한, 나쁜 손을 거절하지 않았다. 그래서 그런지 그는 더욱 대범해져서 가늘고 긴 손가락을 회색치마 속으로 서서히 부드럽게 밀어넣고 아래서 위로 조심스럽게 올라갔다. 여전히 그녀는 캔맥주를 마시고 있었다. 가느다란 손가락은 평야를 지나 다소 가파른 곳에서 잠시 쉬었다가 또다시 촉촉한 이끼가 자라는 곳에 이르렀을 때 잠시 멈춰서 두리번거리며 주위를 살필 즈음에도, 여전히 그녀는 캔맥주를 마시고 있었다. 그래서 그는 용기를 내어서 그 깊고 은밀한 곳으로 손가락을 밀어넣었다. 그녀는 움찔했지만, 그녀는 여전히 캔맥주를 마시고 있었다.

순간순간, 그의 예의 없는 행위가 어색하고 서툴렀다. 그녀는 느낄 수 있었다. 숙련되지 않은 기술자처럼 자연스레 자신의 육체를 매끄럽게 어루만지지 못했다. 가끔씩 행위의 단절 속에서 머뭇거리는 침울한 적요와 고독이 서식하는 것을 느낄 수 있었던 것이다. 그럼에도 그의 투박하고 단절된 터치는 부드럽게 감기는 낯설음이었고 풋풋함이었다. 서교수와는 차원이 다른 낮은 스킬이라는 것을 온몸으로 느낄 수 있었다. 서교수는 사내로서 매력은 없었지만, 오랫동안 무수하게 쉼 없이 다가오는 여자들의 가냘픈 몸짓과 향긋한 웃음에 한없이 노출되어 있어 그런지 오래 숙련된, 그 속에 사내에게 필요한 고귀한 근성을 성실하게 파종해서, 차근차근 다가오는 행위가 지루하지도 단조롭지도 않았던 것이다. 지혜로운 노련함의 무기로 다가왔던 것이다. 손가락 사이에 유두를 넣어서 부드럽게 당기고 누르는, 간절하게 빨고 핥는 절묘한 터치와 스킬로 나아가는, 넓적다리 위 깊숙한 곳에 안전하게 위치하는 클리토리스 주위를 다정하고 은밀하게 접근해서 손가락의 현란함과 혓바닥의 부드러움을 번갈아가며 반복적으로 넣고 빼며 열정적으로 나아가는, 더욱이 그 클리토리스의 정확한 지점을 짚어 집중적으로 분명하고 성실하게 자극할 줄도 알았다. 반면에 그의 아들은 일관성이 없고 절차도 없이 일렁거리며 타들어가는, 불안한 욕정의 불덩어리인지라 이리저리 눈치를 보며 쫓겨다니는 것 같았다. 어딘지 낯설고, 분명하지 않은 모호한 행위를 드러내고 있었던 것이다. 그녀는 아직도 노련한 터치로 여자들을 이끌지 못하는 서툰 그를, 하나씩 가르쳐서 그의 아버지를 능가하는 훌륭한 스킬을 가르쳐주고 싶은 생각이 일순간 들었다가 사라졌다.

그녀가 그에게 사르르 몸을 비스듬히 기울이며 의탁하자, 그는 기다렸다는 듯이 그녀를 격하게 안았고 격하게 키스했다. 그는 본능을 맹렬하게 뒤쫓으며 그녀를 약탈했고 전리품을 얻기 위해서 집요하게 열정적으로 파고들었다. 화려하고 영롱한 빛을 안으로 간직하고 있는 금은보화는 아무나 접근할 수 없고 찾을 수 없는 지하 깊숙한 곳에 숨겨져 있다는 것을 이미 알고 있는 그는, 치마를 벗기고 블라우스 안으로 손을 급하게 밀어넣었다. 그녀도 온몸이 서서히 달아오르는지 서서히 연동하고 있었다. 이미 풀어진 그의 블랙 청바지 속으로 손을 밀어넣어서 탄력 있는 팬티 밖에서 단단해진 페니스를 조심스럽게 쓰다듬어주었다.

그는 그녀가 왜 나이 어린 자신에게 강하게 저항하거나 강하게 거절하지 못하고 순응하는지 궁금하지 않았다. 그 속에 음모와 술수가 숨어 있어, 그것으로 자신을 궁지로 몰아버릴 것이라는 두려움도 가지지 않았다. 그는 오직 눈앞에 펼쳐진 아름답고, 향긋하고 즐거운 쾌락을 마음껏 걸으며 누리고 싶을 뿐이었다. 후덥지근한 한낮의 더위를 식히기 위해서 황매산 너머 아득하고 먼 곳에서 산들바람이 불어와서 잠시 머물다가 사라지는 그런 가벼운 시원함보다도 어느새 짙은 구름이 모이더니 한 방울씩 대지를 강하게 찔러들 듯 떨어지는가 싶더니 갑자기 소나기가 맹렬하게 쏟아지는 그런 시원함이었다. 그에게는 처음 접하는 일이었지만, 그는 두렵지 않았고, 늘 반복적으로 행하며 위안을 얻던 자위처럼 반갑고 즐거운 일이었다. 다소 아쉬운 점이 있다면 그녀와 치열하게 주고받는 섹스 도중에 문학행사 때 얼핏 본 그녀의 예쁜 딸이 아스라이 떠올랐고, 그 아름답고 예쁜 딸이 아니라는 것이 아쉬움으로 다가오긴 했다.

그녀의 하얀 블라우스 속의 브라는 아무렇게나 풀어져 있고 반쯤 벗겨진 회색 치마 속의 팬티는 지조를 잃은 채 아무렇게나 흐트러져 있었다. 그 또한 블랙 청바지가 무릎 아래까지 내려져 있고 그런 와중에 아이보리색 티는 간신히 그 자리를 고수하고 있었다. 그들은 이미 이성으로 제어될 수 없는 지점에까지 닿아 있었던 것이다. 그러므로 삶이 그렇듯이 꾸준하게 잇대어 끊임없이 앞으로 나아가야만 했다. 삶의 궁극은 죽음으로 완성되듯이 발기한 페니스의 궁극 또한 죽음으로 완성될 것이기에 그렇다.

그녀는 그의 팬티를 과감하게 내렸다. 그의 페니스를 손가락의 악력으로 오묘하고 절묘하게 조절해서 아래위로 흔들면서 서서히 빨아들였다. 소화를 촉진시키는 끈적거리는 침을 골고루 발라가면서 말이다. 그녀는 길쭉하게 생긴 페니스를 잘게 쪼개어서 접근하고 함부로 깊숙한 곳까지 파고들지 않았다. 봄부터 겨울까지 계절별로 계간지가 나오듯이 차례대로 나아가는 것 같았다. 그러면서도 단절된 운동성으로 단조로운 리듬을 깨뜨리지 않고 끊임없이 연속적으로 쾌락의 궁극으로 치달았다. 차분하게 호흡도 가라앉히고 근면성실하게 바닥을 청소하듯이 꼼꼼하게 빨아들였다. 그러자 그는 푹신한 소파에 온몸을 온전히 풀어놓고 오른손으로는 그녀의 머리칼을 움켜쥐었다. 그는 치밀어오르는 신음소리를 애써 참았지만, 가파르게 차오르는 수위는 어쩔 수 없었다. 그럼에도 그녀는 한눈을 팔지 않고 성실하고 생생하고 집요하게 나아갔다. 이젠 그녀는 가학적으로 변모했다. 왼손으로 유두를 강하게 꼬집고 이빨로 페니스를 깨물었고, 그런 와중에 촉촉한 혓바닥으로 진솔하고 사랑스럽게 빨고 핥았다. 그러자 그는 더 이상 참지 못했고, 급기야 이젠 양손으로 그녀의 머리칼을 강하게 움켜지면서 격하게 사정하고 말았다. 쪼그라든 페니스를 한참 입속 가득 물고 있던 그녀는 얼굴을 들었다. 빙그레 웃는 표정을 잃지 않고 반쯤 벌린 입술에는 가래 같은 끈적거리는 액체가 묻어 있었다. 그녀는 혓바닥으로 말끔히 훔쳤다. 그러면서도 웃음기는 잃지 않았다.

　꽃뱀은 퇴근했다. 그녀는 여선생 사택에서 아래위 검은색인 아디다스 운동복에 검은색 리복운동화를 갈아 신고 운동장 트랙을 한 바퀴 돌고 있었다. 한낮의 후덥지근한 대기도 어느새 소멸해버리고 어디에선가 집요하게 다가와서 무겁게 머무는 짙은 구름이 여기저기 어수선하게 모여들고 있는 것을 볼 수 있었다. 그러다가 한 차례 다혈질적으로 소나기라도 내리지 않을까 하는 생각마저도 들었다. 그때 그녀는 운동장을 빠져나와 교문을 거쳐서 도로가에 서서 합천댐 수문 쪽으로 내려다보았다. 합천댐의 수문 안으로 침통한 표정으로 갇혀 있는 검푸른 물결이 잔잔하게 일렁거리는가 싶더니 일순간 습기를 머금은 바람이 되어 교문 곁으로 빼곡하게 생장하는 벗나무의 잎사귀들을 못살게 구는 것 같았다. 그녀는 한참을 내려다보다가 여선생 사택 쪽으로 난 좁은 산책길로 천천히 걸어갔다. 그녀는 이상하게 온몸이 오슬오슬 떨리고 사지에 힘이 서서히 빠져나가는 것을 느낄 수 있었다. 심저에 가라앉아 있던 두려움의 흔적들이 끊임없이 기포를 발생하고 있고, 그러자 머리카락이 주뼛주뼛 서는 것 같기도 했다. 그녀는 앞으로 어떤 뭔가가 자신의 운명 앞에 불쑥 나타나서 몹시 당황스럽게 할 것만 같았다. 그녀는 자신의 신변에 중대하고 불길한 사건이 갑자기 일어나서 지금까지 살아온 편안하고 아늑한 삶과 사뭇 다른 가혹한 운명을 맞이하여 탄식과 눈물로 밤을 지새우며 살아갈 것만 같았다. 그녀는 기우이기를 바랐다.

기우가 아니었다. 그녀가 어둠침침한 산책로에 접어들자 느닷없이 뒤에서 음산하고 묵직한 물체가 다가오는 것 같더니 살갑게 선생님이라고 부르는 소리를 들을 수 있었다. 학교에서나 음악시간에 눈에 거슬리는 학생이었다. 예전에 국어시간에 자위를 했다는 그 학생인 것 같았다. 뭉치라는 별명을 가지고 있는 덩치가 크고 늘씬하고 튼튼한 학생이었다. 그는 미소 지으면서 여느 학생들이 선생님에게 다가와서 품행이 단정하고 얌전한 모습으로 차분하게 행동하는 그런 모습으로 서있었다. 그래서 그녀는 안심하고 마음을 느슨하게 풀고 환하게 웃으며 그 학생을 올려다봤다. 그 학생은 음악선생님을 제일 좋아하고 음악시간이 제일 좋다며 너스레를 떨다가 어느새 진중해지는가 싶더니 음악선생님께 보여줄게 있다며 스마트폰을 꺼내어서 동영상을 보여주었다.

"동영상의 주인공이 음악선생님 맞죠? 그 좁은 조수석에서 열정적으로 움직이시네요. 승용차 유리에는 어깨와 엉덩이를 달싹거리는 주고받음의 치열한 열기로 인해서 희뿌옇게 김이 서렸네요. 몸매도 죽여주시고. 가슴은 해안가 등대처럼 찬란하게 솟아 있고 엉덩이는 붉게 달아오른 쇳덩어리처럼 연신 이글거리고. 더욱이 간드러진 신음소리와 교성이 사내의 움직임을 격한 바운딩으로 유도하고 있어요. 발가벗어 자유로운 타고난 창녀처럼 오럴도 현란하고 섹스도 대범하고. 그러면서도 학교에서는 요조숙녀처럼 반듯하고 성실한, 가지런하고 정갈한 척 착하고 이타적인 척. 이율배반적이지 않아요. 음악선생님. 11시에 저쪽 아래 벤치에서 만나요. 그때 풀영상을 보여드릴게요."

협박이었다. 뭉치는 하고 싶은 말을 하고 나서 간사하게 비웃으며 교문 쪽으로 해서 기숙사 쪽으로 사라졌다. 그녀는 그의 말이 귀에 들어오지 않았다. 오직 발가벗고 치열하게 파고들며 서로의 육체를 탐하는 영상만이 뇌리에 남아서 자신을 강하게 옥죄고 있었다. 산책로 근처에 있는 아름드리 벚꽃나무에 손을 짚지 않았다면 그녀는 그 자리에서 쓰러지고 말았을 것이다.

그 사내의 정체는 예전에 만났던 부모가 대구에서 주유소를 여러 개 운영하는 뭇 사내 중에 한 명이었다. 그가 자신도 모르게 촬영을 한 것이었다. 그것을 어떻게 입수해서 뭉치 자신의 스마트폰에 저장해놓았는지는 알 수 없으나 자연스럽고 부드럽게 다가와서 자신을 강하게 협박하고 있었던 것은 분명했다. 그녀는 자신이 빠져나갈 수 없는 궁지에 내몰린 것만은 확실하게 느끼고 깨달을 수 있었다. 뭉치라는 그 학생이 자신을 옴짝달싹 못하게 사지를 견고하게 압박하고 강하게 묶고 있다는 것을 절실하게 느낄 수 있었다. 그녀는 달콤한 꿀만 취하고 아무렇게나 방치하던, 자유분방하고 스릴 넘치는 보편적인 삶을 이젠 예전에 아련한 추억으로 흐릿하게 떠올려야 한다는 것이 한편으로는 잔인한 고통이었다. 안타깝고 참담한 현실적 낭패였다. 일순간에 지금까지 누리고 있던 삶의 재미와 즐거움이 송두리째 무너지고 사라질 위기에 직면하게 된 것이었다. 그렇다고 그를 경찰에 신고해서 공권력으로 제압할 수도 없는 일이었다. 소문이 나면 끝장이었다. 그래서 그녀는 가까이에 있는 벤치에 앉아서 어떻게 해결할 것인지, 이 불합리하고 불행한 상황을 어떻게 모면해야 할지를 곰곰이 생각해보았다. 마땅한 방법이 없었다.

그래서 그녀는 따스한 물에 온몸을 담그고 피로를 풀면서 대책을 마련해 보기로 했다. 마음이 부자연스럽게 이리저리 출렁거릴 때 선명하고 산뜻하지 않고 모호할 때 가끔씩 취하는 자신만의 방법이었다. 그녀는 산책로를 급히 걸어 돌아가 여선생 사택 대문 앞에 멈췄다. 그녀는 그곳에 서서 벽돌울 타리 위에서 태연하게 몸을 키우며 조심스럽게 뻗어나가는 푸릇푸릇 무성한, 굵고 단단한 덩굴장미를 올려다보았다. 아 직도 가지와 잎사귀 들이 거칠고 폭넓은 공간의 확장으로 온 전한 얼굴을 드러내지 못하고 꽃봉오리 안에 화사하고 청순 한 꽃잎을 숨긴 채 따스한 햇살을 받기 위해서 여념이 없는 것을 엿볼 수 있었다. 그때 아까부터 집요하게 운집하고 있 던 두터운 구름의 울음인지 치기어린 장난인지 정확하게는 알 수 없으나 빗방울이 한 방울씩 그녀의 얼굴에 떨어지고 있었다. 차갑고 따가웠다. 그런 와중에 그녀는 잠시 꽃봉오 리들을 올려다보았다. 빗방울이 떨어져도 피하지 않고 있는 그대로 받아들이는 것을 엿볼 수 있었다. 꽃봉오리들은 빗방 울을 애써 피하지 않고 다가오는 고단한 삶도 의연하게 받아 들이고 버티고 접근하고 있었다. 그녀는 그것이 덩굴장미가 아름답고 화사한, 화려하고 열정적인 꽃을 피우는 비결이 아 닐까 하는 생각에 이르렀던 것이다. 그래서 그녀도 뭉치의 우회적인 협박에 정면으로 돌파해야겠다고 생각했다. 그녀 는 천둥이 치고 강한 비바람이 몰려와도 피하지 않고 앞으로 나아가겠다고 다짐했다. 입술을 꼭 다문 꽃봉오리를 보면서 말이다.

아직도 미리는 퇴근하지 않았다. 거실은 휑뎅그렁하니 비어 있었고, 그래서 그런지 그녀는 해피가 보고 싶었다. 해피만 생각하면 헛헛하던 마음도 어느새 따스한 미소가 입가에 머물고 충일한 마음으로 변했다. 며칠 전까지만 해도 미리가 퇴근을 해서 밥을 짓고 쇠고깃국을 끓이는 화기애애하고 단란한 모습을 엿볼 수 있었던 것이라 해피의 빈자리를 그렇게 크게 느껴지지 않았다. 하지만 어느 시기부터 미리의 행동이 따스한 친절과 극진한 배려도 없이 무성의해지는가 싶더니 표정이 차갑게 굳어졌다. 미리가 자신을 서서히 밀쳐내는 것을 미세하게 느낄 수 있었던 것이다. 지금까지 자신이 알고 있었던 그녀가 아니라 또 다른 모호한 인격으로 변해 있었다. 새로운 사람을 만나면 으레 경계하듯이. 낯설고, 그녀에게서 처음 느끼는 차가움이었고 거리감이었다. 저녁밥도 짓지 않고 잡무 때문에 늦는다는 간단한 메시지만 차갑게 남겨두는 것이 다였다. 더욱이 화장실 선반에 있는 자신의 샴푸나 바디샴푸를 쓰지 말라고 짜증을 부리기까지 했다. 까칠했다. 어처구니없는 일이었다. 며칠 전만 해도 상상도 못할 일이었다. 언제나 밝은 말투와 미소를 잃지 않고 소탈하고 진솔하고 단정하게 살아온 보이쉬한 그녀였다. 어떤 일에 대하여 신랄하게 비판하면서도 상냥하고 온화하며 친절하고 이타적인 그녀였기에 더더욱 이해할 수 없었던 것이다. 그래서 그런지 해피가 보고 싶었다.

　그래서 꽃뱀은 요 미칠 동안 일어나는 미리에 대한 일련의 사건과 행동에 대하여 물어보기로 마음먹고 있었다. 오늘이 그날이었다. 미리는 저녁식사를 해결하고 들어오기 때문에 저녁식사를 준비할 필요는 없었다. 중국집에 배달을 시키든지 치킨을 시켜서 맥주를 마시면 되었던 것이다. 소맥을 몇 잔 마시고 긴장의 끈을 느슨하게 해서 차근차근 물어보는 것도 나쁘지 않을 것이다. 그 전에 그녀는 따스한 물에 느긋하게 릴렉스하는 것도 나쁘지 않을 것 같았다. 뭉치의 일도 그렇고 미리의 일도 그렇다.

　그녀는 스마트폰으로 비발디의 바이올린 협주곡 '사계' 중에 '봄'을 틀어 선반 위에 올려놓고, 하얀 욕조에 따스한 물이 절반 정도 차오르자 알몸으로 들어갔다. 그녀의 알몸 중에 유난히 도드라진 곳은 배꼽 아래 공들인 하트문양이었다. 그녀는 주기적으로 비키니를 했다. 처음에는 십자가문양을 했다가 최근에 하트문양으로 바꿨다. 십자가문양은 욕정을 채우려는 이글거리는 사내들의 눈동자를 일시적으로 차분하고 경건하게 만들어서 페니스를 여지없이 주저앉게 만들었던 것이다. 예상치 못한 돌발상황. 그래서 하는 수 없이 하트문양으로 바꾼 것이었다. 그러자 그들은 집중적으로 파고들면서 사랑스럽다고 어루만지며 핥고 빨았다. 그들은 가지런한 거웃이 세련되어 보이고 섹시해 보인다고들 말했다. 만족했다. 더욱이 그녀는 어릴 적부터 유전적인 요인으로 수북한 엄마의 그것과 많이 닮아 있어 대중목욕탕에 가서 알몸으로 같은 여자를 대하는 것 또한 여간 창피한 일이 아니라 무척 신경이 쓰였다. 그들도 선명하고 사랑스런 하트가 있는 것과 야생에 아무렇게나 어수선하게 내던져진 야지의 꿋꿋한 촉감을 느끼는 것은 천지 차이라고 했다. 그들의 시각적인 만족이 곧 심리적인 만족으로 연결되는 것이기 때문에 그랬다.

그녀는 하얀 욕조에 비스듬히 누워서 비발디의 봄으로 발걸음을 내딛었다. 여전히 샤워기에서 따스한 물이 흘러나왔다. 그녀는 눈을 지그시 감은 채 느긋하게 온몸을 풀어놓고 있었다. 일상에서 무엄하게 쌓이는 스트레스로 인하여 뭉친 목덜미와 양어깨가 천천히 풀어지고 부드러워지는 것을 느낄 수 있었다. 이런저런 잔망스런 번뇌와 망상도 뭉그러지거나 흘러내리고 있는 듯했다. 그녀는 잠시 눈을 떠서 화장실 내부에 희뿌연 수증기가 천장을 향해 크고 작은 원을 그리고 곡선을 그리며 올라가고 있는 모습을 아련하게 맥없이 보고 있다가 재차 눈을 감았다. 스트라디바리우스. 시냇물소리가 오후의 나른함을 멀찌감치 쫓아버리듯이 맑고 청아하게 졸졸거리면서 굽이굽이 흘러내리고 있었다. 스트라디바리우스의 부드럽고 섬세한 터치. 그녀는 시냇가에서 쪼그리고 앉아서 투명한 물소리에 귀를 기울이고 밝고 싱그럽게 웃으며 골짜기마다 품고 내뱉는 시냇물의 본류를 향해서 시선을 옮겼다. 아득하고 먼 곳에서 산의 우람한 실루엣이 여실히 드러나고 있었다. 산정 근처에 나지막이 걸터앉은 순백의 구름이 여유를 부리며 한가롭게 머물고 있었다. 그 사이로 한 무리의 철새들이 무리를 지어서 어디론가 날아가고 있었다. 추운 겨울을 보내고 또 추운 겨울을 찾아서 떠나는지도 모를 일이었다. 그 철새들의 우두머리가 앞으로 다가올, 몹시 힘들고 괴로운 긴 여정의 부담감을 떨쳐버리기 위해서 크게 울고 있는 것인지도 모른다. 차분하고 평온했으나 왜 공허한 애처로운 메아리로 다가오는 것인지. 그러자 삽시간에 산정으로 짙은 구름이 모여들었다. 그렇게 한동안, 그 짙은 구름 사이로 느닷없이 천둥과 번개가 으르렁거리며 장검을 휘두르며 나타나더니 공간을 지배하며 머물렀다. 스트라디바리우스. 그러더니 짙은 구름들이 어느새 서서히 흩어지는 것 같더니 산뜻하고 맑은 파란 하늘을 드러내고 있었다. 지금까지 두려움으로 아늑한 숲속에 깃들어서 숨죽이고 있던 무수한 새들이 기다렸다는 듯이 기지개를 켜고 목청을 가다듬고 거침없이 지저귀고 있었다. 저마다의 독특한 개성을 담은 울음소리들이 산과 들을 온통 메우고 있었다. 짝짓기에 대한 갈망을 담고 있는 간절한 울음인지 먹잇감에 대한 곤궁을 그렇게 표현한 것인지, 스트라디바리우스.

그녀는 맑고 청아하게 졸졸졸 흐르는 시냇물을 건너서 들판으로 향했다. 대기는 맑았고, 시야를 가로막는 것은 아무것도 없었다. 아무렇게 자란 풀도 덤불도 없었다. 잡목도 없고 고사목도 없었다. 간혹 큼직한 돌무더기들이 있고 저만치 아지랑이 너머에 흐릿하게 미루나무들이 군락을 형성해 따스한 봄볕을 온전히 받으며 가지들마다 잎사귀들을 깨우고 있는 듯했다. 그럼에도 을씨년스럽지도 황량하지도 않고 외롭고 초라하게 보이지도 않았다. 따스하고 느긋하고 한가롭고 평온하게 보였다.

그녀는 한없이 펼쳐진 들판을 바라보고 걷다가 잠시 멈춰서 다소 메마른 대지를 내려다보았다. 할미꽃이었다. 아직도 붉은 자주색 꽃을 소박하게 숨기고는 있지만 다가올 예정된 그날 꽃대를 간신히 밀어올려서 꽃을 피울 일념으로 뿌리에서 쉼 없이 자양분을 끌어올리고 있는 것 같았다. 그녀는 그 자리에 앉아서 소박한 할미꽃을 손가락으로 가볍게 쓰다듬어 보았다. 아직도 줄기와 잎사귀에는 어둡고 막막하던 한겨울밤의 외로움과 고독, 건조와 냉기가 다소 어려 있는 것 같았다. 뻣뻣했으나, 충만한 생기와 과격한 열정을 안으로 깊숙이 품고 겉으로 드러내지 않고 있는 것 같기도 했다. 조심

조심. 그럼에도 확신에 찬 신념과 투지로 시간시간을 하루하루를 쉼 없이 뻗어나가는 것이었다. 소박한 할미꽃을 피워서 그 향기 위에 한가롭고 느긋한 오후를 보내다가 성실한 벌과 경쾌한 나비 들을 수줍게 맞이하는 것이리라. 그녀는 한 번 더 대지에 낮게 웅크리고 있던 할미꽃을 쓰다듬고 일어서서 앞을 응시했다. 이상하게 아까 보이지 않던, 어디에서 불현듯이 나타났는지 모를 하얀 뭉게구름을 온몸으로 품고 팽창시키는 양들이 미루나무 근처에서 푸릇푸릇한 풀을 뜯고 있었다. 그 무리 사이에 있던 목동과 목양견이 아까부터 이쪽으로 해맑게 웃고 짖으며 뚫어지게 쳐다보고 있었던 것 같았다. 스트라디바리우스.

그녀는 현 위에서 어릴 적부터 익숙한 고정된 형식으로 서서히 움직였다. 왼손가락은 현 위에서 정확한 지점을 짚고 간결하게 쓰다듬듯이 누르며 부드럽게 나아가고 오른손에 쥐고 있던 활은 그것과는 달리 다소 격정적으로 움직이다가 나지막하게 가라앉으며 조용히 침묵하듯이 차분하게 나아갔다. 현란하지도 화려하지도 않았으나 고귀하고 아름다운, 달콤하고 진한 선율이 흘러나왔다. 따스한 물이 피부 안으로 지속적인 열기를 전달하듯이 선율의 농도가 더욱 진하고 엄숙하게 감기고 펼치며 깊숙이 파고들었다. 그러자 점점 더 고정된 형식의 틀에서 벗어나 자유로웠다. 그럼에도 따스한 물을 충분히 머금고 있던 반질거리는 백옥의 피부는 요염함을 잃지 않고 섹시함도 잃지 않았다. 친애하는 국민을 대하는 대통령처럼 겸손한 말투와 예의, 몸에 익은 공손함과 절제로 침착하게 받아들였다. 자유와 방종의 경계에서 평정심을 잃지 않고 정의로운 가치를 숭고하게 실현하듯이 위엄이 있고 정숙하고 평안했다. 소박하게 생의 선율에 올라타듯이 들판에 내리쬐는 훈훈한 바람의 잔등에 올라타서 떠다니다가 머무르며 떠다니다가 머무르며 땅속 깊은 곳에 뻗어나가는 뿌리의 확장에 머물러 있는 고혹적이고 향긋한 꽃향기를 애써 찾아서 맡는 것이리라. 오직 자신의 만족을 위한 아름다운 선율이었다. 스트라디바리우스.

그들은 띄엄띄엄 흩어져서 자유롭게 풀을 뜯고 있는 양들 사이를 가로질러 나란히 걸었다. 어느새 그들은 팔짱을 끼고 밀착해서 조심스럽게 어루만지며 다정한 연인이 되어 있었다. 여자 뒤에서 추는 부비부비춤처럼 자극적이고 도발적이지는 않지만, 은근하게 취해서 상대의 욕망의 깊이와 넓이를 더욱 풍요롭게 하고 있었다. 꼬집고 누르고 당기는, 빨고 핥고 무는 과격한 연인으로 변하고 있는 중이었다. 그들은 자신들의 갈망에 대한 확신을 서로에게 육체적으로 확인하고 싶었던 것이다. 모호하고 느슨한 삶의 연속성 위에 놓인 흐릿한 행위들에 대한 명확성을 제시해주고 싶은 마음도 없지 않았다. 그것이 그들 각자에게 가지런한 삶을 나열해주기 위한 방책인지도 모른다. 그러는 동안에도 빛이 바랜 블랙 청바지에 회색 후드를 입고 있던 목동은 아직도 얼굴을 드러내지 않고 그녀를 껴안은 채 걸으며 아담한 가슴 언저리에 긴 손가락을 가져가서 가볍게 터치하고 있었다. 그러면 들판에 푸릇푸릇한 풀을 충실하게 뜯고 있던 양들이 힐끔거리다가 아득하게 먼 곳을 한없이 쳐다보는 것이었다. 그러다가 재차 머리를 처박고 풀을 뜯었다.

그들은 아랑곳하지 않았다. 더욱 집요하게 서로를 향해서 파고들었다. 그녀는 그 자리에서 목동의 후드를 벗겼다. 얼굴과 목덜미에 강렬한 햇볕으로 인하여 많이 그을려 있었다. 거칠어 보이긴 해도 어딘지 낯익은 사내였다. 꽃뱀헌터.

그녀는 봄의 선율을 타고 성감대를 찾아서 긴요하고 부드러운 터치로 자위를 했다. 하얀 욕조 위로 희뿌옇게 피어오른 수증기가 화장실 공간을 빈틈없이 가득 메우고 있어, 더욱더 그녀는 자신에게 집중하고 몰두할 수 있었다. 그녀는 몽롱한 정신으로 자신을 놓으면서 꽃뱀헌터를 서서히 받아들이고 있었다. 그때 닫혀 있던 화장실문이 조심스럽게 사르르 열렸다. 미리였다. 그녀는 짧은 머리칼과 얼굴이 비에 흠뻑 젖어 있었다. 검은색 자겟과 스커트는 말할 것도 없었다. 흠뻑 젖은 자겟과 스커트를 벗고 팬티스타킹도 벗은 후에 방으로 들어가서 클렌징 밀크로 화장을 지우고, 꽃뱀이 자위하는 욕조 위에서 멈춰 아래로 내려다보고 있었다. 아직도 꽃뱀은 눈을 감은 채 외부의 변화를 의식하지 못했고, 달콤하고 그윽한 선율 위에서 깊이 심취해 있었다. 몰아지경. 여전히 선반 위에 올려놓은 스마트폰에서 비발디의 봄이 흘러나오고 있었다. 스트라디바리우스.

미리는 비스듬히 하얀 욕조에 걸터앉아 꽃뱀을 지긋이 내려다보았다. 긴 머리칼은 분홍색 세안밴드로 단정하게 정리되어 있었다. 그 세안밴드에는 양쪽으로 귀가 쫑긋했고, 그것이 예쁘고 곱고 앙증맞게 보였다. 이미 좁지 않은 뽀얀 이마에는 땀방울이 송골송골 맺혀 있었다. 눈썹이 또렷한 형태를 유지하며 비스듬히 흘러내리는 땀방울을 가로막아서 눈으로 들어가는 움직임을 부자연스럽게 하고 있었다. 그 땀방울의 일부가 눈썹과 눈썹 사이로 흘러내리고 있었고, 그곳부터 콧대가 시작되어 천천히 치솟으며 어느 지점에서 멈춰서 안정적으로 형성된 콧방울로 자리를 잡고 있었다. 그 아래 촉촉한 윗입술과 아랫입술을 꼭 다물고 있다가도 하얀 치아를 드러내며 간헐적으로 신음소리를 냈다. 그러자 주위를 더욱 미묘하고 야릇하게 젖어들게 했다. 미리는 긴 머리칼에 가려진 목덜미를 따라 양어깨로 내려왔다가 어느새 봉긋한 유방이 능선을 이루는 곳에서 멈췄다. 언젠가는 한번 확인해

보고 싶었던 곳이었고 부드럽게 만져보고 싶었던 곳이기도 했었다. 따스하고 잠잠한 수면 아래서 얌전하게 능선을 이루는 유방에는 흐릿한 물빛으로 인하여 사내들이 부드럽게 때로는 광적으로 빨고 깨문 흔적을 찾을 수는 없었다. 그래서 그런지 미리는 꽃뱀이 자신의 유방을 자극하고 있는 맞은편에 외로운 섬처럼 남아 있는 유방을 손가락으로 어루만지고 싶은 강한 충동이 생겼다. 미리는 무의식적으로 손을 뻗어서 그곳으로 향했다. 따스한 물에 따스하게 풀어진 유방은 물컹거리는 촉감으로 다가왔으나 긴요한 탄력이었다. 아직도 싱싱하고 파릇한 나이였다. 그럼에도 미리는 섬세한 주의를 기울여 조심스럽게 어루만졌다. 꽃뱀이 틀어놓은 비발디의 선율에 반하지 않은, 사랑스럽고 아름답게 말이다. 꽃뱀은 조금 전부터 클리토리스를 미세하게 자극하고 있던 손가락에 변화를 주고 있는 것 같았다. 그러자 신음소리는 통제되지 않는 아득한 곳으로 흘러들고 있었다. 미리는 상체를 기울여서 꽃뱀의 귓가에 입술을 가져가서 뜨거운 입김을 불어넣었다. 꽃뱀의 달아오른 육체를 더욱더 달아오르게 해서 유륜의 울타리에 둘러싸인 유두를 단단하게 고정시켜서, 오롯이 두드러진 당당한 모습을 보기 위함인 것 같았다.

그제야 꽃뱀은 스르르 눈을 떴다. 새로운 경험에 대한 기대와 확신을 가지고 스스럼없이 다가오는 욕구를 끌어들이는 촉촉한 눈빛이었다. 그녀의 눈빛은 수치심의 경계에서 완전히 벗어난 평안한 상태였다. 하나님의 말씀과 도덕적인 가치에서 이미 온전히 벗어나 자유롭고 평온한, 차분하고 진솔한 상태임에 틀림없었다. 가혹한 구속도 없고 내면적인 절제도 없는, 오로지 자신의 욕망의 불길 속에서 풍성하고 아름다운 쾌락을 얻기 위한 안전한 곳으로, 더 깊고 풍성한, 더 진하고 자지러지는 미지의 곳으로 천천히 나아가기 위한 간절하고 절실한 행위이었다.

"왜 이제 왔어."

따스한 물과 달달한 자위로 늘어지고 풀어진, 부드럽고 나긋나긋한 목소리였다. 그러면서도 꽃뱀은 먹잇감을 재빠르게 낚아채듯이 그녀의 목덜미를 강하게 끌어당겨 키스했다. 미리는 어정쩡한 자세에서 꽃뱀의 유두를 적극적으로 자극하면서 키스를 했고, 치열하고 격정적이었다. 미리는 만날 때마다 가슴 졸이며 바랐던 정상적이면서도 발칙한, 억지로 누르고 밟아 구겨넣었던 상상들을 당면한 현실에 직면하자 적극적인 행위는 자연스럽게 저절로 흘러나오는 것이었다. 그런 미리를 꽃뱀은 안전하게 보듬듯이 끌어당겨 하얀 욕조 안으로 들였다. 그러자 고여서 차오르던 따스한 물이 하얀 욕조 밖으로 갑자기 쏟아지고 있었다.

그런 와중에도 미리는 수도꼭지를 재빠르게 닫고 하던 일에 집중적으로 파고들었다. 보일러가 돌아가면서 기름을 태우는 것이 아까워서가 아니라 아까부터 따스한 물에 잠긴 샤워기에서 흘러나오는 묵직한 것이 거슬렸기 때문이었다. 그러자 일시에 하얀 욕조 안은 이상야릇한 고요로 함몰되어버렸다. 그 사이를 열정적인 그들의 섹스로 빚어지는 정겨움과 환희의 열매로 차곡차곡 채워지고 있었던 것이다. 서로의 경계를 넘어본 경험으로 이젠 한결 편안하게 가슴 깊이 담아두었던 씁쓸함과 아쉬움을 행위로 리얼하게 드러낼 수 있었다. 아무튼 그들은 자신이 간절하게 바라고 원했던, 추구하고 갈망했던 쾌락의 여정으로 발걸음을 옮기고 있었던 것이다.

미리의 브라는 이미 유방을 많이 제약하고 있었다. 축축하게 젖어서 어깨끈이 많이 흐물해졌고 움직일 때마다 뽀얀 젖무덤을 반쯤 드러내고 있었다. 숨바꼭질. 간헐적 반복이었으나 언젠가는 그들의 열정 앞에서 온전히 벗겨질 것이 확실했다. 블라우스 안에서 언제나 고요한 침묵과 정갈한 아름다움을 간직하고 유지한 채 지루한 낮과 길고 외로운 밤을 이겨내며 살아온 나날에 대한 강한 집착인지도 모른다. 더욱이 넓고 단단한 엉덩이를 밀착해서 받치던 축축한 팬티도 고유의 영역에서 벗어나 오른쪽 무릎 위에 어렵사리 매달려 있었다. 마치 빨랫줄에 집개를 집어놓은 팬티가 비바람이 거세게 몰아쳐서 한쪽 구석에 초라하고 어지럽게 매달려 있는 처참한 모습이었다. 그것도 그들의 열정의 크기와 부피에 떠밀려 언제까지 그곳에 머물 수 있을지 장담할 수는 없었다.

섹스는 꽃뱀이 주도하고 미리는 그녀의 노련한 터치에 따르는 식이었다. 아이들이 부모의 올바른 생각과 행위를 보고 서서히 자신의 생각과 행위를 넓이고 확대하듯이 그녀도 꽃뱀을 보고 노련한 섹스의 스킬에 대한 새로운 생각과 행위를 스스럼없이 받아들이고 따라하는 것이었다. 그러면서 그녀도 서서히 군더더기 없는 꽃뱀의 스킬을 몸소 익히고 터득하고 있었던 것이다. 뭇 사람들의 시선 속에 머물러 있는 미리는, 외향적이고 대범해 보이며 큰소리를 치면서 애써 섹스는 별것이 아니라고 자신에게 말하고 생각하고 위로하며 살아왔지만, 꽃뱀과 알몸으로 뒤엉키어보자 그 방면으로 자신이 얼마나 경솔하고 미숙하고 무지하게 살아왔는지 온몸으로 느낄 수 있었다. 꽃뱀의 노련함에 비하면 자신은 너무나도 서툴고 초라하고 궁상스럽다는 생각마저도 들었다. 미리에 비하면 꽃뱀은, 다소 내향적인 소심한 성격으로 평소에 자신의 생각마저도 겉으로 표현하지 않고 순간순간의 행동도 애써 극도로 제약하는 것 같이 소극적이고 배타적으로 받아들이고 있었던 것이다. 기우였다. 하얀 욕조 안에서 부드럽고 때로는 격렬하게 섹스를 주도하는 꽃뱀은, 평소에 상상할 수도 없는 차분하고 얌전한, 예의 바르고 정숙한 그녀와는 다른 인격이었다. 아무래도 꽃뱀은 자신과는 생태계가 다른 곳에서 오랫동안 자유분방하고 호기롭게 넉넉하고 여유롭게 서식했고, 그 순간순간 자유로운 행위와 숨결이 무수한 경험으로 쌓여서 터득한 캐릭터임에 틀림없었다. 차원이 다른 그녀였다.

밤 11시. 꽃뱀은 여선생 사택에서 다소 두꺼운 외투를 걸치고 나왔다. 정원의 공기는 촉촉하고 산뜻했고, 다소 차가웠다. 대구도심의 후덥지근하고 매캐한 시궁창에서 기분 나쁘게 스멀스멀 다가와서 주위에 어슬렁거리다가 피부에 눌어붙는 역겨운 공기와는 태생적으로 다른 것이었다. 낮에 날씨예보에도 없던 소나기가 느닷없이 내려서 잔잔한 대기 중에 떠다니는 불순한 먼지까지도 말끔하게 씻어내려서, 더욱더 신선하고 맑고 싱그러웠다. 자정 무렵에 떠는 하현달은 어슴푸레하면서도 점점 밝고 또렷한 자태를 아직 볼 수는 없었고, 그 공간 사이사이 별빛들이 옹기종기 또랑또랑 빛을 발하며 깊어가는 밤의 오래된 침묵을 재촉하고 있는 듯했다.

꽃뱀은 미리와 섹스를 즐기고 나서, 거실 식탁에서 치킨을 시켜서 먹다가 근래에 미리가 까칠하고 퉁명스럽게 대하고 거리를 둔 예의 없는 행동에 대하여 상세하게 들을 수 있었다. 젊음의 열정과 비래해서 성적욕구도 수시로 들이닥치는,

저물어가는 그래서 아쉬운 20대를 손수 혼자서 감당하고 풀어야하는 암담한 상황에 직면하는 것이 안타깝고 씁쓸해서 그랬다고 말했다. 그것보다도 학교 안팎에서 사내들의 시선이 꽃뱀에게만 고정되고 머물러 있는 것이 몹시 불편했고 탐탁하지 않았다고 말했다. 더욱이 억실억실한 꽃뱀헌터마저도 자신에게는 눈길조차도 주지 않고 막다른 골목길에서 능청스럽고 흉물스러운 독사를 만났을 때처럼 시선을 의도적으로 피하고 마주치지 않았다고 말했다. 그럼에도 유독 꽃뱀에게는 시선이 오랫동안 머물러 있다는 것을 수시로 느낄 수 있었다고도 말했다. 그래서 채워지지 않는 공허한 마음을 채우기 위한 방법으로, 하루하루를 살아가기 위한 방편으로 그런 무뢰하고 천박한 행동을 본의 아니게 선택하고 드러냈던 것 같다고 말했다. 꽃뱀의 백옥 같은 피부를 애무하고 빨고 깨물면서 느낀 것이지만, 자신이 꽃뱀헌터를 사랑한 것도 사랑의 범주에 속하는 것이고 꽃뱀 당신을 사랑한 것도 사랑의 범주에 속한다고 말했다. 아무래도 잔망스런 관념 속이나 세상 속에 무수한 선악이 뒤엉켜서 공존하듯이 자신의 마음속에 꽃뱀헌터와 꽃뱀이 적당한 눈금 사이에 머물면서 미세한 마음의 변화에 이쪽으로 저쪽으로 움직인 것 같다고 말했다. 그러다가 미리는 맥주로써 자신의 감정 부분까지 끄집어내기가 민망한지 냉장고에 있는 소주를 꺼내어서 적당한 비율로 소맥을 한 잔 들이키며 말을 이어나갔던 것이다. 이젠 결론을 내릴 수 있을 것 같다고 말했다. 내가 진심으로 사랑한 대상은 당신 김은지인 것 같다고. 곱고 선명하고 아름답고, 적당하고 안정적이고 정겨운 김은지 말이야. 언제나 다가오는 삶이 보편적인 일반성을 잃지 않고 고르고 팽팽하고 탄력 있는 그녀 말이야. 어느 날 우연한 기회에 꽃뱀헌터와 원 없이 격한 섹스를 하고나면 그때는 마음이 어떻게 널뛰기를 할지는 모르지만, 지금 현 상황은 그렇다고 말했다. 그런 말을 마지막으로 던지고 그녀는 거품이 넘치도록 소주에 맥주를 따른 후에 투명한 유리컵바닥이 말끔하게 보이도록 들이키고, 잠시 후 그녀는 식탁에서 일어나서 화장실로 가면서 혼잣말처럼 했다. 그녀는 무의미하게 아무렇지도 않게 던진 공이 제대로 제구가 되지 않아 포수가 대처할 수 없을 정도로 높이 재빠르게 빠져나갔다. 폭투였다. 꽃뱀아빠가 자신에게 직접 전화를 했는데 해피가 로드킬 당했다고 말했다.

꽃뱀은 해피의 죽임을 듣자, 막연하게 다가오고 접하는 죽음이었다. 가끔씩 도로 위에 자동차에 부딪치고 짓이겨진 동물들의 사체로 다가왔던 것이다. 그녀는 미리가 얼얼하게 술에 취해 화장실에서 치아를 닦고 방으로 들어가서 노곤한, 달콤한 잠을 청할 때까지도 해피의 죽음을 절실하게 인식하지 못하고 있었던 것이다. 해피와의 행복한 시간과 아련한 추억을 강하게 소환하지 못하고 있었던 것이었다. 그녀는 자신의 내면에 어떤 심적 장애가 있었던 것이 아닐지, 생각해보기까지 했다. 희로애락에 대한 반응의 느슨함과 무딤, 본성으로 다가가는 길목에 어떤 장애물이 이미 견고한 방어막을 쳐놓고 더 이상 접근하지 못하게 막는 것인지도 모른다고 생각했다. 아무리 생각해봐도 해피와의 관계 속에서는 불편하고 난해한, 강한 매듭으로 정체되고 막힌 적이 없었다. 무수하게 지나간 감정의 잔잔한 파도와 광포한 파도 속에서도 불경스러운 매듭은 없었던 것이다. 그녀는 이런저런 생각을 하면서 스마트폰으로 전등을 켠 채 경사진 돌계단을 내려가서 산책길을 조심스럽게 내려가고 있었다. 산책길 가장자리에 있는 벤치는 텅 비어 있고 괴괴한 어둠과 촉촉한 물기를 머금고 있었다. 그 뒤를 거무스름한 아름드리 벚나무를 아래서부터 위로 천천히 전등으로 비추며 올라가보았다. 굵고 튼튼하고 늠름해 보였다. 거실 통유리에서 볼 수 있는 그 벚나무였다. 그때 풀벌레소리가 베이스에 깔린 어둡고 차분한, 고요하고 경건한 한밤중으로 향하는 지점에 벚나무 우듬지에서 호랑지빠귀가 울었다. 슬픔이고 아픔이었다. 그 호랑지빠귀의 가냘픈 울음소리 때문인지 그녀는 그 울음소리 속에서 해피가 기생하고 있다는 것을 느낄 수 있었다. 오랜 기다림의 울음소리, 간절함이고 절실함이었다. 해피가 자신을 그리워하며 기다리듯이 호랑지빠귀도 그 누군가를 그리워하고 기다리며 우는, 그래서 단선적인 시끄러운 소음이 아니라 애틋한 리듬이 흐르는 여운을 풀어내는지도.

그제야 꽃뱀은 해피의 죽음을 듣고 심중으로 즉각적으로 파고들지 않았던 이유를 대략이나마 인식할 수 있었다. 중학교 때 앞산공원에서 산책을 하고 아름드리 화사한 벚나무 아래서 해피와의 섹스, 스마트폰의 진동을 이용한 아빠와의 섹스에 대한 기억들이 성장하면서 부끄럽고 불편한 기억으로 떠돌다가 말짱한 의식을 비수로 날카롭게 후벼파고 쑤시는 것을 느꼈기 때문이었다. 그녀는 그 기억을 망각의 골짜기 안으로 밀어넣고 밖에서 빗장을 걸고 싶었던 것이다. 심지어 그 생생한 기억을 왜곡하고 싶은 생각마저도 들었던 것이다. 그런 내면의 강한 파열음으로, 명징한 기억은 의식을 부자연스럽고 좀스럽게 해서 자의식의 음지를 만들어 현실에 예상치 못한 소극적인 행위를 만들고 조장했던 것인지도. 그래서 의식적으로 강하게 거부하고 외면했던 그곳에 옹이가 되었던 것 같았다. 수치심의 옹이. 어쩌면 그녀는 앞산 벚나무 아래서 있었던 사건이 자신이 원하고 바라는, 기억하고 싶었던 것만 골라서 선택적인 인정으로 받아들이고 밀쳐낸 것인지도. 그것이 벚나무 위에서 애절하게 우는 호랑지빠귀의 울음소리로 인하여 불러들인 것인지도. 눈치 보며 겉돌고 있었던 기억의 실체를 말이다.

　이제야 꽃뱀은 자신의 내면에 해피에 대한 애잔한 그리움과 추억이 쌓여가는, 아프고 저리게 인식할 수 있었다. 그것이 차츰 강하게 짓누르고 압박하는, 가혹한 슬픔과 고통으로 짓누르며 쌓여가는 것 또한 인식할 수 있었다. 더 이상 참을 수가 없었다. 그녀는 출구도 찾을 수 없는, 어슴푸레한 불빛도 없는 암담하고 차가운 쇠파이프 안에 갇힌 새끼고양이처럼 불안하고 초조한 심정이었다. 어디인지 방향도 잡을 수 없고 어디로 발걸음을 내딛을 수도 없는 그런 칠흑의 막막한 환경 속에 고립되고 방치된, 막막한 느낌.

　그녀는 허한 마음으로 산책길을 무의미하게 걸었다. 적요했다. 그녀는 지금까지 경험하지 못한 공허함과 상실감에 허우적거리며 헤어날 수가 없었다. 그러던 와중에도, 가까이에서 풀벌레들과 호랑지빠귀가 치열하게 울었고, 그 너머 아득한 황매산 골짜기에서 뻐꾸기가 반복적으로 울고 있었다. 별빛들이 생존의 온기를 아주 멀리까지 전파하곤 있어도 산책길 낮은 곳까지 찔러들지는 못했다.

　그녀는 산책길 위에 외부의 불빛이 들어오기 쉽지 않는, 긴 터널 속에 다소 습하고 막막한 대기가 낮게 깔려 있는 것을 온몸으로 느낄 수 있었다. 그녀는 다소 생소한 산책길을 조심스럽게 걷고 있을 때 느닷없이 해피가 산책길을 가로막고 있는 것을 볼 수 있었다. 평소에 장난기 많은 악의 없는 철부지 행동과는 달리 점잖고 의젓한 모습과 표정을 드러내며 서있었다. 그러다가 해피는 상냥한 미소와 함께 화려한 황금색 긴 꼬리를 반갑게 흔들며 뛰어와서 와락 안길 듯 머뭇거리며 우두커니 그 자리에서 있었던 것이다. 그녀는 꿈인지 생시인지 명확하게 확인할 수 없었지만, 우선 반갑고 기쁜 마음으로 해피에게 다가갔다. 그런 해피는 한참을 따스한 미소와 시선으로 올려다보다가 긴 다리를 이용해서 자신의 엉덩이를 간지럽혔다. 그러고는 해피는 앞발로 묵직하게 끌어안았다. 그녀는 앞발에 담긴 의미를 알 것 같았다. 해피가 뭘 원하는 것인지 어떻게 해줬으면 하는지, 오랜 경험을 통해서 이미 알고 있었던 것이다.

해피는 필사적으로 유연한 꽃뱀의 허리를 격하게 끌어안으며 천천히 때로는 빠른 템포로 바운딩을 하고 목덜미를 핥았다. 해피의 페니스는 욕구의 목마름을 해갈하기 위해서 뻗어 나아갔고, 쉼 없이 반복했다. 오직 그것이 삶의 중요한 의미이고 책무이고 권리인 것을 알고 행하는 행동이었던 것이다. 그녀도 내숭을 떨지 않고 현실의 피막 안에 에로틱하게 숨겨둔 격렬한 욕구를 서서히 발산했다. 아주 멀리서 능선을 넘고 시냇물을 건너서 자연스럽게 다가오는 훈풍을 온몸으로 시원하게 맞이하듯이 군더더기 없이 펼치며 섬세하게 터치하고 나아갔다가 되돌아오는 것을 반복했다. 후회도 없고 소망도 없는, 결속도 없고 혼돈도 없는 그런 고요한 상태였다. 정적이면서도 동적인 동적이면서도 정적인 상태에서 사랑스럽게 머물러 있는, 그런 오묘한 상태이기도 했다.

그러다가 해피는 앞발을 이용해서 다급하게 꽃뱀의 바지를 내렸다. 언제나 보디라인을 매끈하게 받치고 가리던 바지는, 무릎 언저리에서 엉거주춤 멈춰 부풀어 있었고, 안이 보일 듯 말 듯 보랏빛 망사팬티만 보란 듯이 간신히 뿌리를 내리고 있었다. 해피는 다급했지만, 보랏빛 망사팬티 안으로 곧바로 공략하지는 않았다. 촉촉한 긴 혓바닥과 이빨로 무릎 위쪽부터 아프지 않게 핥고 깨물면서도 성실함과 겸손함을 잃지 않은 것이었다. 때때로 해피는 코를 벌름거리며 그윽하게 풍기는 살내를 맡는 것인지 아니면 꽃뱀이 예전에 만나고 헤어진 뭇 사내들의 흔적을, 백옥의 피부 속에 깊숙이 침윤되어 있는 무분별하고 불쾌한, 더럽고 지저분한 살내를 애써 찾는 것인지 명확하게 알 수는 없었다. 해피는 단조로운 리듬을 깨뜨리지 않는 선에서 심취해 있었다. 해피의 행동은 화사한 진지함이었고 침착한 여유로움이었다. 그러면서도 먹잇감에 대한 포위망을 좁혀나가는 것을 잊지 않았다. 본능의 범주에 속하는 강렬하고 맹렬한 성적욕구를 온전히 채우고 만끽하기 위해서 말이다.

해피는 하얀 넓적다리 위를 번갈아가며 부드럽게 핥고 빨았다. 한참을 그렇게. 시녀가 식탁 위의 먼지를 조심성 있게 정성스레 닦는 번거로움을 겉으로 드러내지 않고, 순수하고 진지하게 성실하고 부지런하게 이어나갔다. 그런 충실한 행위 속에 꽃뱀은 욕구의 풍선 속으로 헬륨가스를 주입하고 있는 듯 보였다. 아무래도 그녀는 지표에서 아웅다웅 보채며 갈망하는 욕구에서 영원히 벗어나서 새로운 곳에서 새로운 쾌락을 영원히 누리고 맛보기 위한 방편을 찾는 것인지도 모른다. 그곳은 맑고 청명한, 부드럽고 순연한 구름의 입자와 푸른 하늘이 정적으로 머물면서 오랫동안 서식하는, 비옥하고 풍요로운 영토인지도 모른다. 아무나 다가갈 수 없고 오직 자신만 왕래할 수 있는, 천국의 뜰처럼 온화하고 평화로운, 그래서 고귀하고 성스러운 영토인지도. 그녀는 간헐적으로 미약하고 잔잔하게, 가는 신음소리를 토해내며 그곳으로 천천히 향하고 있었던 것인지도 모른다. 공허하고 황막한 삶의 공간에서 상실감으로 깊숙이 함몰되고 있는 언밸런스한 삶의 헛헛한 모습에서, 만약 그곳으로 지향점을 정하고 나아가지 않으면 하루도 한 시간도 단 일 분도 일 초도 못 버티는 것인지도. 그것을 그녀는 깨닫고 있었던 것 같았다.

그제야 해피는 오럴을 했다. 해피는 망설임 없이 보랏빛 망사팬티 사이로 긴 혓바닥을 가져가서 부드럽게 빨고 핥았다. 분명 해피는 촉촉한 새벽이슬을 머금은 향긋한 장미꽃을 보기 위함이었다. 연분홍 색감을 자랑하는 섹시하고 화려한 꽃송이. 해피는 그 활짝 핀 장미꽃을 보기 위해서 집요하고 성실했다. 해피의 그런 거침없는 행위 속에서, 꽃뱀은 아까보다 더 가벼워지고 더 자유로워지는 것을 느낄 수 있었던 것이다.

그때 밀집된 나뭇잎들이 이상한 고요와 침묵 속에서 헤어나지 못하고 있었다. 그러던 사이에 공간을 장악하고 있던 무성한 나뭇잎들 중에 어느 한 나뭇잎이 파르르 떨며 소스라치게 움직이자, 그것이 묵직한 밤공기를 밀고 당기며 서서히 다가갔는지 하나씩 둘씩 개별적인 몸짓으로 조심스럽게 움직이고 있었던 것이다. 일렁거리는가 싶더니 술렁거리고. 그 사이로 언제 나타났는지 애처롭게 소멸되고 있는 하현달이 말갛게 보였다가 사라지고 보였다가 사라지고 있었다. 어둑어둑한 밤의 정점에서 꼭지를 찍고 서서히 사그라지고 있었던 것이다. 꽃뱀은 그런 광경을 풀어진 희미한 눈빛으로 올려다보며 연속적으로 치밀어오르는 강한 욕구를 놓지 않고 가냘프게 이어나가고 있었다. 고마움이고 감격이었다.

이미 해피는 그녀의 보랏빛 망사팬티를 반쯤 끌어내려서 달콤함을 취하고 있었다. 해피는 애액을 촉촉하게 적신 긴 혓바닥으로 충분히 핥고 빨아들이고, 지경을 넓혀서 어둡고 침침한, 구리고 지저분한 애널 깊은 곳으로 서서히 혓바닥을 밀어넣었다. 그러자 꽃뱀은 사시나무 떨 듯이 소스라지게 온몸을 떨고 있었다. 새파랗게 질릴 정도였다. 한 번도 경험하지 못하고 느끼지 못한 낯선 쾌감이고 전율이었다. 온몸 구석구석 온기가 머물러 있는 어느 곳에서나 자유롭게 흩어져서 완벽한 임무를 수행하는 미세한 세포까지도 일시적으로나마 일상적인 긴장감에서 온전히 벗어나는 진한 감응을 주고 느슨한 휴식을 주고 있었던 것이다. 그것이 절대자의 값진 선물이고 온유이고 은혜이고 축복이었다.

여전히 꽃뱀은 진한 달콤함에 취해 있었다. 그녀는 우두커니 서있는 자세를 고수하며 그 달콤한 리듬을 잃지 않으려 부단히 노력하고 있는 듯 보였다. 성실한 해피가 자신의 영혼을 해방시켜주는 것 같기도 했다. 늘 현실에 고정되어 붙잡혀서 이리 쫓기고 저리 쫓기는 나날 속에서 방치되어 있었던 것을. 유연하게 다가와서 격정적인 숨결을 요구하는 섹스는, 그런 보이지 않는 족쇄를 푸는 열쇠 같았다.

그러다가 그녀는 해피의 헝클어진 긴 머리털을 쓸어올리며 무성한 나뭇잎들의 미세한 틈 사이로 보이는 하현달을 올려다보았다. 흥망성쇠. 이지러지는 하현달이었다. 휘영청 떠 있는 형형한 보름달과는 비교가 될 수는 없는 소실된 보디였지만, 그런대로 소멸되어가는 것이 나쁘게 보이지 않았다. 그녀는 자신도 먼 훗날 저런 이지러지는 모습으로 서서히 소실되는 과정 속에서 평화로운 천국의 뜰로 진입하지 않을까 하는 생각이 스쳐지나가는 것을 가볍게 인식할 수 있었다. 그런 생각을 하는 동안에도, 해피는 치골 깊숙한 곳에서 타르초 같은 긴 혓바닥을 펄럭거리며 소망과 기원을 품고 나아가는 것을 온몸으로 느낄 수 있었다. 그런 성실한 해피가 대견하고 예뻐서 그녀는 해피를 두 손으로 정성을 들여서 쓰다듬어주고 흐뭇하고 따스한 시선으로 내려다보았다. 그 순간에, 그녀는 온몸이 얼어붙었고 혈관 속에서 유기적으로 흐르는 붉은 피가 엉겨서 단단한 덩어리가 되는 것 같았다. 차가운 대리석. 길고 윤기 나는 황금빛 털과 길쭉한 귀가 있는, 충성스럽고 성실한 눈빛으로 늘 자신을 향하고 있는, 억세게 엉킨 근육으로 단단하고 넓은 어깨와 날렵하고 굳센 허리는 자신을 태울 수 있을 것 같은 그 믿음직한 해피가 아니라, 뭉치였다.

## Without you

꽃뱀헌터는 두어 시간 일찍 퇴근했다. 수업도 없고, 오후에 자신의 조카가 내려온다고 이사장에게 얘기했기 때문이었다. 일산에서 유유자적 편안하고 유쾌하게 살아가는 건물주선배였다. 그가 뜬금없이 내려온다고 해서 스케줄을 그렇게 잡았다. 가끔씩 카톡으로 설악산처럼 높고 웅장한, 빼어나고 아름다운 경치를 제공하지는 않았지만 소박하고 충실한, 정감 있고 다정다감한 산들을 가끔씩 촬영해서 사진으로 전송해준 것이 심경에 어떤 미세한 변화를 일으켰는지도 모를 일이었다. 그래서 그 선배가 도착할 즈음에 공원주차장에서 그를 하염없이 기다리기로 했던 것이다. 그가 여기 외진 곳까지 내려온다는 것이 반갑기도 했지만, 그가 어떤 고급스럽고 화려한 자동차를 운전하고 올지 궁금하기도 했다. 분명 그는 유려한 자태를 뽐내는, 공기역학을 위해서 은밀하게 뚫고 절개한 붉은색 페라리 488스파이더를 타고 내려오지는 않을 것이라 믿고 있었다. 왜냐하면 그가 카톡으로 경치가 아름답다며 자전거를 한번 타자고 했기 때문이었다. 페라리488스파이더는 자전거를 트렁크에 넣어서 운행할 정도의 실용성과 편의성을 갖추고 있지 않았기 때문이었다. 그럼에도 불구하고 그 날렵한 놈의 장점은 간과할 수 없었다. 고성능에 어울리는 공간을 깊숙이 찔러들어 지배하는 배기음이 무겁게 가라앉아 있는 야수의 본능을 깨우는 듯했고, 군더더기 없는 유려한 보디를 유감없이 뽐내며 강력한 힘을 바탕으로 쾌속으로 질주하다가 갑작스럽게 곡선을 만나도 몸 둘 바를 몰라 허둥지둥 핸들을 강하게 부여잡고 급브레이크를 밟지 않아도 되는 타고난 능력을 안정적으로 골고루 갖추고 태어난, 어떠한 상황에서도 당황하지 않고 능숙한 몸놀림으로 헤쳐나갈 수 있는 세련된 재능이 있었다.

그는 주차장에 그랜저를 주차하고 등받이가 없는 벤치에 편안하게 앉았다. 예전에 합천댐을 내려다보며 평화롭고 아늑한 명상의 길로 접어든 그 장소였다. 여전히, 그리고 앞으로도 여전히 우람하고 튼실한, 완고하고 강인한 느티나무가 그 자리를 우직하게 지키고 있을 것이다. 올봄에 하늘에서 적당하게 비를 내려서 그런지 느티나무의 겉껍질이 투박하면서도 건조하지 않고 맑고 윤기가 났다. 그는 벤치에 앉아서 느티나무의 가지들에 엉겨붙은 나뭇잎들이 한낮의 열기에 지쳐서 다소 피로한 기색을 드러내면서도 그들끼리 정겹고 소박하게 속삭거리는 것 또한 얼핏 엿들을 수 있는 듯했다. 그럼에도 불구하고 잎의 표피에 큐티클층이 잘 발달되어 잎의 내부조직을 보호하고 수분의 과도한 증발을 막아주는 것 같기도 했다.

　그는 스마트폰을 평평한 벤치에 놓고 팔짱을 끼고 눈을 지그시 감았다. 평소와는 달리 음악을 틀어서 주위를 음악의 리듬 안으로 적극적으로 편입시키지는 않았다. 구속 없는 잔잔한 바람의 흐름에 따라 자연스레 있는 그대로 흘러가게 방치했다. 그는 짙은 그늘 속에서 풀어지고 느슨한 오후의 후덥지근한 공기를 온몸으로 느끼며 꽃뱀을 어떻게 처리해야 할 것인지 곰곰이 생각해보았다. 늘 그렇듯이 그는 그녀를 생각하면 정답을 찾을 수가 없고 명징하던 정신만 혼란스럽게 했다. 그녀는 사람들을 혼란스럽게 만드는 재주가 있는 것 같았다. 그러면서도 그는, 그녀가 가파르게 파국의 길로 치닫고 있다는 것을 느낄 수 있었다. 자신이 느낄 수 없고 감지할 수 없는 곳에서 무수한 전투가 치열하게 일어나는 것을 예감할 수 있었다. 보이지 않으나 엄연히 존재하는 선악의 치열한 싸움처럼. 벤츠아줌마의 일처럼. 그런 생각을 하다가, 그는 딱딱하게 뭉쳐 있던 양어깨를 두 손으로 번갈아 두드리면서 한동안 정지해 있던 머리를 양쪽으로 흔들며 천천히 눈을 떴다. 그러다가 그는 엇비슷하게 시선을 돌렸고, 조금 전까지만 해도 비스듬하게 경사진 공원에 크고 작은 분수를 볼 수 없었던 곳에, 높이 솟구쳤다가 일정한 리듬과 모습으로 떨어지는, 갑자기 솟아오른 인공섬 같았다. 가끔씩 그런 일이 있었다.

그때 뒤에서 묵직한 것이 미끄러지듯이 부드럽게 다가와서 멈추는 것을 느낄 수 있었다. 꽃뱀헌터는 뒤로 시선을 돌리지 않아도 육중한 보디를 뽐내고 자랑하는 대형차임에 틀림없어 보였다. 그럼에도 불구하고 소비자의 취향을 고려한 제조사의 배려와 애씀으로 인하여 소음이 적극적으로 차단된, 8기통이었다. 그는 보지 않아도 큰 덩치에 걸맞게 큰 엔진을 보닛 아래에 숨겨둔 채 구석구석 세련된 터치와 고급스러운 소재의 정갈함을 잊지 않고 잘 다듬어놓았을 것이라 믿어 의심하지 않았다.

꽃뱀헌터가 시선을 뒤로 돌리자 건물주선배는 여전히 아늑한 승용차 안에서 편안하고 여유롭게 앉아 있었다. EQ900이었다. 소음이 많이 절제되어 있었다. 푹신한 나파가죽시트에 앉아 있던 선배는, 꽃뱀헌터가 차분하게 앉아서 자신만의 세계에서 심취해서 골몰하고 있는 것 같아서 스스로 뒤로 돌아볼 때까지 기다리고 있었던 것이 분명해 보였다. 가끔씩 그는 격한 감정을 조절하지 못해서 경거망동할 때도 있었지만, 성심성의껏 상대방을 배려해 줄 때도 있었다.

그들은 서로 눈이 마주치자 꽃뱀헌터는 얼굴에 미소를 머금었고 선배는 승용차 안에서 손을 흔들다가 도어를 열고 나와서 악수를 청하고 벤치에 나란히 앉았다. 그런 와중에도 꽃뱀헌터는 딱딱한 벤치에서 일어나지 않았다. 건물주선배는 꽃뱀헌터의 그런 무뢰한 행동을 해도 괘념치 않고 있었던 것이다. 그 정도로 그는 꽃뱀헌터를 잘 알고 있어서 가깝고 온전히 이해해서 밀접하고 견고했다. 보통사람들의 일반적인 공손한 인사나 극진한 예의에는 별로 관심이 없는, 어떤 면에서는 세상을 무의미하게 거스르고 초월하는 면도 없지 않았다. 때때로 그는 꽃뱀헌터가 겉으로 붙임성 없이 차갑고 오만하고 거만하게 보일 때도 있었으나 마음속에 꽁하게 쟁여놓지 않고 의연하게 넘겨버리곤 했던 것이다. 그럼에도 그는 꽃뱀헌터의 그런 면면들이 친근하게 다가왔고 싫지 않았고, 늘 진지한 호감과 흥미로움으로 다가왔던 것이다. 그래서 오랫동안 보이지 않으면 궁금하고 자꾸 보고 싶었던 것인지도 모른다. 그는 꽃뱀헌터의 그런 비상식적인 기이하고 독특한 행동과 모습에 반감을 가지지 않고 일반적이고 보편적인 사람들과 오롯이 구별할 수 있는 그만의 개성이라고 생각하고 존중하고 심지어 경외하기까지 했던 것이다.

그들은 나란히 앉아서 말없이 나른하게 저물어 가는 오후를 하염없이 내려다보고 있었다. 이젠 들뜨고 후덥지근하던 대기도, 다소 차분하고 점잖은 기색을 온전히 드러내고 있었다. 그런 와중에, 느닷없이 분수가 솟구쳤다. 조금 전까지 잠잠하게 편안히 쉬고 있던 분수, 잇닿아 있던 인공적인 개울로 거침없이 유기적으로 흐르고 있었다. 위에 있는 안정감 있는 적당한 분수에서 흘러 팔각정을 돌아내려가며 다소 식은 열기의 한복판으로 거침없이 내려가서 더 우람한 분수가 있는 곳으로 졸졸졸 흐르고 있었다. 마치 전쟁터에 나가서 싸우는 용감한 군인의 행군처럼 줄을 이었다. 어떤 어려움과 난관에 봉착해도 해쳐나가는 불굴의 의지와 투지를 안으로 깊이 간직하고 품은 채 말이다. 더욱이 아래쪽 큼직한 분수는 한없이 높이 솟구쳐서 정점에서 일순간 멈추고 더 이상 도약하지 못하고 떨어지는 아쉬움에서인지 절박함에서인지 비협조적인 비명을 우렁차게 지르는 것이었다. 아마도 그것은 큰 물줄기에서 갑자기 개별적인 물줄기로 떨어지고 섬세하게 분산하여 조그마한 물방울이라는 고유의 명칭으로 변모하는 과정에서 빚어지는 염려스럽고 초조한 단말마의 과정에 놓인 불안한 상태에서 빚어진 것이라 생각되었던 것이다. 반짝이는 물방울과 물방울의 견고한 고리로 얽힌 거대한 친화력의 덩어리에서 세세한 개별적인 예기치 못한 면모를 드러내자, 그러는 사이, 아슬아슬 순간순간 사이사이 그윽한 햇살이 집요하고 은근하게 비집고 들어서 오묘한 빛의 굴절과 분산과 산란을 더욱 부추기고 있었던 것이다. 찬란하고 영롱했다.

"선배, 일산 호수공원 노래하는 분수대와는 다르지?"

꽃뱀헌터는 우렁찬 소리로 떨어지는 분수를 한없이 바라보다가 멀뚱하게 얘기했다. 그 말에 선배는 한참 침묵한 채 넋 잃고 하염없이 지켜만 보다가 그의 말이 옳은 것인지 그른 것인지 곧바로 말대꾸를 하지 않았다. 선배는 언제부터인지 합천댐에 갇혀서 머물러 있는 암갈색의 서늘한 물빛 위에 시선을 옮겨서 무엇인가 곰곰이 생각하고 있었던 것이다. 그는 비스듬하게 보이는 그 선배의 시선 속에 깃들어 있는 애잔한 그리움과 절절한 분통을 얼핏 엿볼 수 있었다. 아무래도 정희라는 그 여자가 선배의 눈빛 속에 애잔하게 머물러 있었던 것이리라. 그녀로 인하여 빚어진 아픔과 상처, 헛헛함과 상실감이 아직도 그의 내면에 무겁게 웅크리고 있었고, 간혹 큼직한 스크래치를 남기고 계통도 없이 이리저리 불규칙적으로 움직이고 있었던 것이 분명해 보였다.

"난 겉으로 화려하고 대범한 생활을 해도 속으로는 소박하고 무구한 삶을 좋아해. 그래서 세련된 명품보다는 평범한 사람들이 입고 마시고 먹는 것을 자주 애용할 때가 많지. 비록 몇 억 짜리 수퍼카를 타고 다니고는 있었지만 말이야. 분명 그것이 나의 참모습은 아닐 거야. 그래서 난 그 참모습을 제대로 봐주고 배려하는 그런 음전한 여자를 만나고 싶었지. 정희, 그 애는 나의 참모습보다는 나의 고급스러운 자동차와 큼직한 건물에만 깊이 심취해서 자신이 원하는 것만 취하려고 했지. 표리부동한 년! 꽃뱀헌터, 저 암갈색 수면 아래에 무엇이 존재하는지는 그 속에 손을 넣거나 들어가 보지 않고서는 알 수 없는 것이야. 화사하게 화장을 한 정희 그 년도 마찬가지 일 것이야."

"리스펙트."

선배는 아직도 정희라는 그 여자에게서 못 벗어난 것 같았다. 뜬금없이 여기까지 내려온 것도 다 그것 때문인 것 같았다. 실다운 그 누군가에게 마음을 털어놓고 따스한 위안을 받고 싶은 것이 분명했다. 이상한 것은 선배가 정희를 직접 만나지도 않았는데, 이렇게 깊숙이 빠져들었다는 것이었다. 아무래도 선배가 그녀가 수시로 보내는 카톡의 미끼에 걸려든 것이 분명해 보였다. 그 속에 그녀의 사악한 손길이 닿아 있었는지도. 착하고 순진한 선배는 그것이 진심이라고 착각하고 내면화의 작업을 거쳐서 온전히 자신의 것이라 믿고 있었던 것인지도. 선배는 화려해 보이는 겉모습과는 달리 상당히 순진하고 맑은 영혼을 간직하고 있었던 것이었다. 그래서 그녀가 던지는 미끼 안에 숨겨진 독아를 제대로 파악하지 못하고 덥석 물었던 것인지도.

"그런 부류의 여자들이 대체적으로 섹시하고 매력적이야.

분명, 꽃뱀도 그럴 것이야. 꽃뱀은 정희보다도 더 진화한 것이 분명해 보여. 외계의 새로운 생명체처럼 말이야. 그럼에도 불구하고 꽃뱀에게도 어떠한 결점은 있을 거야. 세심하게 주위를 살펴봐. 분명히 꽃뱀에게 미세한 실금이 나 있을 거야. 그곳을 서서히 파고들면 소중한 결실을 얻을 거야. 그녀의 은밀한, 중요한 부위라든지. 그녀의 방에 있을 법한 비밀의 서랍이라든지. 혹시 꽃뱀의 긴 혓바닥이라도 볼 수 있었어?"

꽃뱀헌터가 대답이 없자 선배는 연이어 말을 이었다. 신중하고 침착한 어투로 정중하고 예의 바른 말씨로.

"어쩌면, 그들의 종족들이 외계인인지도 몰라. 유성의 꼬리를 타고 비밀하게 침투한 침투조처럼. 모든 사람들이 잠든 사이 교교한 별빛이 발광할 때 인류 속으로 몰래 스며들어 있었던 것인지도. 어쩌면 그들은 사람들의 무의식 속에 떠다니는 자의식의 강한 저항 속에 스며들어 자신이 원하는 행동을 사람으로부터 끄집어내는 재주가 있는 것인지도 모르는 일이야. 그것도 아니면, 그들이 인류를 소멸시키기 위해서 새로운 바이러스를 찾는 중인지도 몰라. 그들 종족에게는 항체가 있는 그런 것으로 말이야. 잉카를 멸망시킨 것은 피사로가 이끄는 용맹한 군대가 아니라 그들과 함께한 천연두 바이러스였던 것과 다르지 않을 거야. 면역력이 없는 원주민에게는 가혹하게 다가왔고 치명적으로 다가왔지. 그것이 잉카의 멸망으로 치닫게 되는 결정적인 계기가 된 것은 이미 알려진 사실이잖아."

"리스펙트."

꽃뱀헌터는 선배의 말을 경청하고 있으면서 자신이 하고 있는 일이 단순하지 않고 인류의 흥망성쇠가 달려 있는 중요하고 귀한 일이라는 생각에까지 이르게 되었다. 그는 선배로 인하여 의외의 수확을 얻었다고 생각했다. 그도 그런 생각을 가끔씩 해보기도 했으나 선배의 말의 무게로서 더욱 공고해지는 것을 느낄 수 있었다. 하지만 그것은 현실에 발현된 것이 아니라 온전히 선배의 상상력이고 자신의 생각이라는 것 또한 이미 알고 있었다. 그는 또 여기 이곳에 내려오자 자신 주위에 흐르고 있는 견고하고 강인한, 보이지 않는 질서가 얼개를 만들어 세를 확장하며 천천히 나아가고 있다는 것을 온몸으로 느끼고 있었다. 그것이 꽃뱀이 이미 끈적끈적하게 뿌려놓은 카오스를 서서히 밀쳐내고, 그 자리에 예전에 온전하고 평온하게 흘러갔던 그 순리대로 되돌아가는 과정이라고 미세하게나마 느낄 수 있었다. 어쩌면 그것은, 현실에 드러나고 보이는 것보다 더 치열하고 격한 싸움인지도 모르는 것이다. 보이지 않는 암흑의 공간에서, 그럼에도 엄연히 존재하는 이쪽과 저쪽의 세계에서 말이다. 어쩌면 그것이 절체

절명의 위기에 빠지고 헤어나지 못하는 인류를 구원하기 위한 중대한 싸움인지도 모르는 것이다. 한 치 앞도 보이지 않는 그곳에서.

　그들은 비루먹은 로신안떼의 간판이 있는 곳을 지나치고 있었다. 꽃뱀헌터가 앞장서고 건물주선배가 뒤따랐다. 꽃뱀헌터는 겉은 화려했으나 자세히 들여다보면 다소 옹색하고 초라한, 붉고 가벼운 S-WORKS를 타고 앞장서서 자연스레 페달링을 하고 선배는 LOOK MTB를 타고 뒤따랐다. 1000만 원은 훨씬 넘어 보이는 휘황찬란하고 고급스러운 자전거였다. 프레임은 카본이었고 구동계와 브레이크는 XTR급이었다. 프레임에 검은색과 붉은색이 적절하게 배합되어 있어 사람들에게 강렬하고 분명하고 생생하게 어필하고 있었다. 그는 비록 키는 꽃뱀헌터에 비해서 작고 왜소했지만, 시간이 허락하면 호수공원과 한강을 집중적으로 파고들어서 그런지 꽃뱀헌터의 엉덩이 아래부터 장딴지까지 면밀하게 비교해도 한쪽으로 한없이 기울지는 않을 것 같았다. 손색이 없었다. 오히려 다소 작은 신장 때문인지 시각적으로 더욱 도드라지게 발달되어 있었던 것이다.
　헬멧 사이로 보이는 선배의 피부는 맑고 투명한, 하얗고 깨끗했다. 잡티 하나 찾아볼 수 없을 정도였다. 콧날도 시원한 바닷바람을 마음껏 품고 있는 하얀 돛처럼 뚜렷한 형태로 얼굴 정중앙에서 굳건하게 솟아 있었다. 가끔씩 콧방울이 벌름거리면서 신선한 공기를 흡입할 때면 하얀 돛의 품속에 일시적으로 사로잡힌 바닷바람의 기세등등함을 엿볼 수도 있었다. 그 아래 인중과 밀접한 관계로 잇닿아 있는 얇지도 유달리 두툼하지도 않은 입술은 가지런한 하얀 치아를 은밀하게 숨겨두기에는 안성맞춤이었다. 그 입술은 립밤을 바르지 않아도 꼭 다문 채 언제나 촉촉하고 반질거리는 건강미를 발산하고 있었다. 입술에서 곧바로 아래로 내려가면 얼굴 전체를 견고하게 받치고 있던 턱선이 말굽자석 모양으로 양쪽 귀에까지 이르러 어느새 소멸하고 있었다. 그곳에 복성스러운 귓불과 귓바퀴가 자리 잡고 있었다. 그 주변으로 푸른색 두건을 쓰고 있었지만 윤기 나는, 제법 텁수룩한 머리칼이 비집고 나와 있었다. 귓불은 아무리 봐도 재력을 충분히 저장하고 있는 탐스러운 모양이었다. 하물며 그 위쪽에 있는 안정적으로 소리를 모으는 귓바퀴는 밖으로 뒤집어지지 않고 비스듬히 아늑한 골짜기를 형성하고 있었다. 있는 그대로 된 소리를 조그마한 어두운 터널로 조심스럽게 인도하는 일을 애써 도맡아 하고 있는 듯했다.

선배는 르꼬끄 상표가 가슴에 새겨진, 붉은색과 파란색이 위아래 적당하게 배열된 반팔저지를 착용하고, 그 안으로 신축성 있는 4부법을 착용하고 있었다. 그 4부법은 복부의 비 곗덩어리와 넓적다리와 엉덩이의 자유분방함을 냉정할 정도로 가혹하게 안으로 끌어당겨 양쪽 어깨에 고정시키고, 평소에 다소 흐트러진 살덩어리와 풀어진 근육을 끌어모아서 제대로 된 견고한 근육을 형성하는 데에 기여하고 있는 듯했다. 그래서 팔꿈치 아래와 무릎 아래부터는 보드라운 하얀 피부를 그대로 노출하고 있었다. 저물어가는 햇살이라 그런지 원래 태생적으로 햇살에 대해서 민감하게 반응하지 않는지 과감하게 노출시키며 가볍게 페달링을 하고 있었다. 그 페달링은 자연스럽고 끊어짐 없이 유기적으로 사뿐하게 연결되고 있었다. 그것도 굴곡이 있는 평탄하지 않은 아스팔트 위를 가볍게 질주하면서 말이다. 그는 지방도로의 매력인 업다운이 심한 곳에도 아랑곳하지 않고 일정한 페이스를 잃지 않고 있었고, 그에 비하면 꽃뱀헌터는 처음에는 자신의 육체의 강인함을 믿고 질주하고는 있었지만 서서히 피로가 쌓이고 급경사를 만나게 되자 속도와 내구력이 점점 떨어지는 것을 보고 느낄 수 있었던 것이다. 그는 평생 운동으로 단련되어 있었지만 여기 대병이라는 낯선 곳에 내려와서는 규칙적으로 시간을 맞춰서 운동을 하지 않아서 그런지 점점 숨이 가빴고, 하체가 경사의 가혹함을 온전히 받쳐주지 못하고 있었다. 선배는 꽃뱀헌터를 손쉽게 앞질러서 합천댐전망대

쪽으로 향하지 않고 성리 쪽으로 향했다. 낯선 길임에도 불구하고 말이다. 그의 행동은 꽃뱀헌터에게 더 힘들고 가혹한 시련을 던져주기 위함이었다. 그래서 그런지 경사는 가파르게 이어졌고 끈끈한 땀방울은 여지없이 흘러내리고 있었다. 앞서고 있던 선배는 적당한 기어비를 형성한 채 그 시련을 오히려 즐기고 편안하게 나아가고 있었다. 험한 산길을 오르는 MTB임에도 불구하고.

그럼에도 불구하고 꽃뱀헌터는 비지땀을 흘리고 있었다. 이리저리 갈지자를 그으며 간신히 선배를 따라갈 수 있었던 것은 그래도 야구선수로 살아오면서 견실하게 다져온 기초체력이 있었기에 가능한 일이었다. 그것은 삶의 밑천이었고, 순간순간 언제 어디서 누구에게나 필요했다. 만약 그것이 어릴 적부터 빈약하게 형성되어 왜소한 몰골로 세상에 내던져졌다면 그 옛날 야구선수로서의 명성과 칭송을 받지 못했을 것이 분명했다. 그리고 주위에 서성거리며 간절한 눈빛과 간절한 섹스를 원하는 뭇 여성들도 오래도록 머물지 않았을 것이다. 그때 보드라운 원피스를 입고 동글한 눈망울을 반짝거리는 정혜의 싱그러운 모습이 아스라이 떠올랐다. 그녀는 하얀 치아를 드러내며 밝고 생생하고 화사하게 웃고 있었다. 순진무구하게. 천국의 뜰에서 온유하고 자유롭게 노닐며 쾌활하게 웃으며 즐기는 아이들처럼 소망과 사랑을 가득 내뿜은 그런 천진한 표정이었다. 그는 사이클을 타고 죽음의 골짜기를 오르듯이 급경사를 오르는 힘든 가운데에서도 정혜에 대하여 생각했다. 그녀는 수시로 다가와서 머무르는 그런 굶주린 욕정에 즉각적으로 재빠르게 반응하지 않을 것이라 믿어 의심하지 않았다. 올바른 인품과 행실을 가다듬고 오직 거룩하신 하나님을 향한 온전한 마음으로 나아갈 것이리라. 타고난 훌륭한 인품과 발랄한 재치로 그 순간을 슬기롭게 벗어나 하나님의 말씀으로 천천히 희석시킬 것이 자명해 보였다.

그럼에도 불구하고 꽃뱀헌터는 급경사를 오르면서 클릿페달에 결박된 클릿슈즈를 좌우로 움직여서 풀지 않았다. 어쩌면 그것이 운동을 하면서 터득한 자존심이고 근성인지도 모를 일이었다. 그는 죽기보다 시합에서 지기 싫어했다. 그래서 그 순간만은 집중하고 변화구로 헛스윙을 유도하는 것은 천성적으로 싫어해서 포수와 많은 트러블이 생기곤 했던 것이다. 아무래도 그때 그 자신은 구석구석 정확하게 찔러서 낮게 꽂히는 빠르고 묵직한 직구를 너무 많이 믿었던 것인지도 모를 일이었다. 자만과 오만.

그러자 어느덧 완만한 곳이 나오고 예전에 산등성이를 절개한 어스름한 길이 나왔다. 그곳부터 편안하게 페달링을 할 수 있었다. 조선시대 같으면 화적떼라도 나올 법한 음습하고 을씨년스럽고 휑한 곳이었다. 아까부터 느릿느릿 먼 산으로 기울고 있던 한풀 꺾인 태양의 위엄도 깊숙이 찔러들어 지표에 닿을 수 없는 애매한 곳이기도 했다. 그래서 그런지 가파른 아스팔트를 오르면서 흘린 땀을 식혀주었다.

"선배, 혹시 이사장님 사모에 대하여 아는 게 있어?"

그때 선배는 결박된 클릿슈즈를 풀고 자전거에서 내려서 천천히 걸었다. 그러자 꽃뱀헌터도 자전거에 내려서 걸었다. 꽃뱀헌터는 클릿슈즈를 신고 아스팔트 위를 걷자 아주 불편했고, 클릿슈즈 바닥에 있는, 클릿슈즈와 자전거를 결속하는 부분의 단단한 쇠로 인하여 듣기 거북한 소음이 연이어 불규칙적으로 들려왔기 때문이었다.

"그분은 나에겐 숙모이지만, 오래 머물러서 그분과 서로의 마음과 생각을 편안하게 얘기하며 정겹고 살갑게 지내고 싶지도 않고, 굳이 알아야 하는, 알고 싶은 캐릭터도 아니야. 이곳에 한번씩 내려와서 그분을 만나면 가엾고 불쌍하다는 마음이 들 때가 한두 번이 아니야. 그분은 늘 혼자 긴 낮과 긴 밤을 흘려보내고, 삼촌은 늘 밖에서 새로운 먹잇감을 찾기 위해서 혈안이 되어 있으니 말이야. 표면상으로 많이 늙어 보이는 삼촌의 능력이 새롭게 보일 때도 없지 않았지. 아마 그것은 삼촌의 재력의 후광을 입은 것이 자명한 사실이겠지만 말이야. 그럼에도 불구하고 그분이 어린 나이

에 후미진 곳까지 들어와서 하루하루 시간시간 버티며 살아
가는 것이 그 얼마나 지루하고 답답하고 무기력한 나날이겠
어. 옹알거리는 아이들도 없이."

"사모가 여기 들어오기 전에 뭐 했는지 알아?  전직이?"

"아마도, 골프장 캐디였을 거야. 골프를 치다가 삼촌이 먼
저 구애를 했던 모양이야. 서른도 되지 않은 싱그러운 육체
의 향기에 취했는지도 모르지. 늘씬한 키에 윤기 나는 탱글
탱글한 피부, 단단한 엉덩이에 풍만한 가슴을 소유한 그분
에게 꽂혀서 집안일을 하는 이미 눈가에 주름이 자글자글
하고 흰 머리칼이 낯설지 않은 늙어가는 그 아내가 뭐 그리
화사한 미모로 발랄하게 유혹하겠어. 초라하고 안쓰러워지
는 것이 다겠지."

"그래 맞는 말이야. 여자에게 늙음은 남자보다 더욱 잔인
하고 가혹하게 다가와서 비참하게 머무는 것이기에. 표면적
으로 남자의 늙음과는 상이한 것 같아. 얼굴이 화끈거리는
갱년기에 접어들면 여자들은 사사건건 잔소리를 하고 짜증
을 내기에 여간 힘들고 귀찮지 않겠어. 서서히 무거운 걸음
걸이로 옥죄며 다가오는 늙음이 싫어서 강하게 밀쳐내고 싶
은 몸부림이 아마도 그런 볼썽사나운, 너저분한 행동과 말
투로 드러나는 것이겠지만 말이야. 지금까지 사들인 부동산
이 다 어디에 있는지도 모르는 큰 부자인 이사장님이 지금

까지 고맙게 살아준 아내를 여지없이 과감하게 내쫓고, 젊고 싱싱한 아름다운 여자를 맞이하는 것이 오히려 당연한 것인지도 모르지. 재력은 여자에게 달콤한 꿀과도 같은 것이니까. 지금까지 일상에 쫓기며 늘 극진히 사람대접 받아본 적이 없는, 부지런하게 캐디로 살아가느니 차라리 이사장의 세컨드로 사는 것이 낫다고 생각했을 지도 모르지."

"그래서 요즘은 삼촌댁에 잘 가지 않고 잠깐 인사만 드리고 올라가곤 해. 예전에 그 숙모에 대한 측은함과 미안함과 배신감 때문인지도 모르지. 그 숙모는 늘 정겹고 사랑스러운 미소와 반가움으로 맞아들이곤 했어."

오른쪽으로 대원사가 있고 삼거리가 나왔다. 선배는 몇 번 와본 사람처럼 알아서 길을 찾아가고 있었다. 합천댐휴게소가 있는 곳으로 곡선을 그리며 유연하게 내려가는 길이 있고 금성산 언저리를 따라 성리 쪽으로 가는 꼬불꼬불한 길이 있었다. 선배는 그쪽으로 방향을 잡고 있었다. 자연스레 스스럼없이. 선배는 삼거리라는 선택의 기로에 서있어도 가던 길을 멈춰서 머뭇거리며 망설이는 법이 없었다. 나중에 들은 얘기지만 선배는 이곳에 가끔씩 내려오면 자전거를 트렁크에 싣고 내려와서 라이딩을 즐긴다고 했다.

그들은 조금 더 걷다가 길 가장자리에 있는 너럭바위 쪽으로 가서 멈췄다. 그들은 자전거를 땅에 조심스럽게 눕히고 너럭바위 위에 올랐다. 그들은 배낭 속에서 각자의 물을 꺼내어 마시며 불규칙한 거친 바닥 위에 서서 아래쪽을 내려다보았다. 선배는 차분한 표정으로 말이 없었다. 선배가 먼저 클릿슈즈를 벗자 꽃뱀헌터도 따라서 벗었다. 그들은 말없이 정면에 기암괴석으로 우뚝 솟은 깎아지른 험준한 악견산을 올려다보았다. 꽃뱀헌터는 평소에 합천을 오가며 여러 번 지나쳤기 때문에 친근감이 오는 산이었지만 생소했다. 아마도 손을 뻗으면 닿을 정도로 가까워서 그럴 것이다. 선배는 오른손으로 산중턱부터 꼭대기에 이르기까지 시꺼멓게 그을리고 타버린 바위들과 무수한 나무들을 가리키며 오래전에 원인을 알 수 없는 산불이 나서 저렇게 보기 흉한 몰골로 변했다고 말했다. 꽃뱀헌터는 그때까지 그곳에 산불로 인하여 상흔이 있었던 것을 인식하지 못하고 있었다. 선배의 말을 듣고 자세히 들여다보니 정말로 군데군데 그을린 상흔이 궁상스럽게 남아 있었다. 그 당시에는 크나큰 아픔이었고 고통이었을 것이다.

"산이든 사람이든 있는 그대로 본래의 숨결과 형태를 유지하며 살아가기가 정말 힘들어. 늘 뜻하지 않은, 불필요한 외부의 가혹한 침입을 받아서 크나큰 상처를 입지. 일종의 저기 저 산불도 그런 것이지. 등산객이 무심코 버린 담배꽁초가 불씨가 되어 어떤 이에게는 가혹한, 불명예스러운 낙인으로 남아 평생 고통스런 나날을 보내게 되지. 상처와 고통의 흔적이 고스란히 남아 있는 그것은, 애써 숨기며 외면하면서도 순간순간 살아가야 하는 것이 얼마나 잔인한 일이겠어."

"리스펙트."

선배는 우회적으로 자신의 상처와 고통을 얘기하고 있었다. 더 이상 입 밖으로 정희라는 거추장스러운 이름을 꺼내지는 않을 것이다. 그녀로 인하여 평소에 층층이 쌓아놓은 자신의 우월한 자존감에 깊은 상처를 입은 것이 분명해 보였다. 이젠 그에게 자존심이 허락하지 않을 것이리라. 그럼에도 불구하고 한번 진하게 물이든 본성의 그림자 속에 증폭된 메아리가 무의식의 골짜기를 헤매다가 정신과 의식을 꼬드겨서 짧지 않은 시간 동안 감정적으로 지배할 것 또한 아는 것이다. 그것도 아니면 그는 영원히 트라우마의 굴레에서 못 벗어날지도 모른다.

"어쩌면 삶은 가진 자의 과육을 덜 가진 자가 덜 가진 자의 과육을 가진 자가 빼앗으면서 벌어지는 일련의 사건들의 연속인지도 모르지. 그것을 가져야만 궁극의 행복에 도달할 수 있다고 생각하는 것인지도. 궁극의 행복은 빼앗고 빼앗기는 것에 있는 것이 아니라 열심히 일해서 얻은 과육을 헐벗고 굶주린 이웃에게 나누는 것에 있는 것 같아. 그러면서 이웃의 상처와 고통을 보듬고 배려하고 이해하며."

"리스펙트."

선배는 한층 더 성숙해진 것 같았다. 평소에 말수가 적지도 않은 부류에 속하는 그였기에 말없이 차분하게 악견산을 바라보는 것이 한편으로 대견하게 보이기도 했다. 과거에 비춰진 그는 경제적인 어려움에서 너무나도 자유로웠기 때문에 늘 거침이 없었고 유쾌하고 발랄하게 행동했었다. 하루하루 근심걱정으로 살아가는 샐러리맨들과는 계층이 확연히 구별되는 특별한 계층으로 보였던 것이다. 그래서 늘 해맑고 여유로운 미소를 머금고 긍정적인 삶을 살아가는 선택받은 사람 중에 한 명이었다. 그가 심각하고 침통한 표정으로 악견산을 바라보고 있는 것이 지금까지는 볼 수 없었던 새로운 면모임에는 틀림없었다. 그리고 꽃뱀헌터는 아까부터 사모에게 궁금한 것이 있었는데 타이밍을 놓쳐서 묻지 못하고 속으로만 전전긍긍하고 있었던 것을, 선배는 그것을 어떻게 정확하게 파악하고 있었는지 스스럼없이 알아서 얘기했다.

"의아하게 생각하고 있을 것 같아서 얘기하는 것인데, 삼촌댁 정원에 있는 남근석은 일종의 신성한 종교이고 굳은 신념이고 올곧은 가치이지. 그래서 수시로 깨끗한 물로 씻고 닦는 것이야. 일종의 경건하고 거룩한 종교의식 같은 것이야. 또록또록한 눈망울을 한, 총명하고 귀엽고 사랑스러운 아들을 낳고 양육하기 위해서 말이야. 그렇지 않으면 또 다른 여자를 꼬드겨 그 자리에 앉혀놓을 것이기 때문에. 아마 예전에 숙모도 아기를 낳지 못해서 쫓겨났을 거야. 어쩌면 지금의 숙모도 그것 때문에 과도한 스트레스에 내몰리고 있을 것이 분명해. 옛것을 소중하게 여기는 고루한 삼촌에게는 그 많은 재산을 자신의 핏줄에게 물려주는 것이 유일한 소망이니까."

"궁지에 내몰린 절박함!"

"갈급함의 표현!"

그들은 너럭바위에서 내려와 라이딩을 시작했다. 선배가 페달링을 하며 천천히 나아가다가 쏜살같이 질주하고 꽃뱀헌터가 그럭저럭 뒤따라가는 형식을 취했다. 선배는 장단과 성리로 향하는 삼거리가 나와도 머뭇거리는 주저주저하는 행동을 드러내지 않고 성리 쪽으로 질주했다. 승용차보다 빠른 속도감이었다. 내면에 가라앉은 공허한 회색빛 잿속에 깊이 묻혀서 아직 꺼지지 않고 미약하게 호흡하는 사랑의 불씨에 기름을 부은 것이 분명했다. 활활 타오르고 바작거리고 심한 경련을 일으키며 선배를 빠른 페달링으로 밀어붙이는 것 같았다. 불규칙적인 자의식과 수치심의 일격. 꽃뱀헌터도 선배의 페이스에 맞추기 위해서 재빠르게 페달링을 했으나 초반 기세만 좋았을 뿐이었다. 꽃뱀헌터에겐 선배의 연륜과 스킬은 견고한 벽이었다. 그래서 꽃뱀헌터는 평소 자신의 페이스대로 천천히 여유를 가지고 주위를 둘러보며 즐기면서 앞으로 나아갔다. 악견산과 허굴산 언저리 양지바른 곳에 정겨운 마을들이 깃들어 있고 그 앞으로 아득하고 광활한 논이 끝없이 펼쳐져 있었다. 아직 벼를 땅속 깊이 품지 않은 휑한 논들이 줄지어 길게 늘어서 있었다. 사이사이, 밀짚모자를 쓴 농부들이 삽이나 괭이를 어깨에 메고 논둑 위를 분주하게 이리저리 다니며 물꼬를 정리하고 있는 듯했다. 그 곁으로 묵직한 디젤엔진소리를 토해내는 육중한 트랙터들이 바지런하게 움직이며 무논을 골고루 갈고 있었고, 그 뒤를 까치와 왜가리 들이 따라다니며 먹잇감을 찾고 있었던 것 같았다.

이미 태양은 많이 기울어져 있고 후덥지근한 공기도 많이 시원해져 있었다. 꽃뱀헌터는 단단히 결속한 클릿슈즈를 풀고 압박하는 속도의 지배에서 온전히 벗어나자, 그제야 고요하고 잠잠한 마을을 유심히 들여다볼 수 있었다. 견고한 족쇄가 풀린 시간 때문이었다. 그것은 자유로운 라이딩을 낳고 목표가 없는 운동처럼 느긋하고 충만했던 것이다. 그는 강렬한 햇살에 퇴색된 플라스틱처럼 기름기가 빠진 오래된 아스팔트 주위로 시선이 머물렀고, 최근에 건설한 콘크리트 외벽으로 깔끔한, 정원에는 잔디가 아직 서로의 경계를 허물면서 견고하게 연이어 활착하지 못하는 풋풋한 얼굴을 드러내며 달콤한 봄비의 입술을 탐하고 있는, 낡은 기와집과는 어울리지 않는 세련된 2층집이 악견산의 뒤통수에서 이채롭게 자리 잡고 있었다. 잇닿아 붉은 벽돌로 된 아담한 단층집이 있고 그 곁으로 반질거리는 거무스름한 대리석으로 외벽을 마감한 2층집이 있었다. 그러고는 낡은 기와집들과 거무스름한 이끼가 낀 슬레이트지붕이 있는 축사도 있었다. 사이사이, 굵은 가지를 뻗어 에워싸는 감나무들이 있고 가는 바람에 잎사귀들이 소란스럽게 반질거리며 움직이는 대추나무들이 있고 조금만 있으면 잎겨드랑이에 꽃이 필 날씬한 밤나무들도 있었다. 마을입구 길 건너 넓고 아득한 들판이 시작되는 곳에 거의 수십 년은 되어 보이는, 마을과 희로애락을 함께했을 법한 듬직한 느티나무가 잎사귀들을 차분하게 펼치며 짙은 그늘을 낮게 드리우고 있었다. 아직도 어두컴컴하고 딱딱하게 굳은, 습한 땅속을 굵고 가는 뿌리가 좌우 아래위 세력을 폭넓게 확장해서 그런지 하늘을 받치는 모습이 늠름하게 보였다. 그 아래 평상에, 노동에 찌든 노곤한 농부가 옹색하게 누워서 고개를 비스듬히 돌려 트랙터 주위를 맴도는 까치와 왜가리 들을 볼 수도 있고 코발트색 하늘에 가늘게 흩어지고 풀어진 하얀 구름조각들의 긴 행렬을 올려다보며 쏟아지는 졸음을 억지로 밀쳐낼 수도 있었던 것이다. 그곳에 50 중반은 되어 보이는, 그럼에도 검은 머리칼보다 흰 머리칼이 더 많은, 거의 백발에 가까운 사내가 이미 절반을 비운 플라스틱 소주병 앞에 심각한 표정을 하고 앉아 있었던 것이다.

꽃뱀헌터는 그곳에 사이클을 세웠다. 그러자 혼자 소주를 마시고 있던 그 사내는 낯설고 화려한 유니폼을 입은 꽃뱀헌터를 한참 말없이 멀뚱하게 올려다보다가 종이컵에 따른 소주를 재빠르게 들이켰다. 외부인에 대한 겉으로 강한 경계심을 드러내는, 밀쳐내는 강렬한 눈빛은 아니었다. 꽃뱀헌터는 헬멧을 벗고 해맑게 미소를 지으며 목례를 했다. 무표정과 무반응. 그럼에도 꽃뱀헌터는 그 사내를 주의 깊게 천천히 내려다보았다. 짧은 키에 큰 머리통, 하얀 머리칼, 그 아래 가로로 굵게 주름진 이마가 자연스러웠다. 촘촘한 검은 눈썹 사이에 유별나게 도드라지게 보이는 몇몇의 하얀 눈썹 또한 이상하게 자연스러웠다. 그 아래 노리끼리한 다소 풀어진 눈동자가 초점을 잃은 채 세상을 무연하게 관조하는, 흐릿한 눈빛으로 일관하고 있었다. 코는 높았으나 볼품이 없고 입술은 지나치게 두꺼웠다. 그럼에도 턱선은 안정적이었고, 강렬한 태양에 보란 듯이 그을린 목덜미는 가로로 여러 가닥의 길고 선명한 형식의 주름살을 편안하게 받아들이고 있었다. 심지어 거칠고 투박한 양손이 미약하게 떨리는 것 같았다.

"이봐, 젊은이. 여기 앉아서 소주나 한잔 하시게."

그러던 그 사내가 가슴 속에 간직하고 있던 그 뭔가를 누군가에게 풀어놓아야 할 것 같은 절실함이 묻어났던 것이다. 아까와는 달리 내면의 밝음을 표정으로 드러내었다. 그것이 꽃뱀헌터의 대인관계의 장점 중에 하나였다. 처음 보는 사람들에게 호감을 주어 스스럼없이 상대가 먼저 살아온 얘기를 하게 만드는 재주가 있었던 것이다. 그것도 아니면 몇 잔을 이미 들이킨 소주의 오묘한 기운으로 인하여 자신에게 엉겨붙은 현실의 이물질과 사념, 번뇌와 상념에서 일시적으로 벗어난 그런 이유 때문인지도 모른다. 아마 그 사내는 꽃뱀헌터를 통해서 시공이 짓누르는 가혹한 외로움과 고독에서 벗어나기 위한 간절한 행위인지도. 그래서 그런지 그는 노가리 곁에 있는 종이컵에 소주를 넘치도록 가득 따르고 비어 있는 자신의 종이컵에도 소주를 눌러서 따랐다. 꽃뱀헌터는 엉겁결에 평상에 걸터앉아서 그 늙어버린 사내와 소주를 주고받았다. 그 사내는 노가리를 고추장에 찍어서 먹으라고 했다. 친절했다. 꽃뱀헌터는 사양하지 않고 그 사내가 주는 대로 마셨다.

"젊은이, 초면에 결례가 되지 않으면 내 얘기 좀 들어보게나. 어젯밤 이상한 꿈을 꾸었지. 참, 내 소개부터 해야 되지. 난 권해욱이야. 바다 海(해)에 아침해 旭(욱)을 쓰지. 바다에 해가 뜬다는 말이지. 그래서 그 옛날 원양어선을 탔는지도 모르지. 가끔씩 스킨스쿠버도 했고. 그것도 다 옛날 얘기이지만."

　그 사내는 자신이 살아온, 왕년에 잘 나갔던 일들을 묻지도 않았는데 탈수한 빨래를 공간을 향해 세차게 털어서 맑고 화사한 마당에 널고 있었던 것이다. 자신의 구겨지고 찢어진 삶의 비루함에 대해서는 일절 얘기하지는 않았다. 그것이 자신이 지금까지 살아온 삶에 대한 지극한 예의인지도. 그것이 아니었다면, 아마 농약창고에 쌓아놓은 농약을 한 컵 들이키고 삶의 저쪽으로 이미 떠났을 지도.

　"초저녁에 꿈을 꾸었던 것 같아. 곱고 아리따운, 자애롭고 이타적인 천사가 촉촉하게 가라앉은 이슬을 지그시 밟고 왔지. 태양이 떠오르는 저쪽에서 서서히 미끄러지듯이 부드럽게 다가와서 머물렀지. 초라한 나의 집으로. 초라하게 허물어져 미세하게 물이 배어드는 슬레이트지붕 위로 말이야. 그러다가 꿈을 깼고, 다음날 그 천사는, 양지바른 곳에 따스한 햇살을 받은 노란 수선화처럼 수수하고 고결하게 피어나는 것이었어. 그 수선화를 닮은 아름다운 여인이 지금 집에 와 있다네. 하나밖에 없는 어린 아들은, 그 상냥한 여인의 따스한 품이 얼굴도 모르는 엄마의 품으로 착각하고 있는 것 같아. 정말로 고마운 일이야. 자네도 그 천사처럼 예쁜 여인을 만나보지 않겠나?"

　꽃뱀헌터는 그 사내의 의중을 제대로 파악하지 못할 것 같앉다. 술주정뱅이인지 현인인지. 자신의 삶을 인도하고 깨우치는 나침의인지도 모른다는 생각이 문득 들었다. 몰골은 농촌에서 흔히 볼 수 있는 늙고 초췌한 술주정뱅이 농부였지만, 재차 상세하게 들여다보자 평범한 시골의 농부가 아닌 것 같았다. 여윈 육체와 흐릿하게 풀어진 눈동자 속에서 어느새 은빛 광채가 미미하게 드러나는가 싶더니 가물거리는, 휘황찬란한 금빛 광채를 드러내는 것이었다.

"이봐 젊은이, 당신이 여기 악견산성에 온 것도 다 인연일 것이야. 저기 위에 있는 산성은 임진왜란 때 곽재우가 보수하고 이용하였던 곳이지. 혹시 젊은이 이름이 이순신인가?"

"어떻게!"

"닮았네. 타고난, 위대한 인물은 서로 닮게 되어 있어. 젊은이의 얼굴에는 이순신 장군의 이목구비와 얼이 표정으로 미약하게 굼틀거리고 미약하게 숨 쉬고 있네. 어쩌면 당신은 바라보는 사람들의 고정된 시선에 따라 당신은 완벽하게 변하는 것인지도 모르지. 이순신이 될 수도 있고 방랑기사가 될 수도 있고 예수가 될 수도 있는 것인지도. 어서 가보게나. 저 길 끝자락에 있는 슬레이트집이 그 천사가 잠시 머무는 집이네. 젊은이를 또 다른 위대하고 훌륭한 존재로 바라보고 연모하는 천사가 기다리고 있다네. 성결하고 아름답고, 고귀하고 거룩한 아가씨이지"

꽃뱀헌터는 헬멧을 쓰고 자전거를 밀고 걸으며 마을입구에 들어서자, 길가에 이끼 낀 낡은 슬레이트 축사에 크고 작은 소들이 여물을 씹으며 간헐적으로 울고 있고 길쭉하게 늘어선 벌통에서 일벌들이 붕붕거리고 윙윙거리는 소리를 내며 악견산성 쪽에서 지친 날개를 간신히 움직이며 날아오고 있었다. 귀가하는 일벌들인 것 같았다. 차갑지만 안온한, 무모하지만 지혜로운 밤의 안속으로 들어가기 위한 번거로운 채비인 것 같았다. 일벌들은 악견산성에서부터 어렴풋이 다가와서 머무는 차분한 밤을 맞이하는 방법을 본능적으로 느끼는 것 같았다. 그것이 바쁘고 고된 하루를 안간힘으로 버티게 만드는 것인지도 모른다. 그런 와중에 그는 그 사내를 보기 위해서 고개를 돌렸다. 여전히 그 사내는 종이컵에 든 투명한 소주와의 유기적인 견고한 거리를 유지하며 자신이 살아온 참되고 아름다운 나날을 투영시켜서 따스한 위안을 받는 것 같았다. 간신히 가늘게 호흡하며 온몸을 웅크린 채 말이다. 아무래도 그 사내는 큼직한 소주병에 있는 투명하고 고요한 소주를 다 비울 모양이었다. 그것이 그 사내가 오늘 이루어야 하는 숙제이고 숙명인 것 같았다.

그는 마을 깊은 곳으로 스며들었다. 아늑했다. 이젠 탐욕스런 한낮의 열기는 찾아볼 수 없고 선선한 바람이 다가와서 기분 좋게 만들고 있었다. 아득하게 먼 옛날부터 예정된, 운명적인 만남이 이루어질 것 같은 근거 없는 확신이 들었던 것이다. 우연히, 어떤 기다림이 자신을 향해 무작정 다가올 것 같았고, 낯설지 않는 따스한 예감 같은 것이었다. 어떤 발랄한 새로움과 벅찬 확신이 다가와서 오랫동안 머물 것 같기도 했다.

'천사는 어떤 인물일까?'

그는 과거를 곰곰이 회상해보면, 간혹 의도치도 않은 것들이 다가와서 자신을 위태롭지 않은 온전한 곳으로 인도하기 위해서 무던히도 애를 쓰는 것을 깨달을 수 있었다. 겉으로 선명하고 뚜렷한 형태를 보이지는 않았지만, 무의미한 허망한 시간이 지나면 대략적으로 느끼고 깨달을 수 있었던 것이다. 내면적인 고유성을 잃지 않은 채. 때때로 새벽에 불현듯이 찾아오는 꿈에서도 그렇고 불손한 의도를 품은 채 다가오는 문미디어 대표도 그랬다. 그녀를 만나기 전날에 그랜저를 타고 수변 주위를 드라이브하며 아스팔트를 가로질러 가고 있는 먹구렁이를 볼 수 있었다. 그것이 자신에게 던지는 어떤 불안한 암시였던 것을 이제야 깨달을 수 있었던 것이다. 또한 어머니의 신인 그 얍삽하게 생긴 장군신이 어머니의 내면에 평생 거주하기 위해서 달콤한 언어와 섬세한 몸짓으로 몇 날 며칠을 꾀는 것을 흐릿한 영상으로 비추는 것이었다.

그럼에도 불구하고 그는 어머니에게 그 장군신의 불순하고 영악한 면에 대하여 소상하게 얘기할 수 없었다. 그때는 너무나 어렸고, 그래야 할 것 같았다. 어림짐작으로. 의식의 실체도 모르는 그 어린시절에 그것이 어머니를 살리는 것이라 생각했던 것이었다. 아마도 어머니가 그 장군신을 믿고 의지하고, 경외하고 존경하고 있었던 것 같아서 그럴 것이었다. 험악한 아버지의 그늘에서 벗어날 수 있는 유일한 방법이 그것밖에 없었다고 믿었기 때문인지도.

마을은 깊고 고요했다. 그는 눈을 지그시 감고 깊고 온전한 명상의 길에 접어들었을 때처럼 화사하고 차분해지는 자신을 발견할 수 있었다. 걸음을 옮길 때마다 더 깊숙이, 더 미스터리하고 아늑한 곳으로 서서히 가라앉는 것 같았다. 사람들이 한 번도 침입하지 않은, 너저분하게 더럽히지 않은 곳 같았다. 어수선하게 때로는 초라하게 보이던 오래되고 낡은 촌집들은 슬그머니 등 뒤에서 흐릿하고 아련하게 머물러 이미 멀찌감치 있고, 어느덧 길가에 큼직한 은행나무 두 그루가 있었다. 그 사이를 승용차가 겨우 다닐 협소한 도로가 있고 그곳부터 길 양쪽으로 대나무들이 빼곡하게 우거져 있었다. 크고 작은 대나무들이 며칠 전에 온 봄비로 인하여 풋풋함과 차분함을 잃지 않고 있었던 것이다. 간혹 가는 바람이 불어올 때면, 잎사귀마다 다정다감하고 생기발랄하게 움직이고 있었다. 그런 와중에 노란색 고양이 한 마리가 바싹 말라비틀어진 잎사귀들 위로 재빠르게 내달리고 있었다. 배가 통통하게 부른, 임신한 고양이었다.

그는 가던 길을 멈춰서, 그 임신한 고양이에게 눈을 떼지 않았다. 가혹한 생존의 그늘에 내몰려 꾀죄죄하고 초라하게 보였다. 한편으로 거룩하고 기특하다는 생각도 들었다. 몸속 깊고 아늑한 곳에 생명의 온기를 어렵사리 감싸안으며 치열하게 살찌우고 키우며 살아가는 것이었다. 더 많은 먹잇감에서 자양분을 섭취해서 최소한의 에너지를 쓰고 그 나머지는 생명의 숨결을 내뱉는 그곳에 온힘을 집중하고 있는 듯했다. 고귀하고 거룩한 일이었다. 그것이 생명을 품은 어미의 거룩한 본능이었다. 뭇사람들에게는 하찮게 보일지는 모르겠으나 그는 볼썽사나운 꾀죄죄한 모피를 걸치고 있는 임신한 고양이에게서 눈을 떼지 않았다. 이리저리 좌충우돌 대밭을 가로질러 먹잇감의 간절함에 내몰려, 평소에 단정함과 정갈함을 추구하며 세련된 스타일을 고수하며 느긋하게 살아가던 그 고양이가 이젠 아닌 것이었다. 자신의 몸속에 생명의 숨결과 치열함을 느끼고 받아들이며 겉으로 드러나는 외모에는 관심이 없고 오직 머리가 자라고 손발이 자라는 새끼에만 관심이 있었던 것이리라. 그때 그는 자신의 어머니가 무연하게 떠올랐다. 그녀도 저 고양이처럼 치열한 일상을 보내며 자신을 키우고 지키기 위해서 땟거리의 곤궁에 힘들어 했는지 궁금하기도 했다. 왜 그런 생각이 드는지, 아마도 어머니는 그렇지 않았을 것이라는 서늘한 생각이 드는지 모를 일이었다. 그럴 때면 스스럼없이 그는 아비정전의 아비가 다가와서 머물렀다. 아비의 주위에 여자들은 무지하게 많아 언제나 즐거워 보였으나 언제나 고독하고 외로웠다. 아비는 혼자였다. 아비는 한 여자에게 정착하지 못하고 늘 떠돌고 있었다. 아마도 자신이 상처를 입지 않기 위해서 취하는 나약한 행동인 것인지도. 더욱이 아비는, 두 손을 불끈 쥐고 어머니를 뒤돌아보지 않고 앞으로만 보고 굳건하게 걸어갔다. 꽃뱀헌터는 자신도 그런 삶을 살지 않을까 하는 불안한 생각을 떨쳐버릴 수가 없었다. 불안했다.

그때 그는 스러지는 슬레이트지붕을 볼 수 있었다. 허름했다. 그럴듯한 큼직한 철대문도 없고, 울타리는 크고 작은 돌멩이로 어른 어깨 정도의 높이로 소박하고 정답게 쌓여 있었다. 홑겹으로. 높지 않은 아담한 돌담에 담쟁이 잎사귀가 푸름을 잃지 않은 채 지속적인 자신의 색감으로 다가가기 위해서 무던히도 애쓰는 모습이었다. 집 앞에는 소형차가 차분하게 주차되어 있고 슬레이트지붕 뒤로는 밤나무 숲이 울창하게 악견산 정상까지 이어지고 있었다. 태양이 없는 하늘은 어스름한 대기와 침울한 구름으로 공간을 천천히 지배하고 시간의 흐름을 강하게 부여잡고 있는 듯했다. 어느 순간에 강하게 쥐고 있던 그 매듭을, 순식간에 풀어서 기약 없는 밤으로의 외출을 할 것 또한 알고 있는 듯했다. 그는 악견산 정상을 올려다보았다. 그곳에 신묘한 기운이 엉겨서 머무르는 그 뭔가가 생성되어 가고 있는 것을 느낄 수 있었다. 성스러움이었다.

돌담 너머 낡은 대청마루에서 성스러운 찬송이 차분한 음성으로 청아하고 따스하게 흘러나왔다. 그는 길가에 서서 조심스럽게 돌담 너머로 살짝 들여다보았다. 정혜였다. 동글한 얼굴에 동글한 눈동자를 소유한 그녀는, 부드럽고 품위 있는 하얀 원피스를 입고 있었다. 원피스는 그녀가 손수 빨래해서 정성들여 다리미로 펴고 문지른 바지런한 애씀이 보였다. 빈틈없이, 수수하고 화사하고 단정했다. 어쩌다가 악견산성 아래에서 선들바람이 불어오면 그 원피스에서 부드럽고 섬세한 하얀 날개가 넓게 돋아서 광활한 구름 위를 자유롭게 날아오를 것 같기도 했다. 다소 길어진 풍성한 머릿결을 휘날리며 말이다. 그녀는 그 누군가의 시선을 끌고 사로잡기 위해서 긴 머리칼을 잘 손질하고 있었던 것 같았다. 그래서 그런지 예전에는 풍기지 않았던, 농익은 여성미와 성숙미가 한층 더 은근하게 배어났고, 그것이 사내의 본능을 미세하게 자극하고 있었다. 그 길지 않은 짧은 시간 동안에. 그녀는 얌전하고 정숙하고 편안하고 단아한 여인이 되어 있었다.

정혜는 어린아이의 어깨에 손을 얹은 채 대청마루에 걸터 앉아 있었다. 그들은 나란히 걸터앉아 친밀하고 사랑스럽게 찬송가를 인도하고 말씀을 통독하고 있었다. 어린아이는, 그녀를 올려다보며 짧은 팔로 그녀의 허리를 강하게 부둥켜안은 채 떨어지지 않으려 했다. 엄마의 체취와, 절절한 사랑과 따스한 품이 많이 그리웠던 것이다. 이슬을 밟고 홀연히 떠난 비정한 엄마를 오매불망 기다리다 지쳐 눈물과 탄식으로, 채워지지 않는 헛헛한 그리움으로 어렵사리 나아가던 나날에 대한 반대급부라고 생각하고 있었던 것인지도 모를 일이었다. 아마도 그 어린아이에게는, 정혜가 엄마를 갈음하고 있었던 것 같았다. 그래서 더 이상 놓치고 싶지 않아서, 더이상 이별의 절절한 아픔과 음울한 비통함을 겪기 싫어서 그러는 것 같았다. 어두운 방구석에서 혼자 외로이 떠오르는 아침햇살을 기다리며 대상도 없이 간절한 기도를 드리지 않아도 되는 지극히 평범하고 일상적인 삶을 구가하고 누리고 싶었던 것이 분명해 보였다. 지금까지는 그것이 사치였던 것이리라.

그때 대청마루 아래 태평스럽게 누워 있던 삽살개가 날카롭게 짖었다. 담쟁이가 견고하게 결속되어 튼튼한 돌담 너머에 낯선 사람의 생경한 냄새를 맡았는지 머리를 쳐들어 으르렁거렸다. 반사적으로 그들의 시선이 돌담 너머로 향했고, 순간 꽃뱀헌터는 자신을 향해 으르렁거리는 삽살개의 민첩한 행동에 놀라서 자연스레 바라보던 육체를 엉거주춤 보수적인 자세를 취했던 것이다. 그럼에도 워낙 큰 키와 건장한 육체를 소유하고 있어서 눈이 마주치는 애매한 상황을 피할 수는 없었다. 난처했다.

"거기서 뭐 하세요?"

정혜는 어린아이의 손을 잡고 이미 도로에까지 나와 있었다. 그들은 빙그레 웃으며 물끄러미 지켜보고 있었다. 여전히 삽살개는 으르렁거렸다. 그는 어떠한 말로 이 난처한 상황을 모면할 수 있을지 알 수 없어서 오른손으로 헬멧을 쓴 머리를 쓰다듬을 뿐이었다. 당황스러웠으나 출구를 찾아야 했고, 그러자 두서없이 어떤 말을 내뱉는지 자신도 인식하지 못한 채 횡설수설했다. 그러자 그녀는 더 해맑게 웃을 뿐 말이 없었다. 그 어린아이의 머리를 쓰다듬은 채 말이다. 그러다가 이 애매한 상황에서 모면하게 해준 구세주는, 무심결에 내뱉은 어린아이의 말이었다.

"아, 처음 보는 신기한 자전거다!"

"아저씨가 태워줄게."

그래서 꽃뱀헌터는 엉성하고 애매한 상황을 모면할 수 있었다. 어느새 그는 까무스름한 그 어린아이를 격 없이 친근하게 자전거를 태워주며 스스럼없이 친해질 수 있었다. 그 어린아이는 자신을 바라봐주고 어루만져주는 따스한 관심과 끈끈한 주의를 많이 굶주려 있었던 것 같았다. 정과 사랑에 많이 결핍되어 있는 공허하고 헛헛한 상태임에는 틀림없었다. 하지만 쉽사리 칠흑 속에서 견고하고 단단하게 만든, 음산하게 닫힌 내면의 문을 열지는 않을 것 같았다. 하지만 오늘은 예외인 것 같았다. 정혜가 이미 그 아이의 고립된 외로움의 갈증을 서서히 해소하고 난 후에 다가갔기에 느슨한 상태에서 상대를 강하게 거부하는 냉담한 얼굴빛을 드러내지는 않았다. 그것과 별개로 꽃뱀헌터의 친밀감과 붙임성이 한 몫했다.

"선생님, 내일 시간이 허락하면 황매산 철쭉제 구경하러 가자고 사모님이 말씀하시던대요. 목요일이 적격이라고 해요. 금요일 오후부터는 사람들이 과도하게 많이 와서 주차하기도 버겁다고 해요."

꽃뱀헌터가 자전거의 안장을 잡고 어정쩡한 자세로 정신없이 어린아이를 밀어주고 있을 때 정혜가 뒤에서 무덤덤하게 던진 말이었다. 그냥 객관성을 확보한 냉랭하고 무미건조한 말 같았으나 감당할 수 없이 넘치는 감정을 간신히 누르며 던진 말인 것 같았다. 그녀는 사모의 말을 전달하고는 있었지만 끓어오르는 설레는 마음이 요동치고 있다는 것을 그녀 자신이 더 잘 알고 인식하고 있었던 것이다. 겉으로 드러나지 않게 일부러 대수롭지 않은 척 자연스런 표정과 행동으로 일관했고, 그것이 오히려 어색하기 그지없었다. 그녀는 목구멍까지 차오르는 훈훈한 즐거움과 격한 환희를 간신히 억누르고 있었던 것이 분명해 보였다. 그럼에도 불구하고 감정의 미세한 알갱이가 원심력으로 분홍색 솜사탕의 덩치를 서서히 키우듯이, 점점 그녀의 동그란 얼굴 전체로 표시 나게 확산하고 있었던 것이다. 그것은 분명 정혜가 막을 수 없는 공간에서 서식하는 생명체임에 틀림없었다. 그때 그는 정혜 쪽으로 되돌아보며 의미 없이 웃다가 밀어주던 자전거를 멈췄다. 느닷없이 카톡의 음성이 침투했기 때문이었다. 그는 그 자리에 서서 허리춤에 있는 저지 상의 호주머니에서 스마트폰을 끄집어내어 확인했다. 아까 자전거를 타고 뒤도 한번 돌아보지 않고 까닭없이 휭하니 떠난 선배였다. 그는 황계폭포의 아름다움과 위용을 사진으로 전송하고 있었다. 혼자 보기 아까웠던 것이다. 연이어 계속 잇따라 시끄러운 카톡이 요란하게 울리며 침투하고 있었다.

선배는 아직도 내면의 불행한 흔적을 평평하게 펴서 말끔하게 지우지 못하고 있었던 것이다. 높은 곳에서 떨어지는 무수한 갈래갈래 물줄기들의 굉음과 가늘게 펴지는 물보라의 차가움이 혼재되어 있는 곳에 자신을 방치하여 쉽게 떨어지지 않는 과거의 흔적을 지우고 싶었던 것이다. 아마도 그럴 것이다. 밀쳐내어도 들이닥치는 밀쳐내어도 들이닥치는, 그래서 어쩔 수 없이 붙잡고 있는 처참한 흔적을 말이다. 그것이 이성으로 제어할 수 없는 것이라 일산에서 여기까지 내려와서 고된 MTB를 타며 자신을 고된 운동으로 내몰고 있었던 것이었다. 그 힘든 순간에는, 굽고 가파른 비탈길을 오르는 동안에는 아무런 상념과 번뇌가 주위에 얼씬거리지 못하는 것을 너무나도 잘 알고 있었기 때문에 그럴 것이었다. 꽃뱀헌터는 선배의 마음을 알고 있었기에 곁에서 지켜만 보고 있었던 것이다. 그래서 그는 이래라저래라 관여하지도 충고하지도 않는 선에서 일정한 거리를 두고 있었다. 그것도 하나의 방책이었다. 어쩌면 그것이 순진하고 착한 선배의 숙명인지도 모른다는 생각이 들었다. 간특하고 치졸한, 야비하고 잔인한 정희가 선배의 내면 어둑한 곳에 설치하고 떠난 무정한 대인지뢰인지도.

어느새 악견산성부터 어둠이 생성되어 밤나무들이 가파른 경사를 따라 마을까지 즐비하게 늘어선 곳으로 기신기신 내려오고 있었다. 그 하루의 가장자리로 향하는 낮의 끝부분 즈음에 이르자 어린아이가 갑자기 울상이 되어버렸다. 화기애애하고 건강한 얼굴빛이 어느새 자취를 감추고 우울하고 창백한 얼굴빛으로 변해 있고 곱고 사랑스런 눈빛도 이미

충충하고 침침한 눈빛으로 변해 있었다. 협소한 어깨도 처졌고 가느다란 종아리도 흐느적거리며 겨우 자전거에서 내려서 집으로 향하고 있었다. 이미 그 어린아이는 이별을 준비하고 있었던 것이다. 잔인하고 외로운, 심심하고 침울한 기나긴 밤을 인적이 드문 술주정뱅이인 아버지와 함께 보내야 한다는 까마득한 현실이 몹시 두렵고 싫었던 것 같았다. 따스하고 다정한 정혜는 그곳에서 잠시나마 벗어날 수 있는 유일한 안식처였고 풍성한 삶의 공간이었다. 그 정혜가 떠날 시간이 다가오자 그 어린아이의 육체가 본능적으로 스스럼없이 즉각적으로 반응한 것 같았다. 쓸쓸하고 우울한 예전의 모습으로 되돌아가기 위함이었다. 자의든 타의든 조금 더 즐겁고 행복한 곳으로 미끄러져 들어가면 엄청난 대가가 따르고, 되돌아오기가 여간 힘들지 않았다는 것을 이미 알고 있어, 그것을 미연에 방지하기 위한 수단임에 틀림없었다. 외부의 변화와 상처로부터 철저한 고립. 그렇지 않으면 자신이 순간순간 버티는 우울한 현실을 지탱할 수 없다는 것을 이미 알고 있었던 것이리라. 그래서 과감하게 마음의 쪽문을 닫았는지도. 어쩌면 황계폭포를 올려다보고 사진을 찍어서 전송한 선배도 한 번도 만나보지 못하고 헤어지는 정희와의 이별을 준비하고 있었던 것인지도 모른다는 생각이 들었다. 그것이 이별의 통과의례인지도. 어느 순간에 다가와서 사랑의 둥지를 틀고 사라진, 형체 없는 무형의 헛것을 잊기 위해서 고된 MTB를 타고 자신의 방식으로 이별을 요구하고 있었던 것이 겉으로 저렇게 내비쳤는지도. 어린아이의 굶주린 사랑이 어둠이 몰려오자 차가운 체념으로 긴 밤을 맞이하듯이 선배의 외로웠던 사랑도 그러할 것 같았다. 아무래도 그들은 사랑의 실패자이고, 자신의 의도와 생각과 상관없이 진행되었던 것이리라. 그것이 실패자의 잔인한 운명인지도.

다음날 해거름에 꽃뱀헌터 일행은 황매산 정상 언저리에 있는, 평전에 이르렀다. 밤이 다가오는 보폭이 평전에 도착하자 더욱 민첩하고 기민하게 다가왔고, 그럼에도 어둠은 차분하게 내려앉고 있었다. 머지않아 서쪽 하늘에서 개밥바라기가 어둠을 비집고 나와서 밝고 선명한 빛을 드러내면, 여기저기 구석구석 초롱초롱한 무수한 별들이 하나둘씩 말끔하게 씻은 얼굴을 드러낼 것이다. 무수한 별들은 고요한 밤의 긴 여정을 또렷하고 선명하게, 담담하고 얌전하게 받아들일 게다. 아직도 개밥바라기가 어둑한 하늘에 빛을 드러내지 않았고, 평전에는 낮의 끝자락과 밤의 초입의 분명하지 않고 모호한 지점에 머물러 있었다. 그 지점이 낮과 밤의 오묘한 장점과 특질을 제대로 체득하고 파악할 수 있는 곳이었다. 일종의 임계점 같은 것이다. 그 짧은 동안에 낮의 동식물들은 밤의 온유와 은혜로움 속으로 서서히 가라앉아 느긋하고 달콤한 휴식을 취하고, 그러는 사이 밤의 동식물들도 삶의 요소와 자양분을 받아들이고 취하기 위해서 서둘러 기지개를 켜는 것이리라. 그런 상황에도 너저분하지도 어수선하지도 않고 일정한 질서와 리듬을 타고 자연스레 움직이고 있었던 것이다. 그 무수한 시간의 사슬 속에서 단단하게 굳어서 고착되지 않고 유연하게 대처하고 받아들인 숭고한 결과물인 것이다. 사람들도 그 속에서 자연의 섭리를 존중하고 경외하고 살아왔다면, 그것이 현자의 깨달음을 얻는 고귀한 순간임을 각자 인식할 것이리라. 하지만 대다수의 사람들은 약탈하고 갈취해서 자신의 부를 축적하기에 여념이 없었던 것이다. 아마도 그것이 인류의 파멸을 낳고 앞당기는 도화선이될 것이리라. 철쭉제 제단이 있는 이곳에 이르는 길 또한 산의 초입부터 마구잡이로 할퀴고 절개하고 매립해서 자연 본래의 모습과 형태를 많이 손상시켜 큼직한 도로와 교각을 만들어 크나큰 고통과 상처를 안기고 있었다. 사람들의 편리한 접근성과 수익성을 담보하기 위함이었다. 아마도 그것은 머지않아 인류의 고통과 상처로 다가올 것이리라.

　꽃뱀헌터는 조수석에서 내렸다. 그러자 어둑어둑한 공기의 입자들이 신선하게 다가와서 조신하게 머물다가 가볍게 가라앉았다. 저 아랫마을에서 느끼는 공기의 입자들과는 사뭇 다른 저항할 수 없는 쾌적함이었고 신선함이었다. 그는 잠시 황매산 정상을 올려다보고 있다가 서서히 능선을 따라 아래로 시선을 옮겼고, 붉고 화사하게 물든 우아한 철쭉군락지가 어렴풋이 화사한 옆모습을 보이고 있었다. 어둠살이 묵직하게 골고루 피고 있어도 찬란하고 아름다운 자태를 오묘하게 드러내었다. 미지근한 온기가 느껴지는 것 같기도 했다. 그것이 생존의 미미한 온기인지는 알 수 없었다. 그의 시선은 산줄기를 따라 내려오다가 가까이에 있는 모산재의 뒤태에 시선을 고정시켰다. 천 년을 한곳에서 뿌리 내린 쌍사자석등의 아름다운 자태와 밸런스와 조화를 바라보며 조심스럽게 존경과 경외의 표시로 부드럽게 쓰다듬었던 기억이 새삼스럽게 났다. 그곳에서 올려다보았던 정상 부근에 있는 무지개터, 그는 그곳에서 꿈인지 생시인지 알 수 없었던, 그래서 기억의 틈바구니에서 어렴풋하게 기웃거리다가 때로는 선명하게 떠오르는 돈 끼호떼와 싼초의 만남을 잊을 수가 없었다. 그것이 자신의 삶과 무관하게 흘러가는, 다른 골짜기에서 흐르는 물줄기가 아니라는 것 또한 살아오면서 느낄 수 있었던 것이다. 그래서 망각의 늪 속으로 무겁고 침잠하지 않고 있었던 것이리라. 그는 조금 더 멀리 시선을 확장하자 산봉우리들이 너울처럼 출렁거리며 아득하게 뻗어나가고 있던 것을 볼 수 있었다. 고스란히 거동도 못한 채 그 자리에서 오랫동안 고착되어 있었지만, 역동적인 생명의 움직임을 멈춘듯이 안으로 깊이 품고 있어 언젠가는 비호처럼 날뛸 것 같기도 했다. 하지만 지금까지는 차분하고 상냥하고 의연하고 너그러웠다. 그것도 잠시, 짙은 어둠살이 촘촘하게 내려서 천천히 결속되자 차꼬에 갇힌, 자유가 제한되고 격리된, 그래서 옴짝달싹 못하고 경직되고 고립된 죄수 같다는 생각이 들었던 것이다.

낮 동안 혼란스럽게 연이어 찾아온 자동차들은 거의 다 빠져나갔다. 주차장은 텅 비어 있는 휑한 차가움이었다. 상춘객들은 거의 찾아볼 수 없고 상인들만 하루를 마감하기 위해서 분주하게 움직이고 있었다. 그 아래쪽으로 어둠과 함께 애처롭게 돋아나는 미약한 불빛이 서서히 기지개를 켜고 있었다. 오토캠핑장. 자동차들이 군데군데 널찍하게 주차되어 있고 그 사이를 각양각색의 텐트들이 안온하고 은근한 불빛을 나지막이 던지고 있었다. 서로 장난질하는 아이들의 목소리가 소곤거리는가 싶더니 유쾌한 웃음소리가 비집고 나왔다. 그 근심걱정 없는 행복한 언어들이 개밥바라기 쪽으로 곧바로 뻗어나가지는 못하고 지표에서 오랫동안 머물면서 간지럽게 웅성거릴 뿐이었다. 그런 와중에, 삼겹살 굽는 냄새가 고요한 밤의 공간 속으로 기신기신 확산하고 있었다. 꽃뱀헌터는 가족의 울타리에서 웃고 즐기고 먹고 마시는, 그런 정겹고 사랑스럽고 예쁜 모습과 형태를 보고 느끼면 스르르 미끄러지듯이 외면할 때가 많았다. 자신과 어울리지 않는 수트를 입은 것처럼 낯설고 생경했다. 어릴 적 간신히 살아오면서 겪은 가족으로부터의 상처와 고통이, 무의식의 무덤에 얕게 묻혀 있던 그 부자연스러운 의식의 강한 반발이, 자기장의 그것처럼 강하게 밀어내는 것이었다. 아마도 그것은 더 이상 그것으로부터 상처를 입지 않기 위한 방어수단인 것이리라. 그래서 아직도 그는 가족이라는 공동체를 만들고 싶은 생각이 절실하게 들지 않은 것인지도 모른다. 하지만 정혜라면 가능할 것도 같았다. 그래서 그런지 정혜는 체어맨에서 내려서 멀지 않은 곳에서 들려오는 그런 정경들을 애틋하게 내려다보고 있었던 것이다. 그들과는 별개로, 사모는 체어맨 뒷자리에서 내리지 않고 화장을 고치고 있었다. 그녀는 차 안에서 경량패딩을 걸치고 내렸다.

사모는 경량 패딩을 가볍게 입고 디스퀘어드 청바지를 입고 있었다. 신발은 산에 어울리지 않는 하얀 바탕에 줄이 세로로 있는 고급스럽게 디자인한 운동화였다. 그에 반해 정혜는 검은색 노스페이스 바람막이에 소박한 면바지를 입고 있었다. 신발은 나이키 조깅화였다. 사모는 평소에도 명품을 사면 늘 정혜 앞에서 입어 보이며 자랑하는 것을 좋아했고, 그것이 무기력하고 느슨한 삶의 활력인 것 같았다. 그것으로 서로 계층이 다르며, 추락하고 있던 자존감을 끌어올려 어느 정도 추켜세워주고 유지하는, 더욱이 그녀는 자신의 현재의 삶과 입장을 잘 대변해주는 중요한 척도이고 가치라고 생각하며 살고 있었던 것이다. 어쩌면 이사장의 넘치는 재력에 걸맞은 소비를 할 수 있다는 메리트가 없었다면 그의 그늘에서 이미 벗어나 새로운 그늘로 옮겨 평범하지 않은 유유자적한 삶을 살 것이 분명해 보였다. 그것이 이사장을 선택한 이유이고 자기권리라고 생각하며 살고 있었던 것이다. 그에 반하여 정혜는 그렇지 않았다. 자신에게 철저하고 인색할 정도로 알뜰하고 검소했다. 틈틈이 저축을 해서, 그것으로 유니세프에 정기적으로 후원도 하고 불후한 이웃들을 성심성의껏 돌보며 살아가고 있었던 것이다. 이미 그녀는 넘치는 돈은 헛되고 헛된 것이며 소소한 행복은 그 돈의 넉넉함과는 아무런 상관이 없다는 것을 깨닫고 있었던 것이 분명해 보였다. 그 어린 나이에, 예쁘고 화려하고 세련되고 비싼 옷을 입고 뭇 사내들의 시선을 받고 싶었던 것이 당연한 것이다. 그녀는 겉으로 드러나는 것에는, 그녀의 외출에 동반되는 명품 가방이나 비싼 옷에는 별로 관심이 없고 내부적으로 미미하게 일어나고 사그라지는 심적 변화에 깊은 관심을 집중하고 있었던 것이다. 형체도 보이지 않는, 그래서 위대하고 성스럽고 경외하는 하나님의 은혜로움과 고결함과 사랑에 더 깊은 관심과 정성을 쏟고 있었던 것이었다. 그것이 이 땅에서 숨 쉬고 살아가면서 하나님의 뜻을 받들고 이어가는, 그래서 행동으로 보여줘야 하는 그녀의 책임이고 의무라는 것을 이미 깨닫고 있었던 것이리라. 그녀는 그런 것을 더 소중하고 귀하다고 생각하고 있었던 것이리다.

꽃뱀헌터가 앞서고 사모와 정혜는 뒤따랐다. 그들은 목재로 깔끔하게 조립한 화장실을 지날 즈음에 사모가 긴장을 했는지 여자화장실로 들어갔고 정혜도 그를 살며시 올려다보며 미소를 던지고 뒤따랐다. 그러자 그도 화장실에 들어가서 소변을 보고 거울을 보며 손을 씻고 나왔다. 아직도 그녀들은 나오지 않았다. 그 사이 어둠은 더욱 무겁고 집요하게 주저앉았고, 점점 어둠의 밀도를 높였다. 그래서 그는 서쪽 하늘 쪽으로 시선을 옮겼다. 개밥바라기가 해맑게 얼굴을 내밀었다. 이제부터 별들의 향연이 시작될 것 같았다. 잠시 후에 새초롬하고 까칠한 표정으로 사모가 나왔고 다소 불안하고 불편한 표정으로 정혜가 나왔다. 사모는 다소 언짢은 것이 있는지 두덜거리며 짜증을 부리고 있었다. 화장실에서 무슨 일이 있었는지 알 수는 없었으나 그녀에게 뭔가 거슬리는 것이 있었던 것이 분명했다. 기분전환을 위해서, 그는 사모에게 서쪽 하늘을 손으로 가리키며 말했다. 개밥바라기를 보세요. 그러자 사모는 언제 그랬냐는 듯이 부드럽고 호감을 가진 친근한 미소로 올려다보았다.

"그래요. 이렇게 예쁜 별은 처음이에요."

꽃뱀헌터는 왜 사모가 새초롬한 표정으로 짜증을 냈는지 이제야 알 것 같았다. 집에서 출발할 때부터 자신의 시선이 은연중에 정혜에게 머물러 있었다는 것을 그녀의 예리한 촉수가 느꼈던 것이다. 이사장의 세컨드로 산다는 것은 그 사내의 눈길 안에 머물러 있어야 하고, 끊임없이 애틋한 매력을 발산해야 생존할 수 있다는 것도 이미 뼈저리게 경험하고 있었던 것이다. 만약에 이사장의 눈길 밖에 머물렀다면 거들떠보지도 않고 결국에는 내쫓기고 말 것이라는 것을 깨닫고 있었던 것이다. 머지않아 젊고 예쁜 새로운 여자에게 여유로운 그녀의 자리를 빼앗길 것이 자명한 일이었다. 그녀 자신이 그랬던 것처럼. 그런 여자들이 추파를 던지며 다가오는 것을 과감하게 걷어차고 도려내는 것 또한 자신의 책무이고, 지금까지 누리던 재력의 편리함과 윤택함을 계속 누릴 수 있는 도구이고 방책이기도 했던 것이리라. 그것이 세컨드의 숙명인지도.

"어두운 밤이 별들을 초대하는 것 같아요."

"뛰어난 감수성!"

꽃뱀헌터는 사모와 나란히 걸으며 앞서고 정혜는 한걸음 물러서서 경청을 하며 차분하게 뒤따르고 있었다. 꽃뱀헌터는 사모의 말에 칭찬을 아끼지 않았다. 그런 행동이 정혜에게 도움이 된다는 것을 이미 알고 있었기 때문이었다. 언제나 사모는 욕구불만의 출구를 찾고 있었고, 그것이 말끔하게 해소가 되지 않으면 제일 가깝게 있는 정혜에게 짜증을 부리고 못살게 구는 것 또한 알고 있었던 것이다. 그래서 사모에게 아부를 하고 있었던 것이다.

꽃뱀헌터의 적극적인 아부로 인하여 정혜는 다소 자유로워질 수 있었다. 개인비서처럼 밀착해서 섬세한 부분까지 세련되게 처리해야 했던 것을 이젠 그의 재치 있는 아부로 다소나마 풀려날 수 있었다. 오매불망 사모의 관심과 시선은 오직 자신에게 있었다는 것을 예전부터 알고 있었기 때문이었다. 그녀는 과거에도 그랬고 현재에도 그랬고 미래에도 그럴 것이라는 것 또한 알고 있었다.

그들은 다소 경사가 있는 푹신한 산책길을 걸었다. 각자 알아서 스마트폰의 손전등을 켜고 조심스럽게 일정한 보폭을 유지하며 걸었다. 사모와 꽃뱀헌터가 다정하게 앞서고 정혜가 거리를 두고 무의미하게 뒤따랐다. 그런 와중에 정혜의 왼손에는 체어맨에서 내릴 때부터 크지 않은 보온병과 쿠션 있는 돗자리를 들고 있었다. 사모가 몇 날 며칠을 꽃뱀헌터에게 사랑스런 눈빛과 호감을 얻기 위해서 정성스럽게 준비한 귀한 것임에 틀림없었다. 그들은 길가 왼쪽으로는 반듯한 평상이 있고 오른쪽으로는 콘크리트둑이 있는, 그 사이를 걸으면서 신비스러운 밤의 고요 속으로 이미 침잠된 철쭉의 무리들 쪽으로 손전등을 갑자기 비추자 새롭고 이채롭게 태어나는 것 같았다. 그 맞은편 콘크리트둑이 있던 곳에는 물이 졸졸졸 흐르고 있었다. 꽃뱀헌터는 황매산 평전까지 지하수가 끊임없이 샘솟아 풍성한 습지가 형성되어 있다는 것이 경이로울 따름이었다.

"사모님, 자연이 참 경이롭지 않아요. 이 높은 산정까지 단단한 암반을 뚫고 연약한 지하수가 올라와서 동식물들의 안식과 목마름을 해결해주니까요."

"골프장의 워터해저드보다 더 자연스럽고 아름다운 것 같아요."

"사람들의 시선이 자연에 대한 소극적인, 제한적인 개입으로 접근하면 자연은 훨씬 더 깨끗하고 신선하고 아름다울 것 같아요."

"그러게요."

꽃뱀헌터는 사모가 그녀의 과거 이력을 드러내는 것을 터부시하고 있다는 것을 느낄 수 있었다. 하지만 그녀의 우회적인 말속에 진실이 고스란히 함축되어 있다는 것도 알 수 있었다. 건물주선배가 이미 진실을 친절하게 저격했기 때문에 손쉽게 접근할 수 있었다. 그런 형태의 접근은 자신의 현재적인 가치를 더욱 극적으로 돋보이게 포장할 수 있는 도구가 되지 않아서 감추는 것이리라. 그래도 그는, 사모와 어두운 산책길 위에서 얘기를 나누다보니 그렇게 저급하고 나쁜 여자는 아닌 것 같았다. 측은하고 불쌍할 뿐이었다. 어쩌면 정혜도 사모에게 그렇게 구박을 당하면서도 곁에서 다 받아내고 인내하는 것이 한편으로 사모가 불쌍하고 측은해서 그런지도 모른다는 생각이 들었다. 그래서 비인간적이고 몰상식적인 행동과 거친 말투와 욕설을 참으며 은근하고 성실하게 섬기는 것인지도. 그때 길 가장자리에서 길고 두꺼운, 굼틀거리며 살아 있는 뭔가가 어둑한 곳에서 다가오는 것을 느낄 수 있었다. 본능적으로 그는, 손전등을 비추자 땅에 밀착해서 기고 있는 거무스름한 뱀이 길 중앙을 향해서 머리와 몸통과 꼬리를 유연하게 흔들며 거침없이 가로지르고 있었다. 그 흉물스런 것을 그와 사모가 동시에 봤고, 사모는 소스라치자 깜짝 놀라면서 그의 목덜미를 두 손으로 부둥켜안고 두 발은 땅에 닿을락 말락했다. 사모는 온몸으로 공포와 두려움에 휩싸인 채 사시나무 떨 듯이 떨고 있었다. 사모의 육체는 대리석처럼 차가웠으나 차츰 육체와 육체 사이에 밀접한 하나의 덩어리처럼 되어버리자 그 속에서 미지근한 온기가 머물다가 서서히 따스해지는 것을 느낄 수 있었다. 거무스름한 뱀이 지나가도 사모는 그의 품에서 벗어나지 않았다.

그는 어떻게 해야 할지를 몰랐고, 당황스러웠다. 하지만 사모는 그 짧은 순간에 젊은 사내의 품이 이렇게 따스하고 아늑한지, 절실하고 갈급한지를 온몸으로 느낄 수 있었다. 사모는 지퍼를 잠그지 않은 패딩 사이로 묵직한 페니스를 느낄 수 있었고, 점점 치솟아오르고 팽창하는 열정도 느낄 수 있었다. 사모는 그것을 손으로 가볍게 만져보고 입술 깊숙이 넣어서 혓바닥으로 부드럽게 핥고 싶은 충동이 치밀었다. 그래서 더 격하게 안았다. 그녀는 정혜가 없었다면 그의 바지를 억지로라도 내려서 끓어오르는 애욕을 거칠게 풀었을 것이었다. 어찌할 수 없었다. 괴로웠다. 분명 사모는, 그의 다듬어진 억센 어깨에서 내려오고 싶은 생각이 추호도 없었다. 영원히 매달릴 수 없는 운명인 것 또한 알고 있었다. 그래서 서글펐다. 그러는 사이 그녀는 자신도 모른 채 축축하게 젖어 있었다. 끈적거리는 그 무엇이 자신이 대상이고 자신으로 향하고 있다는 것을 본능적으로 느끼고 있었던 그는, 그녀를 그의 보디에서 조심스럽게 풀어내었다.

다소 거리를 두고 뒤따르던 정혜도 깜작 놀라서 그 자리에서 제대로 운신도 하지 못하고 싸늘하게 굳어 있었다. 왜냐하면 사모가 무의식적으로 '뱀이야!'라고 큰 소리를 질렀기 때문에.

꽃뱀헌터는 거무스름한 긴 뱀이 사람들 앞으로 겁도 없이 별 의식하지 않은 채 태연하게 기어가는 것이 한편으로 기이했다. 그는 뱀이 자신에게 어떤 특별한 암시를 하는 것이 아닐까 곰곰이 생각해 보았다. 뭔가가 보이지 않는 곳에서, 자신을 위해하려는 불손한 수작을 부리고 있다는 불길한, 섬뜩한 느낌이 들었다. 하지만 뒤에서 정혜가 주기도문을 외우는 것을 듣고 그런 경직되고 고립된 감정의 부산물들이 대수롭지 않게 서서히 녹아서 사그라지는 것 같았다.

"정혜, 물티슈 가져왔어. 가져오지 않았다면 내려가서 가져와. 우리는 여기서 기다리고 있을 테니까."

정혜는 할 말을 잃은 채 그 자리에서 멍하니 서있었다. 정혜는 혼자서 내려가는 어두운 산책길이 무서운 것인지 방금 나타났다가 사라진 뱀이 무서운 것인지 알 수 없었으나 불안한 표정을 감추지 못하고 있었다.

"제가 갔다 올까요?

"선생님, 그럼 어둠이 켜켜이 쌓인 무서운 산책길에 저를 방치하고 내려가면, 하염없이 기다려야 하는 저는 어쩌고요."

그러자 하는 수 없는 정혜가 내려갔다가 온다고 말하고 왼손에 쥐고 있던 보온병과 돗자리를 사모에게 건네고, 별 저항 없이 내려갔다. 그녀는 사모의 의도와 생각을 대략적으로 알고 있었지만, 내려갈 수밖에 없었다. 그것이 그녀의 일이기에 할 수 없었다. 아마도 사모는 꽃뱀헌터와 오붓한 시간을 보내기 위해서 의도적으로 행한 일일 것이다. 그래서 가파른 곳을 어느 정도 올라오자 잔꾀를 쓴 것일 게다. 사모가 그런 교활한 인품인 것을 곁에서 지켜봐서 알고 있었던 것이다.

꽃뱀헌터는 아련한 손전등을 켜고 내려가는 정혜를 멀뚱히 바라보고만 있었다. 혼자서 되돌아가는 길 또한 아득하고 무서울 것이었다. 점점 싸늘해지는 밤하늘 속에, 혼잡한 도심의 불빛과 소음과 열기가 직접적으로 간섭하지 않고 자유로운, 이상하게 고요하고 신선한 밤공기에 온몸이 저절로 움츠러드는 것이 자명할 것이리라. 더욱이 억새풀 속에서 안식을 취하다가 놀라서 우는 고라니의 울음소리를 듣고 겁에 질릴 수도 있을 것이고 저 아래 모산재 절벽 틈에 둥지 없이 살아가는 수리부엉이의 활동반경 안에 속하는 이곳을 먹이를 위해 야간비행을 하다가 소나무 가지에 앉아서 편안하게 우는 울음소리에도 소스라치게 놀랄 것이다. 어쩌면 정혜는 밤의 어둑한 공간 속에서 창조주의 아량과 보살핌으로 탄생한 미물들의 울음소리에 기세가 약해져서 두려워하지 않고 거룩하고 성스러운 밤의 축제라고 생각할지도 모를 일이었다.

"선생님, 그네의자가 있는 곳으로 가셔요. 조금만 걸으면 닿을 수 있어요. 정혜는 카톡으로 그곳으로 오라고 하겠어요."

　사모는 담담하게 말하고 앞서 걸었고, 꽃뱀헌터는 그 자리에서 머뭇거리며 주차장으로 향하는, 희미하게 움직이는 정혜의 불빛을 보고 있었다. 그때 앞서 걷고 있던 사모가 되돌아와서 그의 손목을 잡고 강하게 끌었다. 그는 그 자리에서 정혜를 기다리고 싶었지만, 그렇다고 막무가내로 거절할 수도 없는 애매한 상황이었다. 그래서 끌려가다시피 따라 올라가지 않을 수 없었다. 그들은 그네의자가 있는 곳에 도착해서, 먼저 사모가 그네의자에 편안하게 앉아서 여유롭게 앞뒤로 움직였고 꽃뱀헌터는 땅바닥으로 전등을 비춘 채 아래를 내려다보았다. 그제야 정혜가 주차장에 이르러 체어맨 문을 열고 강하게 닫는 소리가 위로 곧바로 올라와서 귓가에 희미하게 머물렀다. 안심이 되었다.

　"정혜 씨가 이제 올라오나 봐요!"

　사모는 정혜의 위치에 대해서는 별로 관심이 없었다. 묵묵부답이었다. 그녀는 고개를 약간 숙인 채 그네의자를 앞뒤로 움직이며 뭔가에 골몰히 심취해 있는 것 같았고, 그러더니 낮은 목소리로 머라이어 캐리의 Without you를 흥얼거리고 있었다. 차갑게 휘감는 공기에도 불구하고 희미하게 보이는 그녀의 얼굴에서는 많이 들떠 있고 달아오르는 것이었다. 그녀에게서, 어떤 기대와 설렘의 펌프질이 가늠할 수 없는 깊은 곳에서 끊임없이 계속 역동적으로 움직이는 것 같았다. 어쩌면 그것이 꽃뱀헌터 자신으로 인하여 야기된 것인지도 모른다는 생각이 어렴풋이 들자 다소 조심스러웠고 불쾌했으나 이상하게 내면의 불기둥이 치솟는 이상야릇한 느낌도 무시할 수 없었다.

"선생님, 여기 그네의자에 앉으세요. 제가 선생님과 함께 마시기 위해서 정성을 들여서 십전대보탕을 준비했어요. 한의원에서 직접 공들여 만든 것이라 원기를 북돋아주는 데에는 도움이 될 것입니다. 그런데 오늘은 왜 달이 안 뜨는지 궁금하네요. 낮에 떴다가 사라졌는지 아니면 새벽에 뜰 것인지."

"오늘은 어두운 밤의 한가운데를 지날 때 하현달이 은근슬쩍 뜰 것입니다. 견고한 지구의 굴레에 갇혀 있어도 달은 공전과 자전이 동시에 빈틈없이 이루어지기 때문에 늘 새로운 표정과 모양으로 사람들에게 얼굴을 드러내지요. 어쩔 때는 슬프고 창백하고 우울할 때도 있고 어쩔 때는 화사하고 명랑하고 충만할 때도 있어요."

"선생님, 저는 그런 사소한 지식이나 인생의 도저한 깊이에 대하여 무지하기 그지없어요. 아는 것은 골프룰이나 명품에 관한 것 밖에는 몰라요. 여기 그네의자에 앉아서 그런 심오한 우주의 법칙에 대하여 자세히 가르쳐주세요. 그러고요. 은하수와 북두칠성 밖에 모르는 저에게, 소박한 봄의 별자리에 대해서 알고 있는 것이 있으면 얘기해 주세요."

꽃뱀헌터는 그네의자 가장자리에 조심스럽게 앉았다. 그녀는 조신했으나, 야비한 포식자의 눈빛으로 접근하고 있었던 것이다. 그래서 그는 다소 긴장을 한 채 경계심을 늦추지 않고 있었다. 한편으로 그는 그녀가 어떤 속임수와 꾀로 자신을 약탈할 것인지 궁금하기도 했다. 간교한 해적이 무턱대고 해적선을 항구에 입항시키지는 않는 것처럼 말이다. 지금 현 상황에서는 어떤 특이한 기미도 표면적으로 드러내지 않았다. 우주의 법칙과 봄의 별자리에 관한 것만 물었다.

"저는 그렇게 사람들을 설득시킬 정도로 지식의 울창한 숲을 가꾸며 살아오지는 않았어요. 그 숲속에 자작나무도 심고 오색버드나무도 심고 삼나무도 심으며, 다채롭고 아름다운 나무들을 심어서 수시로 풍부한 거름과 적당한 물을 주어서, 잎사귀들마다 윤기 나고 반질거리는, 짙은 그늘과 신선한 공기를 풍기며 편안하고 여유로운 안식과 힐링을 제공하지는 못했지만, 다만 한번 집중하면 끝까지 파고드는 성격이죠. 그때마다 황당한 상상을 해보기도 해요. 지금은 달이 하나밖에 없지만 하늘에 달이 두 개가 떠 있으면 어떤 괴이한 현상이 일어날까. 더욱이 하늘에 달이 세 개가 떠 있으면 또 어떤 괴이한 현상이 일어날까, 그런 상상을!

정확하게 결론에 접근하지는 못했지만, 대강 결론을 내리자면, 인류는 지금까지 겪어 보지 못한 엄청난 재앙으로 치닫고, 크나큰 지구의 변화와 막대한 충격에 휩싸인다는 것밖에 설명할 수는 없어요. 지금보다 더 견고하고 잔인한 인력으로 미친 듯이 날뛰고 포효하는 거친 파도가, 거침없이 해운대 백사장을 삼킬 것이고, 지구의 운동성능이 무뎌져서 기존의 촘촘한 시간의 배열이 불안하고 길고 느슨하게 늘어지는, 상상할 수 없는 불길한 환경과 상황이 연이어 발생한다는 것밖에는."

"재미있다! 하늘에 달이 두 개 떠 있는 것도 아무나 상상할 수 없겠지만, 세 개나 떠 있다는 것은 더더욱 상상할 수 없는 것이겠죠."

"만약 하늘에 달이 세 개 떠 있으면, 지구와 달은 서로 상호보완작용으로 생존하는 기존의 질서가 완전히 달라져서, 새로운 질서를 오랜 시행착오를 거쳐서 자연발생적으로 순차적으로 정립될 때까지는 몇 천 몇 억 년이 지나야 가능할 것입니다. 그 사이, 지구는 제대로 달들을 통제할 수 없는 불안한 상황에 직면하게 될 것입니다. 지구의 통제를 벗어난 달들은 우선 자유를 만끽하며 밤낮 구분 없이 그들이 원하는 시간에 아무렇게나 떴다가 지는 방탕한 일정을 소화하는 것으로 시간을 흘려보낼 것입니다. 그러면서 저들끼리고양이의 세계처럼 서열경쟁 속에서 우두머리를 정할 것이고, 급기야 지구를 자신의 손아귀에 넣기 위해서 음모와 술수로 치열하게 싸우면서 헐뜯을 것입니다. 급기야 지구뿐만 아니라 달들도 저마다 깊은 상처와 고통에 직면하게 될 것입니다. 그러면서도 어렵사리 질서를 유지하기 위해서 부단히 노력을 할 것이고, 서서히 포기하고 물러서면서 거리를 유지하고 자정작용을 할 것입니다. 각기 자신의 탐욕을 조금씩 덜어내고 숨기고 조정하는 접점을 찾느라 부산을 떨 것이 분명합니다. 부딪치다가 깨지는 상처와 고통으로 인하여, 그것이 살길이라는 우주의 섭리를 천천히 깨닫게 될 것입니다."

사모는 대화를 하면서, 꽃뱀헌터가 느슨해진 것을 눈치 채고 보온병에 든 십전대보탕을 뚜껑에 따라서 그에게 건넸다. 그는 오른손으로 받자 뚜껑 표면에서 전해지는 따스하고 진한 뭔가를 느낄 수 있었다. 친절한 애씀과 자상한 정성이었고 선량한 믿음과 도드라진 인정이었다. 그때까지는 그랬다. 보온병뚜껑에 넘치도록 담긴 십전대보탕을 입가에 가져가서 마시기 전까지는. 그녀는 눈동자를 비스듬하게 아래로 깔고 입술을 꼭 다문 채 상냥한 미소를 머금고 있던 것을 손전등의 희미한 불빛으로 드러났던 것이다. 그 어느 때보다 여성스럽고 참신하고 순진무구한 얼굴이 가면이었다는 것을 따스한 십전대보탕을 한 모금 마시고 연이어 몇 모금 더 마시고 난 후에 드러났던 것이다. 순식간에, 그녀는 간사한 표정을 짓고, 차갑고 냉정했다. 덫에 걸린 산토끼를 비스듬히 내려다보고 흐뭇한 미소를 던지는 야비한 사냥꾼이었다. 그녀는 간교하고 치밀하고 집요했다. 그녀에겐 몇 날 며칠을 기다리고 기다린 결실이고 성과이었다.

꽃뱀헌터는 십전대보탕을 한 모금 마실 때 어떠한 변화도 느끼지 못했다. 달콤한 꿀에 견과류가 씹히는 맛이 싫지 않았다. 연이어 몇 모금 더 들이키자 온몸이 점점 뜨거워지는가 싶더니 심저 깊숙한 곳에서부터 조그마한 불꽃이 튀었다. 곧바로 뜨거운 불길이 일었고, 깊은 곳에 가라앉아 있었던, 간신히 통제되었던 욕구와 충동과 광기가 서서히 풀려나는 것 같았다. 정신도 몽혼해지는 것 같고 의식도 축 늘어져서 흐물흐물해지는 것 같았다. 지금까지 이때를 오매불망 기다리고 있던 사모가, 밀착했다. 따스함인지 차가움인지는 알 수 없는 그 뭔가가 자신의 육체를 조금씩 쓰다듬고, 만지고, 찌르고, 심지어 꼬집으며 핥았다. 그런 와중에, 광활한 우주에서 날아온 운석이 대기권에 부딪치며 사멸하는 빛줄기를 가늘게 드리우고 있었다. 그 사멸하는 지점에, 동그란 정혜가 동그란 미소와 웃음으로 동그랗게 걸려 있었던 것이다. 그녀는 차오르는 보름달처럼 보드랍고 환한, 화사하고 청초한 생명의 빛을 내뿜고 있었던 것이다. 그 순간에, 지금까지 가둬두었던 욕망의 불길을 연신 내뿜는, 사모의 페이스대로 끌려가던 보디를 간신히 제어할 수 있었다. 그래서 그는 그네의자에 벌떡 일어나서 미친 듯이 달렸다. 제법 경사가 여전히 남아 있고 고산지대라 뛸 때마다 숨이 목까지 차올라도, 그는 뛰었다. 그는 온몸에 끈끈한 땀이 맺히고 고이며 시간이 지날수록 비 오듯이 흘러내려도 춥지 않았다. 죽어 가는 세포를 되살리고 살아 있는 세포의 역동성을 가미한 그런 기분이었다. 그는 무작정 뛰면서도 몽롱한 정신과 흐릿한 의식 한가운데에서 이타적인 자비로운 인정이 돋아나는 것 같은 느낌이 들었다. 그는 그 형체를 알 수 없는 그 따스하고 은근한 느낌이 무엇인지, 그것을 깨닫기 위해서 미친 듯이 뛰는 것인지도 모른다고 뛰면서 생각하고 생각했다. 한편으로 그 실체를 명확하게 알고 싶지도 않았다. 그렇다고 다가오는 명확한 실체를 외면하고 싶은 생각도 추호도 없었다. 어쩌면 그 실체는 예수를 안은 성모 마리아의 품에서 느낄 수 있는 사랑, 온유, 따스함, 은근함인지도 모른다는 생각에이르자 동그란 정혜가, 그런 상황에서 아름답고 환한 미소를 던지고 있었던 것이다.

　사모는 황당했다. 날카로운 미늘이 보이지 않도록 미끼를 끼워서 연속적으로 풀고 당겨서 잡은 노인과 바다의 그 거대한 청새치를 낚싯배 앞에서 놓쳐버렸다. 자의이든 타의이든 간에 온갖 스킬과 혼신의 힘으로 다 잡은 거대한 청새치를 눈앞에서 허망하게 놓친, 크나큰 낭패였다. 영원히 쓰다듬고 만지고 꼬집고, 혓바닥으로 빨고 핥고 싶은 탐스러운 물고기였던 것이었다. 이미 그에게 안겼을 때 자신도 모르는 사이에 격한 흥분으로 치골 깊은 곳이 축축하게 젖었고, 찝찝했고, 허탈한 상황임에 틀림없었다.

정혜는 그런 혼탁한 상황도 모르고 가늘고 흐린 손전등을 나침의 삼아 사방팔방에서 조여 오는 뒤숭숭한 짙은 어둠을 어렵사리 뚫고 그네의자 쪽으로 조심스럽게 다가오고 있었다. 정혜는 뱀이 나타났던 그 장소에 기다리기로 했던 꽃뱀헌터와 사모의 모습이 보이지 않자 이미 큰 사단이 일어났다는 불길한 생각이 엄습했다. 그럼에도 정혜는 애써 의연하게 행동하려고 혼잣말로 "주님 어찌 하오리까." 하며 불안해지는 마음을 다잡아보았지만, 짙고 검은 망상의 구름이 혼란스럽게 층층이 쌓이는 것을 막을 수는 없었다. 정혜는 그네의자에 도착하자, 꽃뱀헌터는 홀연히 사라지고 사모만이 뚜껑도 없는 보온병을 넋 나간 사람처럼 맥없이 들고 있었다. 이미 십전대보탕은 차갑게 식어가고 있을 터였다. 그래서 정혜는 땅바닥에 손전등을 비추어서 샅샅이 찾아보았다. 어디에 숨었는지 뚜껑은 찾을 수 없었다. 아무래도 사라진 꽃뱀헌터와 어떤 연관이 있는 것이 분명해 보였다. 정혜는 사모에게 기어들어가는 낮은 목소리로 물어보고 싶었으나 그렇게 하지 않았다. 정혜는 현 상황을 대강 파악할 수 있었던 것이다. 분명 사모는 시커먼 십전대보탕 안에 자신이 바라고 갈망하는 것을 간절히 얻기 위해서 GHB 같은 불온한 약물을 은밀하게 몰래 넣었을 것이다. 그것도 모르고, 태연하고 태평스럽게 마신 꽃뱀헌터는 끓어오르는 욕정의 충동과 발산을 감당하지 못하고 이곳에서 완전히 벗어났을 것이다. 아마도 꽃뱀헌터에게는 그것이 최선이었을 것이다.

"물티슈 가져왔어. 찝찝해 죽겠어."

늘 자기중심적으로, 생각하는 사모의 굳은 입술에서 어눌한 말이 비집고 나왔다. 사건이 어떻게 진행됐는지는 정확하게 모르겠으나 측은하기 그지없었다. 정혜는 오늘 집에서 황매산철쭉제가 열리는 이곳까지 이동할 때, 될 수 있으면 격앙되어서 구박하지 않은 이유가 꽃뱀헌터에게 잘 보이기 위함이었다는 것을 조심스럽게 운전을 하면서 민감하게 느끼고 있었던 것이다. 자신의 고상한 인품과 절제를 꽃뱀헌터에게 보이기 위해서. 그녀는 될 수 있으면 고운 말씨를 선택했고, 목소리 톤도 낮추어 부드럽게 풀어내었던 것이다. 심지어 정혜 자신에게 칭찬까지 했었다. 사모에게 한 번도 경험해 보지 못한 다소 이질적인 물질이 혈관속으로 주입되어 서서히 확산하는 그런 불온한 느낌이었다. 어색했고, 당황스러웠고, 낯설었다.

"체육선생님 찾아봐. 아깝게 다 잡은 물고기를 놓치고 말았어!"

그러다가 사모는 무의식중에 맥없이 기운 보온병을 들어서 마셨고, 재차 보온병을 입가에 가져가서 마실 찰나에 헛구역질을 했다. 그래서 사모는 십전대보탕을 더 이상 마시지 않고 땅바닥에 내팽개쳤다. 정혜는 그런 광경을 보고 물티슈를 건넸다. 사모는 물티슈를 연이어 몇 개 뽑아서 입가의 너저분한 찌꺼기를 말끔히 닦고 있었다. 그러면서도 사모는 헛구역질을 멈추지 않았고, 계속했다.

정혜는 사모를 그냥 그네의자에 내버려둔 채 꽃뱀헌터를 찾아야겠다는 생각으로 걸음을 재촉했다. 그녀는 혼자 괴롭고 힘든 나날 속에서 하나님을 영접하듯이 꽃뱀헌터를 영접하고 싶었다. 그것이 하나님의 뜻이고 의미이며 축복이라고 생각하고 있었다. 그를 만나고 있는 현 상황은 하나님의 따스한 손길의 증표라고 생각했다. 현 상황은 녹록치 않았지만 말이다. 그녀는 그를 처음 만났을 때에, 불온한 약물에 취한 이런 날을 확수고대했는지도 모른다는 생각을 했다. 그러자 그런 불측한 생각을 강하게 밀쳐내었다. 그것은 하나님이 바라는 삶과 방식에 반하는 것이란 것을 이미 알고 있었기에 그랬다. 예전에는 이런 유혹적인 생각들이 기웃거릴 때 어떻게 대처해야 할지를 몰라 당황스러울 때도 많았다. 하지만 하나님을 영접하고 나서는 그런 정신적인, 낭비적인 소비는 하지 않았다. 오직 하나님의 말씀만 보고 경청하며 나아갔기 때문에.

정혜는 초행길이 아니었다. 그래서 고요한 밤하늘 속에 별들만 소박하게 밝히는 환경이 낯설지 않았다. 그러나 세상이 밝히는 한낮과 캄캄한 밤은 차원이 다른 것이었다. 우선 시야와 활동반경이 제한적이고 정신적인 확장도 제한적이었다. 그래서 외적으로나 내적으로 차분해지는 것이었다. 그녀는 이상하게 컴컴한 밤의 깊이 속으로 가라앉아도 공포와 두려움이 몰려들어 자신을 위축시키지 않는 것이 기이했다. 망상의 파편들도 보수적으로 활동했다. 어쩌면 그것은, 꽃뱀헌터를 찾아야 하는 목적의식이 있었기 때문에 그럴 것이리라. 어미가 가출한 자식을 오매불망 기다리며 수소문을 하듯이. 그것도 아니면 절대자에 대한 타들어가는 갈증인지도 모를 일이었다.

그녀는 철쭉제 제단이 있는 곳에 멈춰서 주위를 휘둘러보았다. 주차장 아래 오토캠핑장에서 희미한 불빛과 간헐적으로 들리는, 풀어진 희미한 목소리들이 미약하게 들렸다. 그러고는, 저 멀리 모산재 너머에 나지막한 마을에서 희뿌연 불빛이 흐릿하게 띠를 형성하고 있었다. 그 알 수 없는 아득한 골짜기에서 호랑지빠귀와 소쩍새가 미약하게 초저녁의 청아한 울음소리로 스며들어 어울렸다. 더욱이 이 차분한 밤공기 속으로 낮게 느릿느릿한 확산으로 삼겹살 굽는 냄새가 코를 희미하게 자극했다. 그녀는 저 목소리와 불빛과, 울음소리와 냄새가 사람의 존재와 새의 존재를 알리는 것이라 생각했다. 그녀는 감쪽같이 사라진 꽃뱀헌터를 찾는 방법도 어쩌면 저런 사소한 방법으로 접근하면 될 것 같았다. 이 광대한, 의식도 없는, 그것도 어두컴컴한 어둠 속에서, 화사한 철쭉의 무리들 속에서 아무렇게나 초라하게 처박혀 있을 그를 찾아내기란 백사장에 떨어져 있는 십 원짜리 동전 찾기보다 어려운 일이었다.

"체육선생님, 선생님, 어디 계세요. 들리면 큰 소리로 지르든지, 내가 찾을 수 있게 표식을 남겨주세요."

정혜는 싱숭생숭 다급했다. 자상하고 친절한, 지혜롭고 인자한 하나님의 인도가 있을 것이라 확신하고 있었다. 그래서 아주 작은 목소리로 자신에게 얘기하듯이 주기도문을 간절하게 읊었다. 그녀의 습관적인 몸에 밴 행동이었다. 그녀는 그것이 사모가 추종하는 값비싼 부적을 능가하는, 훌륭한 방책이라고 생각하고 있었다. 그녀의 입술에서 자연스럽게 흘러나온 주기도문이 불규칙적으로 들뜬 감정을 차분하게 어루만졌고, 그것이 내면의 하얀 스크린에 희미한 형체를 드러내는가 싶더니 이목구비가 생기고 풍성하고 긴 머리칼이 연이어 생기는 것이었다. 차츰 더 얼굴의 형태가 구체적이고 또렷하게 되살아났고, 따스한 생기와 볼륨 있는 생동감을 주입시키는 것이었다. 그녀는 매순간 무료한 일상과 일시적인 욕망의 충동으로 힘겨운 나날을 살아가고 있었으나 하나님의 말씀과 형상으로 그것을 서서히 때로는 과감하게 밀쳐낼 수 있었던 것이다. 그래서 그녀는 원만하지 않은 섹스의 불만족으로 빚어지는 망상과 번뇌에 한없이 뒤치며 하루하루를 버티며 어렵사리 괴롭게 살아가는 사모와 구별되는 차이가 이런 것이라 생각하곤 했다.

　그러자 정혜는 평정심을 찾을 수 있었다. 이전과 다른 새로운 세상이 성큼성큼 다가오고 있다는 충만한 열기가 다가오는 것이었다. 늘 순간순간 살아오면서 사모에게서 날아드는 표독스러운 화살을 온몸으로 받으면서 여기저기 상처를 입고 고통에 허덕거리며 살아오면서도 사모에게 싫은 내색 한 번 하지 않은 것 또한 내면의 스크린에 구체적인 형상으로 항상 미소 짓는 하나님과의 친밀하고 밀접한 관계가 있었기에 가능한 일이었다. 하나님이 노면에서 거침없이 올라오는 크고 작은 충격과 미세한 진동을 완화하는 역할을 하고 있었기 때문에 그럴 것이리라.

하지만 그녀는 어두운 밤하늘에 달도 없고 화려하지 않은 소박한 별들만 곳곳에 박혀 있는, 이런 상황과 환경에 오래 방치되면 간특한 악마가 침투한다는 것을 알고 있었다. 왜냐하면 하나님은 내면 언저리에 언제나처럼 걸터앉아 자신을 대가없이 성실하게 지원하고 자애롭게 응원하는 것만은 아니기 때문이었다. 폭넓은 내면의 공간은 피해의식과 자의식의 놀이터이기도 하고 하나님을 영접하는 곳이기도 했기 때문이었다. 그것을 자세히 들여다보면, 피해의식과 자의식의 놀이터는 내면의 다소 너저분한 변두리에서 기웃거리며 중심부를 향해 날카로운 칼을 갈고 기회를 노리며 조마조마한 긴장감으로 버티며 기생하는 변두리의 삶이었고, 하나님의 놀이터는 내면의 심장부에 위치한 경건하고 조용한, 아름답고 소박한 곳이었다. 그곳에는 늘 화사한 햇살이 있고 시원한 그늘이 있었다. 곳곳에 아름다운 꽃들도 자라고 있고 웅성거리는 벌들도 날고 있고 화려한 나비들도 바람의 흔적을 잊은 채 하늘거리며 평화롭게 날고 있었다. 그것도 잠시뿐, 이런 환경과 상황에 오래 방치하게 되면, 피해의식과 자의식의 그림자들이 냉담한 표정으로 어른거리다가 어쩌다가 한 번씩 거친 언행으로 돌진할 것이다. 서슬 퍼런 칼을 가슴에 품은 채 말이다. 그러면 상황이 돌변해서 초조하고 긴장하지 않을 수 없고, 이런저런 피해의식과 자의식이 끌어다놓은 막연한 두려움에서 벗어날 수도 없었던 것이다. 그것이 출생과 환경을 달리하는 수줍은 죄의식을 갑자기 소환하기도 했다.

그녀는 철쭉제 제단을 비스듬히 내려다보았다. 그녀는 올라올 때 여기에 꽃뱀헌터가 의식을 잃은 채 쓰러져 있을 것이라 생각하고 있었다. 텅 비어 있었다. 낮고 평평한 대리석이 차분하고 엄숙하고 경건해 보였다. 만약에 그녀는 꽃뱀헌터가 대리석 위에 쓰러져 가냘프게 호흡하고 있으면 우선 몸을 흔들어 깨울 것이라, 그것이 여의치 않으면 그가 깨어날 때까지 곁에 다소곳이 앉아서 기다릴 것이라 막연하게 생각했다. 밤이 깊어질수록 기온이 떨어지면 주차해 놓은 체어맨 트렁크에 언제나처럼 실려 있는 담요를 가져와서 덮어줘야 할 것 같은 따스한 마음마저도 들었다. 만약에 이런 상황에 사모가 놓이면 그를 바라만 보고 곁에서 안전하게 지켜주지는 않았을 것이다. 욕구불만에 허덕이며 살아가는 사모는, 자신의 욕구를 채우는 일에만 급급했을 것이다. 그것이 그녀에게는 그 무엇보다도 중요한 삶의 부분이었고 가치이었기 때문에. 그럼에도 그녀는 사모를 환멸하거나 멸시하지 않았다. 한 여자로서 측은할 뿐이었다. 그래서 사모 곁을 떠나지 않았던 것인지도 모른다.

그때 정혜 뒤에서 사모가 투덜거리며 올라오고 있었다. 손전등은 오른손에 든 채. 사모는 정신이 몽롱하게 풀어져 있고 육체도 흐느적거리며 풀어져 있는 것 같았다. 늘 경계의 눈초리를 거두지 않았던 깐깐한 의식도 번잡스런 세상의 이목에서 이젠 자유로운 것 같았다. 정혜는 사모의 얼굴 쪽으로 손전등을 비춰보았다. 그 짧은 순간, 정혜는 헛것을 보았다고 생각했다. 그것도 아니면 손전등 곁에서 머물러 있는 어둠의 얄궂은 장난질이라고 생각할 정도였다. 아까 사모가 체어맨 뒷좌석에서 화장을 정돈하고 바로잡았던 그 요염하고 청순한 모습은 볼 수 없었고, 싱싱한 젊음이 갑자기 초췌하고 빛바랜 어느 중년여인의 삶속으로 가차없이 빨려들어간 것 같았다. 사모의 뇌에 미세한 균열이 생긴 것인지 정확하게 알 수는 없었으나 눈동자에 초점을 잃고 위태위태하고 초라한 모습으로 다가오고 있었다. 하얀색 경량 패딩을 벗어서 왼손에 쥔 채 말이다. 그녀는 가슴골까지 시원하게 드러나는 V넥반팔티를 입고 있었다. 그래서 늘 부풀어 터질 것 같은 유방을 부드럽게 감싸는 블루 브라의 우연한 자태를 어슴푸레하게 볼 수 있었다. 그런 사랑스럽고 여성스러운 면모를 꽃뱀헌터에게 보여주고 싶었던 것 같았다. 정혜는 일의 전후사정을 가까이서 정확하게 보지 못해도 그녀의 술수와 잔꾀가 꽃뱀헌터를 곤경을 빠뜨리지 못했다는 것을 확실하게 인지할 수 있었다. 그녀는 안도의 한숨을 쉴 수 있었다.

 "정혜, 너 때문이야! 너 때문에 체육선생님이 선불 맞은

멧돼지 마냥 미친 듯이 길도 없는 산으로 뛰어올라갔어. 체육선생님이 예전부터 너에게 지대한 관심과 사랑을 품고 있었다는 것을 모를 것 같아. 만약 네가 없었다면, 그분은 그 자리를 강하게 부인하거나 외면하지 않았을 것이 분명해. 당장 책임저! 너라는 아이 때문에 미치겠어. 이젠 더 큰일이 일어나고 말았어. 십전대보탕을 나 또한 먹었으니 말이야! 온몸이 욕정의 아가리 속으로 빨려들어가 충동적으로 돌변하고, 점점 달아오르고 있어! 어떻게 해야 할지, 훨훨 타오르는 무서운 불길이 거침없이 긴 혓바닥을 날름거리며 치솟아오르고 있으니."

그러면서 사모는 미친 듯이 장광설을 늘어놓았고, 정혜에게 무턱대고 다가가서 기습적으로 허리를 깊이 감싸더니 격렬하게 키스를 했다. 정혜는 그런 사모를 강하게 밀쳐냈다. 하지만 사모는 왼손으로 정혜의 오른손을 잡아채더니 그 손을 이내 자신의 빵빵한 유방 위에 올려놓고 부드럽게 문질렀다. 오묘한 새로운 감정이 꿈틀거리며 일어섰다. 그러자 정혜는 지금까지 부여잡고 있었던 말씀과 가치를 송두리째 흔들어놓는 것을 미세하게나마 느낄 수 있었다. 그 짧은 순간에. 그 오묘한 감정이 몰려올 때는 하나님도 자신을 내려다보며 강하게 질책하지 않는 것 같았다. 흐릿하고 몽롱했다. 오히려 하나님은 흐뭇한 미소를 던지고 있었던 것이다. 그래서 정혜는 사모를 받아들인 것인지도 모른다. 사모는 꽃뱀헌터의 육체를 학수고대했던, 갈망하던 욕망을 아쉬운 대로 가까이에 있는 정혜에게서 취하기 위해서 본능적으로 접근했던 것 같았다. 그렇지 않았다면, 그 끓어올라 넘쳐흐르던 욕망의 용암이 갑자기 허무하게 식어서 굳어버리는, 그 공허한 빈자리를 매울 자신이 없었던 것이리라. 그렇지 않았다면, 그 비어 있는 헛헛한 곳에서 괴이하고 거친 숨결과 간헐적으로 울리는 비명소리가 재빠르게 바람을 타고 메아리가 되어 간신히 부여잡고 있던 아슬아슬한 삶을 인정사정 볼 것 없이 무자비하고 과감하게 흔들어버렸을 것이리라. 그러면 사모는 처참한 공허함에 해어나지 못해서 영원히 잠드는 약물을 한꺼번에 입속으로 털어넣었을 지도 모르는 것이다. 그래서 정혜라는 육감적인 완충제가 필요했던 것인지도.

정혜는 자신의 보디가 사모와 연동하고 있다는 것이 이상하고 신기했다. 하나님을 믿고 의지하는 지신도 본능의 굴레에서 벗어날 수 없다는 것을 뼈저리게 느낄 수 있는 계기가 되었다. 그때 느닷없이 마음의 바탕에서 예수의 형상을 한 헌걸찬 꽃뱀헌터가 아련하게 떠오르며 '안돼, 안돼, 그러면 안돼!' 나지막하고 진중한 음성이 호리호리하게 올라와서 매몰차게 폐부를 찔러들었다. 강한 충격이고 고통이었다. 그러자 정혜는 사모를 부정하며 강하게 밀쳐내었다. 이미 사모는 자신이 자신을 주체할 수 없는 공간에서 욕정을 거침없이 탐하고 있었다. 그러면서도 사모는 간혹 '체육선생님'을 간절하게 연호했다.

이미 사모는 V넥반팔티를 벗었다. 블루 브라만 남겨둔 채 집요하게 빨고 핥고 어루만지며 찌르고 있었다. 디스퀘어드 청바지도 엉덩이 아래 간신히 매달려 아가리를 벌리며 정조 없이 아무렇게나 풀어헤쳐져 있었다. 그녀의 팬티는 여전히 치골 깊숙한 그곳에 애착을 가지고 아슬아슬하게 매달려 있었다. 블루 T팬티였다. 언제까지 그곳에 매달려 있을 것인지 그 누구도 알 수 없고 아마 사모 자신도 모르고 있을 것이다. 언제 그것이 정중앙에 있는 하트모양의 매듭을 풀고 창공을 향해 자유롭게 날아 머나먼 우주를 향해 솟아오를 것인지 아무도 모르는 것이다. 아무래도 그것은 내면적인, 과거의 어떤 행위의 과정과 결과 사이에서 빚어진 우격다짐과 회피로 인하여 만들어진 작은 앙금이 자의식의 목덜미에 살포시 걸터앉아 있었던 것이 올바르지 않은, 그럼에도 열정적인 변형된 섹스의 한 부분을 자극하면서 느닷없이 뭔가에 쫓기듯이 블루 T팬티를 벗을 것임에 틀림없는 것이리라. 그 와중에도, 사모는 순간적으로 다가오는 불규칙적이고 격한 내면의 침입을 막을 수 있을 것이다. 그녀는 블루 T팬티를 벗는 순간, 막연한 신비스러운 아우라는 느낄 수 없고 눈에 보이는 축축한 그곳만 집착하게 되는 것이다. 그때는 경외와 경배의 대상이 아니라 손가락을 뻗어서 확인하고 싶은 탐욕의 대상이 되는 것이다. 그러면 지금까지 쌓아온 달콤한 희열과 생생한 즐거움이 짧아지는 것을 그녀는 이미 경험으로 알고 있었던 것이다. 그래서 그녀는 블루 T팬티를 쉽게 내리지 않을 것이리라.

정혜는 더 이상 지체했다가는 사모의 허기진 강한 욕구에 서서히 녹아내려 잠식될 것을 알고 있었다. 그러면 이 설명할 길 없는 애매모호한 상황과 감정에서 완전히 벗어날 수 없을 것도 알았다. 아까부터 사모는 정혜의 엉덩이를 부드럽고 때로는 격하게 주무르고 있었다. 그러다가 사모는 간헐적으로 동그란 엉덩이를 연신 짓이기고 꼬집고 당기고 눌렀다. 연이어 사모는 하얀 면바지 속으로 마디가 굵고 긴 손가락을 느닷없이 쑤셔넣었다. 미끄러지듯이 재빠르게. 그러자 정혜는 자신도 모르는 사이에 우렁찬 신음소리를 강렬하고 묵직하게 내뱉었다. 정작 그녀도 자신의 귀를 의심할 정도였다. 사모의 손가락이 의외로 깊숙이 찔러들었기 때문이었다. 애널 아래 가파르고 음침한 골짜기 속으로 말이다. 그럼에도 정혜는 여전히 꽃뱀헌터의 형상을 밀쳐내지 않고 맞이하고 있었던 것이다. 늘 가까이서 자신을 내려다보고 있는 인자한 하나님처럼. 정혜는 자신이 막다른 골목에 내몰렸다고 생각했다. 사탄의 무리들이 자신의 믿음의 두께와 폭을 재어보기 위해서 벌인 지나친, 간특한 장난질이라고 생각하고 있었다. 그럼에도 흐릿한 정신은 더욱 혼미해지는 곳으로 빠져들고 있었다. 맑고 아름다운 곳으로 옮겨 안정을 되찾고 싶은 생각을 불식시켜버리는 것이다. 그녀는 정신이 통제되지 않고 보디 또한 통제되지 않았다. 정혜는 사모를 사탄의 하수인쯤으로 치부하고 있었다. 그런 간특한 것이 지금까지 신뢰를 보내고 있던 꽃뱀헌터에 대한 견고한 믿음을 저버리게 만드는 것이었다. 정혜가 그런 생각에까지 다다르게 되자 내면의 아득하고 깊은 곳에서 찬란한 섬광이 번쩍이더니 아까보다 뚜렷하고 선명한 꽃뱀헌터의 형상이 자상하고 자비로운 미소를 지으며 정중하게 손짓하며 다가오고 있었던 것이다. 그래서 그런지 정혜는, 그 사탄의 마수에서 헤어나오기 위해서 큰 소리로 기합을 지르고 격하게 얼싸안고 애무하는 사모를 강하게 밀쳐버리고 철쭉의 무리들이 있는 곳으로 달리고 또 달렸다. 마치 사탄의 마수에서 벗어나는 어린아이처럼.

정혜는 뜀박질을 멈추자 온몸에 땀이 흥건하게 젖어 있었다. 그 상황을 모면하기 위해서 뛰었기 때문에 목적지가 없어 자신의 위치 또한 정확하게 알 수는 없었다. 그녀는 데크로 만든 단단한 산책로 위에 우두커니 서있는 자신을 발견할 수 있었다. 다소 치밀어오르던 호흡이 안정의 자리에 깃들자 그녀는 오른손에 들고 있었던 손전등으로 주위를 조심스럽고 신중하게 비추어 보았다. 어둠 속에서 수줍은 듯이 고개를 숙인 채 애처롭게 올려다보는 철쭉이었다. 차오르는 달빛이 깃들지 않은 어둠 속의 철쭉은 화장기 없는 해맑은 소녀의 얼굴이었다. 얌전하고 말끔하고 말쑥한, 화사하고 단정하고 아름다운, 한쪽으로 치우치지 않은 색상이 여린 소녀의 미소를 품은 피비 케이츠의 청순미를 연상시킬 정도였다. 그녀가 직사각형 얇은 책받침 안에 구릿빛 피부로 살포시 돋아나 화사하게 핀 보조개와 절제된 미소로 무리 지어서 다가오고 있는 듯했다. 그녀는 피비 케이츠처럼 사람들이 우러러 보며 경외와 성김의 대상에는 미치지는 못했지만, 더욱이 날씬하고 매혹적인 청순미를 발산하지는 못했지만, 그럼에도 마음의 뜰에서 모락모락 피어오르는 자신만의 순하고 선한 청순미를 발산하며 사람들에게 귀감이 되고 작게나마 영향을 미친다고 생각하며 살고 있었던 것이다. 그것은 자만과 교만의 영역의 범주에서 제외된다고 생각했다. 그것은 차원을 달리하는, 순간순간을 하루하루를 버티게 하는 자존감의 영역이라고 생각했기 때문이었다. 그것은 일상의 무기력한, 사소한 것에 무너지고 쓰러지는 것에 대하여 지켜주는 최소한의 방어막 역할을 할 때도 있었던 것이다. 견고한 자존감.

　정혜는 사라진 꽃뱀헌터가 사악한 약물 한 가운데에서도

찾아갈 수 있게 어떠한 표식을 남겼다고 생각하고 있었다. 등산가가 자신의 단체이름을 소나무가지에 매달아 자신의 족적을 남기듯이. 그것이 길을 잃어 불안한 다른 등산가에게 이정표와 위안이 되듯이. 하지만 눈에 보이고 귀 언저리에 들리는 것은 없었다. 아랫마을 시냇가에서 마실 나온 반딧불들이 점멸하는 아련한 불빛으로 멀리에서 무리를 지어 시그널을 보낸다든지, 아니면 풀벌레들이 모여서 어울림음이든지 안어울림음이든지 상관없이 아래로 낮게 어슬렁거리며 느릿느릿하고 가냘프고 애틋하게 비상식적인 움직임으로 울 것 같았다. 그것이 은유적인, 우회적인 은밀한 표식으로 다가와서 오랫동안 머물 것 같았다. 그녀가 그것을 깨달을 때까지 은근하고 끈기 있게 기다리며.

정혜는 그런 훈훈한 기대와 소망으로 걸었다. 찬란한 꽃뱀헌터의 형상을 가슴 속에 오롯이 담은 채. 그녀는 꽃뱀헌터를 찾는 것은 마음만 앞서서 달린다고 해서 해결될 일이 아니란 것을 이미 알고 있었다. 우선 사모에게 약탈당한 자신의 몸가짐부터 새롭게 단정히 하고 혼란하고 들뜬 마음을 가라앉혀서 평정심과 여유를 가지는 것이 가장 중요하다고 생각하고 있었다. 혼탁한 물에서 헤엄쳐 나온 자신의 처지를 깨닫고 자책하며 한 걸음 내딛는 것이 중요하다고 생각하고 있었다. 그것이 빠르게 스쳐지나가는 자신의 삶의 치욕이고 생채기이지만, 그것이 깨달음의 성과로 발현되는 것 또한 알고 있었던 것이다. 그런 생각을 하다가 그녀는 그 자리에 멈춰서, 딱딱하고 정갈한 데크가 이리저리 비스듬하게 꼬불꼬불한 경사로 이어진 야트막한 산정으로 손전등을 비춰보았다. 비현실적인 아름다움의 축제이고 극치였다. 빛의 노출에 제한적인 아름다움이 이런 것이구나! 그래서 그녀는 소박한 별들이 아롱거리는 밤하늘을 올려다보았다. 제한적인 아름다움이었다. 싸늘하고, 차분하고, 고요했다. 그 순간, 그녀는 이상하게 세상의 설계가 꽃뱀헌터를 중심으로 유기적으로 움직이고 있었던 것이라는 생각에 이르게 되었던 것이다. 문득 그런 생각이 들자, 그녀는 손전등을 끄고 주위를 휘둘러보며 고요하고 거룩한 밤하늘을 음미했다. 소박한 별빛들이 짙은 어둠 속에서 깊숙이 침윤되어 가물가물 생기를 북돋아주고 있었다. 그녀는 제한적인 빛을 환하게 밝히는 전기에너지로 찬란한 꽃뱀헌터에게 향하고 싶지 않았다. 그렇게 다가가는 것이 무의미하고 경망스럽다는 생각마저도 들었다. 그래서 그녀는 장님의 지팡이로 전달되는 사물을 파악하고 느끼는 그런 미세한 감각에 모든 것을 의지해서 그에게로 다가가고 싶었다. 그녀는 왜 그런 무모한 생각이 드는지 정확하게 대답할 수는 없었다. 그냥 그러고 싶을 뿐이었다. 그것이 존경하고 경외하는 꽃뱀헌터로 향하는 길이라고 생각되었다.

정혜는 황매산 뒤 북쪽 하늘 높이 북두칠성이 선명한 빛을 뿜어내고 있는 것을 보고, 단단한 데크 위를 걸었다. 그녀는 그냥 걷다보면, 당면한 모든 것이 우주의 섭리에 따라 해결될 것 같았다. 담담하게 걸었다. 꽃뱀헌터에 대한 견고한 믿음으로, 막연하게 치솟는 자신감 같은 것이었다. 작은 태양계라고 불리는 목성이 갈릴레이 위성을 일정한 힘과 간격으로 강력하게 끌어당기는 것처럼. 목성의 위성들 중에서 가장 가까운 이오, 가장 작은 유로파, 가장 큰 덩치를 자랑하는 가니메데, 가장 멀고 얼음으로 뒤덮인 칼리스토. 그녀는 구석진 어느 곳에 쓰러져 있을 것 같은 꽃뱀헌터 쪽에서 은밀하고 정교하게 끌어당길 것이라 의심하지 않았다. 덩치가 조금만 더 컸으면 휘황찬란한 태양이 되었을 목성이 갈릴레이 위성을 끊임없이 끌어당기는 것과 다르지 않았다. 결국에는 그것이 우주의 섭리이고 사람들이 말하는 진지한 필연이라고 말하는 것일 게다. 그런 믿음이 있었다. 확고부동했다. 그 믿음이 그녀를 살벌하게 에워싸는 어둠 속에서 의연하게 해쳐 나갈 수 있는 힘이고 원천이라 것을 인식하고 있었던 것이다.

한참을 걷다가, 정혜는 북두칠성이 아래 능선과 능선 사이 안쪽으로 우묵하게 들어간 아늑한 곳에서, 흐릿한 불빛이 미약하게 어둠 속으로 향하고 있는 것을 볼 수 있었다. 그녀는 그것이, 꽃뱀헌터에게로 안내할 자상하고 은혜로운 표식이라는 것을 직감했다. 그래서 그녀는 조심스럽게 다가가 보기로 했다. 그때까지는 이상하게 겁도 없고 조심성도 없었다. 점점 발걸음이 대담해지고 당당해지는 것을 느낄 수 있었다. 흐릿한 불빛을 미세하게 분산하는 곳에 이르렀을 즈음에, 그녀도 의식하지 못한 채 온몸이 긴장해서 느릿느릿 조심성 있게 다가가는 것을 인식할 수 있었다. 머뭇거리며 두리번거리기까지 했다. 그녀는 초조해서 멈췄다. 그 짧은 시간에 그녀는 북두칠성을 올려다보고 자신에게 무언가 진솔한 다짐을 하는지 제대로 형성되지 않는 언어들로 중얼거렸던 것이다. 주기도문. 그녀는 꿈속에서 잔인한 괴물을 만났을 때와는 별개였다. 편안하게 쉬는 초조와 불안이었다. 그녀는 그 초조와 불안이, 심지어 자신을 에워싸는 묵직한 긴장감 또한 싫지 않았다. 자신을 더욱 흥미롭게 하고 흥분되게 만드는 요인이 되기도 했던 것이다. 그럼에도 그곳에서 오래 머물 수 없는 것 또한 그녀는 알고 있었다. 꽃뱀헌터의 인력이 사정을 봐주지 않고 강하게 끌어당긴다는 것을 이미 알고 있었기 때문이었다.

꽃뱀헌터는 쓰러져 있었다. 막다른 비좁은 산책로 데크 위에서. 마치 편안하게 누워 있는 것처럼. 오른손에는 손전등을 밤하늘 쪽으로 켜둔 채 말이다. 그 밝은 불빛 주위로 나뭇가지가 가늘고 길고 호리호리하게 뻗어 하늘하늘 자유롭고 화사한 철쭉들이 송이송이 방울방울 거대한 무리를 이루고 있었다. 마치 무수한 별들이 밤하늘 구석구석 소박하게 빛을 끊임없이 발하고 은가루를 하염없이 뿌리는 것과 다르지 않았던 것이다. 하늘과 땅이 사이에, 서로 다른 형태와 모양으로 빛으로 꽃으로 빼곡히 채우고 있었던 것이다. 정혜도 꽃뱀헌터에게 자신의 잘난 부분을 선명하게 보여주고 싶을 때가 많이 있었고, 때때로 그렇게 했었다. 어쩌면 사모도 꽃뱀헌터에게 자신의 날씬한 몸매와 우람한 유방을 드러내기 위해서 청바지를 입고 블루 브라가 선명하게 보이는 V넥반팔티를 입고 있었던 것이리라. 시선 끌기. 그것이 자연계에 혼재되어 꾸역꾸역 살아가는 모든 생명체에게 공통으로 존재하는 삶의 방식이었던 것이다. 그것이 평온한 생존을 낳고 자신이 원하고 바라는 선택적 섹스를 낳는 것인지도 모를 일이었다.

정혜는 꽃뱀헌터 곁으로 가서 손전등으로 비춰보았다. 처음으로 짙은 어둠 속에서 방치된 의식 없는 사내의 얼굴을 내려다보았다. 심지어 그녀는 아버지의 얼굴도 제대로 올려다본 기억조차도 없었던 것이다. 그녀에게 아버지는, 흐릿하고 모호한 이미지로 과거의 불측한 존재로 남아 있을 뿐이었다. 현재도 없고 매래도 없는 그런 분이었다. 하지만 꽃뱀헌터는 달랐다. 선명하고 충만한 현재의 삶을 통해서 저장된 그의 과거의 삶으로 되돌아갈 수도 있었고, 아직 두루마리를 펼치지 않은 미래의 삶도 함께 고민할 수도 있었던 것이다. 꽃뱀헌터는 현재진행형이고 그녀의 아버지는 과거진행형이었다. 더욱이 그녀는 아버지에 대한 안온하고 자애로운 사랑도 없고 좋은 추억이나 기억조차도 없었다. 그래서 그녀는 꽃뱀헌터를 통해서 건강한 아기도 낳고 키우며 단란하고 행복한 가정을 꾸미고 싶었던 것이다. 그 화목한 가정 속에는, 정성스러운 예배가 있고 갈급한 기도가 있고 굳건한 믿음이 있는, 그녀는 두 번 다시 가족이 금이 가고 부서지고 와해되는 불상사는 만들고 싶지 않았다. 꽃뱀헌터 그는, 분명 그것을 자연스럽게 충일하게 채워주고 지켜줄 것이라 믿어 의심하지 않았다. 그것이 어릴 적부터 키워온, 일찍 부모를 잃은 그녀의 꿈이었던 것이다. 아주 소박한.

그래서 정혜는 꽃뱀헌터가 자신에게 가장 진귀한 보물이라고 생각했다. 그래서 그녀는 더 충일한 사랑과 애정으로 꽃뱀헌터를 내려다보았다. 아직 의식 없는 그였지만, 사랑스럽고 잘생기고 늠름해 보였다. 이목구비도 잘 정제되어 있고 시원시원했다. 적당한 크기와 위치로 한 치의 오차도 용납하지 않았다. 하나님의 애쓴 흔적. 심지어 그녀는, 하나님이 공들여서 만들었다고 생각했다. 그녀는 한참을 사랑스럽게 내려다보다가 그의 얼굴 아래쪽으로 시선을 옮겼다. 규칙적으로 끊임없이 심장이 뛰고 있는 것을 확인할 수 있었다. 그녀는 시선을 다시 그의 얼굴 쪽으로 옮겨 용기를 내어 허리를 숙였다. 그러자 자신의 심장이 더욱 요란하게 뛰는 것을 느낄 수 있었다. 그의 얼굴의 온기로 인한 것인지 알 수는 없었다. 그녀는 빤히 내려다볼 뿐이었다. 그러다가 그녀는 조심스럽게 왼손을 뻗어서 좌우로 흔들며 확인해 보았다. 무반응. 그의 눈꺼풀은 무겁게 닫혀 있고 어떤 미세한 움직임도 없었다. 깊은 잠에 빠져 있는 왕자님 같았다. 아직도 사모의 약효가 끈끈하게 형성되어 풀어지지 않고 그대로 그의 혈관 속에서 고정된 채 서식하고 있었던 것이다. 완전한 잠식. 그럼에도 불구하고 그녀는 그의 생명에는 지장이 없다는 것 또한 알고 있었기에 그의 머리맡에서 얌전하게 앉아 기다리기로 했다. 그것이 그녀가 그를 온전히 지키는 일이고 진정으로 그를 사랑하고 영접하는 길이라고 생각했다. 의식도 없는 그의 곁에, 사모가 머무르고 있었다면 무례하고 불손한 터치로 그녀의 욕구를 채웠을 것이 자명했다. 반듯하게 누워 있는 그를, 손가락으로 부드럽고 우아하게 관능적인 터치를 하고, 아무렇게나 누르고 꼬집고 당겨보기도 했을 것이다. 그러다가 사모는, 침을 묻히고 입술로 더듬고 긴 혓바닥으로 빨고 핥았을 것이다. 꼭 다문 입술을 어루만지고 입맞춤도 하고, 긴요한 오럴도 하는, 혼자만의 병적인 열렬한 사랑을 했을 것이다. 의식이 없이 쓰러져 있는 그를 상대로 말이다. 그것은 사모가 진정으로 바라는 사랑스런 섹스는 분명 아닐 것이다. 하지만 사모는 꽃뱀헌터에게 그것 밖에 할 수 있는 것이 없었을 것이다. 그래서 그런지 한편으로 사모가 가엾고 측은했다. 같은 여자로서.

정혜는 꽃뱀헌터의 머리맡에 앉아 있자, 조금 전 짙은 어둠 속에서 그를 찾아 헤매고 있을 때 수시로 무엄하고 의뭉스럽게 다가와서 머무는, 불안하고 초조한 감정의 그림자가 얼씬거리지 않는 것을 느낄 수 있었다. 마음의 면이 다소 불규칙적으로 뾰족하고 딱딱하게 굳어가던 것이 어느새 우레탄처럼 탄성을 골고루 머금고 있었던 것이다. 차분하게 가라앉은 소박한 밤하늘 속에 그녀는 다소곳하게 앉아 있자, 그 사이 지혜로운 밤의 열심과 끈기로 철쭉들이 한층 더 자란 것을 느낄 수 있었던 것이다. 착시인지는 알 수는 없으나 훨씬 더 자라서 자신을 향해서 비스듬하게 뻗어나오고 있었던 것이다. 억세지 않은, 송이송이 무수한 철쭉들이 얌전하고 다정하게 온몸을 서서히 에워싸고 있었던 것이다. 그것도 짙은 어둠이 눈치 채지 못하게 말이다. 정혜는 서서히 눈을 감았다. 그녀는 눈으로 보이는 것보다 보이지 않는 것에 더 귀를 기울였다. 그것이 꽃뱀헌터에게로 이르는 가교역할이었던 것이다. 더욱이 그녀는 혼자 있을 때 책상다리를 틀고 허리를 세우고 양어깨를 경직되지 않은 선에서 유연하게 풀어놓았다. 그녀는 그의 형상을 떠올렸고, 그럴 때 가끔씩 과거의 불편한 행동과 진실을 직면하게 될 때가 있었다. 그것들이 마음에 오롯이 새기는 것을 일시적으로 방해할 때가 있고 너저분한 난장판을 만들 때도 있었다. 어디에서 출생한 것인지 어디에서 유년시절을 보내고 방탕하게 떠돌다가 성장한 것인지, 어느덧 치골 깊숙이 거웃이 자라고 겨드랑이에 털이 자라며 불순한 것을 탐독하며 선하고 아름다운 것을 경시했는지, 그 뿌리를 찾아서 꽃뱀헌터의 자상한 인품과 흐뭇한 미소를 부드럽게 드리우며 찬찬히 뽑고 또 뽑아야 하는 것을 아는 것이었다.

정혜는 눈을 떴다. 그 잠시 동안 마음이 한결 풍성해지는 것을 느낄 수 있었다. 그녀는 비스듬히 시선을 올려 별들이 짙은 어둠 속에서 선명하게 박혀 있는 것을 올려다보았다. 그녀는 자신이 그 짧은 시간에 좀 더 성숙해지고 성장한 것을 미세하게 느낄 수 있었다. 그런 와중에 청초한 여러 철쭉꽃들 중에 호리호리한 가지를 하나 꺾어보고 싶은 충동이 느닷없이 생겼으나 애써 참았다. 그녀는 철쭉에게 그런 상처와 고통을 주고 싶지 않았다. 어쩌면 그것이 사람들의 본성에 기생하는 탐욕이고 변덕인지도 모른다. 그녀는 그것을 통어하는 것이 믿는 자의 올바른 행실이고 가치라고 생각했기 때문이었다. 그녀는 자연은, 물 흐르는 대로 있는 그대로 본래 생긴 그대로 내버려두는 것이 최상의 선이라고 생각했다. 그것이 하나님의 성품과 말씀을 제대로 받아들이고 체득하는 것이라 믿어 의심하지 않았다. 왜냐하면 하나님의 창조물이기에 더욱 그랬다.

　그때 꽃뱀헌터는 의식이 조금씩 되돌아오는 것을 느낄 수 있었다. 그는 아주 먼, 거칠고 삭막한 광야를 방황하다가 이른 새벽의 찬 기운을 맞으며 되돌아오는 기분이었다. 어둑어둑한 어둠과 희뿌연 안개가 공간을 빈틈없이 장악하고 통제할 즈음에 안에서 현관문을 열어둔 채 기다리는, 인자하고 포근한, 성스럽고 고귀한 성모마리아가 희끄무레한 영상으로 떠올랐던 것이다. 여전히 그는 얼떨떨하고 부자연스럽고 불안하고 흐릿한 의식에서 헤어나지 못하고 있었던 것이다. 그는 평소에 일정한 거리를 유지한 채 자신을 깐깐하게 내려다보고 있던 선명한 의식이 평소보다 훨씬 먼 곳에서 흐느적거리다가 풀어지고 풀어지다가 거칠게 보채는 것을 느낄 수 있었던 것이다. 그런 와중에도, 그는 그 누군가가 조금 전부터 자신의 머리맡에 앉아서 자상한 마음씨로, 맑은 눈빛과 예의를 갖춘 단정하고 정갈한 몸가짐으로 자신을 자애롭게 보호하고 있었다는 것을 어렴풋이 느낄 수 있었다. 어쩌면, 얌전하고 품위를 갖춘 동그란 정혜.

꽃뱀헌터는 눈꺼풀을 파르르 떨며 눈을 떴다. 아직도 약물이 온몸 구석구석에 흩어져서 어스름한 그늘을 드리우며 어슬렁거리고 있었다. 그럼에도 그는 자신의 육체의 포용력과 활동력이 보통사람들과 비교되지 않을 정도로 뛰어나다는 것을 알고 있었다. 머지않아 혈관 속에서 완전히 소멸할 것도 알고 있었던 것이다. 그는 머리를 좌우로 미세하게 흔들며 자신의 머리 밑이 딱딱한 데크가 아니라는 것을, 푹신한 그 무엇이라는 것을 그제야 인식할 수 있었다. 그래서 고개를 약간 들어서 뒤로 젖혀 비스듬히 올려다보았다. 졸고 있는 동그란 정혜였다. 그는 한참을 그렇게 올려다보았다. 그러자 쌓여서 정체되어 있던 것들이 한 꺼풀씩 한 꺼풀씩 걷히는 것을 인식할 수 있었다. 그는 무의식적으로 오른손을 들어서 휘저어보았다. 닿는 것이 있었다. 그는 조심스럽게 그곳을 터치해 보았다. 사람의 온기. 엉킨 차가움과 밍근한 외로움. 그는 기어들어가는 아주 작은 목소리로 "정혜 사랑해."라고 말하고 나서 단정한 머리칼을 조심스럽게 어루만져 보았다. 부드럽고 반드러웠다. 그때 정혜가 깨어났다. 그는 그런 정혜를 다정하게 올려다보며 스스럼없이 말했다. "고마워, 정혜." 그러자 정혜는 못 들은 척 그 자리에서 기지개를

켜며 알아들을 수 없는, 혼잣말을 했다. 솔직히 말해서 정혜
는 불안하고 두려웠다. 난생처음 사내에게서 들어보는 것이
라 그랬다. 자신이 애타게 사랑하고 존경하는 사내에게서 꼭
듣고 싶었던 얘기였다. 그것이 오늘이었다. 그녀는 마음 깊
숙한 곳에서 꿈틀거리는 그 무엇을 느낄 수 있었던 것이다.
아마 그것이 자신의 마음속에 고이 간직하고 있었던 그에 대
한 진솔한, 진정어린 사랑이었던 것이리라.

"정혜, 사랑해."

"체육선생님, 아직 약물의 그늘에서 온전히 벗어나지 못
한 것 같아요. 잘못 들은 것으로 해드릴게요."

"정혜. 온전히 당신을 그리워하고 있었어."

꽃뱀헌터는 약물의 찌꺼기가 온몸에서 사라지지 않았어
도, 어쩌면 그것의 충동으로 가슴에 고이 간직하고 있었던,
그럼에도 그 언젠가는 겉으로 드러내어 의미를 만들고 형태
를 만들어 고백하고 싶었던 말들이 스스럼없이 흘러나오는
것이 불안했으나, 한편으로 고맙기도 했다. 예의라든지 체면
이라든지 부끄러움이라든지 수치심이라든지. 이런 두꺼운
피막을 뚫고 나오지 않으면 사랑을 성취할 수 없다는 것을
깨닫고 있었기 때문이었다.

"그곳에 누워보세요. 봄의 별자리를 가르쳐줄게요."

정혜는 딱딱한 데크 위에 길고 반듯하게 누워서 밤하늘을

올려다보았다.

"정혜, 그러면 당신의 온화한 숨결을 온전히 느끼지 못해요. 늘 쉬지 않고 뛰는 역동적인 심장은 나란히 가까이 있어야 느낄 수 있어요. 머리와 머리가 나란히 놓이게 하세요. 이쪽으로 가까이."

그러자 그녀는 말 잘 듣는 성실하고 착한 학생처럼 아무런 편견도 저항도 없이 공손하게 스스럼없이 머리를 나란히 하고 하늘을 올려다보았다. 그들의 형상은 마치 태곳적부터 내려오던 고인돌처럼 안정적이었다. 거대한 아랫돌이 윗돌을 받치는, 그래서 천 년을 버티고 또 천 년을 버티는 그런 모습.

"정혜, 손전등을 꺼보세요. 온전히 밤의 향연으로 들어오세요. 밤의 깊고 찬란하고 아름다운 지혜와 신비스런 본성을 온몸으로 보고 느끼고 받아들이기 위해서는 인위적인 불빛을 완전히 차단해야 가능한 일이에요. 저는 어둠 속에서 별들의 숨결과 온기를 인위적인 것에 왜곡되지 않고 직접적으로 다가오는 것을 제일 좋아해요. 초라하고 꾀죄죄하고 촌스럽고 화려하지 않을지는 모르지만, 그 속에는 퇴색되지 않은 잔잔한 그리움과 식지 않는 미지근한 사랑 같은 것을 발산하거든요. 발랄하고 순수한 소망과 밝고 벅차오르는 소망이 어려 있기도 하죠. 처음에는 막연히 다가오는 어둠 속의 소박한 별빛들의 나들이 정도밖엔 느껴지지 않아요. 아주 배타적이고 경계하고 제한적으로 다가와서 머물 뿐이지요. 정혜 당신도 초면에 당신의 전부를 드러내지 않고 아주 조금씩만 보여주잖아요. 그러다가 접점을 찾고 그 접점의 연결고리를 찾아서 조금씩 연결하면서 지경을 넓히잖아요. 별빛들도 다르지 않아요. 당신이 별빛들의 저마다의 태생적인 환경과 상황을 인정하고 받아들이면 본래의 진솔한 모습을 볼 수 있어요. 사람들도 마찬가지잖아요. 사회적 지위와 고급스런 자동차, 화려하고 값비싼 옷과 액세서리 너머에 가려져서 침울하게 흐느끼고 보채는, 그러면서도, 그 안에 고이 간직한 소중하고 귀한 본래의 모습이 희미하게 반짝이듯이."

"체육선생님은 겉모습과 상이해요. 지극히 외향적이고 육체적인 삶을 고수하며 현실을 바라보고 해쳐나갈 것 같았는데, 내향적이고 정신적인 숭고함과 소박함이 묻어나니 말입니다. 의외인 것 같아요. 나이는 어리지만, 사람은 시간을 두고 곁에서 지켜봐야 제대로 된 본래의 성품과 본령을 보고 느낄 수 있는 것 같아요."

"정혜, 저도 부상의 전후로 많이 달라진 것 같아요. 부상 전에는 정혜의 말처럼 힘들고 엑센 운동을 하고 샤워를 하고나면 원하기만 하면 쉽게 세상을 얻을 것 같았어요. 자만이고 오만이었지요. 하지만 부상 후, 잔인한 아픔과 고통의 긴 시간을 기진하게 소비하고 난 후에는, 어느 날 갑자기 억세게 엉겨서 풀어지며 소멸하는 이름도 알 수 없고 출생도 알 수 없는 무의미한 돌풍보다 못하다는 것을 느낄 수 있었어요. 그때부터 온전히 자기에게로, 밖에서 안으로 지향할 수 있었어요. 겉모습에 치중하던 것을 안속으로 치중하게 된 것이죠. 그러자, 언제나 방치하여 쑥부쟁이로 살던 삭막하던 그곳이 가지런해지고 풍성해지고 윤택해지고 아름다워지더군요."

"그럼 인자하고 차분한, 겸손하고 예의 바른 현재의 모습이 과거에 있었던 가혹한 부상의 결과물인가요. 긴 아픔과 잔인한 고통이 낳은 귀한 선물! 체육선생님, 부상 전의 모습으로 되돌아가고 싶지 않으세요. 화려하고 주목받고 영광스럽고 찬란한 그 자리로."

"가끔씩 그런 불안한 생각과 열정에 사로잡히지 않는다면 사람도 아니겠죠. 하지만 지금의 모습이 더 사람답고 넉넉하고 풍성하잖아요. 나쁘지 않은 것 같아요. 사람들의 시선과 관심은 언젠가는 멀어지게 되어 있는 것이니까요. 사탕의 단맛을 빨고 버리는 것과 다르지 않아요. 그 사이클이 좀 더 빨리 다가왔을 뿐이죠. 세상에 영원한 것은 없잖아요. 인류가 영원하지 않았기에 그 영원을 추구하기 위해서 발버둥치고, 그 과정에서 사악한 부작용이 생기게 되는 것이죠. 자연도 그렇고 권력도 그렇고 재력도 그렇고 젊음도 그렇잖아요. 잠시, 아주 잠시 빌려서 쓰는 것으로 생각하고 인정하고 받아들이면 무분별한 개발도 비리도 갈증도 노화도 없는 것이잖아요. 인식의 조리개를 적당하게 조절해서 인정의 빛으로 나아가면 되는 것이죠. 그것이 어렵긴 하겠지만, 세상에 대한 인식을 새롭게 설정하는 번거로움이 있으니까요."

"리스펙트."

"이젠 봄의 별자리를 천천히 알아봅시다. 정혜. 황매산 높이 북두칠성이 국자머리를 밑으로 하고 자루를 동쪽으로 뻗으며 나타나요. 자루의 곡선을 그대로 동쪽으로 연장하면 목동자리의 1등성인 노란색의 아르크투루스가 있고, 이 곡선을 더 연장하면 남동쪽에서 낮게 백색으로 빛나는 처녀자리의 1등성인 스피카가 있어요. 이 두 별과 북두칠성의 자루를 잇는 곡선을 봄의 대곡선이라고 해요. 또 저 중천에 떠 있는 사자자리 꼬리에 위치한 2등성인 데네볼라가 아르크투루스 및 스피카와 정삼각형을 이루는데, 저것을 봄의 대삼각형이라고도 해요. 정혜, 쉽죠?"

"다소 생소한 용어들이 나오지만, 흥미롭고 재미있어요. 어두운 밤하늘에 무수한 별들도 각자 이름이 있고 위치가 있다는 것이 신기하고 새롭습니다. 체육선생님처럼 이렇게 자세하게 설명해 주는 사람은 없었어요. 그래도 봄의 별자리 중에 목동자리는 알고 있어요. 예수님과 가장 잘 어울리는 별자리인 것 같아요. 그래서 밤하늘만 올려다보면 눈이 그쪽으로 쏠리고, 마음이 닿아요."

"당신의 마음속에는 예수님 밖에는 없죠?"

그녀는 더 이상 얘기를 하지 않았다. 자신의 내면에 예수님만 선명하게 비쳐지는 것이 아니었기 때문이었다. 꽃뱀헌터의 형상도 자주 출현해서 오랫동안 머물렀기 때문이었다. 그러다가 이내 사라졌다 친밀하고 다정하게 다가오곤 했다. 자연스러웠다. 그럼에도 불구하고 그녀는 꽃뱀헌터의 말의 의도를 대충 파악하고 있어서, 지금까지 누구에게도 드러내지 않았던, 자신도 제대로 소상하게 알아차리지 못한 비밀스런 속내를 비로소 알아차리고, 들킬까봐 조마조마했던 것이다. 솔직히, 그녀는 예수님과 꽃뱀헌터가 혼재되어 동일인이 아닐까 착각이 들 때가 없지 않았다. 옷과 신발이 다를 뿐 얼굴의 굵은 선이며 이목구비가 시간이 지날수록 닮아가고 있었던 것이다. 어느 날부터는 예수님이 꽃뱀헌터고 꽃뱀헌터가 예수님이라는 생각이 들었던 것이다. 그녀는 예수님이 재림하여 자신 앞에 나타나는 이적이 발생하고 있다고, 그것을 받아들이는 것이 자신의 숭고한 삶이고 절실한 숙명이라고 생각했던 것이다. 예수님이 곧 꽃뱀헌터.

한동안 그렇게, 차갑고 무거운 침묵이 흘러들었다. 정전 상태. 외부와의 단절된 상태. 오히려 정혜는 차분하게 자신을 들여다볼 수 있는 적절한 계기가 되었던 것이다. 그녀는 어둡고, 여기저기 편안한 곳에서 안식을 찾는 풀벌레들도 화사한 철쭉의 무리들 사이에 숨어서 우는 것인지 의연하고 대담하게 고운 꽃송이 위에 올라앉아 여유롭게 우는 것인지는 알 수 없었으나 그 울음소리가 맑고 애틋하게 자신의 내면의 개울로 흘러들었다. 그것은 외면할 수 없는 나지막한 흐뭇함이었던 것이다. 그녀는 별들만 조용조용 소곤소곤 귓속말을 하는 밤하늘에 많이 시든 달이라도 떠 있기를 바라고 있었다. 아직도 그럴 시간이 닿지 않아 안타깝기도 했다. 그래서 조금 전부터 소박한 별들이 쓸쓸해 보이는 것인지도. 한편으로, 그녀는 소소한 행복은 단순한 이런 것이라 생각했다. 서로 머리를 맞대고, 서로의 숨결과 체온을 받아들이고 느낄 수 있는 가까운 거리에서 편안하게 누워서 반짝거리는 동일한 별자리를 보며 가슴속에 소중하게 간직하고 있었던 자신의 얘기를 하고 스스럼없이 공손하게 들어주는 것이라 생각했다. 도저한 지식으로 화려하게 포장되지 않아도, 서로의 말을 신뢰하고 믿어주는 그런 것. 그녀는 그런 것들이 아무에게나 주어지지만, 그럼에도 아무나 잡을 수 없는, 더 귀중하고 값진 것들이 오래 전부터 자신을 위해서 기다리고 있었다고 확신을 가지고 있었기 때문에, 그것이 값진 것이라 착각을 하고, 평범하고 보편적인 것은 아무렇게나 취급해서 쉽게 놓친다고, 거기까지 생각이 닿을 수 있었다. 소소한 행복은 이미 어떤 누군가에 의해서 만들어지고 예약된 것이 아니라 저마다의 시간과 애정과 관심과 주의로 정성스럽게 거름을 골고루 주고 충분한 물을 줘야 얻을 수 있는 탐스러운 과실이라는 것을, 보통사람들은 모르고 있었던 것이다.

그 침묵을 깨뜨린 괴이한 소리는, 신성한 철쭉제제단 쪽에서 들려왔다. 풍요롭고 넉넉한 삶의 희망 속에서 갑작스럽게 절망의 나락으로 떨어져 부러지고 갈기갈기 찢어지며 어쩔 수 없이 발악하면서 거칠게 내지르는 절박한 목소리였다. 부모의 원한으로 내지르는 것 같기도 하고 아버지를 죽인 누명으로 억울하게 옥살이를 한 한 여인의 간절한 목소리인 것 같기도 했다. 충일한 기대와 열망이 한순간 무너지고 빠지며 헛헛하고 차가운 허탈감에 제대로 사지를 가누지도 못하고 흐느적거리며, 고개를 아래로 깊숙이 처박고 처절하게 우는 울음소리 같기도 했다. 마치 덫에 걸린 하이에나의 울음소리 같기도 했다. 풀어지고 갈라지고 찢어진 낭자한 울음소리였으나, 분명 그녀는 사모였다. 사모는 머라이어 캐리의 Without you를 부르고 있었다.

"I can't live. If living is without you. I can't live. I can't give anymore. I can't live. If living is without you. I can't live. I can't give anymore."

그때 그들은 누워서 꽃송이들이 살랑살랑 움직이는 것을 보고 있었다. 저 아래 철쭉제제단이 있는 곳에서 능선을 타고 산책길을 따라 음정과 리듬이 맥없이 풀어진 노랫말을 들을 수 있었다. Without you이었다. 그 가사에는 아낌없이 주지 못한 외로움이 기생하고 있고 고독이 기생하고 있었다. 물 한 방울도 없고 공기 한 줌도 없는 헛헛하고 팍팍한, 그래서 막연한 죽음을 기다리고 있는 황량한 화성에 홀로 내던져진 여인의 간절한 절규에 가까운 격한 감정이 기생하고 있었다. 매일 반복되는, 무기력하고 지루한 일상에 대한 자기연민이 기생하고 있었던 것 같기도 했다.

하지만 꽃뱀헌터는 사모가 부르는, 그 노랫말 속에 전해지는 복잡한 여러 감정들의 짧고 긴 가닥을 포획하지 않았다. 쟁여놓지도 않고 무의미하게 흘려보냈다. 그것은 사모 자신이 만든 현실적인 낭패였다. 그것은 그녀 자신이 감당해야 할 무게이고, 그런 추잡하고 너저분한 모습은 과거의 나날 속에서 옳다고 과감하게 선택한 것이기 때문이었다. 하지만 정혜는 그렇지 않았다. 그녀는 편안하게 누워서 송이송이 좌우로 우아하게 경직되지 않고 산들거리며 움직이는 화사한 꽃송이들 위에 애절한 가사들이 단정하고 정숙하게 주저앉는 것을 느낄 수 있었다. 조금 전의 현실은, 사모의 잔꾀로 인하여 이상하게 전개되고 있긴 해도 정혜는 사모의 마음속에 도사리고 있는 그 나이에 어울리지 않는 외로움과 고독을 제대로 들여다본 것이었다. 그래서 그 외로움과 고독이 뻗어나가지 않고, 애써 머물러 송이송이 흔들리는 화사한 꽃송이들의 품속으로 조심스럽게 안기는 것이라 생각했던 것이다. 그곳에서, 꽃뱀헌터에게서 외면당한, 따스한 시선과 친밀한 관심에 대한 서운함과 밍근함을 불식시키는 것인지도 모른다고, 그녀는 생각했던 것이다. 그녀는 갑작스런 산들바람이 그녀의 외로움과 고독의 길잡이라고 생각하기까지 했던 것이다.

　아까부터 꽃뱀헌터는 불안한 그 뭔가가 자신을 괴롭히고 있다는 것을 미세하게 느낄 수 있었던 것이다. 가까이, 정혜가 곁에 머물러 있고, 얘기를 주고받으며 옳고 반듯하고 착한 여자라는 확신을 가지면서도 어디에서 기인한 것인지 자꾸 불측한 그 뭔가가 자신을 천천히 포위하며 옥죄고 있다는 것을 느낄 수 있었던 것이다. 그러면서도 그는 아직까지 여자에게 자신의 마음을 온전히 허락한 적이 한 번도 없었다는 것을 깨달았다. 육체적인 갈구는 불규칙적으로 일렁거리다가 치솟는 본능을 잠재우기 위한 임시방편이었고, 여자 쪽에서 마음을 열고 결혼하자는 기미가 보이면, 본능적으로 여자를 차갑고 강하게 밀쳐냈던 자신을 비로소 깨달을 수 있었던 것이다. 아비도 그랬다는 것을 그제야 깨달았다. 아비는 매표소직원 수리진과 댄서 루루, 그는 바람둥이의 기질을 십분 발휘해서 그들의 마음을 얻어서 손쉽게 섹스를 했고, 그럼에도 정작 결혼이라는 결실은 얻으려고 하지는 않았다. 자유를 갈망하기에 구속받지 않으려고 그랬던 것인가. 왜 서로에게 끈끈하고 강한 구속과 결속이 되는 결혼, 안정감을 주는 결혼이 부담감으로 다가왔을까. 아니면 그것이 거추장스럽고 두려웠던 것일까. 그것도 아니면 어머니에게서 물려받은 무형의 재산 때문인가. 결핍되고 외면당한 어머니의 사랑으로 여자가 다 자신의 어머니로 보이는 것인지도 모른다. 그래서 눌어붙어 부부라는 하나의 덩어리로 뒹굴고 부딪치며 살아가는 것이 불편하고, 몹시 두려웠던 것인지도.

그래서 지금까지 꽃뱀헌터는 제대로 된 결실을 얻지 못한 것이라 생각했다. 처음에는 자신이 먼저 뜨거워서 미친 듯이 달려들다가 여자 쪽에서 조금씩 관심을 가지고 마음을 열면 이상하게 느슨해지고 싱거워지는 것을. 그녀에게로 향하던 그 큰 열정이 미세하게 균열이 생기는가 싶더니 안에서 누수가 일어나는 것을. 그러면 어느새 그는 새로운 여자를 물색하고 있는 자신을 발견하곤 했었다. 지금까지 그는 그것이 일반적인 사내들의 본능이라고 생각하고 있었다. 하지만 건물주선배도 그렇고 지나간 시간을 곰곰이 생각해보면, 그것은 자신에게만 국한되어 있었다. 그런 정신적 병리현상은, 언제인지 확실하지는 않지만, 자신도 모르는 사이에 깊은 내상을 입었던 것을, 아마도 그것을 그때 완벽하게 치유하지 못하고 아무렇게 방치해서 발생한 것이리라.

꽃뱀헌터는 '발 없는 새'가 떠올랐다. 자신도 발이 없는 새가 아닐까 하는 생각이 요즘 문득문득 들었다. 창공을 거침없이 날다가 짓누르는 피로의 무게에 편안하게 착륙할 수 없는, 그래서 하염없이 날갯짓만 해야 하는 가혹한 새 말이다. 밤이 되어도 착륙을 해서 온전히 깃들 때가 없는 그래서 쉼 없이 날갯짓만 해야 하는, 마치 그것을 숙명으로 알고 살아야 하는 애처로운 새 말이다. 그는 또 그런 생각을 해보았다. 그 발이 없는 새는 원래는 발의 존재를 알고 있었는데, 외부의 강한 상처와 충격으로 그것을 망각하고 있었던 것인지도. 그 발의 쓰임새를 잊어 무엇을 해야 할지를 모르는 것인지도. 아니면 발을 내딛는 것이 무서운 것인지도 모른다. 어릴 적부터 거침없이 다가오는 상처와 고통으로 인하여 매순간 자신이 자신에게 다짐을 하고 맹세를 했던, 그것이 사악한 무정형의 형체가 되어 혈관 속을 돌아다니며 정신과 의식에 심대하게 영향을 끼치는 것인지도 모른다. 그것도 아니면, 그 상처와 고통이 피해의식과 자의식의 씨앗이 되어서 당면한 현실을 강하게 부정하고 괴롭히는 괴물이 된 것인지. 그는 또 책임감 없이 행동하는 사악한 부모의 무기력한 학습으로 인하여, 그 괴물은 결혼으로의 첫발을 내딛는 것을 방해하고, 그것은 참혹한 현실을 나열하고 가져다주는 고난의 길이라고 충동질하는 것이라 생각했던 것이다. 그래서 불안하고 초조한, 불안정하고 복잡한 자기를 지키고 보호하기 위해서 착륙을 해서 앞으로 발을 내딛지도 서로에게 따스한 위안이 되는 그런 풍성하고 안락한 삶을 살지도 못하는 것인지도. 그 간사하고 치졸한 괴물의 충동질로 인한 병적인 우유부단.

## 영어선생의 죽음과 아버지의 죽음


봄과 여름의 경계는 모호하다. 그 단면을 날카로운 메스로 도려낼 수도 곧은 자를 놓고 연필로 선명하게 선을 그을 수도 없는 것이다. 그 모호한 지점에 놓인 봄과 여름의 경계는 서로의 갈급한 필요와 의무로 바통을 이어받고 사계의 트랙 위를 연이어 달리는 것이다. 대강 기진한 밤낮의 침묵으로 차분하게 일관하던 장미의 꽃봉오리들에서 울긋불긋 도도하고 섹시한 혓바닥을 드러내기 시작하고, 벽에 걸려 있는 5월의 달력이 한순간에 과감하게 찢어지는 처참한 수난부터일 것이라 미루어 짐작할 뿐이다. 하지만 요즘은 더욱더, 그런 자연의 순리를 거스르는 일이 비일비재 스스럼없이 여기저기에서 일어나는 것이라, 그 주범은 지구온난화. 그럼에도 불구하고 아직도 봄과 여름의 경계는 모호하나 엄연히 존재하고 겨우내 웅크리고 있던, 춥고 침울하던 사람들의 가슴속에 따스한 봄의 기운을 불어넣고 활기를 되찾는 기회가 되기도 한다. 그것은 사계절이 뚜렷한 한반도에 사는 사람들에겐 자연스레 다가오는 자연현상인 것이다. 그 뚜렷한 경계가 오직 성장만이 살길인 경제와 간특한 인간의 탐욕이 접점을 찾아 결합하여 이산화탄소와 질소산화물을 낳아 방치하고 외면하는 바람에 점점 지구는 뜨거워지고, 그래서 더욱더 느슨하게 풀어지고 있다. 그럼에도 여전히 봄의 얼굴은 화려한 꽃들과 매력적인 그윽한 향기로 참신하게 대변하고 여름의 얼굴은 무성한 잎사귀들과 열정으로 넉넉하게 대변하고 있어도, 머지않아 인간의 경제와 탐욕을 땅바닥에 풀어놓고 절충과 타협으로 사려 깊이 천천히 솔선수범하여 정리하지 않으면 인간이 낳은 매캐하고 더러운 부산물들이 여기저기 정처 없이 쌓이고 떠돌아 앞으로, 지금 태어나고 이미 태어나 자란 아이들이 어떻게 생존할지, 어떻게 진행될지 아무도 모르는 것이다.

오랫동안 장마전선이 머물러 있었다. 방 안의 공기가 눅눅하고 묵직하게 가라앉아 느릿느릿 꾸물거리고 있어 아까부터 보일러를 틀어놓고 있었다. 그래서 한동안 방바닥에 어려 있던 차가움이 서서히 소멸하고 따스한 온기가 눅눅한 공기를 서서히 밀어내 데우고 있었다. 꽃뱀헌터는 창밖을 내다보고 있었다. 초점 없이 멍하니. 그는 정체되어 있는 장마전선으로 인해 기분이 다운되어 있었고, 장마전선이 남쪽이나 북쪽으로 내려가거나 올라갔으면 좋겠다는 생각을 하고 있었다. 요지부동. 그는 아까부터 황토침대에 다리를 모으고 무릎을 당겨 모로 누워 있었다. 장맛비는 내리지 않았고, 대기는 눅눅하고 불안하게 정체되어 있었다. 그는 이런저런 생각을 했다. 그 분별없는 생각들이 망상의 늪에 닿아 허우적거릴 때는, 결국엔 여지없이 꽃뱀의 이미지 곁에 머무는 것을 느낄 수 있었다. 그녀는 가늘고 긴 혓바닥을 날름거리며 매혹적인 미소를 머금고 교태를 부리며 다가왔고 다듬어진 고운 손가락으로 가볍게 팔뚝을 터치하며 욕정을 일깨웠고, 그래서 그런지 잠잠하던 페니스가 묵직해지고 있었다. 그는 자위할 때 왜 동그란 정혜의 단정한 이미지가 처음부터 끝까지 떠올라 사랑스러운 모습을 드러내지 않고, 왜 발칙한 미를 품은 꽃뱀의 이미지가 중간쯤에 떠올라 횡포를 부리며 마무리를 짓는 것인지 곰곰이 생각해보았다. 전자는 보수적인 아름다움을 자아내고 후자는 진보적인 아름다움을 자아내고 있었다. 그들의 성품도, 전자는 겉과 속이 한결같아 예측할 수 있는 행동과 미래를 선사하지만, 후자는 권모술수로 알알이 채워져 있어 제대로 헤아릴 수도 파악할 수도 없는 모호한 상태인 것이다. 그 누구도 예상할 수도 없는, 그래서 다채로워 보였고 매력적으로 보이는 것인지도 모른다. 비근한 예를 들어 소설가의 문장과 스토리도 반복적인 것으로 나열하면 독자들이 쉽게 다음의 행간에 무엇이 전개될 것인지 예측해 버리는 것이다. 그러면 그 소설은 실패작이 되는 것이다.

독자들이 예측할 수 있는 소설은 싱겁고 유치하고 재미가 없는 것이다.

그런 와중에 깊고 얕은 골짜기마다 거침없이 토해내어 합천댐에 갇히고 결박된 음험한 물의 웅장함과 거대함에서인지, 어둑어둑한 짙은 회색구름 틈서리에 낀 미세한 수분에서인지 정확하게 알 수는 없으나 신선한 바람이 연이어 불어왔다. 수분을 다소 품고 있었으나 시원했다. 그는 페니스의 웅장함에 내몰려 있었기 때문에 더 이상 디테일한 생각의 진전이 없을 것이라 단정하고 본능적으로 팬티를 내려서 자위를 했다. 그는 혼자 있으면 가끔씩 느닷없이 불쑥불쑥 차오르는 수압을 낮추기 위한 방법이 이것밖에 없다는 것이 안타까웠다. 그런 안타까움을 불식시키기 위해서 사회는 결혼이라는 울타리를 만들어 섹스를 통제하여 사회구성원을 안정시키는 것이리라. 요즘은 유독 정혜의 이미지가 자신의 페니스 언저리에 머물러 자상하고 성실하게 자신의 자위를 도와주었다. 부드럽고 은근하게 다가와서 페니스를 잡고 당기며 분출하는 욕정을 아늑한 곳으로 인도했고, 때때로 조신하고 단정하게 허리를 숙여 입술 깊은 곳까지 밀어넣어 흡입하다가 고른 치아로 물어 미세한 자극을 유도해서 아렴풋한 신음소리를 유발시켰고, 결국에는 촉촉한 혓바닥으로 녹녹하고 순하게 핥고 빨았다. 그러다가 여지없이 꽃뱀이 보일 듯

말 듯 야시시한 옷차림으로 다가와서 머물렀다. 핫핑크 립스틱을 촉촉하게 바르고 애틋한 표정으로 다가왔고, 그 이면에 음험한 마음을 품고 다가오는 사기꾼 같다는 생각이 들기도 했다. 그럼에도 요염하고 농염한 아름다움으로 깊이를 알 수 없는 흩어져 소멸하지 않는 애잔한 그리움을 연신 불어넣는 것이었다. 그녀는 치우치지도 격앙되지도 않았다. 알몸으로 뭇 사내들의 육체 위에서 스스럼없이 누르고 당기던 경험이 고스란히 남아서 자연스레 묻어나오는 것이리라. 꽃뱀은 그랬다. 야시시한 옷차림도 자연스레 어울렸고 알몸도 자연스레 어울렸다. 그녀의 전위는 피아노의 음을 표준음으로 맞추는 조율사 같은 능숙한 손놀림으로 다가와서 자신이 원하고 상대가 원하는 욕구해방의 첩경을 너무나 잘 알고 있는 노련한 여자였다. 그녀는 지치지 않는 신음소리와 교성을, 지치지 않는 에너지와 열정을 품고 있었다.

그는 졸음이 몰려오는, 평온한 상태였다. 그는 사정이라는 간단한 숙제 속에 여성의 이미지가 떠올랐다가 사라지는, 그래서 무기력한 일상의 단면에 충일한 활기를 불어넣기에 남녀가 하는 수 없이 자위를 선택하는 것인지도 모른다고 생각했다. 그는 처음에는 동그랗고 착한 정혜의 얼굴 이미지가 떠올라서 친절하고 사랑스런 행위를 하는 것을 인식하다가도 어느 순간에 야시시하고 음흉한 꽃뱀이 정혜를 강하게 밀쳐내고 그곳을 평정하고 있다는 것을 뒤늦게 인식할 수 있었다. 아무래도, 정혜는 순수하고 소박한 아름다움을 간직하고 오래 머물러 함께해야 할 여인으로 고정되어 있어 그렇고 꽃뱀은 일시적인 격한 충동적인 아름다움을 내뿜으며 가볍게 만나서 쉽게 팬티를 벗어 넘치는 욕구만 풀, 그런 사소하고 천한 부류의 여자이기에 그럴 것이리라. 엉큼하고 절제된 야한 웃음과 은근한 미소를 팔아서 먹고 사는 화류계의 여자처럼.

그는 침대에서 풀어지는 느긋함 속으로 빨려들어가고 있었고, 애매모호한 넉넉함을 느끼며 한동안 미동도 하지 않은 채 꽃뱀에 대하여 이런저런 생각에 잠겨 있었다. 그는 어쩌면, 꽃뱀의 종족도 본능적으로 종족의 안녕과 보존을 위해서 하는 수 없이 간교한 탐욕을 선택해서 옛날부터 오늘날까지 위태위태하게 이어오고 있었던 것이라 생각했다. 기존의 남성 위주의 제도와 문화에서 생존을 위한 대책으로 부드럽고 유연한, 탐스럽고 고혹적인 여자로 전략적으로 침투한 것이라 생각했다. 그는 아마, 그들의 종족은 자웅동체인지도 모른다는 생각을 해보기도 했다. 암수의 기능을 가진 채 환경과 상황의 변화에 따라서, 적절하게 스스럼없이 자유자제로, 사려 깊은 건장한 사내가 될 수도 있고 치밀하고 아리따운 여인이 될 수도 있는, 그런 것 말이다. 어쩌면 그들은 뱀파이어처럼 영생하는 종인지도 모른다. 순수하고 착한, 순박하고 무구한 사내들을 유혹해서 애간장을 녹이는, 그 정수를 긴 빨대로 빨아들이는 것이 그들 종족의 핏줄을 유지하는 에너지이고 수단인지도 모른다는 생각에까지 이르렀다. 염색체의 말단 부분에 있는 텔로미어를 늘 활성화하는, 그래서 영생하는 바다가재처럼.

급기야, 그는 짓누르는 눈꺼풀의 무게에 의식과 정신이 혼몽해지고 서서히 깔아지는 것을 느끼면서도 이상하게 선홍빛 노을의 오묘한 빛깔처럼 스러지고 사그라지는 허한 충일함과 달콤한 넉넉함으로 함몰되는, 그러다가 일순간 되돌릴 수 없는 흐릿한 몽롱한 곳으로 스르르 이동하는 것을 느낄 수 있었다.

그렇게 해서 그는 장마철로 접어든, 짙은 먹구름이 켜켜이 쌓인 6월 말 어느 한갓진 토요일 오전 11쯤에, 아늑한 낮잠의 공간 속으로 빠져들었다.

얼마만큼 잤는지 알 수는 없었다. 꽃뱀헌터는 둔중하게 문 두드리는 소리에 깨어났다. 눈꺼풀을 간신히 밀어올리며 짜증을 내며 이불을 둘둘 말았다. 그래도 여전히 주먹으로 문을 두드렸다. 그 누군가가 낮잠 속으로 급작스럽게 뛰어들었다. 그래서 그런지 왠지 기분 나쁜 악몽을 꾸고 깨어난 것처럼 피곤함과 죄책감이 엉겨붙어 있고 흩어져서 소실되지 않고 불안정하게 머물러 있었던 것이다. 뒤엉킨 불안한 마음을 안정의 단계에까지 이르기 위해서는 적지 않은 시간이 필요할 것 같았다. 그는 어지럽게 흐릿하고 혼몽한 여러 생각들 한가운데서도, 이 시간 때 거침없이 현관문을 두드릴 사람이 없었던 것이다. 짙은 회색구름을 헤치고 먼 곳에서 다가오는 따스한 이미지가 있긴 있었다. 정혜. 왜일까? 차분하고 얌전한 그녀를 이렇게 내몰게 한 것이 무엇일까! 그때 그는 불안정한 상태 속에서도 불길한 예감이 섬뜩하게 다가오는 것이 있었다. 그래서 그는 무릎 위에까지 오는 빨간색 반바지를 입고 검은색 반팔티를 입고 부랴부랴 현관문 쪽으로 가서 문을 열었다.

"체육선생님, 영어선생님이 공원에서 자살했어요! 어쩌면 좋아요, 선생님! 이사장님은 학교로 올라가며 선생님께 전달해 달라고 했어요. 유서는 집에 아내와 아이들에게 보낸 것이 다래요. 경찰들이 오고 난리가 났다고 해요."

그는 흐릿한 가운데 그녀를 내려다보고 있었다. 앞치마를 두르고 혼이 빠진 듯 어안이 벙벙한 표정으로 우두커니 서 있었다. 그녀는 두서없이 말을 할 때 도톰한 입술이 미세하게 떨렸고 동그란 눈동자도 두려움에 내몰려 초라하게 웅크리고 있었다. 그녀는 자신에게 전달사항을 제대로 전달했는지도 기억에 나지 않는 명한 상태에 놓여 있는 것 같았고, 온몸에 흐르는 피가 일시에 멈춘 듯이 창백해 보이기까지 했다. 그래서 그는, 반쯤 열린 현관문 사이에서 쓰러질 것 같은 그녀를 안았다. 그는 그녀를 깊이 끌어안아서 온몸으로 받아들였다. 그러자 그녀는 자신의 넓고 아늑한 품속으로 깊숙이 파고들었다. 길을 잃어 떨고 있는 고라니새끼처럼 그녀는 온순하게 떨고 있었다.

"정혜, 이젠 괜찮아."

그는 정혜가 영어선생의 죽음을 알리려고 온 것이 아니라 죽음에 대한 공포와 두려움 때문에 자신에게 따스한 위안을 받고 싶어 온 것 같았다. 비록 이사장의 심부름도 있었으나 어떻게 보면 그것도 빌미이고 아무래도 그녀는 자신에게 안겨서 체온을 나누고 싶어서 왔다는 것을 대략적으로 인식할 수 있었던 것이다. 혼자 외로이 살아본 사람들만이 느낄 수 있는, 그 거칠고 싸늘한 외로움의 입자들 속에 오랫동안 방치된 심정을. 마치 속이 보이지 않는 헛헛한 빈병 안에 고립된 한 마리의 귀뚜라미와 다르지 않은 것이리라. 그 귀뚜라미가 무리에서 이탈해 발을 헛디디어 천 길 낭떠러지에 떨어진 것과 다르지 않은 어둡고 외로운 삶, 그녀의 삶이 그랬다는 것을 그녀를 통해서 짐작할 수 있었다. 그녀는 자신의 평온하고 따스한 품속에서 사고로 일찍 돌아가신, 제법 상실된 기억의 입자들이 가물거리는 엄마아빠의 따스한 체온을 찾고 있었던 것인지도 모른다. 그것에 대한 잔잔하고 흐뭇한 기억과 추억이 없는 사람들은 그것이 얼마나 대단한 것인지, 그것이 얼마나 대단한 삶의 밑천이 되는지 알지 못하는 것이다.

"정혜, 괜찮아. 삶과 죽음의 경계는 모호하게 잇닿아 있어. 봄과 여름의 경계처럼 말이야. 성실하고 정직한, 유머러스하고 재미있는 그분이, 어떤 이유로 삶의 밝은 곳을 버리고 죽음의 어두운 곳을 선택했는지는 알 수 없으나, 그 경계를 무너뜨리고 간 이유는 분명히 있을 거야. 사랑스런 가족의 울타리를 박차고 죽음을 선택했을 때는, 그가 그토록 원했고 바랐던 것이 이루어지지 않아서 그럴 것이야. 아마 그는 비루한 삶에 대한 실망감과 좌절감의 표현으로 가혹한 죽음의 길로 접어든 것일 거야. 그가 막다른 어두운 골목에 있는 가혹한 죽음을 선택한 이유는 분명히 있을 거야. 그분의 죽음을 헛되지 않게 그 이유를 찾아서 그분을 편안하게 쉴 수 있게 위로해 줘야겠어. 다 알아보고 정혜에게도 상세하게 얘기해 줄게."

정혜는 오래 머물지 않았다. 사모의 날선 투기로 조금만 더 지체했다가는 의심의 눈초리로 다짜고짜 다가왔기 때문에. 만약에 이사장의 전달사항이 없었다면 2층에 얼씬도 못하게 모든 수단과 방법을 강구해서 간섭하거나 방해했을 것이다. 그녀는 빨리 내려가서 사모의 시선 안에 머물러 그녀를 안정시킬 필요도 있었던 것이다. 또 다른 이유로는, 최근에 안 사실이지만, 사모가 임신을 해서 사사건건 조심스럽고 민감하게 받아들인다는 것이다. 아직까지 사모는 이사장에게 말하지 않은 것 같았다. 그 사실을 이사장이 알았다면 반가움과 즐거움을 주체하지 못하고 성대한 잔치라도 열었을 것이었다.

꽃뱀헌터는 정혜가 1층으로 내려가고 난 뒤 화장실에 가서 세안을 했다. 그는 촉촉하게 묻은 물기를 천천히 제거하면서 영어선생의 죽음을 관망하고, 관조했다. 그러면서 방으로 들어가서 책꽂이 위에 있는 스킨과 로션을 곱게 펴서 바르고 연이어 바디로션도 발랐다. 그는 황토침대 곁에 널브러져 있는 팬티를 주워서 입고, 싱크대 선반 위에 있는, 투명한 비닐로 포장되어 있는 누룽지를 꺼내어 양은냄비에 적당한 물과 함께 넣고 끓였다. 누룽지가 끓기 시작하자 고소한 냄새와 함께 양은냄비 뚜껑이 안절부절못하게 떨면서 시선을 사로잡아 유혹하고 있었다. 그는 뚜껑을 열고 숟가락으로 휘휘 저어 한참을 기다렸다가 풀어진, 단단한 결속력이 없는 누룽지를 국그릇에 담아서 식탁에 올려놓고, 냉장고에 있는 김치를 꺼내놓았다. 그는 고소한, 하얀 김이 모락모락 올라오는 훌훌한 누룽지를 후후 불어 먹으면서, 조심스럽고 은밀하게 접근해야겠다고 생각하고 있었다. 왜냐하면 꽃뱀헌터 자신이 체육선생의 본분에서 벗어난 본래의 임무로 되돌아가면 역사와 시간 속에서 어렵사리 버티며 생존한, 민감한 촉수를 온몸에 무기로 가지고 태어난 꽃뱀의 무리들에게 알려지고, 그러면 그들은 사람들 속으로 숨어버릴 지도 모르는 것이다. 그러면 두 번 다시 영영 찾을 길이 없을 것인지도 모른다. 아마 그들은 피상적으로 드러나지 않는 암흑의 세계에 숨어서 여기저기 기어다니며 표독스러운 눈빛과 괴기스러운 이빨을 세운 채 기회만 노리고 있을 것인지도 모른다. 그 첫 번째 타깃이 영어선생인지 그렇지 않으면 두 번째 타깃인지 제대로 면밀하게 파악할 수는 없었다. 그들의 교묘한 사술로 인하여, 그는 자신의 주위에서 성실하게 살아가고 정직하게 살아가는 사람들이 연이어 죽어나갈 것 같은, 그런 불상사가 일어날 것 같은 불길한 예감이 자꾸 들었던 것이다. 그는 고개를 좌우로 흔들며 부인했으나, 그럼에도 연신 메케한 연기를 뿜어내는 화력발전소 근처에 살아가는 가늘게 뻗은 소나무가지에 밤새 내리는 시커먼 눈송이들을 무시할 수는 없었던 것이다.

찌뿌둥한 날씨였다. 꽃뱀헌터는 조각공원으로 천천히 걸어서 내려가려다가 무의식적으로 우회도로를 선택했다. 공원 정면을 찔러들어가는 것이 어딘지 낯설고, 맞지 않는 신발 같았다. 그는 선수생활을 할 때도 1회에 고전하는 유형의 선수였다. 곧바로 보디가 예열되는 스타일이 아니었다. 마운드 위에서 어깨가 뜨거워지면 릴리스 포인트가 서서히 안정을 찾고 자신이 원하는 곳에 공을 정확하게 꽂을 수 있었다. 직구든지 슬라이드든지. 그는 그때부터인지 그 이전 어릴 적부터인지 자신의 보디가 그렇게 설정되어서 지금까지 이어진 것인지 정확히 알 수는 없었다. 그래서 삶의 요소를 선택할 때에도 정면보다는 우회적인 곳을 선택하며 살았던 것인지도. 아마도 그것은 천지에서 나올 때부터, 어머니의 자궁에서 착상할 때부터 그렇게 설정되었을 것이리라. 그래서 삶의 전반적인 패턴이 타이트하지 않고 느슨하게 설정되어, 세상을 바라보는 시선과 형편도 직접적이지 않고 간접적인 것을 선택해서 살아가는 것인지도 모른다. 그는 선수생활을 할 때 일시적인 열정과 충동으로 즉흥적인 삶을 살았던 것으로 기억되었어도, 그것은 잠시뿐. 지금 뒤돌아보면 그런 행위들은 본성의 곁가지에 엉겨붙어 바람에 나부끼는 상흔과 애절한 목소리가 그런 현실적인 양태로 드러나는 것이리라. 그는 내리막길을 천천히 걸으며, 기형적으로 옆으로 뻗고 거대하게 부풀어 머문 벚나무가 길가를 따라 이어진 곳으로 난, 산책길로 걸음을 옮겼다. 그 아래쪽에는 봄철 여기에 내려올 때부터 침통하고 슬픈 표정으로 잔잔하게 머물러 있던 암갈

색의 수면이 수문 아래 수위와 동일한 수평선 위에 존재하고
있었고, 그 위에 인조잔디로 설계된 축구장이 널찍하게 있고
잇닿아 게이트장이 있었다. 그는 몇몇의 사람들이 삼삼오오
모였다 흩어지며 저마다의 다양한 위치와 자세로 비어 있는
일상을 조금씩 채워나가는 것을 보고, 일상은 한곳에 머물러
있지 않고 쓰임에 맞는 행위 위에 존재하고, 그 행위로 인하
여 하루하루가 존속하고 그래서 이어지고 있다고 생각했다.

　그는 데크가 깔려 있고 난간이 있는 비스듬한 산책길을 따
라 걸었다. 그는 걸으면서 무성한 벚나무의 잎사귀들을 올려
다보다가 음험한 암갈색 물빛을 내려다보았다. 댐의 물이 하
나의 덩어리였다. 운신도 못한 채 침통하게 갇혀서 결박되
어 있었다. 무수한 산줄기와 골짜기에 촉촉하게 내린 이슬이
자유로이 샘이 되고 시내가 되어 갇혀버린 거대한 물의 덩어
리. 거대한 콘크리트의 인위적인 구속과 고립. 인간의 편리
와 탐욕이 만든 것. 1980년 5월 광주민주화운동도 견고한 탱
크와 헬기로 무장한, 극악무도한 일부 군인들의 편리와 탐욕
이 부른 대참사. 그들은 역사와 국민을 개돼지 마냥 밀어붙
이고 짓밟고 갈겨버리는, 그러면서도 외면하는, 오직 자신
의 편리와 탐욕만 채우는데 급급한, 반인륜적인 행위를 자행
하면서도 그들은, 그들의 가족은 잘 살기를 바랐다. 어쩌면,
자유로운 강의 흐름을 추구하는 갇혀 있는 물이 그때의 광주

시민들과 다르지 않았다는 생각이 문득 들었다. 거대한 편리와 탐욕의 입김들이 자신들의 잇속을 채우기 위해 저지른 만행에 그들은 강하게 저항했지만, 탱크와 헬기에 여지없이 짓밟히고 죽어나갔다. 그래서 그는 고요한 물빛이 슬퍼 보이고 침통해 보이는 것인지도 모른다고 생각했다. 그럼에도 광주 시민들은 자유를 위해서 싸웠고, 그 위대한 행동들이 그 어렵고 힘든, 하지만 마땅히 이루어야 하는 민주주의와 자유를 되찾을 수 있는 계기가 되었다. 그러는 동안, 그들은 초라하고 비굴하게 뒷걸음치지 않았다. 위대하고 거룩했다. 일제에 맞서 싸운, 오직 조국의 독립을 위해서 싸운 그들과 다르지 않았다. 대한독립만세.

그래서 그는 전망대가 있고 수문이 있는 먼 곳으로 시선을 돌렸다. 탱크의 철갑처럼 두껍고 견고한 합천댐이 우람한 위용을 드러내고 있었다. 그 옛날부터 수문으로 강물의 흐름을 막고 조절했던 곳이리라. 그래서 강물은 갇혀 있고 온전한 자유를 누리지 못하고 있었던 것이다. 태초부터 강물의 본질은 흐름 위의 산물이었고 그 흐름 속에 여러 생명을 잉태하고 품고 생존하고 소멸했던 것이다. 유기적이고 반복적으로. 그것이 단절되거나 갇히게 되면 머지않아 퇴적물이 쌓이고 쌓여 썩어버리는 것이리라.

그는 산책로에 내리기 전에 잠시 멈춰서 금성산 쪽으로 올려다보았다. 며칠 전에 영어선생이 새벽에 떠오르는 일출이 아름답다고 말한 그 장소였다. 그는 한 번도 이 장소에서 일출을 보지는 못했다. 하지만 대강 느낄 수 있었다. 해가 떠오르기 전에 산책을 하면서 금성산 뒤에서 솟아오르는 태양을 바라보며 음악선생을 격하게 키스하고 격하게 삽입하는 그런 부푼 꿈을 꾸지 않았겠는가 하는 그런 생각을 해 보았다. 그것이 자살에 이르게 한 이유인지도 모른다는 생각을 해보기도 했다. 그는 한참 그런 생각들을 하다가 시선을 천천히 옮겼다. 공원식당들이 보였다. 낮고 아담한, 저마다의 화려한 상호들을 노출시키며 사람들을 유혹하고 있었던 것을 볼 수 있었다. 그래서 그는 그곳을 천천히 걸었다. 아직도 식사를 하지 못한 사람들이 늦은 점심을 먹고 있었던 것이다. 장마전선으로 낮게 깔린 대기의 정체로 인해서 자극적인 냄새가 공간으로 뻗어나가지 못하고 지표에서 어슬렁거리며 머물러 있었던 것이다. 그는 횟집에서 영어선생과 소주를 기울이며 이런저런 얘기를 주고받았던 그때를 생각하지 않을 수 없었다. 그때 그는 머지않아 영어선생이 죽음을 선택할 것 같은 불길한 예감이 들었던 것이다. 겉으로 드러내지는 않았지만. 그래서 소주를 마시다가 사라진 영어선생을 찾기 위해서 여기 이 공원으로 다급하게 걸어왔던 기억이 분명하고 생생하게 떠올랐다. 그날이 오늘이었다. 영어선생이 오늘 새벽까지, 오래 버틴 것 같기도 했다. 아마 그것은, 가족의 사랑과 행복 덕분이었을 것이다. 하지만 그것도, 그의 내면에 꽃뱀의 유혹이나 몸짓이, 화려하고 매혹적인 독버섯으로 자라서 영어선생을 좌지우지하고만 것이리라. 아마도 영어선생은 자괴감에 빠져, 간헐적으로 치밀어오르는 충동에 휩쓸려 침몰하여 가까스로 잡고 있던 생존의 끈을 놓았던 것이리라. 그것도 별빛 한 점 없는 칠흑 같은 장마전선이 온 세상을 에워싸고 있는 음습한 상황에. 그는 침통한 마음으로 선착장을 내려다보았다. 저만치, 제트스키와 하얀 오리배보트가 사람을 한없이 기다리며 묶여 있었다. 그는 분명 영어선생도 아이들을 데리고 제각각 구명조끼를 입고, 정답게 실없이 웃으며 자꾸 떠드는 아이들과 함께 힘차게 페달을 밟으며 즐겁고 명랑하고 발랄하고 쾌활하게 꺼불거리며 웃으면서 수면 위를 자연스레 미끄러지듯 나아갔을 것이다. 잔잔하게 흐르는 음악이 있고 고운 햇살이 있는 한적한 공휴일 오후에.

그는 골프연습장이 있는 평탄한 길로 걷지 않고 장미터널이 있는 곳으로 걸었다. 장미터널은 조각공원 심장부로 향하고 있었다. 붉고 노랗고 분홍빛의 화사한 꽃이 화려하게 피고 지고 있었다. 듬성듬성. 아직도 세월의 부피를 촘촘하게 느낄 정도는 아니었다. 어리고 가늘고 호리호리했다. 내리쬐는 강렬한 햇볕을 온전히 받아내어 서늘한 그늘을 만들어 사람들에게 안식을 주기에는 가지들의 활동성이 지나치게 소극적인 것 같았다. 아직 뿌리가 땅속 깊고 넓은 곳으로 재빠르게 확장하여 공고한 지배력을 갖지 못해서 자양분과 수분을 끌어올리는 힘이 모자라 그런 것인지도 모른다고 생각했다. 그는 여기 이 학교에 내려와서 굵고 아름다운 정원수들이 없고 잔디만 자라는 것이 괴이했다. 여선생 사택에만 있는 감나무와 장미덩굴이 이상하고 괴이했다. 왜 그런 것인지, 아직도 모를 일이었다. 예전에 이사장에게 물어봐야겠다고 생각하고 있었으나 이젠 그러고 싶은 생각이 점점 사그라지는 것을 느낄 수 있었다. 그럼에도 학교 울타리 밖에는 학교가 이전하고부터 자랐을 법한 여러 품종의 나무들이 울창한 숲을 이루며 풍성하게 자라고 있었던 것이다. 사모가 남근석의 굴레에 갇혀서 자신을 구속하고 자신을 길들이는 것과 비슷한, 이사장도 그런 비슷한 굴레 속에서 자신을 제한하는 것인지도 모르는 것이다. 일종의 징크스. 그런 것 때문인지, 학교 안에 정원수들의 푸르른 모습을 찾아볼 수가 없었다. 그렇게 학교울타리 안팎이 구분되었던 것인지도 모른다. 학교 안과 달리 밖에는 사람들도 깃들고 새들도 깃들고 매미들도 깃들었다. 어쩌면 이 동네에서는 이런 것들이 이사장이 학교를 설립했을 때부터 그랬기에 여기 사는 사람들은 그런 기이한 모습과 현상들이 당연한 것으로 여기고 있었던 것인지도 모른다. 꽃뱀헌터 자신만 그것에 의구심을 가지고 있었던 것인지도.

　화사한 장미터널은 생각보다 길었고 조각공원의 심장부로 닿았을 수 있었다. 걷는 도중에 장미덩굴이 성긴 터널 밖으로 기와를 인 듯 자연스러운 정자도 보였다. 남녀노소 여러 사람들이 앉아서 시시덕거리며 환하게 웃고 농담하는 모습이 보이지 않고 텅 비어 있자 스산하게 보일 정도였다. 운치는 있었다. 지나가고 머무르는 사람들의 잔잔한 안식과 느긋한 휴식을 위해서 지은 것이라, 평범한 사람들의 일상을 엿볼 수 없자 생기를 잃은 빈집 같다는 생각이 들기도 했다. 머지않아 사람들이 깃들어 맥주를 마시거나 시원한 아이스커피를 마시며 자신의 삶을 반추하거나 타인의 말을 경청하고 조언하면서, 한적한 오후의 일상을 충실하고 편안하게 채우는 사람들이 많을 것 같았다. 꽃뱀헌터는 사람들이 아침에 일어나서 출근하고 성실하게 일하고 퇴근하는 일상들이 장미터널 속에서 걷는 것과 다르지 않을 것이라고 생각했다. 어둑어둑한 이곳만 빠져나가면, 새롭고 힘찬, 아름답고 축복적인 넉넉한 일상이 반길 것 같아도 여지없이 장마전선은 큰 걸음으로 움직일 기미를 보이지 않고 멈춘 듯 미세하게 그 자리에서 무겁고 느릿하게 간헐적으로 호흡하면서 기거할 뿐이었다. 그래서 경치가 빼어나고 아름다운 곳에 예전부터 정자가 있었던 것인지도 모른다. 계층 간의 갈등과 짓누르고 부대끼는 일상에서 벗어나는 방법이 오직 그것밖에 없다고 무의식적으로 느끼고 있었고, 그래서 사람들은 장미터널 밖에 언제나처럼 위엄 있고 정갈한 정자에 깃드는 것이리라. 주춧돌도 놓고 단단한 기둥을 세워서 대들보도 얹고 서까래를 걸치고 기와를 얹으면, 비로소 완성이 되는 넉넉한 정자에, 남녀노소 누구나 깃들어 구겨진 현실의 단면을 펴고 다림질해서 새로운 나날을 기약할 수 있는 그런 곳으로, 그 정갈한 정자는, 언제나처럼 운신도 하지 않은 채 묵직한 장마전선의 흐름 속에서도 의연하고, 정갈한 자태를 소극적으로 드러내며 고정되어 있었던 것인지도.

그는 장미터널을 빠져나오면서 눌어붙는 일상과 휴식의 경계는 모호하다는 생각이 들었다. 봄과 여름의 경계와 삶과 죽음의 경계처럼. 공원에 너저분하게 자란 풀을 뽑다가 손에 든 호미를 땅에 던져놓고 잠시 정자의 추녀에서 강렬한 햇볕을 피하면 그것이 달콤한 휴식인 것처럼. 가혹한 일상에서 결속되고 매달려 있는 대다수의 사람들은 따로 휴식이 존재하지 않는 것인지도 모른다고 생각했다. 가혹하고 집요하게 얽히고설킨 반복적인 일상에서 다소나마 마음의 여지를 허락해서 끄집어내는 것이 전부라고 생각했다. 그것으로 사람들은 현실을 버티며 살아가는, 그래서 우연인지 필연인지 정자라는 정갈한 건물이 우두커니 존재하는 것인지도.

　그는 둥근 길 중앙에 자연석으로 돋우고 사이사이 흙으로 누르고 채운, 정돈되고 가지런한 소나무들이 원을 그리고 형태를 유지하며 빼꼭하게 들어차 있는 곳이 조각공원의 심장부라고 생각했다. 아래위로 도로가 뻗어 있고 그 주변으로 예술가의 조각품들이 자연스레 배치되어 있었다. 그중에 '철나무와 바람 흔적'이라는 작품이 눈에 들어왔다. 그는 검은 대리석에 아로새겨진 작품의 설명을 보지 않고 처음 다가오는 이미지로 판단했다. 이글거리는 태양이 병적으로 뻗어나가며 골고루 온누리에 탄생의 축복과 환희를 선사하는 것으로 오인했다. 하지만 작품의 설명을 자세히 들여다보자 서로에게 가시가 되는 삭막하고 황폐화된 인간사였다. 서늘했다. 맞은편에 있는 바람 흔적은 큼직한 체인을 세워서 고정시켜 끄트머리에 얇은 철판을 안으로 접고 접은 작품이었다. 바람개비가 바람의 방향에 따라 돌고, 태엽이 돌아가는 일정한 시간이 지나면 청아한 목탁을 두드리는 정교한 형태로 만들어져 있었다. 그는 그것을 처음 볼 때, 보이지 않는 그래서 드러내고 싶은 어떤 간절함과 우회적인 몸짓이라고 대략적으로 느낄 수 있었다. 흔적이었다. 바람 흔적!　사람들도 저마다의 흔적을 남기기 위해서 함벽루의 단단한 바윗덩어리에 자신이 왔다갔다는 이름을 남기고, 사라지곤 했었다.

그 옛날부터. 사람들은 그 순간의 감정들을 자신의 이름 속에 녹여 음각으로 새겨놓았던 것이리라. 슬픔과 아픔과 고통을, 울적함과 고적함을 말이다. 그래서 비바람과 추위와 눈을 맞으면서도 선명하게 몇 백 년을 변함없이 이어올 수 있었던 것이다. 아마 예술가는 바람이라는 보이지 않는 형체를 바람개비라는 장치를 이용해서 바람의 흔적을 찾고 싶었던 것이리라. 그 흔적들을 거꾸로 되돌아가다보면 바람의 발원지를 찾을 수 있을 것이라 생각하는 것인지도 모른다. 그곳에 자신의 이름을 묶어놓고 아로새기기 위해서 그러는 것인지도 모른다. 어쩌면, 자신이 자신의 목숨을 과감하게 내던진 영어선생도 세상에 흔적을 남기고 싶어서 이 공원을 혼자 방황하며 이 자리에서 한참 머물다가 목욕탕 뒤에 사수대가 있는, 그곳으로 간 것인지도. 그곳으로 이동하면서 영어선생은 침통한 가운데서도 깨달은 바가 있어, 자신이 대견하다고 생각하고 피식 웃었을 것인지도 모른다. 뭇 사람들이 기도하는 신령스러운 사수대에 자기만의 흔적을 남겼다고 생각했기 때문에. 더욱이 그 자신이 똘똘한 놈이라는 흔적을 남겼기 때문에.

꽃뱀헌터는 잠시 미로 입구에서 머뭇거렸다. 조금 전부터 산정에서부터 시작한 엷은 안개가 기신기신 움직이는가 싶더니 이미 측백나무로 벽을 만들고 길을 만든 곳까지 내려와 있었다. 엷은 안개 위에 연이어 엷은 안개가 겹치고 겹치자 농무가 되어가고 있었다. 그는 갑자기 사위가 침울해지고 음험해지는 것을 보고 느낄 수 있었다. 가까이에 있는 큼직한 목욕탕 건물도 짙은 안개 속에 고립되어 어찌할 줄을 몰라 허둥거리는 것처럼 보였고 지루한 장마가 끝나면 시끌벅적 아이들이 뛰어놀 물놀이장의 긴 미끄럼틀도 자취를 감추었다가 희끗희끗 노랗고 붉은 색상을 드러내었다. 밀림에 사는 아나콘다의 몸집이 저 정도는 될 것 같았다. 그는 세상 속에 숨어들어서 가늘게 호흡하면서 어렵사리 생존하는 꽃뱀의 무리들도 저런 화사한 색상으로 사내들의 마음을 현혹시키고 있는 것을 이미 알고 있었다. 그 사내들은 꽃뱀을 흠모하는 마음으로 혼자 속앓이를 하며 오매불망 때를 기다리다가 가정을 버리거나 끓어오르는 욕정의 덩어리에 짓눌려 압사되는 불상사가 생기기도 할 것이고, 그것도 아니면 결국에는 세상의 온전한 밝음 대신에 죽음의 어두움을 선택할 것이리라. 아마도 영어선생도 까마득한 현실의 번뇌와 버거움에서 벗어나기 위해서 발버둥치다가 더 이상 버틸 힘과 재간이 없었을 것이리라. 영어선생은 더 이상 자존심에 상처를 입히고 싶지 않았고 수치심으로 고개를 숙이며 자책하는 괴로운 나날을 하염없이 보내지 않기를 바라는 마음에서 자살을 선택했을 것이 자명해 보였다.

그는 미로 입구에서 발걸음을 내딛지 못했다. 음침한 것이 아나콘다 새끼들이 숨어 있을 것 같기도 했다. 장마기간에 농무가 드리우는 이런 날에는 식욕을 돋아서 건장한 사내 정도는 손쉽게 삼켜버릴 지도 모른다는 불안한 생각이 들었다. 그래서 그 입구에서 머뭇거리며 기다렸는지도 모른다. 그런 모습이, 이런 상황에 과연 돈 끼호떼였다면, 예수였다면, 이순신 장군이었다면 어떠했을까. 그들도 막연한 공포와 두려움에 떨지 않았을까. 겉으로는 내색하지 않았지만, 경험하지 못한 집채만 한 파도가 거침없이 압도적으로 몰려오면 과연 앞으로 걸음을 내딛을 수 있었을까. 아마 그들 모두 그 공포와 두려움을 밟고 삶이 버린 삶을 의연하게 선택하며 앞으로 나아갔을 것이다. 각기 이유와 명분은 다르겠지만, 그들은 그랬을 것이다. 아픔과 고통과 절망을 받아들이고 온몸으로 느끼며 뭇 사람들의 아픔과 고통과 절망을 외면하지 않았을 것이다. 비록 자신의 육체 일부분이 잘려나가고 부서지는, 십자가에 못 박히고 매달리는, 외부의 적보다 내부의 적으로부터 포박되어 고신을 당하는, 그런 어렵고 힘들고 절망적인 환경과 상황에서도 그들은, 육화하여 새로운 지평을 열 것이 자명해 보였다.

그는 몇 걸음 걸어들어갔다. 짙은 안개에 또 짙은 안개가 쌓이자, 그는 한 치 앞을 알 수 없는 짙은 안개의 무리들에 포위당하고 결박당하는 것 같았다. 그 짙은 안개들이 자신의 보디를 쇠사슬로 감고 있는 그런 불길한 기분이었다. 그럼에도 그는 우두커니 서있을 뿐이었다. 미로 속에서 길을 잃었기 때문이었다. 하늘에 닿을 듯 치솟아오르는 어수선한 아름드리 잡목림 속에서 길을 잃은 심정이었다. 별빛도 나침의도 없는 막막한 사지에서. 그런 와중에도 짙은 안개들은 탐탁하지 못해 침통한 표정으로 느릿하게 다가와서 무겁게 짓눌렀고, 아가리를 벌려서 질금질금 물어뜯는 것 같기도 했다. 그는 아픔과 고통을 느끼지 못했으나 공포와 두려움이 다가와서 머물러 내면의 허약한 부분을 자꾸 깊숙이 찔러대고 일깨우는 것을 느낄 수 있었다. 그래서 그는 눈을 감고 양손으로 측백나무의 촉감을 더듬으며 조심스럽게 서서히 앞으로 걸었다. 어쩔 수 없이 다리를 포기한 뱀처럼 눈의 감각을 포기하자 새로운 감각을 일깨우는 계기가 되었던 것이다. 칠흑같은 어둠 속이 오히려 조용하고 잠잠했고 잔잔하고 거룩했다. 그는 천천히 움직이면서 명상에 접어들었다. 온몸에 모든 감각을 제각각 느슨하게 풀어놓은 채 방목하는 것이었다. 굴레와 재갈과 고삐도 없이, 의식이나 정신이나 오성의 민감한 관여도 없이, 발걸음이 움직이는 대로 양손의 촉감이 인도하는 대로 스스럼없이 나아갔던 것이다. 무의미가 의미를 찾고 부조리가 조리를 찾고 절망이 희망을 찾는 그런 구별된 것이 아니라, 단지 평면 위에 펼쳐진 무의미이고 의미이고 부조리이고 조리이고 절망이고 희망인 그런 것 말이다. 유기적인 연결이 아니라 따로 독립된 객체로 말이다. 대척점에 있는 관념적인 언어들은 그 관념의 틈바구니에서 고착되고 얽매여 삶의 공간을 벗어날 때까지 벗어나지 못하는 것이다. 그 결계를 풀어주는 것이 중요하고, 그럼으로 결국에는 육신의 모든 굴레에서 벗어나는 방법도 그것밖에 없는 것이다. 아마도 그럴 것이리라.

꽃뱀헌터는 눈을 감은 채 미로를 걸으며 삶의 공간도 미로를 걷는 것처럼 조심스럽게 나아가는 것이라 생각했다. 한 치 앞도 모르는 고단한 여정 속에서도 지근거리에 있는 사람들의 잔꾀와 술수에 거리로 내몰리고, 인정에 이끌려서 보증을 서거나 탐욕에 눈이 멀어서 낭떠러지에 떨어지기 일쑤인 것이다. 영어선생도 이런 사방이 벽으로 둘러싸인 미로에 갇혀서 온전한 불빛을 보고 온전한 길을 찾지 못하고 헤매다가 안락한 행복이 넘치는 가족을 버리고 극단적인 새로운 길을 선택한 것이리라. 죽음을 선택하고 행할 때에는 세상에서 가장 중요한 그것이 보이지 않고, 꽃뱀이 자신의 내면에 아무렇게나 낙서한 함축적인 간사한 언어들에 솔깃해서 절망의 나락에 떨어지고 만 것이리라. 그 당시에 그것이 얼마나 중요하고 소중한지 것인지 잘 모르는 것이고, 삶 속에서 일시적인 충동과 열정에 내몰려서 무모한 결정을 과감하게 하고 사인을 하면, 머지않아 돌아오는 것은, 늘 막대한 손해라는 것을 아는 것이다. 평범한 삶 속에서 행복은 일시적인 충동과 열정에 오랫동안 머무는 것이 아니라 은은하게 다가와서 생소하게 보일 듯 보이지 않는, 마치 형체 없는 믿음처럼 다가와서 머물다가 사라지는 것이다.

꽃뱀헌터는 미로의 통로로 손을 뻗어 조심해서 걸으면서 낭떠러지이고 벽이 앞을 가로막는 것을 느끼면서 가까스로 끝까지 닿을 수 있었다. 그곳에서 잠시 멈췄다가 되돌아올 때는 한결 편안하게 나올 수 있었다. 그는 눈을 뜨자 그렇게 많은 시간이 흐른 것 같지도 않았는데 그 사이에 짙은 안개가 많이 옅어진 것을 눈으로 확인할 수 있었다. 그는 미로 곁으로 난 데크로 만든 계단을 몇 계단 올라 평평한 곳에 이르러서 난간을 잡고 이제까지 들어가서 헤매다가 되돌아온 미로를 내려다볼 수 있었다. 복잡하지 않고 단순한 미로의 안쪽을 있는 그대로 볼 수 있었다. 그는 삶의 흐름 안에 존재하면 그 삶의 흐름에 휩쓸려 당면한 그 순간밖에 바라보지 못하는 것을 평소에 깨닫고 있었다. 조금 전까지 미로 안에서 몸을 가누지 못하고 허우적거릴 때도 그런 삶과 다르지 않았다는 것을 느낄 수 있었다. 하지만 복잡하게 보채는 삶의 흐름도 몇 걸음 물러서서 들여다보면 먼 것이 되어 개인적이고 주관적인 삶이 되지 않고 보편적이고 일반적인 삶으로 관조할 수 있었던 것이다. 거리두기. 그는 그것이 쉽지 않았다는 것을 살아오면서 깨닫고 있었다. 고갱이 그린 백마 위에 올라타 타히티섬의 해안가를 가로질러 달릴 때는, 그 백마의 등에서 떨어지지 않으려고 더욱 밀착하는 것이 인간의 본능이듯이, 삶 또한 그랬던 것이다.

그는 공원길 건너에 있는 굵고 긴 미끄럼틀을 건너다보았다. 그냥 화사한 미끄럼틀일 뿐이었다. 아까 불안하고 상스러운 상상력이 만든 터무니없는 헛것을 본 것이었다. 그는 영어선생도 교태를 부리며 교묘하게 꼬드기는 꽃뱀이라는 헛것을 본 것인지도 모른다고 생각했다. 그녀의 간특한 본성은 보지 못하고 삶의 허물을 보고 그것에 홀려서 현혹된 것이었다. 아무래도 영어선생의 호기심은 자기가 이미 가져본 것에 대한 흥미는 없었고, 자신이 가지지 않은 결코 가질 수 없는, 상스러운 꽃뱀이 매력적으로 보였고 그래서 적극적으로 반응한 것이리라. 메마른 자신의 아내에게서 찾아볼 수 없는, 하얗고 매끈한 피부의 섬세한 보드라움과 적당한 유방과 엉덩이의 탄력성, 반복적인 일상으로 정돈되어진 빼어난 보디, 주기적으로 관리하고 있는 세련된 이목구비.

그땐 이미 느슨하게 풀어진 안개의 무리들이 어딘가 아득한 곳으로 소멸하고 있었다. 그러자 황매산 평전 근처에서 거무스름한 구름이 요동치는가 싶더니 천둥이 으르렁거렸고, 연이어 이슬비가 내렸다. 그러자 그는 블루계열 아크테릭스 자켓의 모자를 쓰고 지퍼를 끝까지 올렸다. 으스스 추워지는 것을 느낄 수 있었다. 아마도 그는 무릎 위까지 오는 붉은색 반바지를 입고 있어 그런 것이라 생각했다.

그는 목욕탕 뒤 협소한 길로 비스듬하게 내려갔다. 사수대가 있었다. 아름드리 벚나무와 아카시아와 고욤나무에 무척 오래된 담쟁이가 엉겨붙어 있었다. 몇 백 년을 그렇게 시행착오를 겪으면서 서로의 공간을 침범하지 않는 선에서 조심스럽게 뻗어나가며 꽃을 피우고 잎사귀를 펼치고 있었던 것이다. 공존의 안녕. 그 앞에 큼직한 돌덩어리들이 제단처럼 평평하고 고르게 쌓여 있었다. 이곳이 공원에서 가장 성스럽고 조용하고 한적한 곳이었다. 그래서 공원에 내려오면 언제나 들러서 그네의자에 느긋하게 앉아서 부대끼는 사념과 짓누르는 상념과 번뇌를 추스르곤 했다. 큼직한 목욕탕 건물이 한쪽 면을 막고 있어 사람들의 번다한 이목에서도 어느 정도 자유로울 수 있었다. 아늑하고 조용했고 서늘하고 으스스했다. 예전에 동신당이 있었던 곳이라 그런지 예사롭지 않은 음산하고 경건한 기운이 땅속 깊은 곳에서 뿜어져나오는 것 같았다. 흐린 날에 추적추적 가는 비가 내리거나 이슬비가 내릴 때에 사위가 더욱더 우울하고 창백하게 다가왔고, 완강히 저항하던 보디도 어느 순간에 오그라들고 작아지는 것을 미세하게 느낄 수 있었다. 축축한 땅에 귀를 기울이면 그 옛날 임진왜란 때 억울하게 누명을 쓰고 죽은 천한 사람들이 귀신이 되어 애끊는, 찢어지는 목소리가 들릴 듯도 했다.

아마 꽃뱀의 사촌쯤 되어 보이는 그 귀신들이 영어선생을 꼬드겨 여기까지 데려와서 낮고 길게 뻗어 있는 굵은 가지에 빨랫줄을 단단히 고정해서 묶고 찬란한 죽음으로의 행진을 준비해준 것인지도 모르는 것이다.

이미 땅에서 닿을 수 있는 굵은 고욤나무의 가지가 톱으로 매끈하게 잘려져 있었다. 그곳에 영어선생은 빨랫줄을 감아서 가혹한, 차라리 편안한 죽음을 선택한 것 같았다. 서쪽으로 향해 뻗어 있는 그곳이, 그가 가장 편안하게 죽음을 받아들일 수 있었던 것 같았다. 칠흑 같은 새벽에 황금색 깃털을 펼치며 비상하는 태양이 떠오르는 동쪽을 바라보는 것이 민망한 것인지, 더 깊은 속사정은 알 수는 없었지만, 분명 그는 태양을 등진 것만은 확실해 보였다. 그런 마지막 행동이 지금까지 살아온 자신의 삶을 강하게 부정한 것이고, 더 나아가 세상까지도 부정한 것이리라. 만약에 좀 더 나은 육체적인 우월함과 이목구비의 탁월함으로 세상에 얼굴을 내밀고 이름을 내걸었다면 이런 비극적인 일은 발생하지 않았을 것이라 믿어 의심하지 않는 의사표현이 그런 불행한 행동으로 귀결되었던 것인지도.

서늘한 새벽에 영어선생이 소멸했어도 세상은 큰 변화가 없었다. 멀쩡한 고욤나무의 가지가 잘려나가는 수난을 당한 것이 다였다. 정혜도 영어선생의 갑작스런 죽음으로 인해 인생의 무상함과 덧없음에 깊숙이 침잠되어 허한 마음을 채우지 못해서 불안한 눈동자로 안절부절하지못할 것이나 잠으로의 아늑한 안식과 휴식을 취하면, 며칠 동안 바쁜 일상에서 함몰되어버리면 그 무기력함에서 서서히 벗어날 것이다. 대단할 것 같은 그것이, 삶과 죽음 사이에 낀 인간의 불안한 모습인 것이다.

꽃뱀헌터는 굵은 가지가 잘려나간 고욤나무의 상처 부위를 비스듬히 올려다보았다. 서늘한 새벽날씨와 어둠 속에서 무서워했을 영어선생을 상상할 수 있었다. 군데군데 가로등 불빛이 어둡고 축축한 대기 속에서 빨랫줄을 굵은 가지에 단단히 동여매고 목덜미 깊숙이 밀어넣는 그 찰나에, 사지가 차갑게 떨리고 온몸에 피가 급속하게 얼고 빠져나가는 공포와 두려움 속에서 침잠되어 있어도 영어선생은 뒤돌아보지 않고 과감하게 육중한 육체를 앞으로 내던졌을 것이다. 허공에 매달려 바동거리며 목덜미 깊숙한 호흡 속으로 빨랫줄이 사정없이 파고들어오는, 그래서 잘려나가는 그 뜨거운 고통의 순간에도, 영어선생은 목숨을 거두어들이며 옥죄는 빨랫줄에 두 손을 가져가지 않았을 것이다. 그것이 그가 자신의 죽음을 대하는 올바른 태도이고, 불온한 의식이 끄집어낸 수치심을 응징하는 방법이었기 때문에.

　다음날 아버지는 임종했다. 내가 도착할 즈음에 아버지는 조립식으로 지은 집에서 누워 있었다. 아버지는 아직도 실낱같은 생을 악착같이 붙잡고 있는 듯했고 곡기를 끊고 죽을 날을 기다리고 있는 듯했다. 며칠 전까지만 해도 알코올 중독자 수용소에 갇혀 있었는데, 그곳에서 탈출했다고 어머니가 말했다. 그 이후부터 아버지는 이빨 빠진 손도끼를 머리맡에 두고 잠이 든다고 했다. 이젠 자유를 찾은 아버지는, 문을 걸어잠그고 원 없이 소주를 마시고 있었다. 그럼에도 아버지는 온종일 보지도 듣지도 않는 TV를 시끄럽게 틀어놓고 있었다. 아마도 아버지는 무척 사람들의 목소리가 그리웠고, 그래서 외로웠고, 누군가와 차근차근 담백하고 진솔한 지나간 따스한 얘기를 나누고 싶었던 것이 분명해 보였다. 혼자 머물러 있는, 조용하고 공허한 곳에 고립되어 있는 것이 죽기보다 싫었던 것이 분명했다. 그래서 TV의 음성을 들으며 공허한 메아리로부터 벗어나 사람의 온기를 받기 위함이었는지도. 어쩌면 아버지는 그 끝도 없이 가라앉는 외로움과 고독에서 벗어나기 위해서 술을 마시는 것인지도 모를 일이었다.

아버지는 얕은 잠을 자다가 일어나서 소주를 마시고 또 마셨다. 머그잔에 가득 부은 투명한 소주를 멀거니 내려다보다가 또 거침없이 마시고 있었다. 아버지는 자신이 철저히 고립되고, 비어 있는 삶을 투명한 소주로 채우기 위함인지 온전히 비우기 위함인지 정확하게 알 수 없었다. 쉼 없이 소주를 마실 뿐이었다. 한편으로 아버지의 그런 행위가 죽음을 맞이하는 고귀한 의식 같기도 했다. 지금까지는 아무렇게 어수선하고 난잡하고 방탕하게 살았는데, 얼마 남지 않은 삶 동안은 성심성의껏 속죄하며 살기를 바라고 있었던 것 같기도 했다. 그래서 그런지 아버지는 머그잔에 따른 투명한 소주를 보며 꼬인 혓바닥으로 경건하고 달짝지근한 탄식을 했고, 마치 오래된 경전을 보고 읽는 것처럼 집중해서 뚫어지게 들여다보았고 주문을 외우는 사람처럼 혼잣말로 곁에 있는 사람들이 들을 수 없을 정도로 소곤거리기도 했다. 아버지는 한 치 앞의 상황에 대하여 뭔가를 준비하고 실행하기 위한 자신에 대한 다짐을 하고 있었다는 생각이 들기도 했다. 그러다가 아버지는 또 소주를 마셨다.

그런 아버지를 뒤로하고, 꽃뱀헌터는 창호 앞에 있는 햇볕에 그을린 나무의자에 앉아서 아버지의 집을 천천히 살폈다. 그는 이 집이 처음이었다. 의외로 단단한 콘크리트로 깔린 마당이 깔끔했고, 좁지 않은 텃밭도 있고 푸성귀도 풋풋하고 싱싱하게 자라고 있었다. 콘크리트와 텃밭의 경계지점에는 어른 허리 정도의 호두나무가 한 그루 자라고 있었다. 집 울타리 안에 잡풀들이 여기저기 지저분하고 어지럽게 자라지 않는 것이 기이했다. 누군가가 시간을 투자해서 관리하는 마당이었다.

꽃뱀헌터는 왜 아버지가 여기에 살고 살아야 하는지 알지 못했고 월세인지 전세인지도 알지 못했다. 어머니에게 묻지도 궁금하지도 않았다. 어릴 적부터 서로에게 무관심이라는 보이지 않는 차갑고 두꺼운 벽을 쌓고 살아왔었기에, 그런 것을 묻는다는 것이 오히려 불편했던 것이다. 그래서 어디에 사는지 주소도 몰랐고, 어머니가 가보라는 곳으로 왔을 뿐이었다. 그곳이 이 집이었고, 아버지는 언제부터인지 하염없이 소주를 마시고 있었다. 어릴 적부터 볼 수 있었던 너무나 익숙하고 선명한 광경이었고, 놀라지 않았다. 그래도 서글펐고 안쓰러웠다. 어머니는 그런 모습들이 꼴 보기 싫어서 한 번도 와보지 않았던 것 같았다. 그럼에도 불구하고 어머니가 아버지의 다가올 죽음을 어떻게 알았는지 궁금하기도 했다. 애써 추측을 해보면, 어머니 그녀의 장군신으로부터 소상하게 들은 것이 분명해 보였다. 아직도 아버지는 소주를 마시면서 어렵사리 생존하고 있었기에.

창문이 열려 있었기에, 아버지는 승용차의 엔진소리를 들었을 수도 있었을 것이지만, 애써 외면하고 소주를 마시고 있었던 것이다. 그 외면의 벽도 하루아침에 쌓아온 것이 아니라 무수한 세월 동안에 서서히 시커먼 먼지를 날리며 쌓아온 것이었다. 그곳에 어떤 석질로 쌓은 것인지 쉽게 가늠할 수 없을 정도였고, 단단하고 튼튼했다. 그것은 자식이 아무리 찔러도 뚫을 수 없는 견고한 벽이었다. 그래서 꽃뱀헌터는 멀뚱하게 아버지가 하는 행동을 지켜만 볼 뿐 관여하지도, 문을 두드리고 반갑다고 얘기를 나누지도 않았다. 그것이 그와 아버지 사이에, 예의범절이고 관계설정이었던 것이다. 이상하게 조금만 더 다가가면 서로에게 상처를 주고 불협화음이 생기는 것을 서로가 너무나 잘 알고 있었던 것이다. 아버지는 늘 상대를 부정하고 병적으로 자기합리화에 익숙했다. 잘잘못을 철저하게 따져 자신의 잘함과 잘못함을 대화로 풀지 않으려 했고, 그 잘못을 무작정 상대방에게 떠넘기고 탓하고 헐뜯었다. 결국에 언쟁으로 치닫다가 격한 분노를 품은 채 뒤돌아서는 것을 불 보듯 뻔한 일이었다. 그래서 그는 있는 듯 없는 듯 투명인간으로 기웃거리며 밖에서 지켜볼 뿐이었다. 적어도 자신과 아버지 사이에.

아버지는 처참한 죽음을 맞이하고 있었던 것이다. 외롭고 처참한 몰골로, 자신이 살아온 방식대로 말이다. 하나밖에 없는 아들을 투명한 창호 안으로 들어오지도 못하게 막아놓고, 적어도 자신도 그 안에서 밖으로 나오지 못하고 있었다. 밖에서 들어가려면 이중창으로 된 투명한 유리를 과감하게 깨뜨리거나 마당 쪽으로 난 창문을 뛰어넘어야 가능한 일이었다. 그것은 목숨을 걸고 행해야 하는 마지막 수단이었던 것이다. 머리맡에 놓인 녹슨 손도끼는 예전의 영광과 날카로움을 되찾기는 어렵겠지만, 더께에 묻힌 본능과 습관과 운동성을 깨울 수는 있을 것이기 때문이었다. 그 손도끼는 여전히 아버지의 머리맡에서 누군가의 정수리를 내리찍기 위해서 호시탐탐 노리고 있었고, 비록 이가 빠져 형편없이 무딘 몰골을 하고는 있어도 말이다. 그런 불상사는 피하고 싶었다. 지금까지 살아온 방식대로 살아가는 것이 상책이라고 생각했다. 서로의 영역 밖에서 호흡하고 먹고 마시며 일상을 채워나가는 것. 아버지도 그 방법을 선택했고, 평생 자신이 아무렇게나 방탕하게 길들인 육체의 일반적인 리듬과 형편에 맞게 편안하게 죽음을 맞이하고 있었던 것이다.

　여전히 장마전선의 영향으로 대기는 우중충하고 습도가 높았다. 지금 하루의 어느 지점을 기진하게 달리고 있는 것인지 알 수 없을 정도였다. 태양으로부터 날아오는 강렬한 햇살들이 짙은 구름을 뚫지 못하고 차단된 지가 벌써 며칠은 지난 것 같았다. 찌푸린 표정으로 일관하고 있어도 추적추적

비가 오지 않는 것이 다행이라고 생각했다. 꽃뱀헌터는 나무 의자에 앉아 있다가 호주머니 속으로 양손을 집어넣어 스마트폰을 찾았다. 그랬저 안에 스마트폰을 놓고 내린 것을 그제야 깨닫고 있었다. 그는 의식적으로 스마트폰과 거리를 두고 떨어지는 연습을 할 때가 많았다. 그래서 무의식적으로 스마트폰을 놓고 내린 것 같았다. 스마트폰은 사람과 사람을 사람과 사물을 유기적으로 긴밀하게 연결하기 때문에 인류에 새로운 변화를 주도하고 새로운 분야를 파생시켜서 편리하고 윤택한 삶을 제공하고는 있어도 종국에는 인간의 고립과 상실감은 더욱더 배가시키고 있었던 것이다. 스마트폰의 독성은 혼자 앉아서 자신을 성찰할 수 있는 여유로운 시간을 앗아가고 게임과 동영상으로 피상적인 얕은 재미로 인하여 독서를 통해 얻을 수 있는 깊고 넓은 사색의 흐뭇함과 은근함을 앗아가는 것이었다. 기업의 이윤창출이 목적인 콘텐츠는 대체적으로 가볍고 자극적이어서 한층 더 깊고 명징한 삶을 연상하고 상상할 수도 없이 차단하는 것이었다. 사람들은 외로워서 스마트폰을 손에서 떨어뜨리지 않고 있지만, 그것으로 일시적인 외로움은 떨쳐버릴 수는 있어도, 그것 때문에 더욱 세상과 고립되고 차단되어 외로워지는 것이다. 인간과 인간은 서로의 온기와 사랑을 나누고 보듬고 맞이할 그 짧은 순간에만, 외롭지 않기 때문에 그렇다. 그래서 가족이라는 정겨운 울타리를 만들고, 그 속에서 내재된 도발적인 섹스와 사악한 폭력성을 온순하게 길들이며 성장하고 세상으로부터 서서히 다가오는 사물의 변화와 의미를 통해서 올바른 가치관과 품성을 업그레이드 시키며 알차게 성장하면서 청소년기를 맞이하고 어른이 되어 세상으로 나아가 순한 영향력으로 자신의 이름과 얼굴을 적당한 가격으로 파는 것이리라. 등가교환의 법칙. 하지만 자신의 가족은 그렇지 않았다. 각자 자신을 지키기 위해서 서로에게 상처를 주고 고통을 주는 것이었다. 그것이 우리가족의 자화상이었다. 비극적인, 서로가 서로에게 상처를 주고 고통을 주지 못해서 안달이 난 그들. 만약 성스럽고 존귀하신 신이 그 같은 어설픈 행위나 판단으로 그런 불필요한 사악한 가족의 형태를 만들었다면, 잘못된 설정이고 조합이었던 것이리라.

꽃뱀헌터는 마당에 세워놓은 그랜저에서 스마트폰을 꺼내었다. 느슨한 오후 5시에 접어들고 있었다. 그래서 그는 창문 쪽으로 가서 아버지가 누워 있는 방안으로 들여다보았다. 아버지는 높은 베개에 고개가 부자연스럽게 꺾인 채 TV를 시청하고 있는지 자는지 정확하게 판단할 수는 없었다. 파리 몇 마리가 눈 가장자리에 정착하지 못하고 배회하는 것을 보아 아직 실눈을 뜨고 있는 것이 분명했다. 포식자의 각성은 늘 피식자의 눈치로 연결되는 것처럼. 그렇다. 파리들은 눈치를 보고 있었던 것이다. 그 눈치 속에 끼니를 연명할 수 있는 여지가 남아 있는 것이다. 치열한 생존경쟁처럼. 아버지는 오직 파리들에게 전지전능한 힘으로 굴복시키는 것인지도 모른다. 손을 휘둘러 상처를 주고 고통을 주는, 지근거리에 두고 자신의 마음에 들지 않으면 처참하게 압사시키는 것인지도 모른다. 그것이 아버지가 파리들을 곁에 두는 이유인지도 모른다. 이젠 아버지 곁에 가족이 다 떠난 이상 가까이에 두고 괴롭힐 대상이 없자, 파리들과 공생하며 괴롭히는지도 모를 일이었다.

그때 꽃뱀헌터는 공허한 목소리로 방 안에서 맴돌며 뭉그러지는 TV의 목소리에서 어딘지 익숙한 대사를 들을 수 있었다. 그래서 그는 벽에 고정되어 있는 TV 쪽으로 시선을 옮겼다. 장국영의 아비정전이었다. 늘 소주를 경배하며 일상을 보내는 아버지가 영화를 본다는 것도 신기했지만, 그런 장르의 영화를 본다는 것 또한 신기했다. 아버지는 가끔씩 손을 휘저어 파리들을 멀리 쫓고 있었다. 그는 어릴 적에 아버지가 TV를 시청하던 모습을 본적이 없었다. 거실 중앙에 있던 TV는 언제나 칠흑의 고요한 침묵만 드리우며 무표정하게 있었다. 어머니도 자신의 신에게 모든 것을 바치고 있어 한가하게 TV 앞에서 시간을 늘어뜨리고 있을 수 없는 사정이었다. 그 사이, 아버지의 취미가 변한 것인지 그것은 알 길이 없었다.

육식과 햄을 먹지 않는 채식주의자들이 어느 날 갑자기 햄을 굽지 않고 날것으로 먹는 일이 간혹 있는 일이었다. 아버지가 식성이 변한 것 같았다. 가까이서 오랫동안 지켜볼 겨를이 없었던 그 사이에.

아버지는 댄스인 루루에게 일방적인 통보를 보내고 필리핀으로 친어머니를 만나러 떠나는 모습을 보고 있었다. 그것을 보고 일어난 것인지 생리적인 현상 때문에 일어난 것인지 알 수는 없었지만, 아버지는 몸을 일으켜서 바람벽에 몸을 의탁한 채 재떨이 곁에 지저분하게 널브러진 담뱃갑을 집어 한 개비를 꺼내어 물었다. 반쯤 피운 담뱃갑은 여지없이 방바닥에 내동댕이쳐졌고 연이어 라이터를 들어서 불을 붙였다. 그러자 담배연기가 방 한가운데로 유유하게 올라가는가 싶더니 창문 쪽으로 비스듬히 기울어 빠져나오고 있었다. 아버지는 그 자리에서 일어나려고 했으나 쉽게 일어날 수가 없었다. 엉덩이부터 시작하는 하체의 근간인 넓적다리와 종아리에 근육이 완전히 소실되어버린 것이었다. 아버지는 그 자리에서 일어나려고 쪼그리고 앉았다가 주저앉기를 반복적으로 하다가, 순간 자신과의 타협을 한 것인지 온몸을 바람벽에 의탁해서 간신히 일어나 화장실로 가서 변기에 겨우 앉았다. 아버지는 걸어서 변기까지 가는 그 짧은 거리에서도, 위태위태했다. 제대로 가누지 못하고 이리저리 걷다가 닫힌 화장실문에 '꽝'하며 부딪치기도 했다. 그러다가 한참을 변기에 앉아 있다가 그는 혼잣말을 했다. "혈변이 나와, 처먹은 것이 없으니 피라도 나올 수밖에, 오래 살고 볼일 일세." 그러고는 아버지는 물고 있던 담배를 변기 속으로 던져버리고 헐렁한 검은색 계열의 리복 운동복을 입고 아까 그 자리로 되돌아오려고 했다. 걸음걸이가 힘겨웠다. 서늘바람이라도 불면 부러질 것 같은 깡마른 대나무처럼 허물어지는 넓적다리로 중력을 지탱하기가 여간 힘든 것이 아닌 것 같았다. 그래서 그런지 그는 그 자리에 엉거주춤 서있다가 주저앉아 무릎으로 기어서 아까 그 자리로 되돌아와 소주를 머그잔에 따라서 한 모금 마셨다. 아버지는 머리가 어지러운지 늘어지고 허물어진 육체를 방바닥에 밀착했다. 그러자 천장에 붙어 있던 파리들이 먹이에 대한 집요함으로 아버지의 눈가에 맴돌았다. 그곳에서 끼니를 해결할 모양으로.

그러다가 아버지는 TV를 올려다보았다. 아비가 어머니를 쳐다보지 않고 뒤돌아서서 황망히 떠나는 모습이었다. 그런 모습을 보자 아버지는 소주를 머그잔에 넘치도록 따라서 단번에 입속으로 밀어넣었다. 안주도 없이. 그러다가 아버지는 빈 머그잔을 싱크대 쪽으로 강하게 집어던져버렸다. 머그잔은 둔탁한 소리를 내며 산산조각 박살이 났고 방바닥에 조그마한 파편들이 분산되어 뿌려졌다. 더 이상 소주를 먹지 않을 것처럼. 그러고는 아버지는 혼잣말로 미친 듯이 고함을 질렀다. "어머니, 어머니 왜 그르셨어요. 당신이 냉정하고 가혹하게 대하지 않았더라면, 당신이 사람들에게 손가락질 받는 비천한 창녀가 아니었다면, 나 또한 이렇게 불행하게 삶을 소비하지 않았을 겁니다." 그러면서 아버지는 리모컨을 TV화면 쪽으로 세차게 던졌다. 그러자 리모컨에 건전지가 튀어나오면서 완전히 해체 되었다. 동시에 TV화면도 꺼졌다.

꽃뱀헌터는 놀라지 않을 수 없었다. 처음 들어보는 아버지의 어머니에 대한 것이었다. 그는 아직도 아버지의 어머니에 관한 것을 어떠한 것도 알지 못했고 관심도 없었던 것이었다. 그 또한 자신의 어머니에게서 제대로 된 은근한 사랑과 따스한 관심을 받지 못하고 차갑게 버림받은 모양이었다. 왜 이제 와서 아버지는 그러는 것일까! 그 말이 사실일까? 만약에 그것이 사실이라면 왜 곁에 있는 가족에게 도움을 요청하지 않은 것일까. 그는 믿을 수가 없고 믿지 않았다. 아버지는 늘 거짓말을 했고 자신의 행동에 관한 사소한 것을 합리화했다. 자기합리화. 그것으로 자신을 제외한 가족구성원들은 힘들어 했고, 괴로워 했다. 그 정도가, 아버지가 하나밖에 없는 자식에게 남긴 불편한 유산이었다. 아마 어머니의 뱃속에 깃들 때부터, 아버지는 가족에게 예의와 염치가 없이 폭력적인 언사를 자행했을 것이고, 그 결과 꽃뱀헌터는 질식할 것 같은 괴로움으로 인하여 한없이 좌절하고 자괴감에 빠져 헤어나지 못하고 있었던 것이다. 그래서 그런지 그는 아버지의 말을 곧이곧대로 믿지 않았다. 그것이 아버지가 자식에게 비친 과거의 모습이고 현재의 모습이기도 했다.

아버지는 자신이 거짓말을 하고 그 거짓말의 재료로 예쁜 방을 꾸미는 것이 분명했다. 그 속에 비를 피하고 추위를 피하기 위한 방을 말이다. 침대도 놓고 옷걸이도 있는, 한낮의 햇살을 막을 수 있는 커튼이 드리워진 예쁜 방. 허언증. 그래야 지나간 삶과 현재 진행 중인 삶을 면밀히 반추해 보고 흐뭇한 미소를 던지며 바라볼 수 있을 것이다. 액면 그대로, 거칠고 투박하고 차갑고 냉정한 삶을 인정하면 지금까지 살아온 삶 동안 자신이 저질러 온 패악들을 필터에 거르지 않고 곧바로 직면해야 하는 불상사가 생기는 것이었다. 그것을 미연에 해결하기 위해서 그는 어느 화창한 봄날, 그는 느닷없이 닥친 간교한 생각들이 만든 치밀한 설정으로 인해서, 자신의 내면에 예쁜 방을 만들어 그곳에서 휴식과 안식을 취했던 것이리라. 그런 행위가 자신의 너절하고 더러운, 궁상스럽고 변변하지 못한 현실을 이겨내는 바탕이 되고 발판이 되는, 그것으로 자신의 삶을 풍성하게 만드는 계기를 만드는 것이리라. 그래서 아버지는 자신도 자신의 삶을 제대로 파악할 수 없고, 자신이 원하는 것만 선택해서 아름답고 정겹게 포장해서 그 순간을 느긋하고 평안하게 누리고, 그 자신만의 자유와 평안을 누리는 것인지도 모른다. 그래서 그는 죽음에 직면한 현실 앞에서도 의연한 것인지도 모른다. 자신이 자신을 속여서 만든 거짓현실을 대견하게 생각하고 고마워하는 것인지도. 가상현실을 받아들이는 그만의 방식인지도.

어둠살이 살벌했다. 그러자 기다렸다는 듯이 차갑고 호리호리한 빗줄기가 내리기 시작했다. 추적추적. 지금까지 짙은 구름 속에서 침울하게 애써 참고 발아하고 있었던 비의 씨앗들이었다. 그럼에도 그 기다림의 시간시간 속에서 조마조마한 마음과 들뜬 생각들을 다독이고 격려해서 그런지 어수선하지도 복잡하지 않았다. 침착하고 조신해 보였다. 그러다가 순한 바람이 불어오면 일정한 속도로 반복적으로 내리는 빗줄기가 유려한 곡선의 자태를 드러낼 것이고, 차분하지도 공손하지도 않을 것이다. 그런 와중에 거친 바람이 불어오면 하루하루를 겨우 연명하는 늑대들처럼 잔인하고 뾰쪽한 이빨을 거침없이 드러내며 미친 듯이 으르렁거릴 것이다. 그 늑대들이 으르렁거리며 포악하게 달려들지는 않겠지만, 먹잇감을 놓치지 않기 위해서 만찬의 준비를 해놓을 것이다. 어쩌면 꽃뱀헌터 자신도 침착하고 조신하게 내리는 비의 본성처럼 자신의 본성도 아기였을 때에는 예측 가능한 것이었

269

을 것이다. 어릴 적부터 저항할 수 없는 거칠고 강한 바람이 위아래 사방팔방에서 휘몰아치며 불어서 자신이 자신을 부여잡고 살기가 여간 힘들고 고달프지 않을 수 없었던 것이다. 그래서 외부의 변화에 따라 성품과 행동이 변하는 비의 본성과 자신의 본성은 엇비슷한 처지였고, 서로 공유할 수 있는 것도 많았고, 어울린다는 생각이 들었다.

짙은 어둠이 내리고 비바람이 불자, 으스스하고 뒤숭숭했다. 꽃뱀헌터는 디젤 청바지에 아크테릭스 자켓을 입고 있어도 갑작스런 주위환경을 유연하게 대처하지 못할 것 같아서 그랜저 실내에서 기다리기로 했다. 곁에서 기다리고 있었던 아들의 번거로움을 외면 한 채 쉽게 죽음을 맞이할 것 같지는 않았다. 기진하게 뜸을 들이고 하나밖에 없는 자식을 끝까지 괴롭히며 임종을 맞이할 것이라 생각했다. 어쨌든, 그것이 당면한 현실에 엄연히 다가와 있었던 음험하고 싸늘한 아버지의 그늘이었던 것이다.

꽃뱀헌터는 시동을 걸었다. 기다렸다는 듯이 엔진오일 온도의 눈금이 오르고 따스한 온기가 실내를 채우고 있었다. 그는 편안하게 기다리기 위해서 운전석의자를 뒤로 눕혔다. 따스한 온기가 그 사이 실내에 웅크리고 있던 냉기를 밀어내자 온몸이 느슨하게 풀어지고 피곤함이 몰려오는 것을 느낄 수 있었다. 그제야 그는 어머니의 전화를 받았을 때, 차갑고 무미건조한 언어 속에서 오랫동안 기생하고 있었던 그 무엇인가가 꿈틀거리고 있었다는 것을 미세하게 느낄 수 있었다. 피식자가 포식자의 민감한 촉수 밖에 머무르면서 느낄 수 있는 안도감 같기도 했고, 과거의 잔인한 나날들 속에 복수의 발톱을 숨기고 있다가 과감하게 드러내는 매서운 눈빛 같기도 했다. 아버지의 임종이 다가오자 어머니는 애써 짓누르고 숨기고 있었던 기쁨과 반가움, 활기와 충일함을 설핏 보였다가 꼬리를 감추고 있었던 것이다. 그것은 어머니가 일상적인 차갑고 사무적인 언어 속에서 느낄 수 없었던 것이다. 그럼에도 그는 내색하지 않았다. 그 또한 그런 형용할 수 없는 힘찬 활기와 기쁨이 내면의 깊고 아득한 곳에서 치밀어올라 새로운 세상을 맞이할 것 같은 기대와 확신이 생기기도 했으니까 말이다.

그는 오랫동안 묵은 만성적인 긴장과 분노와 증오가 서서히 녹아들어가는 것을 느낄 수 있었다. 북극의 동토가 온난화로 서서히 녹아들어가는 것처럼 말이다. 태곳적부터 지금까지 쌓아온 두꺼운 얼음덩어리에서 미세한 균열이 생기고 있었다는 것을 온몸으로 느낄 수 있었다. 아버지가 죽음의 아가리로 들어가면, 그 순간 한꺼번에 와르르 무너질 것 같기도 했다. 어쩌면 아버지의 생존은 자식의 삶의 올바른 행위를 가로막는 무형의 벽이었고, 정신적으로나 의식적으로 뛰어넘거나 무너뜨려야 하는 큰 장애물이었다. 그것을 어머니도 느끼고 있었던 것이리라.

꽃뱀헌터는 스마트폰으로 음악을 틀었다. Youtube에서 머라이어 캐리의 20년 전의 모습을 볼 수 있었다. 그때는 젊고 상큼하고 향긋하고 사랑스러웠다. 앞으로 꽃길 위만 걷고 늘 즐거움과 행복만 깃들어 충만할 것이라 믿어 의심하지 않는 천진난만한 미소를 머금고 있었다. 앞으로 다가올 불행과 외로움은 다른 사람들의 전유물이고 자신과는 아무런 상관도 없는 것이라고 생각하고 있는 표정이었다. 아마 그 영상은 그녀가 결혼하기 전 풋풋하고 싱그러운 모습일 게다. 그녀는 Hero를 불렀다. 'There's a hero. If you look inside your heart.' 그는 달콤한 가사를 듣다가, 어머니도 결혼 전에 그런 이기적인 생각을 하고 있었을 것이라 믿어 의심하지 않았다. 그녀는 어리고 예쁘고 참신했기 때문에. 그러다가 그는 머라이어 캐리의 풍성한 음색과 절제에 취해 있다가, 아까 어머니의 언어 속에 깃들어 있었던 것이, 아마 지금까지 어렵사리 가늘게 숨 쉬고 있었던 영웅의 본모습이 아닐까 하는 그런 생각을 해보았던 것이다. 머라이어 캐리의 노래 속에서 영웅을 발견할 수 있듯이 어머니의 언어 속에서도 영웅을 발견할 수 있었던 것이다.

그는 Hero가 아마도 어머니의 내면에서도 가냘프게 숨 쉬

고 인내하며 생존하고 있었다는 것을 느낄 수 있었다. Hero
는 어둡고 침울하게 차갑고 비굴하게 살아오면서도 자신의
힘과 세력을 근근이 키워오면서 언젠가는 그때가 올 것이라
믿으면서, 아마도 그때가 지금인지도 모른다는 생각을 했던
것이다. 어머니는 그날이 가까이 다가왔다는 것을 장군신에
게서 우회적으로 들었고, 이젠 자신의 내면에 키워온 Hero
가 세상으로 위풍당당하게 모습을 드러낼 때가 됐다고 생각
하고 있었던 것인지도 모른다. 그것이 그녀의 언어에 서식하
고 있었던 것인지도.

　그는 운전석에 편안하게 누워 있자, 차가움으로 경직되어
있던 육체가 서서히 풀어지고 있는 것을 느낄 수 있었다. 그
제야 그는 차창에 김이 견고하게 서려 있었다는 것을 깨달
았다. 그 견고한 김이 허물어지고 있다는 것도 알았다. 그 사
이 차가움이 따스한 온기를 잠식하면서 그들만의 견고한 성
을 쌓고 외부와의 단절을 꾀하고 있었지만, 차음재와 흡음
재 덕분으로 조용하게 엔진이 쉼 없이 돌아가면서 내뿜는 열
기가 실내로 유입되어 따스함이 차가움을 어렵지 않게 차분
하게 서서히 밀어내듯이, 온화한 실내는 개나리도 피고 진달
래도 피는 화사한 봄날이 된 것이었다. 문득 그런 곳에 꽃뱀
이 기거할 것 같은 생각이 들자, 그때 그는 근원을 알 수 없
었지만, 욕정이 꿈틀거려서 페니스를 진중하게 자극하는 것

을 느낄 수 있었다. 건강하니까, 예의도 노크도 없이 들이닥치는 낯선 이방인이거나 가혹한 폭군은 분명 아닐 것이었다. 뭔가 새로운 환경에서 싹트고 빚어진 심리적 요인으로 발생하는 것만은 분명해 보였던 것이다. 그는 노곤한 가운데에서도 모양과 형식을 바꿔서 의기충천한 페니스를 손가락으로 어루만지자, 희미하게 웃는 꽃뱀의 이미지가 흐릿하게 나타나는가 싶더니 자신을 계속 유혹하고 있었다는 것을 인식할 수 있었다. 허리를 유연하게 흐느적거리는 구체적인 은근한 자태로 시선을 사로잡지는 못했으나, 그것이 더욱 욕정을 부채질해서 자위로 이끄는 것을, 조심스럽게 느낄 수 있었다. 그럼에도 그는 삶의 길 위에 순간순간 치밀어 오르는 욕정의 발길로 인하여 자신이 더욱 풍성해지고 느긋해지고 부지런해지고 새로워지는 것을 이미 알고 있었던 것이다. 전 체육선생도 그런 생각을 해서 승용차 안에서 자위를 했었던 것인지도 모를 일이었다. 그런 불미스러운 사건으로 학교에서 쫓겨났지만 말이다. 그는 그런 군걱정을 하지 않아도 될 것이라는 생각했다. 몇몇의 기와집이 있는 마을에서 제법 멀리 떨어져 있고, 집에는 술에 취해서 손발을 제대로 가누지 못하는 아버지 밖에 없었기 때문에.

그는 격한 사정을 했다. 그는 나른한 육체를 늘어뜨렸다. 느긋하고 달콤했다. 그는 누워서 갑자기 치밀어오른 욕정으로 자위를 하게 된 원인과 이유를 대략적으로 찾을 수 있었던 것이다. 아마도 그것은 가혹하고 잔인한, 서슬 퍼런 날카로움과 냉정함이 턱밑까지 다가와서 머무른, 아버지의 죽음 때문이었다. 그것이 일종의 축제이었던 것이다. 반갑고 흐뭇하고 즐거운 축제.

스르르 눈이 감겼다. 반복적인 엔진의 노동으로 따스함이 몰고 온 졸음인지 자위로 인하여 밀어닥친 피곤함인지는 명확하게 구분할 수는 없었지만, 느긋하고 나른하게 잠의 여행으로 접어들었다. 달콤한 잠은 에너지를 비축하기 위해서도 필요했고 지나간 삶을 매듭짓고 다가오는 삶을 발랄하고 생생하게 열기 위해서도 필요했다. 그래서 바쁜 와중에도 일상의 일부분을 할애해서 잠을 청하는 것이리라.

잠시, 그는 잠을 청했다고 생각했는데 시간이 아득한 곳으로 훌쩍 달아나 있었다. 그 사이, 아버지의 방에서는 형광등이 켜져 있었다. 밝은 불빛이 열린 창문을 통해서 길게 뻗어서 어둠을 밝히고 있었다. 그 밝음을 쫓아 크고 작은 벌레들이 밭과 논에서 멀지 않은 이름도 없는 평범한 야산에서 광적으로 달려들고 있었다. 여전히 비는 내리고 있었고, 벌레들은 내리는 비에 날개들이 젖어도 개의치 않는 것 같았다. 하루를 연명하는 하루살이만 적극적으로 때로는 치열하게 날아와서 방충망에 부딪치고 바닥에 떨어지는 것 같지 않았다. 그는 저런 광경을 볼 때마다 벌레들은 아마도 어떤 목적이 있어 저런 비정상적인 행동을 할 것이라고 생각하고 있었다. 마약성분이 아니면 더 이상 쾌락의 절정을 느끼지 못하는 마약중독자들의 광적인 행동처럼 말이다. 일반적인 자극으로는, 이젠 도파민을 유도할 수 없는 정상적인 뇌의 시스템이 이미 파괴 되어서 회복이 불가능한 모습 같았다. 그것이 빛을 좇는 벌레들의 모습이고 행동이었다. 그는 아버지의 뇌의 시스템 또한 합선으로 제 기능을 하지 못하고 있었던 것 같았다. 그래서 소주라도 마시지 않으면 견딜 수 없는, 그래서 소주를 마시고 있었던 것 같았다. 아버지가 마약중독자의 범주에 들지 않은 것이 오히려 다행이라고 생각해야 할 것 같았다. 값 비싼 마약보다는 소주가 그래도 서민적이고 안정적으로 확보할 수 있고 쾌락의 절정으로 나아갈 수 있는, 안전한 길이었다. 더욱이 자신을 학대하고 힐난하며, 가족 곁에 오래 머물러 괴롭히고 상처를 주면서 즐거움과 위안을 받을 수 있었기 때문에. 어쩌면 그것이 아버지가 마약중독자로 살아가지 않고 알코올중독자로 살아가는 이유인지도 모른다. 그래야 더 오래 살아서 괴롭히고 그런대로 합법적인 삶을 영위할 수도 있었을 것이기 때문에.

그는 아버지가 무엇을 하는지 궁금했다. 어떻게 말라비틀어지고 쇠약한, 병약하고 무력하고 불편한 몸을 일으켜서 형광등을 밝힌 것인지 궁금하기도 했다. 그래서 그는 그랜저에서 내리기로 마음먹고 뒤로 눕혔던 시트를 제자리로 올렸다. 그는 흐릿한 밖을 보기 위해서 핸들 오른쪽에 붙어 있는 워셔액버튼을 조작했다. 유리표면에 워셔액이 일정한 속도와 굵기로 뿌려지자 에탄올냄새가 실내로 유입되었다. 연이어 와이퍼가 재빠르게 움직이며 말끔하게 닦아내고 있었다. 그 유리표면에 한 방울씩 빗줄기가 부딪치며 소멸했다. 그는 빗방울들이 홍매의 꽃송이에서 떨어지는 꽃잎 같다는 생각이 들었다. 불현듯 왜 그런 생각에 머무는지 알 수는 없었다. 길게 뻗은 고속도로를 건물주선배의 붉은색 페라리 조수석에 타고 긴 터널을 지나고 짧은 터널을 지나자 곧바로 나타난 웅장하지도 위엄 있게 생기지도 않은 야트막한 야산이 자신 앞으로 나타나자 이상하게 그쪽에서 시선을 뗄 수가 없었다. 그래서 선배에게 그쪽으로 가보자고 권유했던 기억이 났다. 그런 요구사항에도 선배는 당황하지 않았다. 선배도 그쪽을 유심히 보고 있었다고 했다. 그 알 수 없는 기운에 이끌려 붉은색 페라리를 타고 고속도로를 저속으로 내려서 소박한 풍경이 펼쳐지는 고즈넉한 2차선 시골길 위를 조심조심 달렸다. 그렇게 한참을 가자 차가운 공기 속에서도 홍매가 가슴 시리게 피어 있었다. 양지바른 곳에 외딴 집이 한 채 있고 그 뒷산이 홍매가 흐드러지게 피어 있었다. 애처롭고 고결했다.

그 뒷산 언저리에서 곡하는 소리가 들렸고, 일꾼들이 하관하는 모습을 먼빛으로 흐릿하게 볼 수 있었다. 그러던 사이에, 언제 나타났는지 알 수 없는 짙은 구름이 뒷산을 에워싸는가 싶더니 빗방울이 떨어졌다. 소나기였다. 뒷산이 짙은 구름에 갇히는가 싶더니 결정적인 카운터펀치는 굵게 몰아치는 빗방울이었다. 바람의 손길을 타지 않아도 사선으로 내리꽂고 직선으로 내리꽂는, 이른 봄에 초대하지 않은 무뢰한 이방인이었다. 홍매 아래서 주차해둔 붉은색 페라리 안에 앉아 있던 그들은, 화사하게 빛나던 홍매의 시체들이 처참하게 일그러지고 비뚤어지는, 결국에는 고결한 자태를 드러내며 화사한 나날들을 뒤로 하고 애절한 아픔을 남기고 처절하게 떨어지고 있었던 것이다. 굵은 소나기가 쏟아지는 종잡을 수 없는 상황에서도 곡소리가 끊어지지 않고 가로질러 다가와서 처연하게 머무는 것을 들을 수 있었다. 차갑고 냉담한 죽음. 그는 그 두서없는 기억으로 인하여 유리표면에 떨어지는 빗방울을 보고 처연한 홍매의 이미지가 떠오른 것이라 생각했다.

　그는 하늘을 올려다보았다. 칠흑 속에서 굵은 빗방울이 떨어지자 얼굴이 따끔거렸다. 짙은 구름 속에서 생성되어 떨어지는 빗방울들이 소멸하는 과정이었다. 그 찰나에 사람도 만나고 홍매도 만나는, 그 만남 속에서 무색무취한 빗방울들이 사소한, 소중한 의미를 찾는 것인지도 모른다. 그것이 사람들이 말하는 인연의 범주에 들 수 있는 것인지는 정확하게 알 수 없는 일이었다. 하지만 빗방울이 어떤 곳에 떨어지느냐에 따라 기쁨과 즐거움이 될 수도 있고 불행과 아픔이 될 수도 있었던 것이다. 황량하고 건조하고 메마른 서아프리카나 겨우내 눈이 내리지 않던 한반도에서 단비가 될 수 있고, 반면에 인도의 몬순시즌에 내리는 집중호우는 지긋지긋한 재앙이 될 수도 있고 화사한 홍매가 온 나라를 뒤덮는 특정 지을 수 없는 몽상적인 나라에 쏟아지는 빗방울은 당황스러움이고 초라함이 될 수도 있었던 것이다. 빗방울은 생성과 소멸을 겪는 과정에서 놓인 아주 짧은 인연의 매듭인 것 같았다. 그것은 장소와 상황에 따라 좋은 인연이 될 수도 있고 나쁜 인연이 될 수도 있었던 것이리라. 아마도 그는 지금 내리는 빗방울은 나쁜 인연을 씻어내고 좋은 인연으로 나아가는 과정인 것 같았다. 아버지라는 나쁜 인연에서 벗어나 새로운, 좋은 인연을 만나기 위한 출발점이라는, 그래서 따스하고 편안한 시트에 앉아서 자위를 한 것인지도. 객토한 새로운 땅에 튼실한 씨앗을 파종하기 위해서. 본능적으로.

꽃뱀헌터는 방 안을 들여다봤다. 벌레들이 우왕좌왕 어지러운 상태였다. TV의 검은색 화면 속에서 더 이상 또록또록한 사람들의 목소리가 들리지 않았다. 무겁게 가라앉은 기이한 침묵을 깨뜨리는 것은 존재하지 않았고, 단지 밝게 빛나는 형광등과 간헐적인 냉장고의 소음밖에 들리는 것이 없었다. 그는 문명의 이기 속에 살아가는 사람들은 크고 작은 소음들 속에 언제나 노출되어 하는 수 없이 살아가며, 그것에 염증이 나고 싫증이 나서 높은 산과 푸른 하늘만 보이는 산사를 찾거나 깊은 계곡을 찾아서 자연의 테두리 안에서 자연발생적으로 일어나고 소멸하는 아늑하고 싱그럽고 정겹고 다정한 소리를 들으며 안식을 얻고 안정적인 기쁨과 무한한 즐거움을 찾는다고 생각했다. 그러다가도 어느 날 갑자기 무의식적으로 뭔가에 쫓기는, 그것을 면밀히 따지고 들여다보면, 아마도 그것은 몸에 반복적으로 학습이 되고 점철된 개별적으로 설정된 소음들의 반가운 표정과 손짓일 것이고, 보편적인 대부분의 사람들은 그 무분별한 소음들이 던지는 편리함과 쾌적함을 잊지 못하고 되돌아가는 것이리라. 그것이 평범한 현대인들의 모습일 게다.

아버지는 촉수가 뽑힌 벌레처럼 방바닥에 밀착해서 돌고 있었다. 방바닥이 뜨거워서 그런지는 모르겠으나 가끔씩 뜨겁다며 물 좀 달라고 말했다. 아버지는 눈을 꾹 감고 곁에 있는 누군가에게 말을 건네는 말투였다. 하지만 곁에는 임종을 기다리는 가족은 없고 몇몇의 파리들만이 윙윙거리며 집요하게 눈곱을 빨기 위해서 눈 언저리를 파고들고 있을 뿐이었다. 아버지는 간혹 시끄러운 소리를 질렀다가 또 한없이 잠잠하게 정체되어 있다가 또 다리를 당겨서 밀며 온몸을 움직이며 나아가고 있었다. 철조망 위로 총알이 빗발치는 전쟁터에서 겁에 질린, 조마조마 아슬아슬 기어서 나아가는 모습이었다. 그래서 방바닥에 어수선하게 널브러져 있던 투명한 재떨이가 엎어져서 으깨어 껐던 담배꽁초가 나뒹굴고 있었다. 담뱃갑에서 온전하게 있던 담배도 몇 개비 튀어나와서 생뚱맞은 모습을 연출하고 있었다. 그 곁으로 묵직한 머그컵과 비어 있는 플라스틱소주병이 넘어져 있었다.

"아, 덥다! 덥다. 물 좀! 뜨겁다, 뜨겁다, 속이 타들어가는 것 같아, 뜨거워 죽겠다! 물 좀, 물! 물! 물!"

꽃뱀헌터는 아버지의 오장육부에서 뜨거운 것이 거침없이 트림을 하고 있는 것 같았다. 과거의 무수한 나날 속에 아무렇게나 뿌려지고 구겨지고 짓찧어진 상처의 잔해들이 서서히 수갑을 풀면서 상쾌하고 통쾌한 표정을 짓고 있었던 것이다. 한순간 의아했다. 삶의 보편을 좇는 그는, 잔인한 아버지의 고통에 내몰려 처절하게 호소하는 모습이 측은하지 않았고, 오히려 기쁘고 반가웠다. 창문을 뛰어넘어 몸을 일으켜 물을 먹이며 아버지의 고통을 나누고 싶지 않았고, 그것은 당치도 않은 불경한 일 같다는 생각마저도 들었다. 그 너머 그곳은, 아버지의 고유 영역이고 아버지의 머리맡에는 손도끼가 여전히 예전의 영광과 날카로움을 보이기 위해서 그 나름대로의 날을 세우고 경계를 늦추지 않고 있었기 때문이었다. 그는 이상하게 흥이 나는 것을 애써 감추며 예상할 수 없는 고통에 내몰려 발버둥치는 아버지의 모습을 바라만 볼 뿐이었다. 흐뭇한 표정으로. 아무래도 그는 아버지에게 받은 상처에 대한 영수증을 청구하고 있는 중이라 생각하고 있던 것이다. 외부의 강한 충격으로 일시적으로 짓눌린 정신과 의식과 감정 들은 저마다의 형태와 형식으로 저항하기 위해서 본능적으로 방어기재를 드러냈지만, 그것과 별개로 보통은 내면의 창고에 쟁여놓는 것이었다. 그것이 현실의 엇비슷한 어떠한 상황과 상충되거나 마찰이 생기면, 그것이 접점을 찾아 보이지 않는 선으로 이어지면 공명이 되고, 그 숨겨진 형체의 알 수 없는 불순한 것들이 부지불식간에 무의식의 장막을 찢고 뛰쳐나오는 것이었다. 그것이 폭력이 될 수도 있고 교묘하게 수치심을 불합리하게 자극하고 일으켜 극단적인 행동으로 유도할 수도 있었던 것이다.

아버지는 자연사에 가까운 죽음을 맞이하고 있었다. 저런 모습이 아버지가 죽음을 대하고 맞이하는 올바른 방식인 것 같았다. 자식인 그는 적어도 그렇게 생각했다. 창문 밖에서 우두커니 바라보면 처참할 정도로 힘겨워 보였고 고통스러워 보였다. 머리끝부터 발끝까지 가늘게 뻗어 있는 모세혈관에 깃들어 있는 생기와 온기를 서서히 차근차근 조심조심 때로는 무자비하게 비상식적으로 거침없이 거두어들이는 적법한 절차가 아마도 저런 처절하고 가혹한 모습으로 나타나는 것 같았다. 외롭고 고달프고 긴, 살을 에는 추운 겨울의 기나긴 여정을 기다리는 늦가을, 그 순간순간 하루하루를 애써 버티며 미세한 뿌리에서 올라와 물관에 어정쩡하게 머물러 있는 한 방울의 수분을, 굵지 않은 얇은 가지를 거쳐서 나뭇잎으로 내보내는 것과 다르지 않을 것 같았다. 아버지가 죽음을 맞이하는 방식과 야산의 나무들이 겨울을 맞이하는 방식이 엇비슷해 보였다. 경이로웠다. 그럼에도 불구하고 전자는 알코올에 찌들고 세상의 무분별한 가치에 함몰된 어쩔 수 없이 죽음을 맞이하는 하찮은 모습이었고 후자는 바울의 골로새서에 담긴 내용처럼 지극히 당연하고 경건한, 엄숙하고 정숙한 모습으로 세상을 받아들이는 아름답고 숭고한 모습이었다. 더 면밀하게 말하자면, 아버지가 죽음을 맞이하는 모습은 혼합주의적인 색채가 강한 이단들이 즐비한 골로새 지역 교회들의 어수선한 모습이었고 야산의 나무들이 겨울을 맞이하는 모습은 오직 예수 그리스도만이 나의 구주시고 왕 중에 왕이라고 믿고 사방에서 연이어 다가오는 상처와 고통과, 가혹한 연단을 겸허하게 받아들이고 간신히 나아가는, 숭고하고 올바른 성도다운 모습이었다. 마치 거친 황야를 가로지르며 열방으로 뻗어나가는 사도의 삶처럼.

아버지는 하찮은 죽음을 자신이 선택한 것이었다. 평소에 가족을 자신 곁에 얼씬도 못하게 방어막을 쳐놓고, 다가가면 냉정하고 위압적으로 밀쳐내고 자신이 자신을 멍에에 가두어놓고 자학을 하며 올바르지 않은 가치관을 공고히 하고 있었던 것이다. 아마 그것이 옳다고 생각하며 살았던 것 같았다. 어쩌면 아버지도 아버지의 어머니에게로 사랑의 손길을 뻗고 나아가려할 때 냉정한 거절을 받아들여야 하는 현실 앞에서, 그때부터 가족의 사랑은 불필요한 것이고 자신을 괴롭히는 거추장스러운 것이라고 생각하고 있었던 것인지도 모른다. 그래서 한 여자에게 안정을 찾지 못하고 여기저기 다채로운 여자들에 잠시 앉았다가 날아오르는 것인지도. 그렇지 않으면 아버지의 어머니로부터 상처를 입은 마음이 더 깊은 상처를 입을 것이라 미리 짐작해서 겁을 먹고 있었던 것이다. 아마 그는 가족의 울타리는 잔인한 상처와 고통만 생산하는 공장이라고 생각하고 있었던 것이리라. 그래서 아비 정전의 아비처럼 안정적이고 진솔한 사랑의 둥지를 틀려고 하면 온몸에서부터 신열이 나는, 부담스럽고 거북하고 역겨워지는, 세탁기에 던져놓은 땀에 젖은 차가운 운동복을 입는 것처럼 찝찝한 것인지도. 만약 그렇다면, 꽃뱀헌터 자신도 아버지와 다르지 않았던 것이다. 그래서 지금까지 제대로 된 사랑을 하지 못하고 늘 겉도는 것인지도 모른다. 사랑의 시행착오를 겪은 아줌마들과 한가하게 섹스를 하며 즐기는 것이 고작이었다.

아버지는 조용했다. 이젠 머리를 방바닥에 밀착해서 쉼 없이 움직이는 것을 멈추고 미동도하지 않았다. 그래서 그는 이미 아버지가 죽었다고 생각하고 있었고, 그래서 방충망을 밀어서 얼굴을 방 안으로 밀어넣어보았다. 후덥지근한 방 안의 열기가 밀려들었다. 여전히 파리들이 윙윙거리고 있었고 온전한 자리를 잡지 못하고 눈치만 보면서 기회만 노리고 있었던 것이다. 아직도 아버지가 살아 있다는 증거였다. 아버지는 가늘게 호흡을 유지하며, 그 호흡을 놓지 않고 생의 매듭을 풀지 않고 있었던 것이다. 아직도 아버지는 생을 강하게 집착하고 있었던 것이다. 어떤 미련이 남아 있었던 것이 분명했다.

밤이 깊어질수록 비는 조금씩 가늘어지고 있었다. 꽃뱀헌터는 창문으로 비치는 불빛 안에 떨어지는 빗방울을 한없이 내려다보다가 곧이어 칠흑의 밤하늘을 올려다보았다. 와글거리는 별빛이 보이지 않은 것도 벌써 며칠 되었다. 그럼에도 그는 습하고 우중충한 대기가 싫지 않았다. 최근에 이렇게 짓누르는 무거운 장마전선이 한곳에 머물러 있었던 적이 별로 없었던 것으로 기억되었다.

"춥다! 춥다! 모세혈관이 어는 것 같아! 춥다! 추워! 지옥의 밑바닥이 이렇게 추울까!"

　침묵을 깨뜨렸다. 조금 전까지 아버지는 더워서 방 안을 팽이 돌듯이 구석구석 돌며 온몸의 열기를 뿜어내고 있었다. 그런 아버지가 이젠 춥다며 오슬오슬 떨면서 한자리에서 웅크리고 있었던 것이다. 불투명하고 흐릿하고 모호한 눈동자를 감은 채 천장을 향하고 있는, 빠짝 말라 천장에 매달려서 아무렇게나 방치되어 있는 가오리처럼 말이다. 그래서 그런지 아버지는 양손을 벌린 채 방바닥에서 얇은 이불을 찾고 있었던 것이다. 바람벽에 처박혀 있던 둘둘 말린 얇은 이불을 찾기가 여간 힘든 것이 아닌 것 같았다. 그럼에도 아버지는 눈을 뜨지 않았고 얇은 이불을 찾고 있었던 것이다. 아마도 아버지는 지구의 자전과 공전의 재빠른 회전을 혼자서 감당하고 있었던 것인지도. 그래서 눈을 뜨면 무질서 하고 어지럽게 세상이 곤두박질쳐서 갈피를 잡지 못하는 것인지도 모른다. 그래서 눈을 감고 이불을 찾고 있었던 것인지도. 그것도 아니면 감긴 눈동자 언저리에 서리가 내리고 살얼음이 얼기 시작하는 것인지도 모른다. 눈동자의 미세한 실핏줄부터 얼음알갱이가 침투해서 고착하고 있어, 피의 흐름은 서서히 느려져서 머지않아 얼음덩어리가 될 것이 자명해 보였던 것이다. 그런 후에 속눈썹의 뿌리부터 얼음이 빼곡히 박히기 시작할 것 같았다. 하얗게, 소복하게, 하염없이 내려앉은 서리처럼.

간신히 아버지는 찾은 얇은 이불을 펴서 온몸을 감았다. 방바닥에 어수선하게 널브러진 재떨이와 담배꽁초, 머그컵과 소주병에도 아랑곳하지 않고 연신 춥다며 허공에 혼잣말을 내지르고 있었다. 아버지는 누군가 곁에서 자신을 간호해 주는 사람이 있다고 착각하고 있었던 것 같았다. 그래서 아까부터 누군가에게 말을 하고 듣고 또 말을 하고 듣는 것인지도. 그래도 아버지는 눈을 떠서 확인하지 않았다. 혼자 죽음을 맞이하는 것이 무서웠던 것인지도 모른다. 표현할 수 없는 잔인한 고통 속에서, 묵직한 죽음의 행진을 하고 있어도, 적어도 곁에 누군가는 지켜줄 것이라는 실낱같은 믿음이 있었지만, 위로해 주는 사람 없이 초라하게 혼자서 죽음의 아가리 속으로 들어가야 하는 현실이 무서워서 눈을 뜨지 못하는 것인지도 모르는 것이리라. 아마도 아버지는 죽을 때까지 눈을 떠서 확인하지 않을 것이리라. 그것이 자신이 살아온, 그런대로 괜찮은 삶을 살았다고 자인하고 싶어서 그러는 것이리라. 생김새가 다른, 신음소리가 다른 여자를 원 없이 섭렵하고 투명한 소주를 원 없이 마시며 살아왔다는 것을 자랑으로 생각하면서.

아까와는 달리 아버지의 얼굴이 흙빛이었다. 얼음알갱이

들이 아직까지 여기저기 남김 없이 샅샅이 식지 않은 살점과 핏속에서 차갑고 쓰라리고 고통스러운 세력을 점진적으로 확장하면서 온기를 그 자리에서 급속냉동을 시켜서 재빠르게 소환하고 있는 것 같았다. 톱날처럼 날카롭고 투명한 살얼음이 연못 가장자리에서부터 얼음의 두께와 빙질을 선택해서 수심이 깊고 넓은 곳으로 나아가듯이 아버지의 육체도 뜨겁게 굴신하는 심장의 가장 먼 곳부터 유빙처럼 살얼음이 느릿느릿 춤을 추며 움직이다가, 그곳부터 얼음의 궁전을 만들기 시작하는 것이리라.

그렇다. 아버지는 자신의 육체를 얼음궁전으로 리모델링하는 것 같았다. 과중한 죽음의 무게로 사지가 뒤틀리는 고통으로 짓누르고 있었지만, 그것이 자신이 살아온 삶에 대한 마지막 위안거리이고 죽음의 아가리에 들어가기 전에 만들어 전시하고 싶은 훌륭한 작품인지도 모른다. 그래서 사지 말단에 시작해서 모세혈관으로 이어지는 혈관의 굵기가 변할 때 아버지는 더욱 잔인한 고통으로, 박작되고 스러지고 허덕이는 것 같았다. 차갑고 묵직하게 단절된, 가늘게 어렵사리 이어가는 호흡으로 연명하고, 주름살이 가파르게 치솟아 협곡을 이룬 칙칙하게 덕지덕지한 넓은 아미 아래에 우울하고 음산한 눈꺼풀을 굳게 내리감고, 그런 와중에도 아버지는 미세한 경련을 일으키는 것 같았다. 아무래도, 그것은 날이 선 뾰족한 살얼음들이 불규칙적인 형태로 모세혈관에서 정맥으로 옮길 때 생기는 순탄하지도 자연스럽지도 못한, 시끄럽고 어수선한 소동인지도 모를 일이었다. 그런 일이 일어나고 나서 아버지는 미동도 없이 조용히 죽은 사람처럼 고립되고 방치된, 방 안의 음산한 침묵 속으로 가라앉아서 주춧돌을 놓고 기둥을 세우는 일을 하는 것인지도 모를 일이었다. 은근하고 끈기 있게, 성실하고 생동감 있게, 평생하지 않은 노동을 얼마 남지 않은 생 동안에, 찬란하고 거룩한 얼음 궁전을 짓는 데에 최선의 노력을 다 하는 것인지도 모른다. 그것이 세상에 지금까지 행한 이기적이고 부도덕적이고 무뢰한 삶을 살아왔던, 아버지가 할 수 있는 유일한 일인지도 모를 일이었다. 그것이 아무렇게나 산 아버지가 가족에게 남기는 훌륭한 유산인지도.

"춥다, 추워! 너무 춥다!"

아버지의 혼잣말은 차가웠다. 들어줄 사람 없는 공허한 메아리가 방 안을 초라하게 맴돌다 천장 가장자리에서 소멸하고 있는 것 같았다. 아련하게 들리는 황매산 중봉 아래 가파른 골짜기에서 누군가 의도적인, 비정하고 가혹한 올무로 인하여 허리가 잘려나가는 고통에 내몰린 오소리의 긴 한숨에 섞인 회한과 탄식 같기도 했다. 그럼에도 아직도 누군가를 원망하고 힐난할 것이 있었던 것이다. 그것이 아니면, 혈관 속으로 떠도는 얼음알갱이들의 움직임이 느려지는가 싶더니 멈춰서는, 그러면서 어느덧 결정체를 만들면서 단단하게 굳어가는 얼음덩어리가 갑자기 균일하지 않은 불규칙적인 외부의 입김으로 부서지면서 발생하는 소음 같기도 했다.

꽃뱀헌터는 어쩌면, 삶은 각자가 만든 각자의 올무에 자신이 가혹하게 갇혀 사는 것인지도 모른다는 생각을 해보았다. 무의식 속에 엄연히 존재하고 의식의 냉철한 창에 어른거리다가 무분별하게 튀어나오는 불순한 것들이 있는, 자신도 모르는 사이에, 그것 때문에 괴로워하고 그것 때문에 고통스러운 것인지도 모른다. 무의식의 의식화 속에서 빚어지는 일반적인 현상은 아니라, 각자가 살아오면서 순간을 모면하기 위해서 생각과 정신을 비틀고 심지어 추억과 기억까지도 비틀어서 자신이 원하는 삶으로 설정해서, 간신히 앞으로 나아가는 일상을 선택하며, 그것으로 위안을 삼는 것인지도. 그런 것이 보이지 않는 각자의 올무역할을 해서 순간순간 기습적으로 점령하고 의식을 충동적으로 발현하게 만들어 광적인 형태와 형식을 만드는 것이리라. 그것이 운전을 할 때 도로 위에 엄정하게 쏘아보는 카메라가 있는 것을 인식하면서도 그곳을 지나칠 때 가속페달을 깊게 밟는 현상을 간혹 볼 수 있고, 그것으로 느낄 수 있고 깨달을 수 있었던 것이다.

그러다가 아버지는 더 이상 혼잣말을 하지 않았다. 이젠 할 말도 없는, 말할 힘도 없는 것 같았다. 얼음덩어리가 유연하던 발목을 지나서 단단한 정강이를 지나 무릎을 거쳐서 넓적다리까지 촘촘하게 박혀서 운신도 못하는 것 같았다. 젊은 날 여기저기 이 동네 저 동네를 돌아다니며 삽입을 하고 사정을 했던 그 양쪽 발은, 이불 밖으로 투박하게 불거져나와 차갑게 메말라 얼어 있었던 것이다. 처참하게 변한 머리통은 머리칼의 숫자를 셀 수 있을 정도로 성글었다. 얼굴은 피카소의 초기작처럼 창백했고, 온기를 온전히 앗아가고 맥박도 뛰지 않는 차가운 시체에 가까웠다. 죽음의 향기가 음산하게 천장 구석진 곳부터 배어들어 스멀스멀 기어서 바람벽을 타고 내려오고 있는 것 같았다. 진한 먹물이 한지에 지저분하게 쓰며들 듯이.

꽃뱀헌터는 맞은편 하늘을 올려다봤다. 가늘어지던 빗방울이 어느덧 어두운 공간 속에서 사라져버렸고 층층이 쌓여 있던 구름도 한 꺼풀씩 벗겨지고 있었다. 그러자 빗방울 소리에 묻혀 있던 것인지 잠시 피해 있었던 것인지 온갖 풀벌레들의 울음소리가 고요한 밤하늘 속으로 제각각 나지막하게 기어나고 있었다. 그러자 집 주위를 둘러싸고 있던 제각각 넓고 좁은 무논에서, 제법 땅냄새를 맡아 더욱 짙은 녹색으로 향해 이삭을 품고 가을을 기약할 어린 벼들 속에서 참개구리들의 울음소리가 와글거리고 있었다. 그러더니 넓게 펼쳐진 논을 건너서 닿은 높지 않은 야산에서 소쩍새가 울고 호랑지빠귀가 울었다. 몇 날 며칠을 가부좌로 무겁게 주저앉아 있던 장마전선이 이젠 조금씩 움직이고 있었다. 아래쪽 아니면 위쪽으로 나아가고 있었던 것이다. 한 덩어리로 뭉쳐 있던 짙은 구름들이 얇고 가늘게 풀어지고 흩어지며 어디론가 소멸하고 있었다. 그 사이를, 소박하지만 찬란한 별빛들이 도드라지게 드러났다. 아직 스러지는 그믐달이 뜰 시간은 아니어서 그런지 별빛이 더욱 선명하게 보였다.

그때 가라앉은 침묵을 깨뜨리는 아버지의 목소리가 창문으로 거칠게 튀어나왔다. 아버지에게서 들을 수 있는 마지막 목소리인 것 같았다. 직감적으로. 거칠고 잔인하게 찢어졌다. 온몸 깊숙한 곳에서 머물러 있는 미지근한 온기를 온전히 거두어들이고 있는 중인 것 같았다. 아마 단말마의 잔인한 고통이 시작되는 것 같았다. 아버지는 오장육부가 끊어지고 관절이 끊어지고 인대가 파열되는 모진 고통을 겪고 있었던 것 같았다. 잇몸 위에 가지런하던 이빨이 거의 소실되어 제대로 언어가 형성되지 않는, 혹독한 바람이 모서리가 있는 건물을 사납게 핥고 지나갈 때 음험하게 들리고 자지러지고 소용돌이치며 맴돌다가 사라지는, 음산한 귀신을 불러들이는 목소리였다. 사람의 목소리가 아니었다. 야생에서 잡은, 사지가 꽁꽁 묶인 멧돼지를 투박한 긴 칼로 목 아래 깊고 부드러운 살점을 찌를 때 내지르는 격하게 내지르는 울음소리였다. 동맥에 찔려 피가 폭포수처럼 쏟아지고 똥을 싸고 오줌을 싸는 그런 처참한 광경이었다. 그래서 그런지 방 안에서 오줌냄새와 똥냄새가 났다. 아버지도 공포와 고통에 내몰려 피를 토하고 흘리는 멧돼지와 다르지 않는 처지이었던 것이다. 아마도 투박한 긴 칼이 부드러운 살점을 비집고 들어가서 동맥을 과감하게 찔러들어가는 것을 느낄 수 있었던 것이리라. 그것이 두려워서 오줌을 싸고 똥을 싸는 것인지도.

그럼에도 꽃뱀헌터는 아버지를 차갑게 외면했다. 열린 창문으로 뛰어넘고 싶지 않았다. 방 안은 아버지가 죽음을 맞이하는 방식이기에 그것은 아버지에 대한 결례이고 불경이라고 생각하고 있었다. 아직도 머리맡에 손도끼가 아버지와 타인을 구별 짓고 있었기 때문이었다. 그는 굳이 그 경계를 뛰어넘어 새로운 심적 변화를 꾀하고 싶지 않았다. 지금까지 살아온, 서로에게 무난하지도 원만하지도 않은, 거북스러운 데가 있고 꺼칠꺼칠한 데가 있는 방식대로 방치하고 싶었던 것이다. 그것이 아버지가 자신에게 요구하고 바라고 있었던 것이리라. 그는 그렇게 믿었고, 창밖에서 이방인처럼 바라볼 뿐이었다. 그것이 아버지가 자신에게 행한 과오에 대한 거리인 것이다.

그는 밤하늘 쪽으로 시선을 돌렸다. 그러는 사이에 짙은 구름도 흩어져버렸고, 밤하늘의 별빛은 더욱 또랑또랑해지고 있었다. 그는 방 안에서 들려오는 아버지의 단말마의 절규를 들으면서 더욱 자신의 내면이 가볍고 유쾌해지고 상쾌해지는 것을 느낄 수 있었다. '이제 죽는 구나!' 그래서 그런지 그는 아버지의 공간에서 거리를 두기로 마음먹었다. 더 오래 있다가는 자신도 모르는 사이에 희미한 웃음이 흘러나올 것 같았다. 그러면 아버지를 보내는 자식의 도리가 아닐 것이다. 인을 모든 도덕의 근본으로 삼고 인은 곧 효이며 인의 근본은 가족 결합의 원리부터 시작한다는 공자의 가르침에 반하는 행동인 것이리라. 그는 유교문화권에 매몰되어 살아온 아버지에게서 가족의 따스한 사랑과 끈끈한 정을 느껴본 적이 단 한 번도 없었다. 늘 차가웠고, 어두웠고, 어수선했고, 불경스러웠다. 그래서 죽음의 아가리 속으로 들어갈 찰나에 방치되어 있는 아버지를 외롭고 초라하게 내버려두고 있었던 것이리라. 그는 아버지에 대한 보상심리 같은 것이, 아니면 보복심리 같은 것이 내재되어 있을 것이라 믿어 의심하지 않았다. 어릴 적부터 내면의 밀실에 가두어두었던 그 억눌린 감정들을 겉으로 소상하게 드러내거나 표출하지 않아 생긴, 아버지에게서 처절하게 짓밟히고 손상당한 감정들이 보상심리나 보복심리 같은 어두운 그림자로 나타나는 것이라 생각했다. 그것이 애처롭고 외롭게 죽어가는 아버지를 보고 흐뭇하게 미소 짓는 것인지도.

　그는 아버지의 죽음을 외면하고 마당을 가로질러 콘크리트농로 쪽으로 걸음을 옮겼다. 농로 가로 어둡고 고요한 가운데 충실하고 차분하게 일정한 모습으로 벼들이 자라는 논이 널따랗게 펼쳐져 있었다. 스마트폰의 전등으로 비추어봐도 참개구리들이 어디에 숨어서 우는 것인지 코빼기도 볼 수 없었다. 그런 와중에 참개구리들은 아까보다 더욱 요란하게 울고 있었다. 기뻐서 우는 것인지 슬퍼서 우는 것인지 알 수는 없으나, 그 참개구리들의 울음소리 때문인지는 모르겠지만, 그는 눈물이 소리 없이 흘러내리는 것을 느낄 수 있었다. 슬픔의 눈물인지 기쁨의 눈물인지 알 수 없는 애매한 눈물이었다. 어쨌든 가슴이 후련해지는 것은, 어쩔 수 없는 현실이었다. 그것이 아버지와 자신과의 관계에서 순순히 흘러나오는, 쌓인 감정들의 의사표현임에는 틀림없어 보였다. 그는 농로를 걷던 걸음을 멈추고 저만치 불빛을 밝히는 죽어가는 아버지의 집으로 시선을 옮겼다. 그는 흐르던 눈물 사이로 기쁜 웃음이 스스럼없이 비집고 나오는 것을 느낄 수 있었다. 그것이 그가 아버지의 죽음을 맞이하고 대하는 자연스런 행위이고 감정표현이었다. 아주 솔직한.

## 스트라디바리우스와 카오스

장마는 소멸되었다. 쾌청한 허공 속으로. 수분을 듬뿍 머금은 두툼하고 짙은 구름이 어디론가 사라지고 그 자리를 자수정 같은 파란 하늘과 얇고 순연한 구름이 단정하고 정갈하게, 자연스럽고 여유롭게 정처 없이 머나먼 곳으로 항해하고 있었다. 장마기간 동안 늘 차갑고 눅진하던, 불안하고 위태위태하던 구름은 이미 자취를 감춘 지 오래 되었고, 이젠 그곳에 본래의 가볍고 자유분방하고 활달한 본성대로 정형화되지 않고 설정되지 않은 모습과 크기를 유지하며 흩어졌다 뭉쳐졌다 풀어졌다 쌓였다 하며 하루해를 오랫동안 차분하게 보듬고 있었다. 그래서 그런지 아침저녁으로도 여름의 굵은 심지는 걷잡을 수 없는 열기를 내뿜고 있어서 새벽의 짧은 시간을 제외하고는 무던히 후덥지근했다. 더욱이 하루해는 여름의 정점으로 향하고 있어, 때문에 더욱 맹렬하고 거침없이 내리쬐어서 단단하게 굳은 아스팔트 위를 지글지글 끓게 해서 물러지게 하고 짙은 그늘을 드리우기 위해서 가지들에 엉겨붙은 잎사귀들을 시들어 풀이 죽게 하고 땀구멍이 없어 피부로 호흡할 수 없는 누렁이들의 혓바닥을 잠시도 쉬지 못하게 바쁘게 날름거리게 했다. 그래서 낮에 데워진 열기가 밤에도 식지 않을 때가 있었다. 열대야. 그럼에도 꽃뱀은 눅눅하던 장마철보다도 한여름으로 향하는 지점에 머물러 있는 것이 훨씬 쾌적했다.

꽃뱀은 장마 기간 동안 참말로 힘들었다. 우선 해피의 죽음으로 인한 허전함과 상실감으로 우중충한 장마 기간 동안에 더욱 자심하게 마음을 할퀴고 사라졌다 또 되돌아와서 할퀴는 것이었다. 해피의 죽음을 확인하고 해피의 빈자리를 확인할 때까지는 그렇게 오랜 시간이 걸리지 않았다. 처음에는 해피를 잠시 어딘가에 위탁해 놓고, 시간이 되면 찾아올 수 있을 것이라 명확하지 않은 어설픈 생각을 가지고 있었던 것 같았다. 하지만 한 달이 하염없이 지나가고 장마기간이 다가오자 해피의 빈자리가 여실히 느껴지는 것이었다. 해피의 죽음. 해피의 빈자리를 확인하자 지금까지 해피로 인하여 생긴 충만한 기쁨과 즐거움이 삽시간에 사라져버리고, 공허한 빈자리만 남아서 썰렁하고 헛헛한 공기만 남아서 낮게 웅크리고 있었던 것이다. 그런 낯선, 처음 겪어보는 환경에 처하자 숨어서 기회만을 노리고 있던 외로움이라는 음산한 괴물이 어슬렁거리며 다가와서 처참한 공간 안으로 몰아넣는 것을 느낄 수 있었다. 늘어진 외로움은 무기력한 고독을 낳고 무기력한 고독은 싸늘한 긴 침묵을 낳았다. 그 즈음에 그녀는 늘 외로움과 고독에 휩싸여 있었고 가라앉은 긴 침묵으로 일관했다. 정신은 혼미하고 의식은 혼탁했다. 아마도 그녀는 카오스에서 헤어나지 못하고 있었던 것이 자명했다.

그런 불안한 상황에서, 꽃뱀에게 삶의 새로움과 활력을 되찾아준 것이 미리였고 스트라디바리우스였다. 미리는 자신이 원하는 사내에게 은근한 시선을 지속적으로 충분히 받지 못하자 동거하는 자신에게 에너지를 집중하는 것 같았다. 그래도 적극성을 보이지 않자, 미리는 때때로 히스테릭한 반응과 성격을 드러내며 사사건건 참견을 하고 꼬투리를 잡으며 괴롭히고 피곤하게 했다. 자신의 전용 샴푸가 어제 놓인 방향과 위치에 있지 않다고 격하게 짜증을 내었고 현관문을 들어올 때 아무렇게나 벗어놓은 신발을 신발장에 가지런히 올려놓지 않는다고 다그치기도 했다. 해피의 죽음도, 미리에게는 이웃집에 살다가 집나간 멍멍이로 치부하는 것 같았다. 단지 자신의 강한 욕구의 발산을 방해하고, 가끔씩 거절하는 것에만 온전히 침잠되어 있었던 것이다. 아마도 미리는 활활 타오르는 그래서 더 발산해서 시원하게 해소하고 싶었던 것이리라. 그것은 건장한 사내가 있어 가능한 일이었지만, 그녀 주위에는 건장한 사내가 없었다. 순간순간 치밀어 오르는 욕구를 자신이 손수 누르고 다스린다는 것이 여간 비참한 일이 아니었고, 힘겨운 일이었고 초라한 일이었던 것이리라. 그런 어중간한 상황에, 미리의 사내에 대한 공백과 자신의 해피에 대한 공백이 접점을 찾아 머물면서 경계를 풀고 손을 잡고 어루만지며 서로가 서로를 위로하는 상호보완적인 처지가 되었다. 각자의 공백과 공백이 만나면 더 큰 공백이 되는 것이 아니라 간혹 서로에게 위로와 감사가 될 때가 있었던 것이다. 1층, 2층으로 구분된 침대에서 사적인 영역을 달콤하게 고수하며 하루를 마감하는 것이 아니라 한 침대에서 서로의 살을 부비고 어루만지며 빨고 핥고 누르고 찌르며 즐거움과 기쁨과 환희를 나누자 서서히 서로를 인식하고 각자의 힘든 상황도 인식하고 느슨하게 풀어놓을 수 있었던 것이다. 그것은 미처 기대하지 못한 삶의 전환이었던 것이다. 방 안의 기온이 후덥지근해도 매끈하고 부드러운 알몸으로 밀착해서 서로의 갈급함을 채워나갔고, 순간순간 갓털을 머리에 이고 조용히 조심조심 날아와서 안착하는 외로움과 고독의 씨앗들도 한곳에 주저앉아 땅속에 뿌리를 내려 자양분과 수분을 빨아들이지 못하고 겉돌다가 말라서, 더 이상 생명력을 유지할 수 없는 처지에 직면하게 되었던 것이다. 해피와의 섹스와 다른, 미리와의 달콤하고 아늑하고 정적이고 역동적인 섹스로 인한, 순기능이었다. 그것으로 미리는 꽃뱀에 대한 설명할 수 없는 강한 확신이 생긴 것인지, 꽃뱀의 삶을 관여하고 조정하고 명령했다. 마치 자신의 호주머니에 들어 있는 소중한 물건을 마음대로 가지고 놀듯이. 마치 남편이 아내를 통제하듯이 강한 의지와 책임감이 묻어나는 표정과 언어로 말이다. 꽃뱀은 그런 미리의 결의에 찬 당당한 자세와 행동이 싫지 않았고, 그러는 미리가 어른스러웠고 든든하게 느껴졌다.

꽃뱀은, 미리와의 섹스는 잠시 쉬어 가는 안온한 쉼터일 뿐이었다. 미리는 서툴고 투박했으나 연유처럼 부드러웠고 달콤하고 진하고 유익한 구석이 많았다. 그렇다고 꽃뱀은, 연인의 견고한 고리처럼 카오스의 복잡하고 무질서하고 불규칙적인 움직임에서 쉽게 벗어날 수는 없었다. 꽃뱀은 태어나서 성장하고 학교를 다니며 친구를 사귀고 취직을 해서 구성원 간의 적절한 관계를 유지하며 사회생활을 영위하면서, 일상을 짜임새 있게 경영하면서 지금에까지 닿을 수 있었지만, 카오스의 손아귀에서 온전히 벗어날 수 없었던 것을 이제야 깨달을 수 있었던 것이다. 어쩌면 카오스는 현실의 디테일한 부분까지도 지대한 영향을 미쳐서 능동적으로 움직이게 하는 큰 틀이고 흐름인지도 모른다는 생각이 들었다. 카오스는 코스모스에 이르기 위한 근본적이고 필수적인 단계이지만, 어수선한 그것 자체로 원칙이고 질서이고 룰인 것을 말이다. 그중에서도, 견고하고 촘촘하게 얽혀 있는 일상을 자연스레 유지하면서 다가오고 물러나는 복잡하고 분별 있는 대인관계 또한 카오스의 큼직한 테두리에서 온전히 벗어나지 못하고 웅크리고 머물러 있었던 것이다.

근래에는 뭉치가 치명적인 날카로운 무기처럼 자신의 주위에 머물면서 야비한 눈빛으로 다가와서 처참하게 짓밟고 있는 것을 느낄 수 있었다. 우연히 복도에서 뭉치를 지나칠 때 자신의 균형감이 있는 단정한 몸매를 야비한 눈빛으로 스캔하는 것을 섬세한 촉수로 느낄 수도 있었고, 뭔가 큰 것을 기대하고 있는 흐뭇한 표정과 미소로 인사를 대신하곤 했다. 음악시간이 되면 더 노골적이었다. 그는 뒷자리에 앉아서 자신을 음악선생님에 대한 존경과 경의로 우러러보는 것이 아니라 한 클래스 낮은 저학년을 무심히 바라보듯이 얕잡아 보고 깔보는 것이 온몸으로 드러났고, 심지어 멸시하는 눈빛마저도 들었다. 가끔 수업시간에 눈이 마주칠 때면 그는, 새끼손가락만한 두께의 볼펜을 책상에 세워놓고 다섯 손가락으로 부드럽게 감싸 쥐고 아래위로 반복적으로 움직이며 야비한 눈빛과 음흉한 미소를 보내곤 했었다. 그럴 때면 그녀는 애써 그의 시선을 피해가며 학생들을 가르치곤 했었다. 그 곁에 있던 학생들이 뭔가를 알고 있는, 그들만이 공유하는 은밀한 비밀을 알고 있는 얄궂은 표정으로 키득거리며 두 손으로 머리를 감싸고 책상에 엎드려 터져나오는 비웃음을 애써 감추고 있었던 것이다. 그럴 때면 그녀는 자신의 의사와 반하여 육체가 스스럼없이 반응을 해서 화들짝 놀라지 않을 수 없었다. 아마 그것은 수치심과 비슷한 종류일 게다. 능욕. 그것도 아니면, 예측하지 못한 비정상적인 형태에서 이루어진 뭉치와의 섹스 쾌감처럼 그녀의 육체적인 반응도 그런 비정상적인 형태의 오싹한 전율을 즐기고 있었던 것인지도 모른다. 그래서 그녀는 그 순간 자신의 의사와 무관하게 팬티를 촉촉하게 젖게 한 것인지.

꽃뱀은 이른 새벽에 일어나서 물을 마셨다. 냉장고의 문을 열자 밝아오는 불빛으로 자신이 아무 것도 걸치지 않은 것을 확인할 수 있었다. 나체. 그녀는 요즘은 그런 단순하고 유익한 패션이 하나도 이상하지 않았다. 오히려 당연하고 자연스레 당당하다는 생각마저도 들었다. 그녀는 생수를 마시고 화장실문을 꼭 닫은 채 화장실 변기에 앉아서 소변을 봤다. 곧바로 소변이 나오지 않았다. 1분 정도 기다린 후에야 다혈질적인 굵은 소리와 함께 변기에 떨어졌고, 원래부터 고여 있던 맑고 투명한 물에 부딪치며 요란한 파문이 일어났다. 그 요란한 파문은 복잡하고 무질서하고 불규칙적이었다. 하루에 화장실에 몇 번을 가고 양과 굵기와 세기가 다르고, 더욱이 몸의 컨디션과 수분섭취에 따라 양과 굵기와 세기를 달리

하겠지만, 그녀는 그런 사소하고 빈번한 생리적인 현상 속에서 겉으로 잘 드러나지 않는, 복잡한 본질로 향하는 보이지 않는 형식과 룰이 있다고 생각했다. 그녀는 변기에 편안하게 앉아서 소변을 보면서 문득 그런 어처구니없는 엉뚱한 생각을 해보기에 이르렀다. 그것이 아마도 카오스인지도 모른다고, 그런 사소한 현상들이 코스모스로 향하는 고귀하고 숭고한 진리로 향하는 길이 아닐까 하고.

이런 현실적이고 반복적인 단순한 생리현상 속에서 카오스는 존재할 것도 같았다. 이상하고 기이했다. 꽃뱀은 침대 1층에 얇은 이불을 반쯤 덮고 바람벽을 보고 모로 누워 있는 은은하고 흐릿한, 그윽하고 탐스러운 미리의 당당한 뒤태를 바라보며 옹색한 빈자리가 있는 곳으로 스며들었다. 방 안은 선풍기가 약하게 회전을 하면서 쉬지 않고 돌아가고 있어 고여 있는 침묵을 깨뜨리는 원인임에는 틀림없었다. 그것과 별개로 미리의 숨소리와 간헐적으로 코고는 소리 또한 한몫했다. 이상하게도, 그런 어수선한 소리들이 처음에는 생경하게 다가와서 듣기 싫은 것들이었으나, 미리와 부둥켜안고 격하게 키스를 하고 혓바닥과 혓바닥의 현란하고 적극적인 조우를 하고 부드러운 터치와 애무로 서로의 육체를 면밀히 관찰하고, 급기야 곱고 가는 손가락으로 찌르고 후비며 안으로 살며시 밀어넣어서 격렬한 섹스를 하고 뒹굴고 빨고 핥으면서 경련을 일으키는 간절한 섹스를 하고 나자 달달하고 느긋한 긴 여운과 함께 서서히 아무렇지도 않은 것으로 변해 있었던 것이다. 그냥 방 안의 일부처럼 스스럼없이 다가와서 예전에도 그 자리에 그렇게 있었던 것처럼 자연스레 연출하고 있었던 것이다. 평소에 사물과 사람을 다소 시간과 거리를 두고 바라보고 받아들이는 자신의 깐깐한 성격과도 다르다고 생각하고 있었다. 미리가 그랬다. 아마도 해피의 공허한 빈자리를 메우기 위해서 마음의 한곳을 허락한 것인지도 모른다고 생각했다. 그렇지 않았다면, 그 공허함과 상실감에 헤어나지 못하고 서서히 가라앉을 것이라는 중압감이 그렇게 행동하게 만든 것 같기도 했다. 어쩌면 그런 것이 카오스의 범주에 들고 코스모스로 향하는 과정에 놓인, 허락하고 받아들이고 성숙해지고 농익는 모습 같기도 했다. 천천히 카오스가 허물을 벗는 과정인지도.

꽃뱀은 모로 누워, 미리의 믿음직한 넓은 어깨와 다져진 튼실한 엉덩이, 굵은 넓적다리와 다부진 종아리에 밀착해서 그녀의 매끈한 육체를 온전히 받아들이고 느끼고 있었다. 따스했다. 빈틈없이 견고했다. 그녀는 어미 새에 밀착해서 뽀송뽀송한 털의 온기를 누리는 새끼 새의 모습이 이럴 것이라 생각하면서 자신의 온몸을 데웠다. 평소에 차가웠기에 평소에 뜨거운 미리와는 이런 데서 궁합이 맞았다. 그녀는 평소에도 자신의 몸을 데우기 위해서 요리를 하는, 진공청소기로 청소하는 미리를 뒤에서 안을 때도 있었다. 그럴 때면 미리는 그 자리에서 가만히 서있었다. 미동도 없이. 그런 행동이 그 얼마나 듬직하게 자신을 보듬어주었던지, 말로 표현할 수 없는, 따스한 위로가 되었다. 그 듬직하고 넓은 등판을 맞이하자 어떤 존경과 경외가 밀려들었고, 잇달아 가엾고 불쌍하다는 생각이 물밀 듯이 밀려들었다. 그녀는 밝음과 어둠이 있듯이 사람들도 탐스러운 가슴과 밋밋한 등판이 존재한다는 것을 인식할 수 있었다. 어둠과 밋밋한 등판이 밝음과 탐스러운 가슴을 돋보이게 하는 보조적인 장치, 즉 주연을 세련되고 화려하게 영광스럽고 축복되게 만드는 조연인 것을. 그래서 그녀는 목덜미부터 시작해서 어깨를 거쳐서 등판에 이르기까지 천천히 어루만지며 부드럽게 쓸어주었다. 그러고는 밋밋한 등판에 얼굴을 밀착했다. 뭔가 신비스러운 얘기가 들릴 것 같았다. 심장의 울림과 살냄새를 듣고 맡을 수 있었다. 어릴 적 엄마의 포근한 품에서 느낄 수 있었던, 그런 기억이 났다. 그때 언제 깨어났는지 미리가 몸을 돌려서 깊숙이 안으며 말했다. "아이구, 우리 새끼 잘 잤어!" 그러고는 미리는 브라도 없는 꽃뱀의 봉긋한 가슴을 어루만지며 태평스럽게 잤다.

미리가 허락한 것은 거기까지였다. 가끔씩 손가락으로 봉

굿한 유방을 어루만지며 자극하고 오롯이 도드라진 유두 주위에 헛바늘처럼 돋아난 유륜의 꽃잎을 어루만지며 자극하는 것이 다였다. 그런 쾌락으로 인하여 카오스의 늪에서 빠져나올 수 없었다. 발버둥치고 허덕이고 보채어도 쉽게 그곳에서 헤어나지 못했다. 미리가 줄 수 있는 육체적인 쾌락으로 얻을 수 있는 안정감은 정신적인 안정감에까지 영향을 크게 미치지 못했다. 대부분의 인간은 자신의 육체적인 굴레에서 벗어나지 못하고, 그것을 뛰어넘어 새로운 방향성을 제시하면 인간의 위대성을 보여준, 존경받을 만한 위인이 되는 것이리라. 꽃뱀은 그런 위인이 되기도 싫었고, 귀찮았다. 인간이 누릴 수 있는 보편적인 가치와 풍성한 쾌락을 누리며 편안하고 유익하고 여유롭게 살고 싶었던 것이다. 단지 그것뿐이었다.

꽃뱀은 천지의 구분이 없는 카오스, 그 카오스에서 세상 사람들은 온전히 벗어날 수 없고, 그 속에서 하는 수 없이 살아가야 하는 숙명이라고. 원래 세상은 카오스와 코스모스가 구분되어서 따로 존재하는 것이 아니라 공생하는 것이라 생각했다. 그녀는 자신의 삶도 그것과 다르지 않다고 생각했다. 사람들이 자신들의 이름과 사회적인 직책과 위치로 흥정의 묘미를 적절하게 살려서 자신을 비싸게 때로는 싸게 팔면서 세상에서 끼니를 해결하는 과정에, 손수 선택할 수 없는 카오스와 손수 선택해서 영위할 수 있는 보편적인 코스모스와 직면하게 된다. 대개 사람들은 예측 가능하고 육하원칙에 따라 질서정연하고 조리 있게 설명할 수 있는 후자를 택해서 오늘의 안녕과 내일의 굳은 확신으로 순간순간을 하루하루를 버티며 영위하는 것을 이미 알고 있었던 것이다. 그것이 보편적인 것이고, 세상으로부터 보상을 받을 수 있는 기회이고 성취인 것이다. 어쩌면, 그녀는 카오스와 코스모스는 배다른 형제인지도 모른다는 생각이 들었다. 어릴 적부터 가풍과 예의범절을 몸에 익힌 코스모스는 장자이고 난폭하고 다혈질적인 그러면서도 인정이 있고 착한 구석이 있는 카오스는 막내가 되는 것 같았다. 그들의 아버지는 같고 엄마는 달리했지만, 그들의 유전자에는 공통분모가 존재해서 우주의 진리와 지혜를 품고 있었던 것인지도. 그래서 사람들은 카오스와 코스모스에서 냉탕과 온탕을 반복하며 살아가는 것인지도.

그래서 꽃뱀은 세상 속에서 살아가는 동안은 카오스와 코스모스를 오가며 살아가는 것이라고 생각했다. 그것은 자신이 선택할 수는 없고, 세상에서 들이닥치는 편견과 번다한 이목을 어떻게 받아들이고 삭이느냐에 달려 있었던 것이다. 분명 그것들은 뾰족한 꼬챙이로 자신의 부드러운 살점을 날카롭게 찌르고 찔러서 심한 상처를 입히고 고통을 선사하기 위해서 달려드는 것이리라. 선량하고 따스한 시선은 찾을 수 없고, 그것은 원래부터 존재하지 않는 것이리라. 그것을 이겨내는 방법은 간단명료했다. 그 상처를 맑고 깨끗한 식염수에 씻고 소독을 해서 적절한 연고를 바르면 알싸한 고통에서 온전히 머물러서 더 큰 고통으로 전이되는 것을 막을 수 있을 것이리라. 그 순간순간을 인내하고 참으면 다가오는 초라함과 헐벗음에서 벗어나고, 곧이어 다가오는 것은 다소 언밸런스하고 불규칙적인 밑바닥을 드러내지만, 차츰 고요하고 아늑한 평정심이 다가와 머물러 미지근하게 위로하는 것이리라. 그것이 카오스의 늪에 빠지지 않고 코스모스의 평상에 앉아서 여유롭게 쉬는 일례일 것이다.

　그래서 꽃뱀은 세상에서 좁혀오는 카오스를 인정하고 헤쳐나가기로 다짐했다. 해피의 죽음도 그랬고 틈만 있으면 야시시한 눈빛으로 오럴을 원하는 뭉치도 그랬고 구덩이를 파놓고 느긋하게 기다리는 야비한 이사장도 그랬다. 그들은 이유와 목적이 있어 곁에 머물러 기화만을 노리고 있었지만, 꽃뱀헌터 그는, 이유도 없고 목적도 없는 것 같은데 언제나 가까이 어슬렁거리며 어떠한 손짓이나 몸짓으로도 의사표시를 잘 하지 않고 머물러 있었던 것이다. 어쩌면 의도적인 무관심인지도. 그녀는 그에게 카톡과 이미지로 우회적으로 은근하게 접근을 해서 함의를 깔아놓아도 급하게 달려들어 덥석 물지도 않았다. 자신을 향해 단 한 번도 제대로 된 탐욕적인 시선을 고정시키지도 않았고, 한가로이 주위만 맴돌 뿐이었다. 본능을 자제하고 정돈하는 자아의 정체성이 공고히 확립된 것만은 확실히 보였다. 침착하고 차분했다. 뭔가 자신이 모르는 일이 일어나고 있었던 것이리라! 이상하고 괴이쩍은 생각이 들지 않을 수 없었다. 그런 일은 자신이 살아온, 앞으로 살아갈 나날 속에서 일어나지 말아야 하는 비상식적인 사건이었다. 가당치도 않았다. 그래서 그런지 그에 대한 호기심을 더욱더 자극하는, 궁금하지 않을 수 없는 캐릭터이었다. 영화 아저씨의 주인공 같이 잘생기고 까칠한, 과거의 불행한 일로 가라앉은 상처와 슬픔에 매몰되어 있는 그런 캐릭터도 아닌 것 같았고 세상에 단 한 번도 나오지 않은 새로운 캐릭터임에 틀림없는 것 같았다. 대학교 때까지 유망한 야구선수였고 국가대표를 지낸 것 정도 알고 있었던 것이다. 그가 어떤 스타일의 여자를 좋아하고 어떤 음식을 좋아하고 어떤 장르의 영화와 음악을 좋아하는 것인지 아는 것이 없었다. 그에 관한 것은 미리가 더 심층적이고 디테일한 자료를 가지고 있어도 미리에게는 묻지 않았다. 묵시적인 합의. 미리는 여름이 오기 전까지 그에게 간절한 구애의 메시지를 보냈다는 것을 대강 알고 있었기 때문이다. 그때 상당히 충격을 받은 것을 그녀의 일상에서 쉽게 느낄 수 있었다. 가위에

눌려서 고함을 친다든지 잠꼬대를 하고 한밤중에 침대를 한 없이 때리며 소리 없이 운다든지 혼자 실성한 사람처럼 먼 곳을 바라본다든지 함께 대화를 나눌 때 말이 끊어지기가 무섭게 연이어 말을 두서없이 난잡하게 늘어놓는다든지. 수치심과 초라함을 자존심의 손상과 무시당함을 그렇게 우회적으로 표현하는 것이었다. 아직도 여전히 미리는 그의 손짓과 몸짓, 훈훈한 미소와 늘씬한 보디를 그리워하고, 오매불망 갈급한 섹스를 기다리고 있다는 것을 어렴풋이 알고 있었다. 만약 그녀에게 발을 잘못 내딛었다가는 집중포화를 당하고 마는 것을 불 보듯 뻔한 일이었다. 조심해야 했다. 그럴 때면 평소에 그녀가 아니었다. 그녀는 여유만만하고 호방하고 대범한 성격이었지만 사내들의 얘기만 나오면 민감해지고 까칠해지는, 심지어 공격적으로 변했다. 그것이 그녀의 흠결이고 아킬레스건이었다. 그럼에도 꽃뱀은 꽃뱀헌터가 자신을 은근히 갈망하고 바라고 있다는 것을 본능적으로 느끼고 있었다. 그를 처음 만났을 때, 이사장의 2층 집에서 실오라기 하나 걸치지 않은 알몸으로 서로가 서로에게 당황스러운 상황에 직면하게 된 일이 있었었다. 그때 그녀는 그의 페니스가 본능적으로 즉각적으로 반응하는 것을 보고 느낄 수 있었었다. 페니스는 표리부동한 행동을 하지 않고 오직 이성만이 그런 만행을 저지르는 것이었다. 양심의 잣대에 올려놓

고 공자의 인을 끌어들이고 하나님의 십계명 끌어들이는 것
이었다. 그렇지만 페니스는 그렇지 않았다. 솔직하고 진솔
하고 대범했다. 훨훨 타오르는 욕구를 표면적으로 가감 없이
드러내며 삽입과 섹스를 간절히 요구하고 있었다. 그때 그녀
는 그의 이글거리는 눈망울과 어떤 경쟁자가 갑자기 밀어닥
쳐도 이겨낼 것 같은 완강한 기운 또한 느꼈던 것이다. 그 당
시 그는 사내로서 자신 앞에 당당하게 알몸으로 서있었던 것
이다. 군더더기 없는, 흠결 없는 르네상스시대의 천재작가
미켈란젤로가 다루기 곤란하고 힘든 대리석으로 조각한 다
비드상을 보는 것 같았다. 골리앗을 때려 쓰러뜨린 다비드의
비장한 용기와, 웅장하고 거대한 자태를 볼 수 있었다. 가슴
팍은 넓고 단단해 보였고 목 주위로 길게 뻗은 어깨는 요트
처럼 거친 파도를 가로지르는 날렵함과 견고함을 보였다. 넓
적다리를 바치는 엉덩이 위의 잘록한 허리는 맹수의 유연함
과 군셈을 골고루 뽐내고 있었고 무릎 위에부터 시작하는 넓
적다리 또한 궁궐을 짓는데 대들보 정도는 되어 보였다. 한
편으로 알몸으로 수분을 머금은 하얀수건을 왼쪽어깨에 걸
친 채 서있는 그에게서, 다비드가 전투를 앞둔 엄숙한 결의
와 긴장감을, 단호하고 경계하는 표정을 엿볼 수 있었다.

꽃뱀은 꽃뱀헌터가 미리와 자신 사이에 끼어들자, 미리도
새로움과 활력을 선사하는 존재만은 아닌 것 같았다. 불성실

하고 불친절하고 불경했다. 여자와 여자 사이에 매력 넘치고 시원시원하게 잘생기고 훌륭한 인품을 소유한 사내가 있다는 그 자체가 여자에겐 스트레스일 것이다. 결혼을 하지 않은 일반적인 여성의 삶은 그렇게 순탄하고 순결하게 성스럽고 고결하게 돌아가지는 않을 것이다. 차오르는 욕구에 대한 궁리와 해소를 위해서 소극적인 여자들은 자위를 할 것이고 적극적인 여자들은 클럽에 가서 만난 낯선 사내와 격한 섹스를 하는 것이 고작일 것이다. 그것도 아니면 해피와 같은 애견을 기르면서 우회적으로 즐기는 것도 나쁘지 않은 것일 게다. 미리는 소극적인 방법을 택하고는 있어도 치밀어오르는 욕구는 만족하는 법이 없기 때문에 아직 주인도 없는 억실억실한 사내가 곁에 머물면 주체할 수 없는 괴로움과 내적갈등에 내몰리기 마련일 것이다. 카오스. 결혼하지 않은 건강한 사내의 살빛에 어린 싱그러운 햇살을 가볍게 터치하고 어루만져보고 싶은 충동을 애써 참고 살아가고 버티는 것이 곤욕일 것이다. 더욱이 청바지에 티셔츠만 걸쳐도 레드카펫을 자신감 있게 당당하게 밟는 배우가 되고 모델이 되는 그를 가만히 둔다는 것 자체가 아이러니였다. 그럼에도 정작 당사자인 꽃뱀헌터는 강렬한 시선도 오랫동안 머물지 않고 평범하고 무덤덤한 시선으로 다소 몽환적이고 친절한, 호감이 섞인 미소와 온기로 살짝 스쳐 지나가는 것이 다였다. 그것이 미리에겐 지리멸렬한 삶의 무기력함으로 나타나는 원인이고 이유인 것이었다. 그런 불편함이 그녀의 잠꼬대 속에서나 사소한 일상 속에서 우회적으로 드러나는 것이었다. 겉으로 내색하지는 않았지만 그녀는, 의외로 고집이 세고 자존심이 강하고 다른 사람의 충고나 조언을 들으려고도 하지 않았다. 만약 꽃뱀헌터가 꽃뱀 자신에게만 은근한 눈빛으로 바라본다고 실언을 했다가는 여지없이 거칠게 몰아붙일 것이리라. 입에 거품을 물고 이런 말 저런 말을 끌어들여서 말이다. 그것이 여자의 본성 언저리에 깃들어 있는 질투의 속성이었다. 그 질투는 남녀노소 누구나 가지고 있는 보물이기도 하고 흉물이기도 한 것이다. 그것을 취사선택해서 쓰는 사람에 따라 위치가 바뀌기 때문에.

꽃뱀은 미리도 카오스의 늪에서 벗어나지 못하고 있었던 것이라 생각했다. 사람들은 누구나 자신이 선택한 환경과 상황에 심취해버리면 그에 상응하는 책임과 의무가 뒤따르게 되어 있었던 것이다. 그 치열한 내적인 외침과 외적인 저항으로 생기는 파열음이 격한 감정을 채워줘서 불특정다수에게 도발할 수도 있고 해를 입힐 수도 있었던 것이리라. 그래도 미리는 운동으로 다져진 정신력과 육체를 소유하고 있어서 어느 정도 자신을 통어할 수 있을 것이겠지만, 아무런 방어체계가 없는 일반적인 사람이었다면 다량의 수면제를 구입해서 죽음의 아가리로 뛰어든다든지, 자신보다 나약한 사람을 골라 시비를 걸어서 무자비하게 폭력을 행사할 수도 있었던 것이리라. 어쩌면 이것이 개인적인 카오스의 늪에서 벗어나지 못하고 음산한 기운에 잠식되는 것인지도.

꽃뱀은 옹색한 침대에 누워서, 어릴 적부터 자신의 주위에서 일어나는 일상들을 곰곰이 반추해 보았다. 시시때때로, 슬픔과 기쁨 사이에, 절망과 희망 사이에, 집요한 카오스가 다가와서 잔혹하게 짓밟히고 머무르는 과정에서 분명하지 않은 먼 곳에서, 가물가물하게, 희미하게, 가느다랗고 미세한, 부드럽고 생기발랄한 스트라디바리우스의 음성을 아슬아슬하게 어렴풋이 들을 수 있었다. 처음에는 그것이, 거듭되는 악몽 속에서 간사하고 치졸한 귀신들이 원래의 괴기스럽고 흉측한 모습을 여리고 싱그러운, 충만하고 발랄한 어린 소녀의 앳된 모습으로 표변해서 다정다감한 목소리로 다가와서 머물렀다가 아련하게 사라지곤 했다. 그러다가 때로는 가물거리는 새벽녘 꿈결에 살며시 다가와 반짝거리는 영감과 엄숙한 함의를 한 다발 풀어놓고 사라지는 간드러지고 아름다운 뮤즈의 목소리가 아닐까 하는 생각이 들 때도 있었다. 분명 얌전하고 깔끔한 여자의 부드러운 목소리였다. 지열로 주위의 공기보다 가벼워 아른거리며 올라가는 아지랑이의 느긋한 목소리 같기도 하고 벤츠 S클래스의 시트에 편안하게 앉아서 듣는, 밖에서 유치하게 뛰어노는 아이들의 흐릿한 목소리 같기도 했다. 그녀는 그것이 스트라디바리우스가 자기 내면의 깊숙한 음지에서 쪼그려 앉아 있는 복제된 자아에게 보내는 손짓이라는 것을 그 당시에는 몰랐고 지금에야 대강 알고 있고 느낄 수 있었다. 그럼에도 지금 이 순간에도, 그것의 정체를 분명하게 알 수는 없었다. 그것이 진정한 자아가 아닐까, 하는 섣부른 판단을 할 뿐이었고, 선명하게 명시할 수도 규정지을 수도 없는 분명하지 않는, 흐릿하게 다가와 머물 뿐이었다. 스트라디바리우스.

그렇게 스트라디바리우스는 있는 듯 없는 듯 미동도 없이 미약하게 다가와서 머물렀던 것이다. 외롭게 차가운 바닥에 쪼그리고 있는, 복제된 자아의 처진 어깨를 다독거리며 서서히 자신의 온기를 채워나가고 있었던 것이다. 아마도 그녀는 초등학교 때부터 바이올린과 첼로를 접하면서 스트라디바리우스의 존재를 알았고 세상에 존재하는 최고의 명기라는 것을 누누이 들었던 것이다. 모양과 색채가 아름답고 훌륭하며 음색이 매우 풍부하고 가지런하고 화려하다는 것을 연주영상을 통해서 귀나 눈으로 받아들일 수 있었던 것이다. 그 이미지가 중첩되어 쌓이고 쌓여서 하나의 생명체처럼 내면에 복제된 자아에게 뭔가 기쁨과 사랑스러움, 새로움과 활력을 줄 수 있는 매개가 되었던 것인지도 모른다. 그 출처를 알 수 없고 매우 깊은 상처로 인하여 응어리져 딱딱하게 굳어서 외부세계와 완전히 고립되어 있었던 것이리라. 그 얼마나 외롭고 고단하고 무기력한, 무의미하고 썰렁하고 고독한 나날이었겠는가. 진정한 자아에서 파생된 것 자체가 세상의 눈총을 받아야 하는 서출의 불량한 인식을 감내하면서 살아가야 하는 낙인인 것을.

그래서 스트라디바리우스의 현에서 울리는 가녀린, 예쁘거나 곱고 사랑스러운, 때로는 밝고 중후한 음색이 울려 복제된 자아의 뜨락에 비쳐 우울하고 창백하고 침통하던 얼굴에 서서히 화사함과 자긍심과 사랑을 심어줬는지 모르는 일이었다. 그것이 따스한 위안이 되고 소외되어 외롭게 살아온 것에 대한 보상이라고 생각했는지도 모른다. 처음에는 자신과 어울리지 않는 이질적이고 반동적인 고루한 성향으로 각을 세우고 강하고 억세게 밀쳐내었지만, 차츰 그것이 자신의 주위에서 오랫동안 머물다가 현관문을 조심스럽게 노크하지 않으면 그쪽으로 시선이 자꾸 가서 머무는 것이었다. 심지어 명확한 이목구비도 없는 특정되지도 않고 형체도 없는 무의미의 의미를 막연하게 기다리며, 급기야 병적으로 아리고 아리며 그립고 그리워했던 것이리다. 어쩌면 그것이 서로가 서로를 갈급하게 원하고 바라는, 인정하고 받아들이는 편견과 가식도 없는 절묘한 단계로 차분하게 접어드는 공명인지도 모르는 것이라 생각했다. 그러면서 차츰 서로가 서로에게 믿음과 신뢰가 쌓이자 서로에게 막연한 기대와 선선한 설렘이 생기고 약속시간을 정하고 다가오지 않아도 되는 그런 두터운 신의와 우의가 쌓였던 것이다. 그러자 초라하고 억눌린 삶은 어디론가 물러나버리고 순간순간 하루하루가 서로에게 즐거움이 되고 축복이 되는 그런 행복한 삶이 다가왔는지도 모르는 것이다. 그것이 엄마아빠도 모르는 구겨지고 억눌린 비참한 현실을 받아들이고 버티며 나아가는 힘의 원천이 되었던 것이리라.

꽃뱀은 스트라디바리우스가 자신의 절친한 친구에서 뛰어넘어 존경과 경외의 대상이 된 것을 새롭게 인식했고, 그것이 천지를 창조한 하나님의 반열에 올라 있는 것을 그제야 제대로 올바르게 인식할 수 있었다. 스스럼없이 만나고 헤어지는 허물없는 친구에서 신의 경지에 올라간 것이 언제인지는 정확하게 알 수는 없었던 것이다. 그녀 자신이 그것의 유려하고 아름다운 자태와 깊이 있고 풍성한 음색에 매료되어 올려놓은 것인지, 아니면 스스로 자력갱생으로 올라가서 그 자리에 긴 다리를 꼬고 차분하게 때로는 오만방자하게 앉아 아래로 굽어보고 있는 것인지 도무지 알 수는 없었다. 여하튼 그것이 내면 깊숙한 곳에 온전하게 자리를 잡아 자신을 통어하고 있었다는 것이 새삼스럽게 새로웠고 기이하다는 생각이 들었던 것이다. 십계명에 나오는 우상을 섬기지 말라는 것과 맥을 같이하고 있었던 것이다. 자신도 모르는 사이에, 스트라디바리우스는 근접할 수 없는 우상이 되어서 자신의 삶을 통제하고 이끌고 있었던 것이다. 그녀는 언제나 그것이 곱고 아름답고, 풍성하고 넉넉한 것만 가져다놓고 포근하게 안겼기 때문에 싫지도 않았던 것이다.

꽃뱀은 옹색한 침대에서 미리에게 밀착한 채 그녀의 등판에 손가락을 세워서 그 뭔가를 그리기 시작했다. 타투를 그리듯이 손톱으로 쿡쿡 눌렀다. 아프지는 않을 것이지만 손가락으로 어루만지는 것보다 피부에 미약한 아픔이 가볍게 머물러 있다가 어디론가 사라곤 했을 것이다. 그것을 느끼는지 모로 누워 있는 미리는 한번씩 어깨를 움직이고 머리를 양쪽으로 움직이는 것이 다였다. 그러다가 그녀는 미동도 없이 한없이 그 상태로 있다가 거친 호흡을 하다가 코를 골았다. 어둠과 함께 차분하게 가라앉은 방 안의 사물들을 어수선하게 상기시키는 것이었다.

미리는 자면서도 꽃뱀이 손톱으로 자극하는 것을 흐릿하고 가물가물하게 느껴지고 있었던 것이다. 싫지 않았다. 연이어 꿈속에서 여럿의 미소년들이 세상모르고 편안하고 안락하게 엎드려 누워 있는 자신을 부드럽게 어루만지고 있었던 것이다. 어떤 미소년은 머리를 꼭꼭 지압하고 어떤 미소년은 다소 억센 손가락으로 어깨와 팔을 주무르고 어떤 미소년은 단단하고 탄력 있는 엉덩이를 누르고 당겨서 죄고 어떤 미소년은 넓적다리와 종아리를 적당한 간격과 강도로 누르기를 반복하고, 끝으로 어떤 미소년은 발바닥과 발가락의 마디마디를 누르고 당기고 있었던 것이다. 그 미소년들은 자신의 주위에서 예의를 갖춘 채 단정하고 조신하게 그런 성실한 봉사를 하고 있었고, 그것이 당연하고 그것이 신의 은덕이고 축복이라고 생각하고 있었던 것이다. 그녀는 자신에게 절대권력이 집중되어 있는 권력자라고 착각하고 있었던 것이다. 추운 겨울날 아주 멀리서 화톳불 곁으로 사람들이 모여서 손발을 녹이며 떠나지 않는 것과 다르지 않았던 것이다. 그녀는 권력과 화톳불의 속성은 멀리서 사람들이 알아서 찾아와서 그 주위에 서성거리며 달콤한 과육을 취하기 위해서 그곳을 떠나지 않는 것이라 생각하고 있었던 것이다. 그녀는 그런 성실한 봉사를 즐기면서 온화하고 느긋하게 풀어진 육체와 시간을 더욱 풀어놓고 있었던 것이다. 그것이 자신이 누리고 살아야 하는 당연한 것이라 생각하면서.

그때 느닷없이 미리의 탄력 있는 엉덩이 사이로 부드러운 손가락이 간결하게 찔러들었다. 그러자 그녀의 흐릿하던 의식이 어느새 재빠르게 되돌아와 새로운 애정과 열정을 찾기 위해서 여념이 없어 보였다. 아늑한 숙면으로 얻을 수 있는 것은 건강한 육체와 느긋한 안식만이 아니라, 더욱이 새록새록 허공을 찢고 혓바닥을 드러내어 발랄한 활기를 찾는 것만도 아니었다. 깊고 아늑한 곳에서 명확한 목표를 정하지 않고 표리부동하고 묵직한 뜨거움 같은 것이 몽글몽글 끓어올라 온몸을 서서히 달구기도 하는 것이었다. 온몸에서 쥐 죽은 듯이 흩어져서 미약하게 호흡하는 수치스러움과 부끄러움의 세포들을 보드랍게 끌어안기도 하는 것이었다. 그럴 때 그녀는 늘 확신에 찬 행동으로 욕구의 움직임에 상응하는 즉각적인 반응으로 늘어진 유방을 부드럽게 어루만지며 궁핍한 가운데서도 감질나게 자위를 했었다. 그것은 침대에 혼자 누워 있을 때 하루에 한두 번씩, 일반적으로 일어나는 삶의 소소한 재미이고 즐거움이고 아름다움이었다. 하지만 꽃뱀과 한 침대에서 자고나서는 그런 번거로운 행위는 하지 않아도 꽃뱀의 손가락과 혓바닥으로 이루어지는 성실한 행위가 불만족스러운 욕구를 걷어낼 수 있었고, 그래서 그녀는 남녀 간에 욕구가 충만해서 주체할 수 없는 나이에 이르게 되면 결혼을 하는 것이라 생각했다.

　　그때 꽃뱀은 미리의 클리토리스를 자극했다. 미리의 견고하고 무거운 넓적다리와 넓적다리 사이에 물샐틈없는 곳을 넘어서야 닿을 수 있는 상서로운 곳이었다. 그녀는 그곳을 닿기 전에 잘 익은 수박의 속살처럼 탐스럽고 달달한 엉덩이를 손가락을 세워서 손톱으로 아래서 위로 어루만지며 미리를 천천히 자신의 페이스대로 이끌고 있었다. 미리는 늘 그랬듯이 손톱으로 전달되는, 신비스런 꽃뱀 고유의 암호가 있는, 세련된 터치가 멈춘 채 굳어 있는 자신의 육체를 부드럽고 유연하게 만들고 있었던 것이다. 그러자 지금까지 굳게 닫혀 있던 균형이 잡힌 엉덩이가 얼음이 녹아내리듯이 허물어지며 열렸고, 꽃뱀의 손가락이 촉촉하게 젖어가는 상서로운 곳으로 옮겨가서 새로운 기쁨과 즐거움을 선사하기에 이르렀던 것이다. 끼니를 기다리고 있던 굶주린 욕구는 자신이 선호하는 음식을 요리해서 소화시키기 위해서 여념이 없었던 것이리라. 그것이 자양분이 되어 미세혈관 너머에 안정적으로 맥박을 뛰게 하는 것이리라.

미리는 늘 그렇듯이, 오싹한 전율을 느끼면서도 평소의 성격과는 달리 한번씩 점잖 빼는 태도를 취할 때도 있었다. 그럴 때면 목에까지 차오르던 신음소리를 참으면서 쾌락을 안으로 삭이며 흐뭇하게 즐기고 있었던 것이다. 그런 비정상적인 형태의 섹스가 한번씩 더 진하고 훈훈한 즐거움과 쾌락으로 다가오는 것을 꽃뱀을 통해서 여러 번 경험한 바가 있었다. 때때로 적극적인 것보다 소극적인 것이 복잡한 것보다 단순한 것이 더 화사하고 아름다운, 참신하고 세련된 풍성함을 가져다주는 것을 이미 꽃뱀과의 유익한 경험을 통해서 알고 있었던 것이다. 그러다가도 더 이상 이성의 수위조절 능력이 한계에 치달으면 감성의 물결에 자신의 육체를 맡기고 마는 것이었다. 그때 가끔 그녀는 새삼스럽게 꽃뱀헌터의 훈훈한 이미지가 떠오르는 것이었다. 그러면 더욱더 열정적으로 꽃뱀의 보디를 탐하고 받아들이고 내뱉는 것이었다. 오럴을 하고 빨고 문지르고 찔렀다. 그러면서 꽃뱀헌터의 이미지는 어느 순간에 사라지고 정욕에 사로잡힌 꽃뱀의 흐릿한 눈망울과 땀에 젖은 흐트러진 풍성한 머리칼만이 남아서 자신을 이끌고 있었던 것이다.

미리는 꽃뱀의 동성적인 섹스의 스킬과 절묘한 터치를, 오래 전부터 온몸으로 체득하고 있었던 것을 쉽지 않게 느낄 수 있었다. 아마도 천성적으로 타고나는 것이라 생각되어지는 몸짓도 없지 않았다. 뛰어난 화가의 어설픈 터치 하나하나가 나중에 작품이 완성되었을 때 의외의 생명력을 불어넣는 훌륭한 장치가 되는 것처럼. 그녀의 터치는 절묘하고 간결하고 세련되고 우아했다. 늘 새로운 동기부여와 아쉬운 여운이 남는 그런 것이었다. 미리는 그것이 자신과 확연히 다른, 빼앗고 싶은 강한 욕심이 생기는 그런 것이기도 했다. 투박하고 거칠고 부자연스러운 때로는 퉁명하고 어눌하고 차가운. 아마도 그것이 자신과 차이의 벽일 것이리라. 도저히 뛰어넘을 수 없는 그런 벽.

꽃뱀과 미리는, 그렇게 우아한 율동과 섹시한 신음소리가 어우러지고 변태적인 욕구에 상응하는 격렬한 반응으로 서로가 서로에게 따스한 위안과 훈훈한 안식과 자비로운 평화를 찾을 수 있는 계기가 되었던 것이다. 그러고는 뒤엉킨 육체를 풀고 다정하고 편안하고 유연하게, 후회 없는 삶을 살다가 죽음을 맞이하는 노파의 은은한 미소를 띠우며 억센 삶의 매듭을 천천히 풀어놓고 주름진 눈꺼풀을 감는 것처럼 그들도 각자 주체할 수 없이 들끓었던 욕구의 매듭을 풀어놓고 기분 좋은 화사한 노곤함에 취해서 유기적인 삶의 요소들의 다툼에서 일시적으로 벗어날 수 있었던 것이다.

한참 달콤한 잠을 자고난 후에 꽃뱀은 일어났다. 아직도 하품을 하고 기지개를 켜며 망설이고 어슬렁거리며 다가오는 밝음에, 어스름이 소극적으로나마 낮게 깔려서 공간을 흐릿하게 통제하고 있었던 것이다. 별빛도 이미 사라지고 밤새의 울음소리도 사라진 그 어스름한 공간 속을 새벽을 깨워 아침으로 향하도록 박새와 참새 들이 덤불 속에서 나와 창문 너머 벽돌울타리 위에서나 단감나무 가지 위에서 상쾌하고 즐겁게 지저귀고 있었다. 그녀는 침대에서 일어나 벨벳가운을 걸치고 창틀에 몸을 의탁한 채 정원을 자세히 들여다보았다. 군데군데 물올라 싱싱한, 굵고 무성한 덩굴장미는 사이

사이 정열적인 붉은 장미송이들을 한아름 풀어놓고 있었고, 그 사이 촉촉한 이슬을 머금고 얌전한 분홍색 장미송이들도 조신하게 피고 지고를 반복하고 있었다. 이른 봄에 헐벗어 초라하게 뼈대만 남아서 살아 있는 것인지 죽은 것인지 도대체 알 수 없었던 단감나무도 연초록 잎사귀를 집중적으로 펼쳐서 풍만한 자태를 드러내며 잠잠한 새벽을 기탄없이 누리고 있었던 것이다. 며칠 전 우연찮게 들여다본 크고 넓은 잎사귀들 속에서 손톱만한 알맹이가 알알이 숨어서 충일한 열정과 소망을 숨긴 채 영글어 가는 것을 볼 수 있었다. 노란 감꽃이 피고 지기가 무섭게 그 자리에서 온전히 터전을 잡고 핵으로 시작했을 것이리라. 그것이 가을이 되면 어른 주먹만한 튼실하고 듬직한 열매가 되어서 가을을 올곧게 담은 노란 빛깔을 짙게 드러낼 것이다. 그녀는 왜 학교 화단과 이사장의 정원에도 없는 단감나무가 왜 여기 이 자리에 오롯이 건강하게 생장하고 있는 것인지 한번씩 궁금하기도 했다. 더욱이 학교 옆으로 펼쳐진 광활하게 펼쳐진 이사장의 정원에는 산책을 하다가 의식적으로 울타리 안으로 유심히 살펴보았지만, 낮고 통통하게 휜 기이하고 값비싼 소나무들이 적당한 높이와 형태를 유지하며 우아한 자태를 뽐내고 있었다. 괴이하지 않을 수 없었다.

"어쩜 우린 복잡한 인연에 서로 엉켜 있는 사람인가 봐.

나는 매일 네게 갚지도 못할 만큼 많은 빚을 지고 있어."

　미리는 베개를 베지 않고 얇은 이불을 온몸에 감은 채 가사를 엉성하게 내뱉지 않고 또록또록하게 잠꼬대의 장치를 빌려서 불렀다. '너를 위해'였다. 꽃뱀이 이런저런 생각에 치우치고 있을 즈음에 미리가 절묘하게 파고들었다. 그렇다. 누군가에게는 그 누군가의 You가 있는 것인지도 모른다. 끊임없이 만나고 헤어지는 일상 속에서 인연의 고리에 연결되어 하루를 머물고 한 달을 머물고 일 년을 머물다가 홀연히 사라지는 사람이 있고 십 년을 머물고 평생을 머물며 아이를 낳고 키우며 어느덧 시집장가를 보내고 늙음과 죽음을 함께 맞이하는 공간 속에서, You라는 여자를 만나고 사내를 만나며 행복하고 때로는 불행한 일생을 마감하는 것인지도 모른다. 그런 가운데 미리는, 그 사내에게 단 하루도 머물지 못하는 헛헛한 마음 때문에 늘 짜증을 부리며 자신을 무의식적으로 괴롭혔던 때가 많았던 것이다. 아마도 그 사내는 자신이 알고 있는 꽃뱀헌터일 것이다. 그는 미리에 대한 어떠한 감정의 분화가 없고 미리를 향해서 어떠한 표정과 몸짓도 없었던 것 같은데 그녀 혼자만 온몸이 달아올라서 안절부절못한 채 격한 자위를 했었던 것이다. 그러다가 꽃뱀 자신과 몸을 부드럽게 섞으면서 서로에게 따스한 위안이 되는 성실한 봉사를 하면서도 한번씩 수치심의 부추김인지 엄마를 꼬드겨 야반도주한 사이비 전도사가 갑자기 떠오른 것인지 엄마를 격하게 밀어붙이며 가학적인 섹스를 주고받는 모습이 떠오른 것인지 정확하게 알 수는 없었으나, 그녀는 뭔가에 쫓기는 것을 느낄 수 있었다.

꽃뱀은 이사장에게 You는 자신이 아닐까, 그런 불안한 생각에 머물렀다. 젊고 날씬한 사모가 있긴 있어도 아이를 낳지 못했고, 이사장은 자신이 여기 이 학교를 부임할 때부터 사려 깊이 고려해 두고 있었던 것인지도 모른다. 번번이, 이사장이 음악시간에 좁은 틈으로 도둑고양이처럼 얍삽한 시선으로 들여다보는 것을 목격할 수 있었다. 복도를 걸을 때도 의식적으로 살금살금 걷는 모습을 볼 수도 있었다. 어쩌면 이사장은 자신이 여기 내려오기 전부터 자신을 여기에 올 수 있게 간교하게 설계했는지도 모르는 일이었다. 자신이 누구를 만나고 헤어지는지, 그 옛날 병원장을 만나고 헤어진 사실까지도 이미 알고 있으면서 때를 기다리고 있었던 것인지도 모른다. 해피와의 부드러운 섹스와 뭉치와의 섹스까지도. 더욱이 뭉치의 수중에 있는 불건전한 동영상까지도 확보해서 들여다보고 있었던 것인지도 모른다. 그 동영상 속의 격한 율동과 신음소리를 보고 들으면서, 그것으로 흥분이 되어 사모 몰래 바지를 내려서 자위를 하다가 걸린 것인지도. 그것을 우연히 목격한 사모는 출처를 알 수 없는 모멸감으로 그곳을 벗어나려고 할 때, 이사장은 사모에게로 갑자기 달려들어 붉은색 5부 사이클링 쇼트를 벗기고 팬티 속으로 두 손을 거칠게 쑤셔넣어 클리토리스를 격하게 자극할 지도 모르는 것이리라. 사모는 형체가 뚜렷하지 않은 지저분한 모멸감으로 이사장을 강하게 밀어내면서도 가까이 다가오는 즐거움과 쾌락으로 인하여, 그 저항도 순식간에 허물어지고 강한 흡입력으로 다가와서 신음소리와 교성으로 이어지는 것이리라. 교양이 없고 근본이 없어 보이는 사모는 그것으로 더 큰 기쁨과 희열을 느끼는 것인지도.

꽃뱀은 일상 속에서 만나는 사람들의 대부분은 자기이익과 자기보존을 위해서 관계를 맺고 인연이라는 범주 속에 갇히는 것이라 생각했다. 그녀는 살아오면서 무수한 사람들을 만나고 헤어졌지만, 그것에서 벗어나지는 않았다. 제대로 된 인간관계로 마음을 허심탄회하게 터놓을 수 있는 사람이 별로 없었다. 오직 해피에게만 마음에 도사리고 있는 사소하고 중요한 것까지도 어둡고 밝은 것까지도 꺼내어 놓고 위안을 받을 수 있었다. 미리도 예외는 아니었다. 남녀관계에서, 그녀의 내면 깊숙이 들어가면 자신이 원하는 것만 취사선택하는 유형이었다. 그 나머지는 깐깐하지도 디테일하지도 않았다. 무난하고 무던하고 인간미가 넘치는, 유쾌하고 즐겁고 파이팅이 있는 동료이자 친구였던 것이다. 그 사내가 문제였다. 아직도 그녀는 제대로 된 진하고 풍요로운 섹스도 못하고 혼자 달아올랐다가 차갑게 식는 그런 식이었다. 속내를 드러내어 상대방에게 다가가는 것 자체가 어색하고 창피스러운 일이었다. 언제나 겉으로 드러내지는 않았지만 그런 쪽으로 열등감에 시달리고 있었다. 그 열등감의 크고 작은 파편들이 가끔씩 일상속의 거칠고 투박한 행위 속에서, 자기가 통제할 수 없는 범위 밖에서 갑작스럽게 튀어나와서 상대방을 당황스럽게 하고 주위를 싸늘하게 하곤 했었다. 그러면 서로가 서로에게 불편하고 창피스러웠다. 그것을 꼬집어 얘기하면 미리는 강하게 부인하고 억지를 부리며 상황을 어수선하게 만들었고 평소에 의연하고 원칙이 있는 다정한 모습은 온데간데없이 위축되어 자신이 자신을 변호하고 비호하기 위해 여념이 없었던 것이다. 그땐 모른 척, 그 순간을 유연하게 피하는 것이 상책이었다.

가끔씩 꽃뱀은 해피가 편안하게 안치되어 있는 납골당에 가곤했다. 해피는 높은 곳에서 회색가루가 되어 말갛게 내려다보고 있었다. 두 달 전, 화장을 하고 두 손으로 보듬자 따스하던 온기는 차츰 식어가더니 영원히 차가워졌던 것이다. 귀엽고 예쁜, 명랑하고 유쾌한 모습은 찾아볼 수가 없고 언제 찍었는지 알 수 없는 영정사진만이 차갑게 자신을 내려다보고 있었다. 아마도 죽음이 그런 것이리라. 최근에 임종한 영어선생도 그렇고 꽃뱀헌터의 아버지도 그렇다. 한 분은 자살하고 한 분은 자연사했다. 해피를 비롯한 그들 모두 막연한 공포와 두려움에 내몰린 채 죽음을 맞이했을 것이다. 그것 또한 어쩌면 삶의 영역인지도 모른다. 한 치 앞도 모르면서 일상을 느슨하게 풀어놓고 자신이 하던 소소한 행위를 그대로 유지하면서 스스럼없이 나아갔을 것이다. 그러다가 죽음이라는 불한당이 갑작스럽고 무뢰하게 들이닥쳐서 온기를 앗아갔을 것이다. 그 마지막 온기가 소멸할 때까지, 이런 악몽에서 그들은, 하룻밤만 자고 일어나면 그냥 또 내일이라는 고요한 바다가 느슨하게 멈춘 채 수평선으로 뻗어나갈 것이고, 그 위를 갈매기들이 한가롭게 울며 파란 하늘 속을 편안하고 여유롭게 자유자제로 비행을 하는, 그런 평범한 삶이 자신 앞에 질서정연하게 펼쳐질 것이라 믿어 의심하지 않을지도 모른다.

꽃뱀은 아직도, 영어선생의 자살이 풀리지 않는 미스터리에 가깝다고 생각하고 있었다. 미리와 빈소에 가서 상주들과 예를 취할 때, 그 미망인으로부터, 미리에게는 따스한 시선으로 차분하고 엄숙하게 받아들이고, 오직 자신에게만 야멸찬 시선을 무엄하게 던졌던 것이다. 깡마른 육체가 더욱 메말라 보였고 눈언저리에 굵은 주름이 자연스레 지나간 세월의 형태와 윤곽을 만들고 있었다. 길지 않은 파마를 한 머리칼도 어지럽게 윤기가 없이 구불구불한 채 초라하게 주저앉아 있다가 움직일 때마다 지저분하게 이리저리 뒤치었다. 간혹 성긴 검은 머리칼 속에서 하얀 머리칼이 일관성을 해치고 있었다. 그 아래로, 목덜미로 이어지는 깊고 넓은 터전 위에 유방의 존재를 까마득하게 잊을 정도로 메마르고 황폐해져 있었다. 브라의 입체적인 모습은 상복 밖으로 막연한 선으로 이어져 온몸을 불편함 없이 감싸고 있었지만, 태생적으로 자신감이 없어서 그런지 봉긋한 가슴 언저리를 간신히 부여잡고 있는 것 같았다. 옹색해 보였다.

꽃뱀은 영어선생과의 사이에서 자신도 모르는 온당하지 못한 불필요한 상황이 펼쳐진 것이라 생각되었다. 자신이 상상할 수 없는 뭔가 있고, 그 뭔가가 그의 자살을 유도한 것인지도 모른다는 생각이 들었다. 그래서 일면식도 없는 미망인이 자신에게 매서운 적의를 품고 있었던 것이리라. 아마도 그것은 강한 경멸의 눈빛이었고 격렬한 질투의 눈빛이었다. 하지만 꽃뱀은 그런 것에 괘념치는 않았다. 그녀는 보이지 않는 공간 사이에 오가는 사내들의 시선들은 무던히도 받아왔지만, 그녀는 늘 외면하면서도 즐기면서 여유롭게 살아왔다. 영어선생도 마찬가지였던 것이다. 교무실에서나 복도에서 우연히 마주쳤을 때 행사가 있을 때 늘 자신의 보디를 자세히 살피며 주위에 시선이 머물러 있었던 것을 의식하고 있었다. 그것이 어쩌면 영어선생의 어이없는 자살과 어떤 연관이 있었던 것인지 확실하게 알 수는 없는 것이다. 그럼에도 불구하고 그녀는, 미망인이 자신을 죽일 듯이 예의도 없이 쳐들어오는 살기를 통해서 대략적으로 느낄 뿐이었다. 아마도 영어선생은 혼자서 외롭고 고달프게 자신을 사랑하고 그리워했던 것인지도 모른다는 생각. 그녀는 그런 사내들은 주위에서 무수하게 봐왔기에 대략적으로 판단할 수 있었다. 그래서 영어선생은 유언으로 자신의 아내에게 무엇인가 의미 있는 메시지를 남겼을 것인지도 모를 일이었다. 그것이 미망인을 민감하게 자극한 것인지도.

꽃뱀은 해맑은 노란 아디다스 오버사이즈 반팔티에 검은색 레깅스를 입고 정원으로 나왔다. 미리는 아직도 '너를 위해'를 간헐적으로 부르고 있었다. 그것도 입맛 다시면서. 그녀는 그런 미리가 한편으로 미안하고 측은하고 안쓰러웠다. 그런 와중에 그녀는 정원에 잠시 멈춰서 주위를 찬찬히 휘둘러보았다. 거창하지 않고 화려하지 않은, 크지 않고 아담한 사이즈였다. 올봄, 겨울의 흉포한 냉기가 여전히 앙상한 가지들 사이에 엉겨붙고 매달려 있어 스산하고 초라하게 있던 그런 삐쩍 마른 창백한 모습에서 완전히 탈피해 있었다. 자연은 자신이 원하지 않아도 스스로 일어나고 쓰러지고 생육하고 사멸하는 질서정연한 반복을 알아서 진행하고 우두커니 멈추지 않는 것 같았다. 순간순간 상세하게 보이지 않았지만, 한 달이 지나고 두 달이 지나면 언제 그랬냐는 듯이 뿌리에 활력을 가하고 가지에 윤기를 입혀서 잎사귀를 어쩔 수 없이 토해낼 수밖에 없는 절박한 상황을 만드는 것이리라. 그녀는 이런 무연한 변화를 온전히 들여다본 적이 없었다. 늘 알아서 벗고 입는 자연이 당연했고, 그래서 늘 무의미하고 무덤덤하게 받아들였던 것이다.

꽃뱀은 정원의 향연에 달콤하게 젖어들고 있었다. 그녀는 장미의 향기가 이렇게 매혹적으로 낮게 깔려서 자신을 매료시킨 적이 처음이었다. 강렬하고 고혹적이고 은근한 향기가 붉은 벽돌울타리 안을 풍성하게 채우고 있었다. 장미덩굴이 곡선을 그리며 얼기설기 늘어진 가지가지마다 활짝 핀 꽃송이들과 피기 시작하는 꽃송이들, 이제 여린 꽃잎을 갓 머금은 꽃봉오리들이 이슬을 머금은 채 어둠살 속에서 생명의 역동성을 간신히 누르고 고요하게 안으로 숨죽이며 차분하게 가지런한 자태를 뽐내고 있었다. 그 아래 일직선인 든든한 벽돌울타리를 따라 담쟁이가 무성한 잎사귀들을 빼곡히 채우고 있었다. 단단한 벽돌울타리가 덩굴손이 나아갈 수 있는 안전한 길이었다. 그 나아가고 나아가는 길목마다 흡반이 버팀목 역할을 하면서 비바람과 태풍에도 안전한 길에서 이탈하는 법이 없어 보였다. 그녀는 사람들마다 안전한 길을 걷기를 원하고 찾기를 원하며 그런 삶을 꿈꾸며 어릴 적부터 학교를 다니고 배우고 익혀서 좋은 일자리를 택하고 직업에 자긍심을 불어넣으면서 새록새록 돋아나는 삶의 애정과 호기심으로 삶을 확장해 나간다고 생각했다. 자신도 예외는 아니었다. 자신도 어릴 적부터 바이올린이라는 악기를 선택해서 끊임없이 연습하면서도 세계적인 연주자가 되기로 마음먹고 열심히 성실하게 연주하면서도, 초경을 하고 사춘기를 지나면서 여자의 형태가 속옷을 밀고 나오면서 겉옷으로 선명하게 드러날 즈음에 자신의 노력과 타고난 재능으로는 그곳에 닿을 수 없는, 요원한 곳에 위치해 있는 것을 어렴풋이 인식할 수 있었다. 매직기간이 반복적으로 다가오는 것에 대한 번거로움이나 혼란스러움이 없을 즈음에는 뼈저리게 느낄 수 있었다. 한계상황. 그녀는 중학교 2학년 때 그것을 온몸으로 느꼈다. 어릴 적 같이 시작한 친구는 이미 자신보다 몇 발짝 더 앞서 가고 자신은 늘 그 자리에서 머물렀고 지지부진했다. 연주곡 속에 자신의 감정을 제대로 이입시켜서 재해석하는 그런 단계까지 이르지 못하고, 있는 그대로 복사하듯이, 극사실주의 화가들이 사진을 보고 똑같이 그리는 것에만 매몰되듯이, 보편적인, 독창적인 생각으로 기존의 내용과 형식을 깨뜨려서 새로운 감성과 세계를 제시해줄 자신이 없었던 것이다. 그 어린 나이에 말이다. 그래서 늘 제자리걸음으로 그 자리에서 맴돌 뿐 나아가지 못하고 있었다. 열등감. 어쩌면 그것이 자신의 내면 언저리에 싹트고 있었던 스트라디바리우스를 여지없이 불러들인 것인지도 모르는 것이었다.

그 보장된 안전한 길을 바라는 사람들 속에서 엄연히 낙오자는 있기 마련이었다. 그녀는 자신이 그런 낙오자의 명단에 등록되는 것 자체를 강하게 부인했고, 인정하기 싫었고 외면하고 싶었다. 하지만 현실은 그런 것을 매정하게 드러내어 등수를 매기고, 그것이 참을 수 없는 당면한 현실이었고, 그래서 더더욱 초라하고 비참했다. 그런 가라앉은 우울한 시간을 보내고 있을 즈음에 스트라디바리우스가 점점 더 세력을 키우고 확장하면서 자신을 세뇌시키며 조정하고 있었는지도 모르는 일이었다. 그런 열등감에서 오는 자괴감 속으로 살길을 찾고자 했던 것이 분명했다. 사람들은 어리고 어른이고를 막론하고 생존에 대한 강한 애착과 근성이 있고, 아마도 학창시절에는 그것이 학구열로 드러나는 것이리라. 그 등수가 등급이 되고 서열이 되어 친구들 속에서도 주목을 받고 부러움의 따스한 시선을 받는 원인이 되었던 것이리라. 그녀는 그 안전한 길이라고 생각했던 곳에서 길을 잃었던 것이다. 더 나아갈 수도 되돌아갈 수도 없는 곳에서. 그래서 또 다른 안전한 길을 찾기 위해서 발버둥치고 있었던 것이다. 그때 이미 자신의 내면에 둥지를 틀어 생기를 머금고 있었던, 당당한 스트라디바리우스가 머뭇거리지 않고 유혹의 손길을 재빠르게 던졌던 것이리라. 아마 스트라디바리우스가 열등감과 탐욕, 그 사이에 위치해서 이리저리 들쑤시고 충동질하고 때로는 친근하고 따스하게 다가와서 충고와 조언을 일삼으면서 신뢰를 쌓고 선명하고 아름다운 자태를 뽐내고 있었던 것이 분명했던 것이다. 그 열등감이 수시로 허영과 탐욕의 탈을 쓰게 만들었던 것이다. 스트라디바리우스는 그렇게 그녀의 어수선하고 헛헛한 빈자리를 온전히 매웠던 것이다. 쓰러지고 짓밟힌 그녀의 자존감을 상냥하게 끌어올려서 내일의 찬란한 빛을 느낄 수 있게 말이다.

그래서 그 안전한 길 위에서 길을 잃은 그녀는, 스트라디바리우스가 바라고 인도하는 곳으로 걸었던 것이다. 그 아름다운 자태와 풍부한 음색의 등불을 따라 걸었던 것이리라. 덩굴손이 벽돌울타리 위의 요철이 없는 반듯하고 평탄한 족적을 따라 걷는 것이 안전한 길인 것처럼 말이다.

그런 생각을 하면서, 그녀는 정원의 향연에서 벗어났다. 넓게 트인 휑뎅그렁한 운동장이 나왔다. 어둠살이 새벽의 기운찬 활기와 차분함에 서서히 껍질을 벗고 있었다. 한 겹씩 한 겹씩. 그녀는 긴 머리를 묶은 채, 운동장 트랙 위의 탄성을 느끼며 걷자 마음이 한결 편하고 여유로워지는 것을 온몸으로 받아들일 수 있었다. 마치 가볍고 풍성한 구름 위를 걷는 것처럼 사뿐사뿐 걸을 수 있었던 것이다. 그렇게 한가로이 걷고 있을 때, 그녀의 시선이 닿고 머무는 곳이 있었다. 운동장 구석진 곳에서 분주하게 움직이는 익숙한 몸피의 사내였다. 그녀는 그가 누구인지 대강 알고 있었다. 거기서 무엇을 하는지도 말이다. 그는 담배꽁초를 줍고 있었다. 누군가는 경박스럽게 무의적으로 내던져서 그 자리에 생뚱맞게 처박혀 있는 담배꽁초였다. 학생들이 피우고 버린 것인지 도로에서 피우다가 안으로 던진 것인지, 이상하게 그곳에만 담배꽁초가 쌓이고 있었다. 앞머리 숱이 이미 많이 사라지고 있는, 덩치가 작고 볼품없는 사내인, 그럼에도 학교에서 근면성실하고 책임감이 강해 맡은 일에 최선을 다하는 믿을만한 소사였다. 최근에 소사는 귀엽고 예쁜 아기를 낳아서 하루가 더 유익하고 충실하고 평화롭고 사랑스러울 것이었다. 이목구비에 예쁜 구석이 별로 없는 연상인 아내도 조신하고 얌전하고 착실했다. 그의 아내는 상대방과 말을 주고받을 때 말투 속에서 은근한 붙임성이 있었고, 그것이 모호하게 작용해서 친밀감을 더욱 북돋워주고 있었다. 그것이 생존을 위한 절실한 행위로 애교의 범주 안에 머무는 것인지는 정확하게 알 수 없었으나 상대방을 은근히 잡아당겨 붙들어 머물게 하는 오묘한 매력이 있었다. 더욱이 부부의 금실도 좋아서 격하게 말대꾸하는 소리도 옆집에 들리지 않았고, 때때로 나지막하고 느려서 성질 급한 사람들은 분통이 터질 수도 있었는데, 그럼에도 소사는 기다려주고 흔흔한 미소를 머금으며 점잖은 표정을 잃지 않고 있었던 것이다. 소사는 보통사람들이라면 느릿한 그녀의 템포에 짜증을 부릴 법도 했는데, 그런 일반적이지 않은 흐름 또한 사랑스럽고 귀여운지 입가에 행복이 만연했다. 그는 일상 속에서 늘 아내를 아꼈고 서로에게 기쁨과 행복이 되는 그런 소소한 삶을 살면서도 보란 듯이 희생하고 은근히 기다려서 사랑하고 검소하게 살아가는, 본받을 것이 많은, 자상한 인품과 겸양을 소유한 사내라고 소문이 자자했다. 비록 학교에서 잡스러운 일을 하고 있었지만 말이다. 어쩌면 그렇게 은혜롭게 보이고 성실하게 생활하는 것이 그가 자신의 사회적 위치와 재능에서 얻어진 실존적인 이미지가 굳어진 형태인지 아니면 천성에서 우러나오는 것인지 그들 부부만 알 것이었지만, 어쩌면 사람들의 시선이 집중되는 집밖에서는 선량하고 친밀하게 행동을 해도 집안에 들어서자마자 갑자기 표정이 험악하게 돌변해서 포악하게 으르렁거리며 손에 잡히는 것이 무기가 되어 거침없이 휘두를 지도 모르는 것이었다. 육체적인 열등감과 피해의식의 값진 보상을 위해서 집요하게 누르고 때리고 누르고 때릴지도 모르는 것이었다. 그래서 그녀는 소사에게 가까이 가서 인사를 하지 않고 트랙을 한 바퀴 돌고 교문으로 나가서 임도로 향했다. 그녀는 소사 있는 쪽으로 힐긋 쳐다보고, 소사 부부에게도 보이지 않는 괴이한 뭔가가 있을 것 같은 불길한 예감이 들었다. 상식에 어긋나는 이율배반적인 뭔가가.

꽃뱀은 혼자 겁도 없이 외진 임도를 걸을 수 있다는 것이 의아하기도 했다. 틈틈이 미리와 하는 산책과 상이하다는 것도 알고 있었다. 산속 깊은 곳에서 멀리 희미한 불빛을 보고 뭔가를 찾고 있는 걸음걸이였다. 차분하지도 갈급하지도 않았지만, 그렇게 여유롭지도 않은 어떤 이상한 기운에 끌려 다닌다고 밖에 설명할 길이 없었다.

그녀는 경사진 곳을 지나 완만한 곳에 이르자 좌측으로 울타리가 넓게 펼쳐진 언젠가 미리와 산책할 때 본 이사장의 정원이 펼쳐지고 있었다. 그녀는 그곳을 멈추지 않고 지나서 임도와 잇닿아 있는 오래된 무덤이 있는 곳에 머물렀다. 걸으면서도 자신의 시선은 그 울타리 너머에 왕성하게 생육하는 정원 안으로 쏠려있었던 것을 부인할 수는 없는 일이었다. 그 즈음에, 어둠살이 찬란한 아침의 뜰 속으로 소멸하자 그곳에 아침햇살이 싱그럽고 화사하게 드러나며 힘차게 솟구치기를 기다리고 있어, 다소 차가웠던 새벽공기도 미지근하게 데워지고 있었던 것이다. 그녀는 이 시간 때가 하루 중에서 가장 신선하고 산뜻하고 참신하고 단정하고 성실해 보인다고 생각했다. 하루를 어떻게 보낼 것인지 곰곰이 생각하는 길지 않은 시간이기에 그럴 것이었다.

꽃뱀은 누군지 알 수 없는 봉긋한 무덤을 한없이 내려다보고 있었다. 제각각 자라는 온갖 무성한 잡풀들이 무덤의 형태를 아무렇게나 어수선하게 허물어뜨리고 있었다. 유독 잎사귀들의 가장자리에 날을 세워서 바람의 숫돌에 수시로 벼리고 있었던 억새풀이 봉분 위에서 보란 듯이 너저분한 왕관을 엄숙하게 쓰고 있었다. 날카로웠으나 화려하지도 찬란하지도 않았다. 억새풀이 봉분 전체를 끈덕지고 무섭게 뒤덮어, 그 곁으로 잡풀들이 얼씬도 못하는 형국이었다. 그래서 쑥부쟁이가 멀찌감치 떨어져서 이슬에 촉촉하게 젖어 해맑은 꽃잎을 수줍게 드러내고 있었던 것이다. 그런 와중에도 엄지손가락만한 아카시아가 대범하게 침투해서 뿌리를 내리고 여유롭게 잎사귀들을 단장하고 있었다. 그녀는 문득 벌초를 하지 않는, 무덤주인이 찾아오지 않는 삭막한 무덤이 아닐까 하는 생각이 들었다.

그녀는 어수선한 무덤을 보다가 거뭇거뭇한 빗돌의 거죽에 이끼가 끈질긴 형태를 유지하며 소박하게 핀 곳에 시선이 머물렀다. 강인한 생명력. 그녀는 그곳을 찬찬히 들여다보자 이상한 것을 발견할 수 있었다. 개인의 역사가 간단명료하게 아로새겨져 있었다. 은진송씨의 길동이라는 기록이었다. 이름을 떨치지 못하고 살다가 어느 날 여러 사람들 곁을 흔적 없이 사라진 여느 시골에 사는 어르신들 중에 한 사람인 것 같았다. 일면식도 없는 그 사람은 사람들의 뇌리에서 사라지는 것이 싫었던 것이 분명해 보였다. 그래서 자신이 살아온 역사를 창피한지도 모르고 부끄러움 없이 새겨놓은 것인지도 모른다. 아무래도 그분은 인류의 역사 속에서 자신의 어렵고 고된 삶을 이겨내고 버텨온 것에 대한 자긍심과 긍지를 다른 사람들에게 귀감이 되도록 남겨놓았던 것이리라. 그것이 보통사람들의 일상이고 그 일상의 연속이 인생이고, 그것이 쌓이고 쌓여 죽음이라는 단절된 형태로 존재하는 곳으로 서서히 옮겨지는 것이었다. 그럼에도 찬란하고 아름다웠던 과거의 존경과 명성과 권위를 남겨서 자신도 인류 역사의 언저리에 미세하게나마 깃들어 숨 쉬며 이웃을 위해 봉사하는 그런 헌신적인 사람이었다는 것을 알리고 싶었던 것이리라. 그래서 그분은 인류의 역사 속에 자신의 사소한 흔적이라도 남기고 싶은 충동과 욕심으로 그런 우스운 짓거리를 한 것인지도 모른다. 그럼에도 그런 우스운 것들에도, 그 당사자에게는 엄중하고 중차대한 일임에 틀림없었던 것이리라.

'유전국민학교 3학년, 4학년, 5학년 때 부반장. 6학년 때 전교회장. 새마을지도자 3번. 이장 4번. 새마을지도자상 2

번.'

　대강 이랬다. 그분은 이런 유의미한 것들을 남기고 어느 날 갑자기 꾸역꾸역 살아가던 일상의 계단을 오르내리다가 홀연히 소멸했던 것이다. 그분의 사체는 땅속에 묻혀서 봉긋한 봉분 안에서 편안하게 누워서 또 다른 방식의 생을 유지하며 살아갈 것이다. 가끔씩 찾아오는 아들딸들이 손자손녀들이 엄숙하게 때로는 화기애애하게 웃으며 성묘하는 것을 위안으로 삼으며 살아가다가, 간헐적으로, 어느 날부터 찾아오지 않는 을씨년스러운 묘임에 틀림이 없었던 것이다. 그녀는 사람들은 죽으나 사나 외롭지 않게 지내기 위해서 생을 유지하는 동안에 가족을 만들고 친구를 만들고 애견을 키우는 것이라 생각했다. 그러고는 그들도 죽고 나면 가끔씩 홀로 침대에 누워서 아련한 그때의 추억들을 되새기며, 참 그때는 행복했었지! 그런 생각을 하면서 흐뭇한 미소를 머금을 때가 많았을 것이다. 그녀는 해피의 죽음이 그랬다. 해피의 존재가 절실하게 다가올 때는 여러 사람들이 곁에 머물러 있을 때가 아니라 홀로 다운되어 우울한 시간과 무기력한 나날이 이어질 때 느릿느릿 다가와서 친밀한 몸짓으로 애교를 부리곤 했다.

　그때 이사장의 정원 쪽에서 바이올린 협주곡이 흘러나왔다. 스트라디바리우스였다. 그녀는 이제야 자신이 여기까지 온 이유를 대강 이해할 수 있을 것 같았다. 자신의 내면에 도사리고 있었던, 아직까지 어렴풋한 긴가민가한 무정형의 정체가 드디어 형태를 갖추고 드러내며 온몸으로 꿈틀거리는 것을 느낄 수 있었다. 지금까지 본성 위에서 정신과 의식의 위압감에 쉽사리 온전한 모습을 드러내지 않고 때때로 우유부단하게 있는 듯 없는 듯 무의식의 장막 속에서 의식의 창으로 가끔씩 보였다 사라졌다 하면서도 의식을 순식간에 지배했던 것이 새삼스럽게 떠올랐다. 비로소 오늘 스트라디바리우스가 왜 지금까지 자신의 주위에서 맴돌아서 친구가 되고 경외의 대상인 신이 되었는지를 제대로 확인할 수 있을 것 같았다. 여기 부임하고부터, 어쩌면 그 이전부터 이사장이 자신의 일거수일투족을 주도면밀하게 파악하고 이사장의 그라운드로 끌어들인 것이 분명해 보였다. 스트라디바리우스의 수려함과 빼어남을 이용해서 내면에 잠자고 있었던 그어떤 것들을 서서히 깨우고 현혹시켜서 매듭으로 묶어놓았던 것이 분명해 보였다. 병원장이 자신을 유혹했던 것과 다르지 않은 교묘한 방법으로 말이다. 아니면 원래부터 병원장과 이사장은 서로 잘 아는 절친한 사이라서, 그들은 한 여자를 나누어 가질 수 있는 독특하고 특별한 사이인데, 그 병원장이 이젠 꽃뱀의 익숙한 체위와 신음소리에 싫증이 나서 이사장에게 양도한 것인지도 모른다. 병원장이 자신에게 베푼

노하우를 이사장에게 전수해서 자신을 우회적으로 유혹하고 있었던 것인지도. 아직도 그 펙트를 그들만 알고 있었고, 자신만 모르고 있었던 것인지도 모른다. 이사장은 크고 질긴 그물을 쳐놓고 시간이 흐르도록 내버려두고 있었던 것이었고, 병원장처럼 친숙하게 다가와서 어루만지고 빨고 쑤시면서 자연스레 섹스를 할 수 있을 정도로 가까워지면, 어쩌면 병원장과 이사장은 한 여자를 가운데 두고 격렬한 섹스를 나눌지도 모른다. 애널이 화끈거릴 것이고 유두가 욱신거릴 것이다. 쓰리섬. 그들은 그것을 리얼하게 실행해서 지금까지 느끼지 못했던 신선하고 혼몽한 즐거움과 쾌감을 얻고 즐기기 위해서 오래 전부터 치밀하게 계획된 것인지, 그래서 자신을 스트라디바리우스의 노예로 만든 것인지도 모르는 것이었다. 아마 그럴지도. 현실은 보이는 것이 다가 아니라는 것을 그녀는 이미 온몸으로 체득하고 있었던 것이다. 권력과 재력과 정보를 취득한 자들이 정교하게 그려놓은 도면대로 흘러가는 것 또한 알고 있었던 것이다.

그녀는 이미 정원으로 들어가는 출입구에 이르렀다. 숫자를 4자리 누르는 묵직한 은색자물쇠로 잠겨 있었다. 그녀는 비밀번호를 모르고 있어 자물쇠를 만지작거리면서 주위를 살피다가 무심결에 자신의 생일을 눌러봤다. 그러자 우연인지 필연인지 정확하게 알 수는 없으나 꼭 다물고 있었던 자물쇠가 열렸다. 그녀는 걸려 있던 자물쇠를 풀고 문을 열자, 녹이 슬었는지 괴이한 소리가 울리면서 문이 열렸지만, 사람들이 많이 왕래해서 자연스레 열리는 출입문은 아니었다. 다수가 아닌 일부만을 위해서 만들어 놓은, 그 일부 속에 자신도 속해 있다는 것을 지레짐작할 수 있었다. 이상하게 그녀는 이사장이 설계하고 만든 새로운 세계로 들어가는 길목에서, 막연한 두려움과 공포가 자신의 육체를 짓누르고 걸음걸이를 부자연스럽게 만든다는 것을 미세하게 느낄 수 있었다. 하지만 그녀는 걸음을 멈추지 않고 대범하게 자물쇠가 없는 철문을 하나 더 열고 안으로 들어갔다. 스트라디바리우스. 아까 울타리 밖에서 바라보던 정원과는 차원이 달랐다. 화사하고 선명하고 차분하고 단정했다. 어떤 선입견이 만든 망상이 사물의 본성과 형태를 아무렇게나 비틀어 놓았던 것이다. 그녀는 마음이 불안하고 번잡해지면 사물의 모습조차도 제대로 투영되지 못하는 것을 새롭게 인식했다. 평소에는 이사장이 무섭고 특이한 동물을 길러서 무턱대고 들어오는 사람들에게 겁을 주어서 내쫓을 것 같은 생각이 들었던 것이다. 그런 와중에, 비발디의 '사계' 중의 '여름'이 흐르고 있었다. 그녀는 마음이 다소 차분해지는 것을 느낄 수 있었다.

그녀는 폭이 좁은 아스콘 위를 걸었다. 마치 오솔길을 걷는 것처럼 주위 경관이 상냥하게 다가와서 산뜻했다. 오솔길 양쪽으로 여느 정원에서 볼 수 없는 기이하고 가지런한 소나무들이 차분하게 아침을 맞이하고 있었다. 한쪽으로는 상추와 고추와 가지가 심어져 있었고, 그 주위로 토끼들이나 사슴들이 들어가지 못하게 어른 허리 정도의 울타리를 쳐서 얼씬도 못하게 했다. 예전에 미리가 한 말과 다르지 않았다. 학생들과 토끼몰이를 할 수 있는 산의 형태였다. 크지 않은 능선이 있고 골짜기가 오솔길 따라 이어졌다. 능선과 골짜기가 오솔길이 이어지는 곳에 닿으면 여지없이 야성을 잃고 지표의 생김 안으로 고분고분하게 머리를 숙이는 것이었다. 아마도 학생들은 그곳으로 눈이 제법 쌓인 어느 날 토끼몰이를 했을 것이다. 이상하게 그녀는 꿈속에선가 어디선가 걸어본 낯설지 않은 오솔길이었다. 기시감이 들기도 했다. 그녀는 걸으면서 이곳은 현실과 동떨어진 곳이 아닐까 의심이 들기도 했다. 소나무들도 저마다의 안정적인 크기와 기이한 모양으로 지표 위에서 소신 있는 정갈한 몸가짐으로 우아하고 차분하게 뿌리를 내리고 있었다. 짓궂은 바람의 손짓이 없어서 그런지 뾰족한 잎사귀들도 거만하지도 우쭐거리지도 않았다.

그녀는 오솔길을 따라 걸었다. 편안하고 산뜻하게 뻗은, 그 폭이 건장한 청년의 어깨넓이 정도였다. 그 주위로는 잎이 갸름하고 뾰족한 잔디가 새파랗게 빈틈을 용납하지 않는 투지와 느긋함으로 지표를 말끔하고 촘촘하게 채우고 있었다. 더욱이 어디에선가 바람을 타고 무분별하게 날아드는 풀씨의 침입도 용납하지 않았다. 그래서 그런지 정원에 흔하게 아무렇게나 안착해서 뿌리를 내리는 하얀민들레도 보이지 않았다. 그것은 정원을 돌보는 정원사들의 부지런함과 애씀이 있어야 가능한 일이었다. 시간과 시간 사이에 정원의 구석구석을 손수 둘러보면서 지켜보고 관찰하는 것을 고단한 생업으로 해야 가능한 일이었다. 그녀는 이런저런 생각을 하면서도, 잔망스런 망상에 빠져들어 자신을 괴롭히지는 않았다. 이상하게 그녀는 편안하고 차분했고, 오솔길을 걸으면서 어디엔가 깃들어서 우는 새들이, 그곳이 어디인지 궁금하지도 않았다. 차라리 보이지 않는 것이 각자의 독특한 울음소리들로 인하여, 그 새들을 더욱더 잘 이해하고 느낄 수 있을 것 같았다. 한밤중에 눈을 감고 애인의 달콤한 언어에 귀를 기울이면 더욱 애틋하고 절실하게 다가오는 것과 다르지 않았다. 상상의 바늘도 아래위 여기저기 치우침이 없이 평정심을 잃지 않고 울음소리에 깃든 감정의 선을 제대로 반영하면, 뼈대가 있는 그 뭔가를 만들어서 감동이라는 은은한 종을 울릴지도 모른다. 그래서 그녀는 보이지 않는 새의 울음소리들을 더 새롭고 더 신비스럽게 받아들였던 것이다. 그녀는 음악을 전공해서 그런지 보통사람들보다도 더욱 폭넓고 정확하게 소리를 듣고 짚을 수 있었다. 그녀는 일반적인 삶 또한 그렇다는 것을 알고 있었던 것이다. 유명한 라디오 진행자가 사람들의 시선 안에 머물러 버리면 예전에 그 아득했던 그 너머에서 아련하게 들리던 정감 있는 신비스러운 목소리가 예전보다 더 경감되어버리는 것이었다.

그녀는 표면적으로 잘 드러나지는 않았지만, 기울기를 느낄 수 있는, 매끈한 지표의 돋을새김으로 조각한 구부러진 오솔길을 걷고 있었다. 조금 전보다 다소 따스하게 데워진 대기가 자신의 피부를 부드럽게 어루만지고 있는 것을 느낄 수 있었다. 그 즈음에 그녀는 비스듬하게 형성된, 정원 안의 나지막한 언덕 위에 닿을 수 있었다. 그녀는 그곳에서 뒤로 돌아서 울타리 출입문 쪽으로 비스듬히 내려다보았다. 그녀는 그곳에서 멀리 걸어서 왔다고 생각하지 않았는데 출입문의 형태가 제대로 구분되지 않았고 심지어 울타리도 흐릿하게 풀어져서 있었던 것이다. 그녀는 미로의 정원에 들어온 것이 아닐까 하는 착각이 들 정도였다. 그때 눈이 시리도록 하얀 토끼 두 마리가 쫑긋한 양쪽 귀를 세우고 뒷다리를 힘차게 당기고 밀며 날쌔고 민첩하게 그녀가 지나온 오솔길을 가로질러 채소밭으로 달려가고 있었다. 앞발로 땅을 파는 습성이 있는 토끼들이 아무래도 채소밭으로 들어가는 그들만의 비밀통로가 있었던 것이었다. 그녀는 한동안 귀엽고 토실한 토끼 두 마리가 앞서거니 뒤서거니 뛰었다가 멈춰서 주위를 조심스럽게 살피는 모습을 보자 느슨한 정겨움이 묻어나는 것이었다. 아마 저 광경이 소소한 삶의 단면이고 행복인지도 모른다는 생각이 들었다. 토끼들은 거추장스러운 명품을 걸치지 않아도 행복해 보였다. 아마 그럴 것이었다. 그것이 자신과 다른 삶의 형편이고 가치관일 것이었다. 그래서 그녀는 지금까지 살아온 삶을 회상해 보았다. 늘 허한 마음을 채우기 위해서 새로운 것을 갈망하고 사고 식상하면 또 새로운 것을 가지기 위해서 부모님에게 어리광을 부리고 종용했던 사실들이 스멀스멀 떠올랐다. 그럼에도 그녀는 늘 알게 모르게 내면의 허함과 결핍을 스스럼없이 채우기 위해서 뭔가를 했던 것을 기억하지 않을 수 없었다. 하나님의 은혜로움과 사랑으로도 채울 수 없는, 원죄와 비슷한 성격의 것이었지만, 차원이 다른 독특한 그 무엇이 자신을 조정하는 것을 온몸으로 느낄 수 있었던 것이다. 그녀는 그것을 대강 깨달을 수 있었다. 그것 때문에 그녀는 여기 이사장의 정원에 이중문을 열고 들어온 것이었다. 그녀는 이미 지나온 길과 앞으로 지나갈 길 위에 멈춰서 이것저것 곰곰이 회상하면서, 그럼에도 불구하고 그녀는 멈추지 않고 앞으로 나아가야 할 것이란 것도 강하게 인식하고 있었다. 인생은 오직 나아가는 것이고 멈추거나 정체되면 도태되어 죽음의 불모지로 소리 소문 없이 옮겨가 시들어 소멸해버리는 것을. 어쩌면 그녀는 그렇게 아무렇게나 흘러가지 않기 위해서 본능적으로 이사장의 정원 속으로 걸어서 들어온 것인지도 모르는 것이다. 그것이 사람들이 말하는 운명인지도 모른다는 생각이 들기도 했다. 자신의 의도와 무관하게.

그녀는 이쪽과 저쪽으로 볼 수 있는 곳에 한동안 멈춰 있자, 다소 여리고 파리한 햇살이 한 가닥씩 금성산 너머에서 찬란하고 길게 때로는 수줍은 듯 짧게 다가와서 눈 언저리에 머물렀다. 그제야 그녀는 지나왔던 길 위에 시선을 돌려서 앞으로 펼쳐질 새로운 길 쪽으로 시선을 옮겼다. 그녀는 아까와 다른 새로운 광경이 펼쳐지는 것을 지켜볼 수 있었다. 더욱이 신비스럽고 거룩하고 찬란하게 보이기 시작했다. 차분한 수면 위에서, 가늘고 긴 물안개가 어떤 위기감을 느꼈는지 친근감 있게 머물다가 갑자기 버둥거리고 있었다. 아마도 그것이 소멸의 단계일 것이리라. 가늘게 보채는 흐릿흐릿한 물안개 사이로 원을 그리는, 도드라지게 노출된 분수대가 밤새도록 물을 뿜어내는 것을 멈춘 채, 고요한 연못에서 형태를 유지하고 있었다. 그 주위를 둘러싼 촘촘한 잔디가 가는 잎으로 땅 위를 고르게 면을 만들고 있었고, 폭넓고 길게 정돈된 페어웨이가 있고 그린이 있었다. 그린 주위에는 여러 곳에 크고 작은, 움푹한 벙커가 절묘하게 파고들어 골프공의 접근을 막았고, 쉽게 허락하지 않았다. 그녀는 그린을 내려다보고 자신도 모르게 싱거운 웃음이 흘러나왔다. 이사장이 온몸이 휘청거리는 드라이버로 티샷을 하고 페어웨이를 어렵사리 아장아장 건너서 그린을 공략하면서도, 벙커에 빠지기도 하고 연못에 날아들어가서 당황스럽게 만들 것이 자명해 보였다.

　어쩌면 이사장은 저 멀리 파5홀에서 휘청거리는 드라이브로 티샷을 시작하면서부터 그린을 어떻게 공략할 것인지 곰곰이 생각하고 있었을 것이었다. 아마 이사장은 자신을 공략할 때도 그린을 공략하듯이 조심스럽게 접근해서 퍼터로 침착하게 굴려서 넣을 것이 자명할 것이다. 그것이 그의 삶의 중요한 부분이고 삶의 완성인지도 모른다. 그것으로 그는 누구도 가지지 못하는 것을 가졌다는 성취감과 우월감을 느낄 것이고, 그것이 곧 자신의 재력의 힘이라고 믿을 것이리라. 그것으로 인하여 사모는 사내의 체온을 찾아서 다른 사내를 찾을 것임에 틀림없는 일이었다. 외로운 여자의 행보는 대개 정해져 있었다. 소극적인 여자는 침대에 누워서 옷을 풀어헤치고 손가락이나 기구를 이용해서 자위를 하며 자신의 욕구를 간신히 억누르고 다스릴 것이고 적극적인 여자는 지근거리에 있는 건장한 사내를 찾아서 뜨거운 밤을 지새울 것이리라. 사내의 어깨에 흘러내리는 달달한 땀을 손톱을 세워서 쓸어내리기도 하고 말끔하게 닦아주기도 할 것이리라. 그녀는 그 옛날 지금보다 더 젊고 풋풋하던 사모도 자신과 같은 과정을 겪었는지도 모른다는 생각이 불현듯이 들었다. 그것이 여자의 숙명인지도 모른다는 생각도 조심스럽게 해보았다. 어쩔 수 없이, 여자들은 사내들이 치밀하게 놓은 올무에서 벗어나지 못하고, 발두둥치면 칠수록 더욱더 목덜미를 옥죄는 것을 알고, 그 자리에서 주저앉는 것이었다. 사모도 그랬고 자신도 그럴 것이라는 생각이 들자, 여자로서 음악선생으로서 차마 얼굴을 들 수 없었다. 어떤 힘의 논리와 원리로 인하여 자신이 한없이 작아지는 것을 온몸으로 느낄 수 있었다. 그것이 꽃뱀인 자신을 한없이 제한한다는 것 또한 깨달을 수 있었다.

예전에 미리는 이사장의 정원 안에 미니골프장이 있다고 자신에게 말하지 않았다. 그녀가 전혀 몰랐는지 아니면 여기까지 올라오지 못해서 그랬는지 정확하게 알 수 없었지만, 그것이 이상했다. 선생님들 사이에도 아는 분이 없었다. 알면서도 그들끼리 묵시적인 합의가 있었던 것인지도 모른다는 생각도 들었다. 그 이유? 이사장의 힘의 논리가 그곳까지 뻗힌 것인지도 모른다는 생각이 들었다. 그때 꽃뱀은 꽃뱀헌터가 떠올랐다. 그는 그들과 달리, 이사장의 하수인이 아니라는 확신이 들었다. 그는 대의명분을 위해서 싸우고 명예를 소중히 여기는 분이라는 것을 이미 알고 있었던 것이다. 그의 아버지가 돌아가셨을 때 장례식장에서 슬퍼 보이지 않았던 것이 괴이하기도 했으나, 아마 그것은 상대방에 대한 배려일 것이리라. 죽음은 삶의 현상들 중에 마지막 완성의 단계이고, 그것을 과감하게 접고 한 단계 뛰어넘는 것이라 생각하고 있는 듯 보였다. 그는 체계적으로 운동을 해서 그런지 예의범절을 골고루 갖추고 있었고, 요즘에 보기 드문 훌륭한 사내라는 것 또한 알고 있었던 것이다.

아마도 여기가 이사장의 무릉도원일 것이라 꽃뱀은 생각했다. 그녀는 비스듬하게 이어진 오솔길을 따라 걸었다. 이젠 괴수의 아가리로 들어가는 그런 두려움과 공포는 느낄 수 없었다. 어느 순간 부지불식간에 이사장을 허락했던 것이리라. 그것이 조여오는 세상의 올가미에서 벗어나는 것이기에 그랬을 것이다. 좁혀오는 뭉치의 올무에서 벗어나는 길이기도 했던 것이다. 그래서 꽃뱀은 자신을 지키기 위해서 이사장의 무릉도원으로 깃들어버린 것이라 생각했지만, 엄밀하게 따지고 들어가면 그것만 있는 것이 아니었다. 스트라디바리우스, 그것이었다. 스트라디바리우스의 풍성한 음색과 친밀한 손짓과 몸짓, 점잖고 유려한 자태로 언제나 현혹하고 있었기에 그녀는 이사장의 무릉도원 안으로 들어오지 않을 수 없었다. 아마도 그것이 탐욕의 비늘 같은 것이리라.

그녀는 연못 근처에 있는 등받이가 있는 벤치에 앉지 않고, 그 주위를 돌아보았다. 그 와중에도 비발디의 여름은 끝나지 않고 연못 가장자리에 생육하는 창포와 부들 사이를, 수심이 깊은 쪽으로 붉은색과 분홍색, 노란색과 흰색의 수련들 사이를 가로지르며 햇살에도 소멸하지 않은 미세한 이슬을 떨어뜨리기에 여념이 없는 것 같았다. 햇살이 순하고 부드럽게 드리우는 이른 아침은 어수선하지 않았고 차분하게 이사장의 정원을 서서히 일깨우고 있었다. 구석구석. 우선, 소멸되어 가는 이슬을 대기 속으로 날려버리는 것이 우선인 것 같았다. 그 구석진 곳에, 두껍고 하얀 바람벽과 분홍색 기와를 얹어 화사한, 주위경관을 해치지 않는 선에서 오롯한 건물이 찬연하게 형체를 드러내고 있었다. 두꺼운 바람벽이 일반적인 건물보다 2배 높이 솟아 있었고, 멀리서도 두드러지게 보이는 하체가 길고 날씬한 이국적인 체형을 닮은 아름다운 여인 같기도 했다. 덩치가 거대하거나 웅장하지는 않고 적당한 선에서 건축가의 절묘한 현실적인 타협이 있어 보이는 단아하고 절제된 건물이었다. 그럼에도, 한편으로 수줍어 보이고 한편으로 대담해 보였다. 순백의 단순한 아름다움을 안으로 되새기며 이채롭게 시선을 빼앗는 그 뭔가가 있었던 것이다. 그녀는 그곳으로, 그 신비스러운 뭔가에 이끌려서 걸음을 옮겼다. 그녀는 오솔길을 걸으면서 아마도 이 오솔길은 오직 자신을 위해서 만들어 놓은 것이라 생각했다. VIP 전용 주차장에 주차를 하고 전용 에스컬레이터를 타고 올라가는, 극진하게 대접받는 그런 기분이었다. 그녀는 그런 생각의 편린들이 내면에서 구체적인 모습과 형태를 만드는 것을 느낄 수 있었던 것이다. 아마도 그것이 자신에게 일반적인 의미가 되고 보편적인 행위가 되는 것 또한 알고 있었던 것이다.

아까부터 그녀가 이상하게 여긴 것은 그 많은 정원수 중에 소나무 밖에 없었다. 이사장의 유별난 취미인지는 모르겠지만, 그렇다고 싫은 것은 아니었다. 세인들과 다른 생각과 신념과 가치관이 이사장을 그렇게 만든 것이리라. 그녀는 그 독특한 취향이 터무니없는 상스러운 것으로 다가와서 자신을 강하게 밀쳐내지 않을 것을 미미하게 인식할 수 있었다. 자신의 한 부분과 접점을 찾는, 오묘하게 어울리는 것이라 믿어 의심하지 않았다. 그렇다고 정확하게 그 원인을 찾을 수는 없었다. 어릴 적 어느 한적한 이른 봄날에 갑자기 추위가 덮쳐서 싸라기눈이 내리고 진눈개비가 내리는가 싶더니 밤새 함박눈이 내렸을 것이었다. 평소 여유를 부리며 걷던 소나무 숲속에서 유일하게 교감이 되는, 자신의 어머니가 신에게 기도를 드리던, 준엄하고 엄숙한 아름드리 소나무 한그루, 그 한순간에, 그때까지 달큰한 봄빛을 머금은 소나무 가지들은 옴짝달싹 못하고 그대로 얼어버린 것이리라. 새벽까지 평온한 가운데 함박눈이 소나무 잎에 내려서, 쉴 새 없이 연신 쌓이고 쌓인 그 무게를 지탱하지 못하고 처참하게 아래로 넓게 뻗어 있는 아담하고 정갈한 가지들이, 여지없이 우지직우지직 찢어졌을 것이다. 그것을 아는지 모르는지, 어린 이사장은 아침에 눈을 비비며 일어나자 순백의 맑고 투명하고 깨끗한 세상이 그를 온전히 맞이하자 치밀어오르는 즐거움과 기쁨과 환희로 그 아름드리 소나무가 힘껏 자라고 있는 숲속으로 뛰어갔을 것이다. 충실한 하얀 진돗개와 함께 말이다. 하지만 그를 기다리는 것은 처참한 광경이었다. 처참하게 찢어져 있는, 아비규환! 그 우람하고 건강한, 이미 화사한 봄의 어깨에 올라탄 아름드리 소나무의 늠연한 풍채는 볼 수가 없었던 것이다. 평소 그의 홀어머니가 손으로 쓸어내리며 경외하는, 우러러보고 감사하고 존경하는 그 아름드리 소나무가 아니었던 것이다. 아마 그 처참한 광경이 지금의 왜곡된 현상을 만든 것인지도 모른다. 그런데도 그녀는 여선생 사택에 단감나무 한 그루가 왜 오롯이 자라고 있는 것인지 의문이 들지 않을 수 없었다. 그것도 아마 이사장의 어머니와 연관되어 있었을 것이리라.

바람벽에는 창문이 없었다. 잔잔한 바람과 화사한 햇살을 원천봉쇄하고 있었다. '海月미술관'이라는 검은 대리석 현판이 출입문 위에 박혀 있는 것이 다였다. 기름칠을 한 은은하게 반질거리는 나무문이었다. 나무 고유의 무늬와 결을 제대로 살린 직사각형을 세워놓은 안정적인 것이었다. 말쑥하고 산뜻하고 고풍스러웠다. 이상하게도, 도어손잡이가 없었다. 그녀는 도어의 아래위 구석구석을 샅샅이 살펴봐도 당기고 밀어 들어갈 수 있는 장치가 없었다. 그녀는 한참 주위를 살피며 곰곰이 생각해보았다. 당황스럽지 않았다. 그녀는 뭔가 자신에게 새로운 것을 제시해 주기 위한 장치가 아닐까 하는 생각을 하지 않을 수 없었다. 실용적인 측면에서 볼 때는 무의미한 것이겠지만 철학적인 측면에서는 의미가 있는 것이기도 했다. 그녀는 그 철학을 기초하여 사려 깊은 생각을 하면서 무심결에 원래 도어손잡이가 있어야 할 자리에 오른손을 가져가 보았다. 그러자 엄숙하게 닫혀 있던 출입문이 안으로 미끄러지듯이 서서히 열렸다. 그녀는 순간 깜짝 놀라지 않을 수 없었다. 그녀는 센서의 흔적을 찾을 수는 없었다. 그래서 고개를 들어서 출입문 위쪽까지 살펴보았다. 카메라의 흔적조차도 찾을 수 없었다. 그녀는 문명의 이기 밖에서 이루어지고 있는 그 뭔가가 은밀하게 진행되고 있다는 것을 인식할 수 있었다. 그것을 누가 조정하는지 알 수는 없었지만, 자신보다 거대한 조직과 넉넉한 재력으로 가까이서 때로는 멀리서 지켜보고 있다고 생각했다. 어렴풋이, 그 대상이 하나님일지도 모른다고, 그런 생각을 해보기도 했던 것이다.

그녀는 조심스럽게 걸어들어갔다. 처음에 다소 낯설고 불안했다. 실내는 적당한 온도와 습도를 유지하고 있고, 중문이 있었다. 그 중문에서 실내화로 바꿔 신고 들어가도록 만들어 놓았다. 그 중문도 가까이 다가가자 자동으로 미끄러지며 안으로 그녀를 친절하게 들게 장치되어 있었고, 곧바로 닫혔다. 언제 열려서 꽃뱀을 공손하게 맞이했는지 모를 정도였다. 엄숙했다.

그녀는 미술관 안속으로 들어섰다. 일정한 크기와 모양으로 나무의 질감을 제대로 살려서 바닥을 말끔하게 채우고 있었다. 마치 창문이 없는 학교 복도 같은, 그런 분위기였다. 지나치게 넓지 않은 통로 양쪽으로 하얀색 페인트를 곱게 칠한 벽이 있고, 그곳에 그림들이 하나씩 걸려 있었다. 실내에 들어오는 빛은 온전히 차단되었다. 천장에 매달려서 밝히는 조명이 유일했다. 그래서 저마다의 그림들 주위에는 싹싹하고 부드러운 빛의 알갱이들이 서성거리면서 어둠을 조금씩 또 조금씩 밀어내는 안간힘의 경계 속에서, 그 그림들은 찬란하고 거룩하게 아름답고 우아하게 빛을 발하고 있었던 것이다. 은은하게. 어쩌면 천장에 단조롭게 매달려서 좁은 곳을 집중적으로 조명하는 빛의 알갱이들이 화가가 밤낮으로 고군분투하며 간신히 새겨놓아 생명을 불어넣은 영롱하고 순수한 영혼을, 그럼에도 소극적인 바탕과 소양으로 웅크리고 있던 영혼을 자유로이 왕래할 수 있게 만든 긴요한 통로가 아닐까 하는 생각이 문득문득 들기도 했다. 마치 삶의 긴 여정 속에서 비스듬하고 평탄한, 비탈지고 가파른 오솔길을 곰곰이 사색하며 매듭 없이 걷는 것과 아주 유사하고 다르지 않을 것 같은 생각이 들기도 했다. 그런 것이 나지막하고 무덤덤하게 친진난만하고 자유롭게 소통할 수 있는 영혼의 길인지도.

바람벽 쪽으로는 Doma라는 작가의 그림이 걸려 있고 안쪽으로는 윤후명이라는 작가의 그림이 걸려 있었다.

윤후명은 엉겅퀴를 주로 그리는 화가였다. 질긴 생명력과 화사한 꽃빛이 아름다운, 다소 우악스럽고 거칠게, 공간을 조심스럽고 소심하게 더듬듯이 뻗어나가지만, 끈끈한 어혈을 풀고 정력증강에 효과가 있어 사람들에게 이로움을 주는 유익한 꽃이었다. 잎에는 털이 있고 톱니가 있고 가시가 있고 줄기에는 거미줄 같은 흰 털이 있었다. 그래서 그런지 겉으로 보기에는 세침하고 퉁명스럽고 이악스럽고 날카로운 곳이 많아 보였으나, 숲 가장자리 들길 가장자리 들판 가장자리 논둑이나 밭둑 가장자리 묘지 가장자리에서 서식하는 흔히 볼 수 있는 꽃이었다. 사람들과 유전자 배열이 같아서 더욱 살갑고 친근하게, 사람들의 시선에 머물러 삶의 가장자리에서 꽃을 피우는 것인지도 모를 일이었다. 아마 작가 자신도 모르는 사이에, 삶의 들녘에서 세파에 저항하며 편견의 털을 만들고 선입견의 톱니를 만들고 적의의 가시를 만들었는지도 모른다. 그것 때문에 자신과 닮아 있는, 세상의 가장자리에서 꽃을 피우는 엉겅퀴에 애착을 하고 그림의 중요한 소재로 사용하는 것인지도 모를 일이었다. 한 번도 화가 자신이 세상의 주인공이 되어보지 못한, 그럼에도 화사한 꽃을 피우며 가장자리의 주인공이 되어 있는 자신을 발견할 때마다 엉겅퀴를 치열하게 그리며 자신을 투영시키는 것인지도. 그것이 삶이고 인생이고 존재의 이유가 되어버린 것은 세월의 더께가 쌓이고 깊고 두꺼운 주름살이 얼굴을 어지럽게 드리워질 때쯤에 비로소 스스럼없이 깨닫게 된 것이리라. 화가와 더불어 세상의 모든 사람들은 각자 자신의 삶 속에서 주인공인 것 또한 엉겅퀴를 통해서 알고 있었던 것이다. 그래서 엉겅퀴만 고수하고 있었던 것인지도, 붉은 것 아니면 하얀 것. 그 지점에서 그녀는 여선생 사택에 있는 화려한 장미가 떠올랐다. 아마 꽃의 세계에서는 다양한 색깔과 매혹적인 향기를 발산하는 장미가 주인공일 것이다. 그래서 이사장이 정원에 심어놓은 것인지도 모른다. 자신의 어머니가 질기고 억센 엉겅퀴의 삶을 살아간 것에 대한, 그렇게 살기를 바라지 않은 그런 생각으로 심어놓은 것 같았다. 그것이 꽃뱀 자신과 아무런 상관이 없는 것이 아니라는 것을 본능적으로 느낄 수 있었다. 이사장은, 자신의 아내는 세상의 주인공이고 매혹적인 향기를 발산하며 자신 곁에서 아이들을 낳고 키우는 행복한 삶을 꿈꾸고 행한 일 같았다. 지금의 사모는 교양도 없고 젊고 날씬한 사내만 보면 굶주린 욕구를 채우기 위해서 추파를 던지는 것을 이미 알고 있었던 것이다. 꽃뱀 자신도 견제하는 당황스러운 질투의 시선을 늘 받아왔기 때문이었다. 아마 화가 자신의 어머니도, 질기고 억센 엉겅퀴의 삶을 살면서 자식을 자애로운 눈빛으로 끊임없는 사랑으로 한 치의 흐트러짐 없는 삶을 살아온 것에 대한 측은함을 기리기 위해서 엉겅퀴에 집착하는 것인지도 모를 일이었다. 그것이 어머니를 사랑한 자식의 도리이기에.

화가의 나이는 많이 들어 보였지만 그림은 젊고 순수하고 활달했다. 엄격하지 않고 편견이 없고 경직되지 않았다. 세상의 불필요한 것에 의미를 두지 않고 무의미의 장치를 빌려서 세상을 응시하며 매듭을 짓지 않고 흘려보내는, 그것이 참의미를 깨닫는 높은 단계에 이른 분임에 틀림없어 보였다. 더욱이 놓을 것은 놓고 버릴 것은 버린, 범부가 할 수 없는, 학식과 인품을 다듬고 소유한 참으로 고귀한 단계에 이른 어른임에 틀림없었다. 세련되고 고상하고 단순하고 우아하다는 말이 어울릴지도. 명예도 쫓지 않고 부귀영화도 쫓지 않는, 삶의 소소한 기쁨과 즐거움을 알고 느끼고 깊이 성찰하는, 그것이 피가 끓어 넘치는 젊은 날에 쉬이 다가와서 머물러 안식을 제공하지 않았던 삶의 내려놓음일 것이었다. 그녀는 그의 그림에서 그런 것들이 진하게 묻어나는 것을 느낄 수 있었다. 무수한 세상의 풍파 속에서 몇 날 며칠 소주를 마시며 세상의 언저리에서 기웃거리던, 철학과 현실의 부조화 속에서 아마도 퇴계 이황의 수양철학을 받아들여 존재의 본질을 회복하는, 그것이 값지고 소중하다고 여기는 이를 따른 것이리라. 현실을 개혁해야한다는, 그래서 기를 중시한 율곡 이이의 실천철학과는 거리가 있는 삶을 살았을 것 같았다. 그곳에서 그는 세상을 흘러가는 대로 내버려두고 자신의 감정의 변화와 올바른 가치관을 되새기며 공고히 하고 순간순간 하루하루를 간신히 버텨나가는 그런 알찬 삶을 살았을 것 같았다. 아마도 그런 단계에서 소주는, 무려하고 기진한 삶의 안식이고 기쁨일 것이리라.

그녀는 가방 위에 그린 생명력을 발하는 엉겅퀴를 보고, 제각각 다른 엉겅퀴를 따라가지 않고 Doma의 그림 쪽으로 시선을 옮겼다. 그쪽은 소나무들이 작은 것부터 걸려 있었다. 목탄으로 그린 것도 있고 물감으로 그린 것도 있었다. 그는 중학생 키 정도 되는 그림이 걸려 있는, 하얀 석고 위에 목탄으로 칠하고 붙인 소나무 아래에 이르러서 비스듬히 올려다보았다. 하얀 석고가 소복하게 쌓인 들판의 눈처럼 황량하고 을씨년스러웠다. 겨울바람의 입김 속에 알알이 차가운 얼음이 박혀서 냉기를 안으로 풍기며 내뱉지 않는, 그러다가 재채기를 하듯이 불현듯 겨울바람이 공허한 들판을 이리저리 미친 듯이 괴이한 소리를 지르며 쏜살같이 가로지르며 내달리고 날뛸 때면 윙윙거리며 찢어지는 가혹한 고통을 참을 것이었다. 그런 아슬아슬한 상황에, 메마른 가지와 가는 잎사귀 들은 간신히 부여잡고 있는 듯했다. 그러다가 잠잠하고 고요한 시간이 다가오면 언제 그랬냐는 듯이 한곳에서 머무르며 어지럽게 풀어지고 흐트러진 온몸을 조금 전의 모습 그대로 단장을 하고 곧추세우느라 여념이 없어 보였다. 그녀는 그 모습에서 화가의 현실적인 모습을 엿볼 수 있었던 것이다. 춥고 잔인하고 가혹한 환경에서 오는 외부적인 핍박과 암담함, 고독과 외로움. 그림이라는 도구로 간신히 이겨내고 언젠가 따스한 봄바람이 곧 불어올 것이란 확고한 기대와 바람이 내재되어 있는 그런 그림이었다. 그런 와중에도, 화가는 갖은 고생과 역경에도 굴하지 않는 투지와 의기가 충만한 그런 그림을 그리고 있는 것 같았다.

한동안, 그녀는 목탄으로 그린 소나무에 고정되어 있던 시선을 엉겅퀴가 있는 쪽으로 돌렸다. Doma의 소나무는 어딘지 모르게 어둡고 춥다는 생각이 들었다. 원래 그녀는 시시때때로 햇살을 받아야 하는 숙명을 아는 것이었다. 엉겅퀴는 불덩어리처럼 훨훨 타오르고 있었기에 가까이 다가가자 따스한 온기를 느낄 수 있을 것 같았다. 그런 느낌이 들자, 엉겅퀴가 아까와 달리 활기를 띄고 햇불처럼 어둠을 밝히고 있어 다가가면 따스한, 그래서 사람들을 멀리서 불러들여 자양분과 생기를 불어넣어 줄 것 같은 착각이 들기도 했다. 그래서 그녀는 그 엉겅퀴에 조금 더 호감이 가는 것인지도 모를 일이었다.

차분한 미술관 안에서, 알 수 없는 그러나 어디선가 들어 익숙한 낮게 가라앉아 더욱 감미로운 멜로디가 잔잔하게 흐르고 있었던 것을, 이제야 그녀는 깨달을 수 있었다. 일반적인 미술관에는 아담한 멜로디는 흐르지 않고 은근한 조명과 바람벽에 걸린 그림만이 우아한 관계를 긴요하게 유지하고 있었던 것이다. 마치 달빛이 첫날밤을 오매불망 기다리는 한 여인의 아름다움과 여성스러움을 제대로 부각하는 것처럼. 잠을 이루지 못해서 새벽녘까지 이불을 뒤척이다가 창문으로 올려다보는 그 촉촉한 눈빛과 닮아 있었다. 그 멜로디가 사람들의 집중력과 시선을 빼앗지 않는, 느릿하게 가라앉아 차분하고 얌전한, 소란하지 않고 조용한 그런 수수하고 다정다감하게 나지막이 들릴 듯 말 듯 아련하게 들리는, 마치 먼 골짜기에서 흐르는 시냇물소리처럼 흐릿하게 감아돌아 멈춰서 어울리는 것이었다. 그녀는 누구의 바이올린협주곡인지 떠오르지 않았다. 굳이 알 필요는 없었다. 어디선가 많이 들어보았지만 생소하고 비밀한, 태어나기 전 어머니의 뱃속에서 들은 것 같기도 한 신비스러운 곡이었다. 분명한 것은 스트라디바리우스라는 명기인 것은 분명했다. 그 스트라디바리우스는 늘 다른 것과 구별되었기에 그 풍성하고 우아하고 세련된 선율을 온몸으로 느낄 수 있었다. 전성기 때 김연아의 우아한 솜씨와 아름다운 몸짓은 그 어느 다른 선수들과 구별되는 것과 다르지 않는, 그런 것이었다. 아무리 노력해도 안되는 그 뭔가가 있었던 것이다. 그럼에도 불구하고 그것은 몹시 가혹한 시련으로 잉태된 빼어난 솜씨이고 몸짓일 것이었다.

그래서 그런지 스트라디바리우스와 김연아는 가혹한 시련을 이겨내면서 더 풍성하고 아름다운 음색으로 사람들에게 즐거움과 기쁨, 환희와 감동을 자아내게 만든 것이었다. 그것은 혼자 외로이 고달프고 춥고 가혹한 기나긴 겨울밤을 이겨내고 버티며 깊은 성찰과 사색으로 얻어낸 귀하고 값진 것이리라. 아마도 그 겨울은, 여느 겨울보다도 더 춥고 가혹한 나날이었을 것이었다. 연이은 폭설과 매서운 바람이 계통도 없이 쉴 새 없이 아무렇게나 몰아치는, 몇 달 전 잎사귀들의 풍성함과 넉넉함도 이미 소멸한 메마른 가지들 사이사이 괴이한 소리를 지르며 짓누르고 핥고 재빠르게 지나가는 것이었다. 그럴 때마다 숲속의 한 자리를 유지하며 간신히 생존하고 있었던 바이올린의 앞판인 가문비나무들과 뒤판인 단풍나무들은 절규에 가까운 울음소리를 질러대었을 것이리라. 온몸을 가누지 못하면서 말이다. 그 절규에 가까운 울음소리와 비명이 나이테에 빈틈없이 새겨져서 아마도 풍성하고 화려한 음색으로 육화되었을 것이리라. 그 시기에 신의 악기인 스트라디바리우스는 쉽지 않게 태어났던 것이었다. 신은 인간이 상상할 수 없는 무자비한 시련과 연단으로 나무의 밀도와 강성을 빈틈없이 촘촘하게 극대화시켰고, 아마도 그것이 스트라디바리우스가 세상에 이름을 얻을 수 있었던 원인이었고 결과이었을 것이다. 그래서 한 번도 경험하지 못한, 앞으로도 나올 수 없는 풍성하고 우아하고 아름다운 음색을 간직하고 있었던 것이었다. 그것이 신이 계획하신 것인지 명확하게 알 수는 없었지만, 아마 김연아도 그것과 다르지 않았을 것이다. 어릴 적부터 스핀과 점프를 반복적으로 연습하면서 그 얼마나 많이 단단한 얼음 위에 넘어지고 쓰러졌겠는가. 그 순간순간 이어지는 반복적인 실수와 자책으로 깊은 실의에 빠질 만도 한데 그녀는 또 일어나서 스핀과 점프를 될 때까지 노력하지 않았겠는가. 그 순간만 넘기면 새로운 장이 열릴 것이라는 자기확신과 열렬한 소망이 있었기에 가능한 일이기도 했다. 참으며 이겨낸 그것이, 그 누구도 표현할 수 없는 풍성함이 되고 우아함이 되고 아름다움이 되었던 것이리라.

스트라디바리우스와 김연아는 신이 선택한 것이리라 생각했다. 그래서 집중적으로 관리한 것이리라 생각되었다. 그 선택은 자신이 할 수 없었기에 오히려 인간은 행복한 것인지도 모르는 것이었다. 그녀는 윤후명의 엉겅퀴를 보고 Doma의 소나무를 번갈아 보면서 아마 그들도 신의 선택이 있었을 것이라 생각했다. 그래서 여기 이 미술관에 서로를 마주 보며 걸려 있는 것이라 생각했다.

그녀는 미술관 안속으로 들어갈수록 이사장이 자신을 위해서 마련한 것이 아닐까 하는 생각이 짙어지는 것을 느낄 수 있었다. 일반적인 미술관이 아닌 다소 개인적인 생각과 가치관과 철학을 담고 있었기에 그러했다. 일반적인 미술관에는 낮게 가라앉아 느릿한 감미로운 음악도 흐르지 않았기 때문에.

그녀는 크고 작은 엉겅퀴들을 보면서 마지막 엉겅퀴에 이르렀다. 백남준기념관 비닐봉지 위에 그린 그림이었다. 아크릴릭. 그 맞은편에는 농구선수가 손을 뻗으면 닿을 정도의 큰 그림에 안정적인 완벽한 거리를 두고 바람벽을 한없이 비워서 채우고 있었다. 제목은 Fine family이었다. 그녀는 제목을 보고 오타가 아닐까 하고 머리를 갸울이며 잠시 생각에 잠겼지만, 이내 원상태로 되돌아와서 별 의미 없이 웃었다. 그럼에도 불구하고 그것이 더 낫고, 훌륭하고 세련되어 보인다는 생각이 부지불식간에 들었던 것이다. 소나무가 독특하고 웅장하고 거대했다. 밤낮의 경계도 없이 몇 날 며칠을 어떤 개인적인 기운과 영감에 이끌려 끈질긴 생명을 담보로 아슬아슬 서슬이 퍼런 작두 위에 올라서 강렬하고 열정적으로 춤을 추며 그린 것 같이 드로잉과 터치가 부드러운 광목을 찢고 튀어나올 것 같이 힘찼고, 절박하고 오묘하고 날카로웠다. 마치 카오스의 혓바닥 위에서 살풀이춤을 추는 것 같았다. 그에 비해서 비닐 위에 그린 엉겅퀴는 아무 욕심과 기교도 없는 정적인 순수한 터치로 위에서 아래로 흘러내리듯이 복잡하지 않는 선을 그어서 어딘가에 머물러 닿아 있었다. 그곳이 선과 면이 만나는 피할 수 없는 지점인지도 모른다. 광시곡 위에서 하늘의 존재와 바탕의 존재를 믿고 높고 높은 하늘을 닿기 위해서 몇몇의 우아한 발레리나가 앞발을 세워서 조신하고 단정하게 차분하고 조심스럽게 뛰어오르는 것 같기도 했다. 재빠르지 않고 느리고 느긋하게 멈춘 듯 움직이는 정중동의 절제된 우아한 몸짓 같기도 했다.

소나무의 껍질은 하늘과 땅을 이어주는 직선이었고 안속은 명확하게 알 수 없는 곡선의 향연이었다. 첫 번째 소나무는 알파벳도 있고 숫자도 있고 상형문자도 있고 단청무늬도 있었다. 오방색으로 적절한 곳에 계산된 붓질로 인하여 뚜렷하고 특이한 모양과 형태를 만들면서 뿌리에서 뾰족한 잎사귀 쪽으로 뻗어나가고 있었다. 한편으로 화가가 동심으로 돌아가서 치기어린 장난으로 광목 위에 아무렇게나 어지럽게 오방색의 물감을 무분별하게 내던진 것 같기도 했다. 그것이 신의 손길인지 이상적으로 정교하게 배열되어서 세상에도 없는 오묘한 빛깔과 고혹적인 향기를 발산하며 교묘하게 그림 속으로 끌어들이고 있었다. 그녀는 이런 그림을 대하는 것이 처음이었고 그래서 그런지 참으로 경이로웠다. 그림 속에서, 그녀는 작가의 재치와 새로운 영역으로의 확산과 투쟁을 어렵지 않게 보고 느낄 수 있었다. 뭔가 있다! 자신이 보지 못하고 느끼지 못하는 그 뭔가가 그림 속에서 꿈틀거리는 것을 그녀는 온몸으로 전율을 느낄 수 있었다. 카오스. 화가는 태초 이전으로 돌아가고 싶은 것인지도 모른다. 하나님이 천지를 만들기 이전으로 되돌아가서 자신의 부족함과 신체적인 결핍을 새롭게 조정하고 설정하고 싶었던 것인지도 모른다. 그것이 Doma 자신에게는 소중하고 귀하고 갈급한 것이리라. 그것이 Doma 자신이 의도하지 않은 것인지는 모르겠으나 그림 속에는 울긋불긋 화사하고 때로는 강렬한 빛깔과 은은한 색감으로 소나무들 속에서 환하고 어둡게 곪고루 형태를 유지하면서 그림의 부분을 지키며 유연하게 움직이고 있었다. 그럼에도 불구하고 Doma는 어수선하게 비틀고 꼬인 모양과 형태 속에서 나름대로 질서를 유지하며 전체적인 윤곽을 잃지 않고 세상에 우뚝 서서 저마다의 활력과 팽창을 고수하고 있었던 것이다. 도태되지 않기 위한 당면한 삶의 숙제이기도 했던 것이다.

그녀는 또 Doma가 자신의 가족에 대한 그리움과 사랑을 저렇게 암호와 알파벳과 숫자로 표현한 것 같기도 했다. 그때는 민망하고 어색하고, 미안하고 죄스럽고 부끄러운 것들을 그림을 통해서 이제야 깨닫고 너그러운 화해와 용서를 구하기 위한 것인지도. 긴가민가한, 아무도 모르게 난해하게 각기 다른 엉뚱한 생김새로 가지와 잎사귀를 안으로 품은 채 가까스로 그려놓은 것 같기도 했다. 그것이 힘들고 고달프게 살아오면서 느낀 삶의 참회이고 뉘우침인 것을 깨달으면서 말이다. 그것이 보는 이로 하여금 단란하게 다가오는 화사함이고 기쁨이고 행복인 것인지도 모르는 것이다. 경이로움이고 아연실색이고 탄식인지도. 기존의 소나무에 대한 내용과 형태와 틀을 깨뜨려서 새로움을 추구하고, 그것으로 가족 구성원들에게 인정받고 싶은 것인지도 모르는 것이다. 아마 그랬을 것이다. 적어도 자신은, 그래도 가장으로서 꿈을 접으면서까지 가족을 부양하고 성실하고 착실하게 최선을 다했다는 것을 그림으로 표현하고 싶었던 것인지도. 그것이 자신이 지금까지 살아온, 살아갈 존재의 근거인지도. 아마도 Doma는 그것을 소나무들 속에 혼재되어 있는, 세계 문명의 역사 속에 자신의 역사도 가장자리에 아로새겨서, 자신도 인류 역사의 한 페이지를 장식하며 살았다는 것을 그림으로써 기록하고 싶었던 것인지도 모르는 일이었다.

두 번째 소나무는 부부인 것 같았다. 왼쪽은 붉은색 바탕 위에 족두리를 쓰고 연지곤지를 찍은 신부인 것 같고 오른쪽은 사모관대를 쓴 신랑인 것 같았다. 신부는 우아하고 아름답고, 차분하고 얌전하고 정숙해 보였고 신랑은 군더더기 없는 빼어난 보디를 여실히 보여주는, 우람한 덩치와 억실억실한 이목구비를 먼 곳으로 응시하고 있었다. 신부의 시선은 수줍은 듯이 신랑의 목 언저리 쪽으로 향하고 신랑은 불그레한 표정으로 부끄러워 먼 곳을 응시할 뿐이었다. 그들은 서로의 따스한 시선이 마주치지는 않았지만 서로가 서로를 깊이 사랑하고 신뢰하는 그런 다정다감한 시선과 표정과 모습이었다. 앞날에 어떠한 불행이 밀물처럼 거침없이 밀어닥쳐도 언젠가는 썰물이 되어 빠져나갈 것을 알고 있는 듯 다소 여유가 있는 시선과 표정과 모습이기도 했다. 그럼에도 앞날에 대한 두려움이 미세하게 배어 있었던 것이다. 그것이 앞날에 다가올 나날 속에 침윤되어 알알이 박혀 있는 기대와 소망을 억지로 짓누르거나 짓밟지는 못하는, 까다롭지 않은 수준이었다. 신부와 신랑의 아름답고 신중한 사랑으로 세 번째 소나무가 생겨나고 성장한 것이었다. 딸과 아들인 것 같았다. 서로 다른 성별로 세상에 우뚝 서서 주파수가 다른 의사소통을 하며 적당한 거리와 시선을 유지한 채 사랑으로 때로는 불신으로 동등한 자격을 유지하고 있었다. 딸은 사춘기 때의 시큰둥하고 불안한 표정으로 일관하고, 그럼에도 내면 깊은 곳에 공간의 조형미를 깨뜨리지 않을 정도로 자연스레 비워 둬서 여성의 따스한 포용력을 드러내고 있었던 것이다. 어느덧 어른이 되어 믿을 만한 성실한 이성을 만나서 자식을 낳고 기르는 그런 행복한 여자임에 틀림없는 것이었다. 그것이 인류를 더 밝고 윤택하게 만드는 길이고, 인류를 살리는 길이기도 할 것이었다. 그에 비해서 아들은 얼굴에 여드름이 촘촘하게 나고 어깨가 넓어지고 거뭇거뭇 수염도 나고 가랑이에 거웃이 자라는 시기인 것 같았다. 질풍노도의 시기. 그럼에도 아이들은 엄마아빠의 지극한 사랑과 올곧은 삶의 영향으로 자신의 삶 또한 가지런하게 정돈하면서 청소년기를 보내고 있었고, 그들 각자 세상의 유혹이 집요하게 다가와서 꼬드기는 것도 단칼에 잘라버리는 것 같았다. 반듯하고 그래서 사랑스러웠을 것이었다. 아마도 그림에 드러나는 가족에 대한 사랑과 축복을, 신비스러운 암호와 상징적인 문양으로,

Doma의 허하고 안쓰러운 부분을 우회적으로 때로는 적극적으로 표현했을 것임에 틀림없었다. 무수한 시간이 지나고 격한 아픔과 고통의 나날들이 흐릿하고 애잔한 그리움의 편린들로 반짝거리며 다가올 때, 그때 느닷없이 후회의 눈물이 왈칵 쏟아질 것이다. 그때는 왜 그렇게 모질고 아프게 날카로운 날을 세워서 몰아붙였을까. 그것이 최선이었을까.

찬란한 하나님이 펼치고 설계한 생존의 길은, 상대를 손상시키는 것이 아니라 축복하는 가운데 평화로워지고 자비로워지는 것이었다. 그것을 뼈저리게 느끼고 알 시기가 다가오면, 어쩌면 죽음이 가까이 다가와 있을 시기인지도 모른다. 엄정하고 단호한 죽음의 계단 앞에 서있으면 인간은, 지금까지 쌓아온 원망과 불신의 매듭을, 고통과 아픔의 매듭을 풀고 삶이 가벼워지기를 바라는 것이 일반적인 사람들의 생각인 것이었다. 왜냐하면 그것이 천국으로 들어가는 열쇠가 되는 것을 어렴풋이 알고 있었기에 그럴 것이었다.

이제야 꽃뱀은 양쪽 벽이 끝나 직각으로 꺾이는 부분 언저리로 뻗어 넓은 곳에 하얀 공터가 있는 것을 발견했다. 그녀는 열정적이고 화사한, 소박하고 절제된 터치에 엉겅퀴들의 다양한 아름다움에 매료된 것도 있고 차원이 다른, 지금까지 인류가 그린 소나무들 중에 가장 특이하고 독창적인, 그러면서도 사람이 그렸다고는 생각할 수 없을 정도로 기이한 뉘앙스를 연신 풍기는, 어쩌면 외계인이 그렸다고 생각할 정도로 불가사의한 앞선 세계를 펼쳐놓고 있었던 것에 홀려서 그 하얀 벽을 보지 못한 것 같았다. 공터였다. 이상했다. 하얀 벽에 빼곡히 크고 작은 훌륭한 그림으로 전시되어 있었던 것과 상이했다. 그녀는 비어 있음이 이렇게 오묘한 여운을 던지는 것인지 예전에는 느끼지 못했던 것이다. 그녀는 몇 걸음 떨어진 그 하얀 공터를 유심히 들여다보았다. 뭔가 일반적인 상식에 반하는 기이한 상황이 조만간에 일어날 것이라 생각되었다. 트랜스포머처럼 자동차가 로봇으로 변신하듯이 하얀 공터를 뚫고 외계의 생명체가 스멀스멀 기어나올 것 같은 그런 느낌이 들었다. 그때까지 잔잔하게 가라앉아 흐르던 스트라디바리우스의 선율도 흐르지 않고 가라앉은 진중한 침묵과 고요의 늪 속으로 서서히 빨려들어가는 것이었다. 단절된 침묵과 고요. 그때까지 어슴푸레한 잔상을 물고 있던 하얀 공터에 미세한 빛의 입자가 또렷하게 아로새겨지는가 싶더니 형체를 알 수 없는 그 무엇이 점점 커지는 것을 볼 수 있었다. 착시가 아니었다. 그래서 시선을 뗄 수가 없었다. 잠시라도 한눈을 팔게 되면 진행과정을 알 수 없을 것 같았다. Fine family가 완성되기 전까지 그렸던 무수한 소나무들이 조금씩 성장하는 과정이 있듯이 빛의 입자들도 서서히 성장해서 새로운 것으로 변하고 있었다. 그래서 그녀는 유념해서 하얀 공터를 뚫어지게 들여다보고 있었다. 한순간이라도 놓치지 않기 위해서 말이다.

그녀는 빛의 입자들이 의미 있는 흐릿한 형체를 구체적으로 만들고 있는 것을 지켜보고 있었다. 점점 더 뚜렷하고 선명하게 현실적인 감각으로. 아래로 느릿하게 가라앉은 이상한 침묵과 고요 속으로 시간이 가로질러 지나갈수록 형체는 더욱 공고하고 명확하게 그녀를 유연하게 받아들이고 있었다. 기시감. 꿈속에서인지 상상의 세계에서인지 알 수는 없었으나 어디에서 본, 낯설지 않는, 당당하고 빼어난 자신의 모습이었다. 그렇게 도드라지게 화려하지는 않았지만, 세련된 드레스를 입고 독주회를 하고 있었다. 스트라디바리우스. 비발디의 겨울이었다. 빠르지 않게.

그녀는 관객이 갈채를 억누르고 있는 것을 온몸으로 느끼며, 그 오묘하고 야릇한 기운을 느끼며 단아하고 말쑥하게 스트라디바리우스를 연주하고 있었다. 순간 그녀는 깜짝 놀라서 쉼 없이 움직이는 심장이 멎고 터질 것 같았다. 그녀는 자신이 이렇게 대담하고 당당하고 여유롭게 참신하고 우아하고 아름답게 연주할 줄은 꿈에도 상상하지 못했던 것이다. 파도의 일렁거림으로 무의미하게 흘러온 현재의 초라한 자신, 그 초라한 자신의 모습이 아니라 보이지 않는 힘의 논리에 의해서 조작된 것이었지만, 그 영광스런 무대에서 관객의 따스한 시선을 받고 있는 자신을 맞이하자 그녀는 형언할 수 없는 눈물이 자신의 의사와 상관없이 주르르 흘러내리고 있는 것을 느낄 수 있었다. 아마 그 눈물은 자신의 현재 처지에 대한 불만족과 아쉬움인지, 아니면 이사장의 배려와 조작에 대한 감사인지는 정확하게 인식하고 표현할 수는 없었다.

가라앉은 이상한 침묵과 고요 속에서도 출처를 알 수 없는 감동이 흘러내렸지만, 어느덧 감미로운 스트라디바리우스의 선율이 미로와 같은 미술관을 뒤꿈치를 들고 조심스럽게 걸어와서 그녀의 귓가에 싹싹하고 부드럽게 다가와서 오랫동안 머물고 있었다. 그녀는 그 자리에서 쓰러질 것 같은 감동과 환희가 있었다.

그러는 순간, 천장을 뚫고 내려왔는지 거무스름하게 고여 있는 어둠살이 머물러 있는, 그곳에서 무엇인가 특정되지 않은 물체가 아래로 내려오는 것을 느낄 수 있었다. 아래로 더 아래로 서서히 내려오자, 그것이 무엇인지 판단하기에는 그렇게 오랜 시간이 걸리지 않았다. 스트라디바리우스. '레이디 블런트'라고 불리는 바이런의 손녀가 간직한 역사와 스토리가 있는 그런 훌륭한 악기는 아닌 것 같았지만, 그 누군가의 손때가 묻어 있는 애지중지한 물건임에 틀림없었다. 그 진귀한 명기가 자신 앞에 몇 걸음만 다가가면 닿을 수 있는 곳에 있었다. 긴장하지 않을 수 없었다. 속이 매스꺼운 것 같기도 하고 울렁거리는 것 같기도 했다. 신기루가 아닐까 하는 의심이 들기도 했다. 늘 학수고대하던 것이, 예고도 없이 느닷없이 자신 앞에 나타났기에 말이다. 내면의 오래된 기다림과 말없는 진지함이 그렇게 무거운 발걸음을 내딛게 한 것 같기도 했다. 어쨌든 그녀는 자신도 통제할 수 없는 영역이라는 것을 깨달았을 때, 그녀의 어깨 위에 스트라디바리우스가 안정적으로 놓여 있고 오른손에는 길고 세련된 활이 쥐어져 있었다. 그녀는 조심스럽게 스트라디바리우스를 연주하기 시작했다.

꽃뱀헌터, 이순신 장군이 되어 어머니를 지키고

　폭염이 정점에 이르렀다. 새벽의 평화로움과 신선함, 밤의 고요와 지혜는 이젠 종적을 찾을 수 없을 정도로 가혹했다. 어제 해질녘까지 달구어진 뜨거운 열기가 밤의 서늘함에 온전히 식지 않고 대기 속으로 표류하다가 그 다음날까지 지대한 영향을 미치는 것이었다. 그럼에도 여선생 사택에서 자라는, 늦은 봄과 초여름을 걸쳐서 피는 붉은 장미송이들도, 이상기온의 영향인지 아직도 전성기 때의 활기찬 기상과 아름다움을 자아내는 꽃송이들이 드문드문 이채롭고 생생하게 피어 있었던 것이다. 그 꽃송이들이 아침부터 저녁까지 강렬하게 내리쬐는 햇볕을 이기지 못하고 화상을 입거나 시들어 버릴 정도였다. 그래도 정원에 있는 꽃송이들은 사람들의 시선과 공간 안에 머물러 있어 충분한 수분을 섭취할 수 있어 그런대로 활기찬 기운과 고고한 자태를 유지할 수 있었다. 그럼에도 8월 초입 한낮의 강렬한 폭염에는 늘어지고 처지고, 간신히 호흡을 하듯이 위태위태하기 그지없었다. 황매산 구석구석 자라는 잡목림들도 장마 기간 동안 충분히 빨아들인 수분을 서서히 오랫동안 내뱉는 방식으로 하루하루를 어렵사리 버티며 수분증발을 최소화하고 있었던 것이다. 그에 반하여 사람들은 저마다의 집으로 들어가서 에어컨의 친절과 응대에 의지한 채 낮잠을 자거나 TV를 시청하는 것으로 그 폭염을 잊고 있었던 것이다.

그런 와중에 사모는 조립식 수영장을 2층 테라스에 설치하여 점심식사를 하고 한숨 자고 올라와서 한낮의 폭염을 즐기고 있었다. 정혜도 가끔씩 올라왔지만 사모의 호출로 냉커피를 배달하는 정도로만 노출이 제한적이었다. 그만큼 사모는 정혜를 여자로서 견제하고 있었던 것이다. 꽃뱀헌터와의 미묘한 감정의 뒤섞임을 황매산철쭉제에서, 그 이전까지는 어렴풋이 맴돌 뿐이었는데 그날 밤 이후부터는 확신을 가질 수 있었던 것이다. 민감하고 격했다. 그럼에도 그녀는 점점 불러오는 아랫배를 어루만지며 흐뭇한 안식을 찾으며 비치파라솔 아래에서 편안하게 누워 있었다. 그 불러오는 배를 보고 이사장은 큰 소리로 고함을 치고 가재도구를 던지는 것을 꽃뱀헌터가 2층에서 듣고 난 후, 이사장은 더 이상 집에 들어오지 않았다고 정혜로부터 들었던 것이다. 정혜는 뱃속에서 자라는 그 아기가 누구의 씨앗인지 알고 있는 것 같았고, 그 아버지에 대한 비밀한 것은 말해주지 않았다. 아마 그것은 무덤에 들어가기 전까지는 말하지 않을 것이다. 그래서 꽃뱀헌터는 더 이상 묻지도 않았다. 그것은 정혜와 사모, 그들만의 관계로 조성된 은밀한 약속이기에. 그런 불완전하고 불안한 상황에서도 사모는 꽃뱀헌터의 마음을 얻고 육체를 얻기 위해서 서로 부딪치면 그 순간을 놓치지 않고 교태의 몸짓으로 교묘하게 유혹하는 것이었다. 그래서 테라스에서 수영복을 입고 누워 있는 것을 보기 민망하고 싫어서 두꺼운 갈색 커튼을 드리우고 외부와의 단절을 꾀했던 것이다. 아직도 사모는 꽃뱀헌터와의 밋밋하지 않은, 살벌하고 격렬한 섹스를 원했던 것이다. 불러오는 아랫배를 어루만지면서 말이다.

  꽃뱀헌터는 안방 문을 반쯤 열어놓고 침대에 누워 있었다. 안방에는 에어컨이 없고 거실천장에 매달려 있는 것으로 전체적인 냉방을 담당하고 있는 그런 구조였다. 그는 사모가 테라스에서 비키니를 입고 편안하게 누워 있으면 왠지 모르게 불안했고, 느슨한 오후를 자유롭고 편안하게 즐길 수가 없었다. 얇은 이불을 덮고 낮잠을 자고 있는데 느닷없이 무례하게 살며시 깃들어서 자신의 육체를 탐할 것 같은 불안한 생각이 연신 들었기 때문에 제대로 휴식을 취할 수가 없었다. 그럼에도 그는 폭염으로 인하여 방문을 굳게 닫을 수는 없었다. 딜레마. 한편으로 자신의 욕정이 이글거리며 자신이 자신을 주체할 수 없을 때에는 그녀의 무례한 침입으로 자신을 당황스럽게 해줬으면 좋겠다는 생각이 들 때도 있었다. 그것은 잠시 뿐이었다. 치밀어오르는 욕정의 베이스에는 이성의 두꺼움이 낮게 가라앉아 있었기 때문이었다. 꽃뱀헌터가 무리하게 그 선을 넘지 않는 것은 그것이 바닥에 깔려 있어서 그럴 것이었다. 벤츠아줌마와는 다른 상황이었던 것이다. 그녀는 자신이 보듬어주지 않으면 끝도 모르는 바닥까지 추락할 것을 이미 알고 있었기 때문에. 그것이 치명적인 암보다 무서운 우울증으로 번지고 나아가는 길이고 죽음의 아가리를 벌리고 자신이 자신의 발걸음을 재촉하는 일이 발생할 것을 이미 예단할 수 있었기 때문에 그랬다. 갑자기 높은 곳에서 뛰어내린다든지 수면유도제를 한 움큼 입속에 털어넣고 극단적인 일이 발생할 것 같은 생각들이 들었기에 하는 수 없이 받아들였던 것이다. 죽음의 언저리에서 기웃거리는, 천성적으로 타고난 매력적인 것도 없지 않았다. 잘 조절된 몸매와 외모에서 오는 뉘앙스가 사내들을 편안하게 하고 여유롭게 하는 것도 그녀의 장점이었다. 더욱이 그는 여자의 과거와 현재와 미래를 가장 소상하게 알 수 있는 방법 중에 하나는 그 여자와 몸을 공유하는, 부드럽고 격렬한 섹스를 나누는 것이 최선이라는 것을 이미 알고 있었던 것이다. 나무의 거친 수피에 그 시절의 편안함과 풍파가 아로새겨져있듯이 매끈한 여자의 피부에서도 그런 것이 촘촘히 아로새겨져 있었던 것이다. 그는 신음소리를 듣고 교성을 들으면서,

체위를 바꿔가며 곰살궂은 행위를 보고 느끼면서 더 디테일하게 그녀의 상세한 것이 파노라마처럼 다가와서 흘러가는 것이었다. 측은하고 불안했다. 그의 뇌리에, 그럴 즈음에 문 미디어 대표의 이미지도 스멀스멀 기어오고 있었다. 그녀는 창녀에 가까운 인물이었다. 어떤 목사가 예수를 팔아서 건물을 짓고 명예를 사듯이 그녀도 타고난 외모를 팔아서 건물을 짓고 자신의 사회적 위치를 사기 위해서 안간힘을 쓰는 야비하고 치졸한, 정신 나간 여자였다. 언제든지 팬티를 벗을 준비가 되어 있는 부평초 같은 천박한 여자였다. 멀쩡한 그녀의 남편은 허수아비에 가까웠다. 늘 그녀의 치밀한 계산과 임기응변에 속았고, 어느 사내와 섹스를 하고 집에 돌아오면 죄책감인지 미안해서 그런지 그녀는 남편과의 섹스에 중점을 두고 새로운 스킬과 강도로 디테일하게 접근해서, 환희를 만끽할 수 있게 했던 것이다. 그러면 남편은 격한 사정을 했던 것이다. 어쩌면 그 맛에 남편은 자신의 아내와 살벌하게 섹스를 하는 알 수도 없는 그 사내들을 암묵적으로 인정하는 것인지도 모른다. 그것으로 자신의 변태적인 새로운 섹스의 갈증을 채우는 것인지도. 그것도 아니면 승용차에 위치추적기를 달아서 변두리 어느 모텔에서 한낮에 격하게 섹스를 하는 자기 아내의 신음소리가 들리는, 그 옆방을 얻어서 자위를 하는 것인지도 모른다. 다소 변칙적인 형태이긴 해도 남편은 그것으로 짜릿한 쾌감을 얻는 것인지도 모른다. 아직도 자라고 있는 아이들을 생각하면서 참고 인내하는 것인지도 모른다. 적어도 남편은, 단란한 가정을 지키는 일은 그것밖에 없다고 예전부터 생각하고 있었던 것인지도. 연이어 국어선생, 국어선생은 속으로만 달아오르는 스타일이었다. 그녀는 자신의 주위를 원을 그리며 맴돌 뿐이었다. 그 어렴풋한 잔상으로 혼자 자위를 하며 위안을 삼을 그런 소극적인 여자로 보였던 것이다. 세상의 모든 순간과 면에서 적극적이고 활동적인 당찬 여자로 보이겠지만, 정작 자신의 섹스파트너를 선택할 때는 주저주저하며 뒷걸음질 치는 것이 그녀의 일상처럼 보였다. 트라우마. 그녀는 그것을 육체적으로 풀지 못해서 주위에 있는 사람들을 괴롭히는, 간헐적으로 히스테릭한 열정에 휩싸일 때가 많았던 것이었다.

그는 자신의 주위에 머무는 여자들의 면면을 자세히 생각하고 들여다보았다. 하나 같이 뭔가에 상실되고 결핍되어 있었다. 그녀들은 늘 그 뭔가를 현 상태로 유지하고 싶어 했고, 그것을 간신히 채우기 위해서 온몸으로 달려들었고, 그럼에도 산산이 부서지는 것이었다. 대부분 그녀들은 외부에서 그것을 찾기 위해서 안간힘을 쓰는 것 같았다. 흥겹고 발랄한 음악을 들으며 여기저기 여행을 다닌다든지 친구를 만나서 술을 마시며 이런저런 얘기를 늘어놓는다든지. 그것으로 모든 것을 치유할 수는 없었다. 그럼에도 힘든 현실과 어려운 상황 속에서도 그녀들의 공통점은, 자비롭고 은혜로우신 신의 말씀과 기도에서 길을 찾지 않고 꽃뱀헌터 자신에게 기웃거리며, 찾고 있었던 것이다. 아마도 절대자보다 그가 더 절실하게 그녀들 각자에게 안식과 즐거움과 쾌락을 줄 수 있었기에 그럴 것이다. 그것이 뭘까? 그는 자신에게 묻지 않을 수 없었다. 그는 자신도 모르는 그 뭔가가 그녀들의 욕정이 어린 슬픈 시선과 들뜨고 뜨거운 육체를 강하게 잡아둔다고 생각했다. 그것이 보통사람들이 말하는 성적매력인지도 모른다. 그 성적매력이 그녀들을 몽롱하게 만드는 것인지도 모른다. 잇따라 다가오는 부드러운 애무와 격렬한 섹스를 기대하게 만드는 것인지도 모른다. 그것이 꽃뱀헌터 자신이 유일하게 가진, 그럼에도 누구나 가질 수 없는, 허락하지 않는 귀중한 삶의 무기인지도 모르는 것이었다. 그래서 그는 황토침대에 편안하게 누워서 천장을 바라보며 과거를 회상해 보았던 것이었다.

과거는 현재와 다르지 않았다. 늘 여자들이 자신의 욕구를 채우기 위해서 기웃거렸고, 그것을 채워주면 오랫동안 머물렀고 그렇지 않으면 주위에서 어느 순간에 홀연히 사라지는 것이었다. 그러다가 길가에서 우연히 만나면 자신을 기피하고 외면한 채 앞만 보고, 알 수 없는 별 볼 일 없어 보이는 사내의 손을 잡고 수줍은 표정을 지으며 허리를 밀착한 채 요염하게 걷고 있었던 것이다. 그녀의 옆모습에서는 아래로 급속하게 무너져서 가라앉는 상실감과 헛헛함 대신에 욕탕에 따스한 물이 서서히 차오르는 넉넉함과 충일함을 느낄 수 있었던 것이다. 아마도 별 볼 일 없는 사내에게서 육체적인 위안을 받는 것이 분명해 보였다. 그것이 그 나이 때, 혼자서 손수 해결해야 하는 육체적인 곤궁과 초라함에서 완전히 벗어난 상태로 보였던 것이다. 느닷없이 그 사내가 손가락을 그녀의 팬티 안으로 스스럼없이 밀어넣어도 물리치거나 거절하지 않는, 은근히 바라고 있는 그런 친밀한 관계인 것이기도 했다. 한산한 도심의 거리를 걷다가도 말을 하지 않고 서로의 눈빛만으로도 무인모텔이라는 곳을 찾아들어갈 수 있는 돈독한 사이였던 것이다. 그 은밀한 아지트에서, 그 사이 목말라 허덕거리고 있었던 욕구를 잠잠하게 가라앉히는 것이리라. 부드러운 애무와 격한 섹스로.

그녀들은 그러했다. 섹스로 심리적인 안정과 육체적인 위안을 찾는 그런 여자들이었다. 자식이라는 소중한 보물이 있어도 그것으로 만족할 수 없었던 것이다. 그래서 남편에게서 당연히 받아야 하는 은근하고 성실한 서비스를 외부에서 찾으려고 무던히도 애를 쓰다가 자신에게 닿았던 것이다. 그것이 시발점이 되었고 촉진제가 되었던 것이다. 나이가 많든지 적든지 상관하지 않았다. 욕구의 애액이 완전히 메말라버리기 전까지는 언제나 진행형이었던 것이다. 한 끼 밥은 굶어도 섹스는 굶을 수 없는 그런 관능적인 흐릿한 눈빛으로 자신의 주위를 맴돌면서 차근차근 옭아매는 것을 느낄 수 있었다. 언젠가는 자신이 의도하지 않은 공간 속으로 그녀들이 침투할 것이라는 것도 대략적으로 알고 있었다. 문미디어 대표에게 거의 강간당하다시피한 것도 아마 그런 상황에서 벌어진 사건이었다. 아무리 철두철미해도 여자들이 작정을 하고 덮치면 육체를 허락할 수밖에 없었던 것이다. 문미디어 대표처럼 표리부동하고 계산적이고 치밀한 구석이 있는 여자는, 관계를 설정할 때부터 어느 정도 거리를 두고 방치하고 외면하는 것이 신상에 이로운 것이리라. 똥물에 빠진 삽살개를 귀엽다고 머리를 쓰다듬어주지 않는 것이 상책이고, 멀찌감치 바라만 보는 것 또한 나쁘지 않은 훌륭한 방책인 것이다. 가까이 다가와서 꼬리를 흔들고 안기는 불상사는 막아야 하는 것이다. 아마 남근석을 숭배하는 이사장사모도 뱃속의 움직임에 아랑곳하지 않고 자신이 자고 있는 황토침대 속으로 스스럼없이 스며들어 지금까지 채우지 못한 끓어오르다가 무참하게 식어버린 욕정을 다시 채우기 위해서 안간힘을 쓸 것이라 생각되었던 것이다. 그런 생각이 들자 그는 온몸에서 소스라치게 경련이 일어나는 것 같기도 했다.

그녀들은 그녀들의 굴레에서 허덕거리는 온전하지 않은 형태로 살아온 그 모습에서 개선되거나 나아지는 것 없이 반복적으로 퇴행적인 삶을 이어나가며 증오하고 미워하고 괴로워하며 살아갈 것이라 생각되었다. 그녀들은 자신의 궤도에서 한 치의 오차도 없이 생명력을 다 할 때까지 그 자리를 돌면서 저마다의 주파수를 보내며 하루하루를 보낼 것이다. 삶의 공간에서 빚어지는 힘들고 고달픈 현실을, 가장 가까이에 있는 가족은 외면하고 전 세계로, 아득하고 넓은 우주로 SOS를 보낼 것이 자명한 사실인 것이다. 그 갈급하게 보낸, 각기 다른 암호체계로 보낸 것을 꽃뱀헌터 자신의 폭넓고 민감한 촉수에 걸려든 것이리라. 침묵하고 있는 육체는 가만히 있는 것이 아니라 끊임없이 소통하는 것이고, 그 사람의 인품에 따라 좋은 기운과 때로는 나쁜 기운을 보내며 자신과 유전자 배열이 엇비슷한, 공유할 수 있는 그 무엇이 있으면 접점을 찾아서 호감이라는 형식을 빌려서 다가오는 것을 느낄 수 있었던 것이다. 그녀들 각자는 각기 다른 암호체계로 다가왔고 그래서 이채롭고 색달랐던 것이다. 각자의 삶의 테두리에서 끄집어내어 살려달라고. 그녀들 각자의 궤도에서 무관심하게 일정하게 돌고 있는 현시점에서, 그곳에서 과감하게 벗어나서 새로운 궤도에 안착하기를 바라는 그런 내용이었던 것이다. 그것을 꽃뱀헌터는 민감하게 이해하고 느낄 수 있었던 것이다.

그런 생각을 하다가 그는 귀엽고 살가운 정혜와 도도하고 차가운 꽃뱀의 이미지가 떠올랐다. 정혜는 아무렇게나 자신의 욕구를 채우기 위해서 방문을 연다든지 그럴 부류의 여자가 아니었다. 그런 쪽으로는 천성적으로 소심하고, 심지어 자신의 감정까지도 회피하거나 기피하고, 하나님이 정해준 확실한 사내가 아니면 시선도 마주치지 않고 손도 잡지 않는 그런 정갈하고 정숙하고 단정한 여자였던 것이다. 쉼 없이 다가오는 소소한 삶의 부분까지도 귀하고 소중하게 생각하고 즐거워하며 잘 웃는 그런 여자였고 파란 하늘을 향해 동그랗게 펼치며 한줌의 햇살과 바람의 숨결을 유연하게 받아들이며 자라는 분홍색 코스모스를 닮은 것처럼 한곳에 뿌리를 내려서 한 하늘만 섬기며 살아갈 음전한 여자였다. 그래서 그런지 그는 동그란 정혜만 생각하면 흐뭇한 미소가 입가에 돋아나는 것을 느낄 수 있었다. 그에 반해서 꽃뱀은 여기저기 옮겨 다니며 정처 없이 망망대해에 던져진, 누군가가 마시다가 버린 플라스틱 생수병처럼 높고 낮은 파도의 흐느낌에 이리저리 보채다가 어느 섬 항구에 안착해서 다소 여유롭게 머물러 휴식을 취하며 떠다니다가 어느 날 유람선에 밀려나서 또 새로운 곳을 찾아 헤매는 그런 부박한 인생을 살 것이라 생각되었던 것이다. 그런 항해 중에서 상냥한 고래상

어의 뱃속에 들어가서 위장장애를 일으키고 급기야 생명을 앗아가는 불상사를 만들고, 또 망망대해를 항해하며 어느 항구에 정박해야 할지를 생각해야 하는 불행한 삶을 살 것이리라.

어쩌면 꽃뱀은 플라스틱과 같은 독성을 가지고 있는 것인지도 모른다. 플라스틱이 강렬한 햇살과 짠 바닷물의 일렁거림에 녹아내려서 형체를 알 수 없는, 부드러운 성질의 미세 플라스틱이 될 때까지 제대로 한곳에 뿌리를 내리지 못하고 살아가는 것처럼. 플라스틱이 겉으로는 편리하고 깨끗하고 맑고 순수한 것처럼 보이지만 내면에는 악귀를 품은 간사하고 야비하고 음흉한 탈을 쓰고 있는 것과 다르지 않았다. 아마도 건물주선배에게 원하는 것을 얻기 위해서 교묘하게 접근해서 머물렀던 정희라는 여자도 꽃뱀과 다르지 않을 것이리라. 그래도 이놈저놈 인종을 가리지 않고 몸을 파는 창녀는 그 나름대로 솔직담백한 구석이 없지 않았다. 혓바닥으로 온몸을 부드럽게 애무하는, 격렬하고 은근한 섹스를 하는 그 순간은 예쁘고 다정다감하고, 성실하고 정직했으니까 말이다.

꽃뱀과 정희는 아마도 미증유의 괴이한 동물인지도 모른다. 사람들 속에서 하루하루 생존하기 위해서 친밀감을 유지하며 살아가는 고양이처럼 꽃뱀의 족속도 다르지 않을 것 같았다. 암호체계가 달라서 지금까지 제대로 파악하지 못하고 있어도 가까운 시일 내에 그들의 족속을 일망타진할 것이라 미리 짐작할 수 있었다. 그런 명료한 예감이 있어서 그런지 꽃뱀헌터는 조바심을 내거나 성과를 내기 위해서 뛰어들지 않았다. 바람의 옷자락을 잡고 흔들리는 코스모스처럼 자연스레 그런 날이 다가올 것을 믿어 의심하지 않았다. 절대자는 그래서 존재하고, 인류의 기원도 그렇게 해서 태동되었는지도 모른다.

그는 어쩌면 세상 속에는 여러 종류의 족속들이 살아가는 것인지도 모른다고 생각했다. 무겁고 버거운, 무의미하고 재빠른 삶을 간신히 버티며 살아가는 것이기 때문에 일반 사람들은 아무 것도 모른 채 지나치는, 그런 엉뚱한 생각을 할 겨를도 없이 빠듯하고 팍팍한, 오히려 그런 생각마저도 사치라고 생각하기에 알 수 없는, 알고 싶지도 않는, 1급 정보만을 취급하는 특수한 계층만 알고 있는 그런 기밀인지도 모른다는 생각에까지 이르렀던 것이다. 인류가 신종 바이러스에 전멸 될 위기에 노출되면, 그들의 족속들이 지금까지 생존할 수 있었던 이유를 찾아 연구하던 중에, 그 속에서 필요한 백신을 얻을 수 있을 것이라는 확신이 있어 살려두는 것인지도. 아무도, 비록 절대자일지라도 예측할 수 없는 불확실한 미래를 위한 안전장치인지도.

꽃뱀헌터는 점심식사를 하고 한 시간 정도 지났다는 것을 머리맡에 있는 스마트폰을 보고 확인할 수 있었다. 아직도 신진대사가 능동적으로 활발하게 움직이는 것을 느낄 수 있었다. 분해하고 합성해서 소중하고 필요한 에너지를 혈관과 모세혈관을 통해서 온몸 구석구석으로 옮기고 더럽고 불필요한 것들은 어둡고 긴 대장을 거쳐서 항문 가까이에 쌓아놓고 있었던 것이다. 그래서 그런지 그는 이런저런 잡생각을 하며 천장으로 향하고 있던 초점이 한결같아 보이지 않은 것을 느낄 수 있었다. 뚜렷하고 선명하던 것이 어느 사이 흐릿하고 느슨하게 풀어지고 있었던 것이다. 그러자 눈꺼풀이 무거워지고 느릿해지는 것을 느낄 수 있었고, 정신과 의식이 혼몽해지고 느릿해지는 것 또한 느낄 수 있었다. 그러자 졸음이 몰려왔다. 연이어 하품이 기습적으로 몰려와서 입을 자발적으로 벌리게 했다. 그는 어릴 적부터 육체적으로 다듬는 체계적이고 규칙적인 운동을 했기 때문에, 그렇게 보디가 습관이라는 굴레를 쓰고 오랫동안 성실하게 제도화되었기 때문에 한순간에 그것을 와해하기 어렵다는 것을 이미 알고 있었다. 격한 운동을 하지 않아도 보디는 예전의 습관, 즉 식욕의 양을 버리지 못하고 고수하고 유지하고 있었던 것이다. 다가오는 끼니에 대한, 불확실한 내일을 위한 준비인지도 모른다. 그럼에도 불구하고 그는 예의 없이 들이닥치는 식욕에 대한 경계심을 늦추지 않고, 어느 정도 거리를 두고 다스렸다. 옆으로 벌어지고 처지는 비곗덩어리에 대한 염려와 걱정을 하지 않을 수가 없었다. 그래서 시간이 허락하면 사이클로 댐을 한 바퀴 돌았으며, 그렇지 않을 경우에 사람들의 시선이 머물지 않는 짙은 그늘이 상주하는 황매산 임도를 한가롭게 걸었고 때로는 빠르고 가볍게 뛰며 자리 잡으려 애쓰는 비곗덩어리를 털어버리기 위해서 강하게 의식을 하고 있었던 것이다. 그것이 자신의 보디에 대한, 야구선수였던 과거에 대한 엄숙한 예의라고 생각하고 있었던 것이다.

그는 눈꺼풀이 스르르 감겼다. 폭염 속에서 천국으로 들어가는 것은 이 길밖에 없다는 것을 천진하게 느끼면서 말이다. 며칠 전 건실한 동네 청년 영철이, 공원관리를 하는 공무원인 그를 따라서 서늘하고 깨끗한 황매산 계곡을 따라가던 생각이 떠오르면서, 어쩌면 그곳도 천국이 아닐까 하는 생각을 하면서 말이다. 그곳의 물은 선명하고 깨끗하고, 졸졸졸 바위 사이를 멈춘 듯이 비집고 들어가서 갑작스럽게 아래로 쏟아지며 청아하게 울리고 있었다. 세상의 온갖 다양한 시끄러운 소리가 차단되는, 스마트폰의 신호도 엉거주춤하고 부자연스러운 움직임으로 우유부단하게 갈팡질팡하는 그런 숨겨진 곳이었다. Youtube로 클래식 음악을 들을 수도 없고 마이클 잭슨의 음악도 들을 수 없었다. 폭염 속에서 햇살 한 자락도 얼씬거리지 못하고 더운 열기도 계곡에 흐르는 물소리에 거리를 두고 저만치 주저앉아 있을 정도였다. 갑자기, 다소 다혈질인 더운 바람이 불어와서 계곡입구로 들어오면 어느 순간 뾰족한 창끝으로 팽창하는 열기가 뭉그러져서 차갑게 식어버리는 것이었다. 그때부터는 얌전하고 정숙하고 친절한 마음씨와 성품으로 정제되고 절제된 행동으로, 조금 전에는 상상도 못할 정도로 충분한 시간을 할애해서 예의를 몸에 익힌 차분하고 우아한 요조숙녀처럼 행동하는 것이었다. 아마도 세상의 팽창과 분출도 전쟁과 불화도 이기심과 질투도 불안과 초조도, 그곳에 깃들면 순한 양처럼 평정심과 안정된 행동으로 스스럼없이 풀을 뜯고 새끼를 기르며 평화와 안녕을 추구하며 서로에게 위안이 되는 그런 행동을 할 것이리라. 그곳으로, 천국일지도 모르는 그곳으로 인도한 영철이라는 청년의 성품을 닮아 있는 것 같기도 했다. 겉으로는 소박하고 초라하고 단순해 보였지만, 안속은 안정된 양심과 가지런한 인품과 풍성한 아름다움을 품고 있는 것으로 보였던 것이다.

이순신은 풍신수길보다 1년 더 살았다. 이순신은 노량해전에서 적의 유탄에 맞아 전사했고 풍신수길은 후시미성에서 병사했다. 그들의 싸움은 그들의 죽음과 함께 조선시대에서 끝난 것이 아니라 지금까지 이어온 것이었다. 400년이 지난 지금까지 그 기진하고 치열한 싸움이 이어지고 벌어지고 있었다는 것을 아는 사람은 아무도 없을 것이다. 아마도 그 당시 이순신도 모르고 풍신수길도 모르고 생을 마감했을 것이다. 사람들의 생은 육체적인 죽음으로만 끝나는 것이 아니라, 그 후부터는 영적인 삶이 이어지는 것이었다. 그 사실을 아는 사람들은 그리 많지 않을 것이다.

그래서 400년이 지난 후, 그 싸움을 마무리 짓기 위해서 꽃뱀헌터의 중요한 한 부분, 하나의 인격체가 되어 직접 나타난 것인지도. 그래서 꽃뱀헌터가 곧 이순신. 그래서 합천까지 내려와서 체육선생을 하는 것인지도. 조선중기에 칠천해전에서 패한 뒤 원균이 싸울 것을 결의했으나 전세가 불리함을 직감하고 비밀리 퇴각을 모의한, 합천군수까지 한 배설에 대한 석연찮은 감정이 아직도 남아 있어 여기까지 직접 내려오게 된 것인지도. 그것이 우연이라고 생각되지는 않았다. 몇 백 년이 지나면 그것이 필연이라고, 신의 섭리라고 생각하고 깨닫고 받아들이는 것을 세상을 통해서 간혹 보곤 했던 것이다.

하지만 이젠 풍신수길은 20만 명을 거느리고 부산 앞바다로 통영 앞바다로 사천 앞바다로 병력을 집중하지는 않을 것이다. 조총과 지자총통과 거북선을 사용하는, 그런 옛날 방식의 번거로운 전쟁은 이젠 치르지 않고, 거추장스러운 잡병들은 뒤로 물리고 장수와 장수가 개인과 개인이 싸우는 방식으로 그들의 전쟁은 끝낼 것이다. 아마도, 그들의 싸움은 영원히 끝나지 않을 수도 있을 것이다. 그들의 그림자가 또 다른 변칙적인 방식으로 후세에도 음산하게 드리워져서 또 다른 전쟁으로 드러날지도 모른다. 그것이 당장 오늘이 될지 내일이 될지 10년 후가 될지 100년 후가 될지 아무도 모르는 것이다.

그 다가올 나날들을 아무도 모르는, 그 아수라에서 벗어나는 길은 당면한 현재의 적을 온전히 박멸하는 것이 최우선인 것이다.

그래서 이순신은 400년이 지난 현재에 나타나서 그 간악한 근원을 발본색원하기 위해서 귀환한 것이다. 상식과 본질에 벗어난 대형교회의 세습과 치밀하고 간교한 방법으로 인간의 내면을 왜곡하고 세뇌하여 오염시키는 사이비가 판치는, 하루하루 다가오는 끼니와 영광 때문에 늙고 병약한 목사를 우상화 작업을 하여 신의 반열에 올려놓는, 그래서 소박하고 평화롭고 올곧은 교회의 근간을 흔드는, 그것을 바로잡기 위해서 맹수가 포효하듯이 바다를 이리저리 가르고 대지를 강하게 흔들고 가르며, 그곳으로 예수그리스도가 재림하듯이 말이다. 이순신 또한 그랬던 것이다. 조정의 대신들과 왕의 노심초사에는 아무런 관심이 없고 오직 굶주리고 핍박받는 백성들의 아픔과 고통을 경감시키기 위해서 헌신하고 싸우는, 머리에는 지략과 책략을 가슴에는 용기와 사랑을 겸비한 위대하고 영용한 큰 장수이기에 가능한 것이리라.

최근에 이순신은 풍신수길이 깃들어 있는 지역을 대략적으로 파악하고 있었다. 그는 지리산 어느 골짜기에서 은둔한 채 터를 잡고 유유자적 살아가고 있었던 것이다. 그래서 그는 적정을 파악하기 위해서 산신들의 도움을 받았다. 그는 만왕의 왕이기 때문에 그들도 수하로 거느리고 지휘할 수 있었던 것이다. 엄연히 그들의 세계에도 이쪽의 룰과 다르지 않게 서열이 존재하고 그 서열에 따라 크고 작은 책무를 수행하고 있었던 것이다. 그들은 또 애향심과 애국심이 강해서 그들끼리 사소한 일로 서로 다투기는 해도, 이순신의 명령만 떨어지면 누구보다도 순종하여 경청하고 따랐다. 그의 명령은 그 누구도 범접할 수 없는 신령스런 기운이 깃들어 있었기 때문에. 그의 명령이 곧 법이고 원칙이었다. 강압적으로 누르지는 않고 자비로운 마음과 은근한 시선으로 좌중을 편안하게 지배하고 있었던 것이다. 그들은 호랑이를 타고 이 산 저 산을 이 골짜기 저 골짜기를, 미처 산들바람이 뒤따라오지 못할 정도로 쏜살같이 움직여서 적의 위치를 파악하고 되돌아와서 이순신에게 상세하게 보고했던 것이다. 그것으로 풍신수길의 위치와 세를 정확하게 파악할 수 있었던 것이다.

이순신은 기민하고 민첩하게 움직여야 된다는 것을 오랜 전쟁의 경험을 통해서 알고 있었다. 그래서 어둠을 틈타 급습하는 것이 최선이라는 것 또한 알고 있었다. 전쟁에는 예의도 없고 상대가 예상하지도 못한 곳으로 날렵하게 찔러드는 것이 상책인 것이다. 정신을 차리지 못하게 일사분란하게 여기저기 맹렬한 기세로 말이다. 어깨 위에 매달려서 민초들의 곡식으로 삼시새끼를 챙겨먹는 아가리를 제거하는 것이 최우선이었다. 우리의 아름다운 영토에서 무의식 속에 던져지는 반복적인 습관과 형식이 우연히 편안하게 쌓이도록 내버려두지 않고, 더욱이 포만감으로 느긋한 안식과 여유를 더이상 누리거나 영위하지 못하게 무참히 짓밟아서 제거해야 하는 것이었다. 언제나 대륙의 야욕을 버리지 못하고 천박하고 잔인한 행동으로 아랫것으로 얕잡아 넘보며, 그런 와중에도 밤낮을 가리지 않고 틈만 나면 시시때때로 적정을 파악하기 위해서 구천을 떠도는 모가지가 떨어진 병사들의 눈과 귀가 필요해서 끌어모을 것이 자명한 일이었다. 그래서 그런지 임진왜란 때 조정으로 올라가는 적의 모가지가 무딘 도끼로 무참하게 잘려나갔기에 보디와 모가지가 갈피를 잡지 못하고 어수선하게, 원래의 자리에서 숨 쉬고 말을 하고 음식을 섭취하며 보란 듯이 살아가던 그곳을 찾지 못하고 우왕좌왕 어수선하게 여기저기 따로 어울릴 것이기도 했던 것이다. 이순신은 그것 또한 예전부터 알고 있었던 것이다. 그곳에도 그 옛날 해안가에서 자다가 강제적으로 일본으로 끌려가서 왜구의 병사로 징집된, 휴민트가 있어 그런 동향을 예리한 촉수로 정확하게 파악해서 면밀하게 보고받고 있었던 것이다.

이순신은 무수한 전쟁을 치루고 수행하면서 예측불허의 상황 속으로 빠져들 때가 없지 않았다. 그것을 섣불리 예단하거나 속단할 수가 없어 그는 늘 자신을 경계하고 각성하며 만반의 준비를 했던 것이다. 적보다 적은 물자와 전투선과 병력으로 이길 수 있는 길은 오직 그것, 준비하는 것밖에 없었던 것이다. 경계와 각성과 준비. 약소국가의 장수로서 가져야 하는 아름답지 못한 필수 덕목인지도 모른다. 어쩔 수 없이 타고난 궁핍과 결핍을 어렵사리 채워가며 이기는 방법은 오직 그것 밖에 없었던 것이다. 많이 뛰고 많이 땀을 흘리는 방법, 즉 어려운 가정환경에서 태어난 학생들이 비위에 거슬리는 궤궤하고 질퍽질퍽한 늪지에서 벗어나는 유일한 방법은, 주위를 되돌아볼 겨를도 없이 앞만 보고 무소의 뿔처럼 곧게 뻗어서 치우침 없이 부단히 노력하면서 나아가는 것과 다르지 않았던 것이다. 그런 모질고 혹독한 어려운 일상과 갑작스럽게 들이닥치는 상황 속에서도 이순신은 병영 주위에서 가냘프게 숨죽이며 깃들어 살아가는 민초들을 애처롭고 자비로운 시선으로 바라보았던 것이다. 언제나, 이순신의 따스한 시선은 자신의 자리를 결정하고 옮길 수 있는, 임금과 조정대신들에게 향하지 않고 끼니와 끼니 사이, 막연하고 어렴풋한 잔인한 시간 속에서 배고픔으로 허덕거리는, 그래서 간신히 연명하는 민초들에게 향하고 있었던 것이다. 그것이 두꺼운 갑옷을 입고 무겁고 긴 칼을 찬 용맹한 무장으로서 존재하는 이유였던 것이라 굳게 믿고 살아가고 있었던 것이리라.

이순신은 또 형체가 보이지 않는 적만큼 무서운 적은 없다고 생각했다. 그래서 산신들의 도움을 받은 것인지도 모른다. 철저하게. 그들의 운반수단은 눈길에도 큼직한 발자국을 남기지 않는 꽁꽁 언 주목나무 가지들에 엉겨 있는 가늘고 시린 안개의 솜털도 건드리지 않고 일렁거리지도 않는, 백두산호랑이의 사촌쯤 되어 보이는 덩치가 황소처럼 크고 우람한 놈임에 틀림없었다. 어깨도 양쪽으로 적당하게 부풀어 올라 지향하는 곳으로 향하다가 뭉그러지듯이 멈춰서 벌어졌고 어깨에서 꼬리로 이어지는 등줄기는 지리산의 첩첩산중 연봉이 아득하면서도 즐비하게 이어지고 있는 듯했다. 허리는 길고 잘록하고 뒷다리도 듬직하고 늠연했다. 높고 낮은 험준하고 웅장한 산등성이를 이리저리 옮겨 타도 될 것 같은 힘참과 유연성을 골고루 갖추고 있는 듯했다. 만약에 새벽녘이나 한밤중에 인적이 드문 산속 깊은 곳에서 만나 눈이라도 마주치기라도 하면 눈동자 속에서 부리부리한 불빛을 표출하여 침입자를 위압하여 강하게 밀쳐내기도 하고 때로는 형형한 불빛을 은근히 발산하면서 침입자의 영혼을 홀려서 지향하는 힘찬 내일을 바라보거나 갈망하지 못하게 할 것 같기도 했다. 한번 마음먹고 힘차게 울부짖으면 파란 하늘을 찢어 버리고 그 위를 배경삼아 유유자적 하염없이 흘러가는 순연한 구름 또한 아무렇게나 뭉쳐진 화장지처럼 구겨지고 너풀너풀 풀어져 있을 것이다. 더욱이 하늘이 진동을 하고 골짜기가 진동을 하여 식물들은 겁에 질려 잎사귀들은 파르르 떨 것이고 동물들은 보금자리에서 한 발자국도 내딛지 못하고 질려서 낮게 엎드려 있을 것이다.

이순신은 적정을 디테일하게 살핀 정보를 시간단위로 보고 받았다. 그들이 물고 온 사소하면서도 중요한 정보를 선별해서 취합하자 풍신수길이 지난한 세월 동안 누구의 몸을 옮겨 다니며 지금까지 연명하고 있었던 것인지 상세하게 파악할 수 있었다. 그는 그 팩트를 접하자 처음에는 아연실색하지 않을 수 없었고, 믿을 수가 없었다. 그래서 자신이 직접 풍신수길의 근거지를 확인하고 싶었던 것이다. 지형과 기후를 이용하여 싸우고 이기는, 그런 구시대적인 전투전개로는 답을 찾을 수는 없을 것이었다. 그때그때 무수히 다르게 다가오는 환경과 상황 속에서 창의적이고 기발한 대처방법으로 나아갔다 되돌아오고 펼쳤다 오므렸다를 반복하며 적의 장단점을 면밀하게 파악하는 것이 최우선이었다. 그런 과정 속에서 꾀와 슬기가 나오는 것이고 적을 제압할 수 있는 당찬 자신감도 붙는 것이었다. 그런 연유에 적당한 시기와 때가 무르익으면 허리에 차고 있던 긴 칼을 단숨에 뽑아서 모가지를 베어버릴 것이다. 하지만 다가오는 싸움은 종전에 무수한 싸움과는 다르게 전개되는 것을 이미 알고 있었던 것이다. 바다 위에서 어쩔 수 없이 노출되어 거칠고 사나운 파도를 버티며 치열하고 기진하게, 적이 적을 강하게 쏘아보며 치열하고 기진하게 싸우는 것과 다른 양상으로 전개하며 싸워야 할 것이다. 이번 싸움은, 될 수 있으면 어둠과 숲의 그늘에 숨어들어 노출을 피해 적의 심장부까지 뒤꿈치를 들고 살금살금 걸어들어가서 과감하게 모가지에 비수를 꽂는 것도 나쁘지 않는 방법이기도 했던 것이다. 스텔스.

이젠 그는 때가 이르고 있었던 것을 대략적으로 느끼고 있었다. 내면의 깊숙한 곳에 무겁게 가라앉아 느릿느릿하게 굼틀거리며 있는 듯 없는 듯 애매한 형체를 알 수 없는 무정형의 괴물이 으르렁거리는 것 같았다. 처음 있었던 일이었다.

앞날에 대한 어떤 두려움과 공포가 그런 요사스럽고 괴기스러운 것을 잉태했는지는 정확하게 알 수는 없었다. 그것이 한 번도 볼 수 없었던 괴물이 되어서 다가올지 앙증맞은 말티즈가 되어 귀여움을 발산할지는 알 수는 없었다. 아마도 전자에 가까울 것 같았다. 그래서 그런지 불안하고 초조하기 그지없었다. 산신들이 몰고 온 소략한 정보 속에는 자신과 밀접하게 가까운 사람과도 연결되어 있었던 것이다. 그것이 팩트인지 정확하게 확인해 보고 싶은 마음도 있었지만, 그렇지 않은 마음도 없지 않았다. 영원히 꿈틀거리는 것이 형체를 드러내지 않고 오래도록, 그곳에서 침잠되어서 오래도록 그곳에서 벗어나지 않았으면 했다. 그는 자꾸 내면에 짙은, 음산한 기운이 몰려들어 자신을 압도하는 그 뭔가에 온몸이 부르르 떨리는 것을 느낄 수 있었다. 불안한 예감이 다가왔다. 무겁게.

이순신은 깎아 세운 듯이 가파르고 험준한 산정에서 아래로 내려다보고 있었다. 산 아래로 한적한 곳에 가지런한 기와집이 주위의 경관과 어울리지 않는 생뚱맞게 가물거리는 불안한 불빛을 여럿 던지며 이질적이고 불편한 어둠을 간신히 빨아들이고 있었다. 가끔씩 삽살개의 울음소리가 멈춘 듯 움직이는 짙은 어둠 사이를 날카롭게 후비며 어느덧 소멸의 단계를 거치며 고요한 밤의 정적 속으로 산산이 흩어지는 것이었다. 싸늘한 날씨 속에서, 달은 밝고 별빛은 영롱했다. 대기는 쥐 죽은 듯이 대립 각을 세우지 않고 매듭 없이 평안하게 침잠하여 무겁고 느릿하게 가라앉아 조심스럽게 팽창하고 있었고, 그런 와중에도 사나운 바람은 깊고 가파른, 괴괴하고 음산한 뱀사골의 야트막한 곳에서 퉁명스럽고 무뚝뚝한 표정으로 야멸차고 포악한 본색을 음충하게 안으로 숨긴 채 붉으락푸르락, 연신 거친 호흡을 간신히 억누르면서 머물러 있었다. 전쟁 전야의 불안한 고요와 아슬아슬한 평온과 다르지 않은, 엇비슷한, 평평하고 잔잔한 물결 속에서 숨죽이며 웅크리고 가냘프게 호흡하는 사납고 거친 파도의 본성과 다르지 않은 것이었다. 그는 통영 한산도 제승당에 주둔하면서 지은 시조가 떠올랐다. 그때도 지금과 다르지 않는 한 치 앞도 모르는 백척간두의 어려운 환경과 간간한 처지에 놓여 있었다. 두꺼운 갑옷을 입고 긴 칼을 찬 채 아득하게 멀리서 웅성거리는 무수한 적의와 저항하며 굳세게 맞서면서 말이다. 아마도, 그는 그 적의를 어느 정도 물리친 안도감과 여유에서 저절로 시조를 읊었을 것이리라. 그때도 칠흑같은 어둠이 통영 앞바다를 먹물로 뒤덮은 교교하고 공허한 밤하늘 속에서, 사방으로 시야가 충분히 확보된 누각 위에서 컴컴한 어둠에 온전히 결박된 인접한 섬들과 밤하늘을 수시로 무심결에 올려다보고 있었을 것이다. 적요했고, 달은 밝고 별빛은 영롱했을 것이다. 그때도 혼자였고 지금도 혼자였다. 시시때때로 다가오고 좁혀오는 불안한 현실적 상황 속에서 밝고 안온한 자리를 선택해서 나라를 지키고 민초들을 지키는 한 나라의 장수로서 누리는 소소한 사치이고 특권인지도 모른다. 그는 그런 자신을 바라보면서도, 안쓰러웠다.

이순신은 늘 선택의 기로에서 올바른 선택과 결정을 했고, 그 결정으로 빚어지는 현실이 어떻게 펼쳐지든지 감연히 받아들였고, 나라를 지키고 민초들을 지켰다. 그것이 자신이 조선이라는 나라에서 태어난 장수로서 마땅히 가져야 하는 덕목이라고 생각했다. 장수의 길은 그런 것이고, 임금에게 충성하고 조정신료들에게 아첨하여 오직 자신의 앞길만 반듯하고 평탄하게 닦아서 부귀와 영달을 꿈꾸며 살아가는 비열한 장수는 두꺼운 갑옷을 벗고 다른 길을 선택해야 하는 것이라고 생각하며 살아왔던 그였다. 아마도 그런 꼿꼿한 자세와 정갈한 성품이, 자신보다 못한, 그래서 시기질투하는 자들의 불안한 심기를 불편하게 하거나 강하게 충동질하여 자괴감과 번민에 빠지게 만든 것인지도 모른다. 그것이 아군 속에서 강한 적을 만든 결정적인 이유인지도.

그 무렵, 방향을 제대로 잡지 못하고 길 잃은 새가 어둠 사이를 가로지르면서 괴이하게 울고 있었다. 한 마리가 아니었다. 몹시 측은하게. 첩첩산중에서는 깃들 수 없고 들을 수 없는, 그렇지만 어딘가에서 익숙하게 들어 낯익은 울음소리였다. 지리산 산골짜기에서는 생의 집착을 강하게 유지하고 연장할 수 없는 가냘프고 절절한 울음소리였다. 처음에는 괴이쩍었고, 보통사람들의 상식으로는 믿으려 하지 않았고 믿을 수가 없었다. 간혹 야산에서 볼 수 있는 머리와 목이 적갈색인 어치도 아니었고 머리가 둥글고 세로줄무늬가 있는 올빼미도 아니었다. 차창을 열고 한가로이 동해해안도로를 달리다보면 가끔씩 육지 쪽으로 유쾌한지 불쾌한지 거침없이 울면서 치솟아 오르며 자유자재로 급회전하는 그런 괭이갈매기 무리였다. 통영 앞바다에서 흔히 볼 수 있는, 고깃배를 따라다니며 간신히 끼니를 때우며 잔잔한 파도의 일렁거림과 괴이한 울음소리에도 시선이 빼앗기지 않고 태평스럽게 제 할 짓을 하며 평화롭게 날갯짓하는, 일반적으로 볼 수 있는 평범하고 부지런한 괭이갈매기들이었다. 끼룩끼룩. 끼룩끼룩. 하지만, 그 울음소리들이 여운을 남기고 어둠 속으로 사라져서 미세한 파동을 일으키지 않을 즈음에, 이상하고 괴이하고, 범상치 않은 일이 스르르 일어났다. 현실에서는 직면할 수 없고 일어날 수 없는, 지금까지 조심스럽고 엄숙하게 아래에서 위로 향하던 깊고 음험한 골짜기와 능선으로 이루어진 산정이, 그 속에 품어서 잉태한 서늘하고 맑고 순수한 미세 공기의 입자들이 두서없이 사방으로 흩어지고, 지금까지 준엄하게 펼쳐진 풍경과 용태는 아무렇지도 않은 듯이 서서히 광활한 공간과 짙은 어둠 속으로 녹아서 소멸하는 것 같더니 어느 순간 아무런 흔적도 없이, 한순간에, 온데간데없이 어디론가 홀연히 사라지는, 그곳에 바다의 비릿한 짠내음이 물씬 풍기는가 싶더니 한산도의 아름답고 고운, 그럼에도 낯선 불안과 서늘함이 서서히 펼쳐지고 있었다.

환시일까. 괭이갈매기들이 차원을 달리하는 새로운 공간의 문을 연 것인지도 모른다. 이순신은 갑옷과 긴 칼을 차지 않은, 혈혈단신이었다. 굴뚝마다 가는 연기를 내뿜는 초가집이 옹기종기 눌어붙어 있는, 민초들은 삶의 터전을 일구고 간신히 끼니를 이어서 궁핍하게 살아가고 있는 한적한 마을에서 다소 거리를 두고 있었다. 그래서 그런지 외롭고, 으스스하고 음산해 보였다.

이순신은 아담한 기와집 앞에 서있었다. 가끔씩 와본 낯설지 않은 침착한 모습으로 주위를 자연스레 받아들이고 있었다. 그는 우두커니 서서 기와집 뒤로 즐비하게 늘어선 큼직한 해송들을 올려다보았다. 독특하고 기형적인 형태로 기와집을 아늑하게 보듬고 있는 것 같기도 했다. 그래서 그런지 가을 초입에 들어선 늦은 오후의 서늘한 날씨와 해송 특유의 향기가 어우러져서 그의 코끝을 미세하게 자극하고 있었다. 신선하고 산뜻했다. 그는 오늘 따라 수키와와 암키와를

405

올려놓아 안정감이 있는 담 위에 회색빛 이끼를 바라보았다. 이채로운 모습과 형태로 생의 무게와 부피를 고스란히 떠안고 있었다. 그럼에도 사방으로 악착같이 세를 확장하기 위해서 뻗어나가는, 그런 것들이 오히려 천연덕스럽고 태연자약한 모습으로까지 비쳐지는 것이었다. 그는 이끼를 바라보며 아마도 민초들의 삶 또한 그럴 것이라 생각하지 않을 수 없었다. 잔인하고 무자비한 적의 총칼에 이리저리 떠밀려 찾아온 척박한 땅을 일구어 충일한 알맹이를 얻어내는 것과 다르지 않아 보였다. 그는 한참 이끼를 바라보다가 솟을대문이 있는 쪽으로 발걸음을 옮겼다. 그를 기다리고 있었는지, 대문이 반쯤 열려 있었다. 마당은 깊고 넓지 않았다. 기와집은 웅장하지 않고 소박했다. 큰방이 있고 작은방이 있고 대청마루가 있는 단조로운 구조였다. 마당 가장자리에는 매끄러우며 빤질거리는 배롱나무가 담 밖으로 구불구불 늠연하게 뻗어서 깊지 않은 그늘을 만들고 있고 지는 홍자색 꽃을 소박하게 품고 있었던 것이 다였다. 그 곁에 어제도 곡식을 부드럽게 갈고 깨끗하게 물청소를 해놓은, 아늑한 여자의 품안에서 하염없이 돌아갈 맷돌이 무겁고 넉넉하고 태연하게 웅크리고 있었다. 그는 자신이 왜 여기에 자신도 모르게 빈번하게 발걸음을 옮기고 있는 것인지 올 때마다 곰곰이 생각하지 않을 수 없었다. 뭔가에 새롭고 신기한 것에 홀린 듯이 여기만 오면 세상에 벌어지고 있는 긴박한 상황들이 느슨하게 이어지고 풀어지는 것을 온몸으로 느낄 수 있었던 것이다. 그래서 그런지 거친 파도를 가르며 무섭게 다가오는 적이 적으로 보이지 않고 바람직한 아군으로 보이는 것이었다. 병영 밖 마을에서 아련하게 들려오는 개 짖는 소리와 다르지 않았던 것이다. 무의미하고 평안하고 여유로운 일상이 펼쳐지고 풀어지는, 지금까지 자신의 어깨에 엉겨붙어 매달려 짓누르는 온갖 망상과 번뇌와 두려움과 불안을 온전히 내려놓을 수 있었던 것이다.

그녀와의 일면식은 피난민에 섞여서 병영 주위로 유입된 이후, 말을 타고 해안가를 순시할 때 길가에서 걷고 있는 그녀를 본 것이 다였다. 그때 우연히 눈이 마주친 것이 다였다. 처음에는 대수롭지 않게, 피난민들 중에 한 명이라고 생각하고 있었다. 처음에는 그랬다. 그녀는 소박한 옷차림에 소박한 미소를 띠고 있었다. 점점 여느 피난민보다도 도드라지고 선명한 모습을 볼 수 있었다. 여느 여인들보다 세련되어 보이고 단아하고 정갈했다. 더욱이 그녀의 시선은 비스듬하게 아래로 떨구고 있어서 이목구비를 제대로 볼 수는 없었다. 그래서 침통한 표정을 유지하며 평정심을 잃은 여인 같기도 했고 때로는 쌀쌀맞게 시치미를 떼는 표정을 짓는 것 같기도 했다. 그러다가도 다소곳하게 걷다가 은비녀에 묶인 몇 가닥의 긴 머리카락이 풀어져서 눈앞을 가리게 되면 자연스레 배시시 웃음을 띠며 가느다란 손가락을 가져갔다. 그런 사소한 행위들이 그의 눈길을 잡아두었는지, 꿈속에서 관능적인 현란한 자태를 흐느적거리며 나타났다가 사라지곤 했다. 연속적으로. 그 이후, 그는 그녀를 수소문했고, 거처를 알게 되었다.

이순신은 그녀의 신상을 알지 못했다. 그녀가 어떤 가문의 딸이고 성씨가 어떻게 되는지 나이가 얼마인지 결혼을 하고 남편은 있는지, 도무지 알 수가 없었다. 물어도 그녀는 무의미하게 웃을 뿐이었다. 그래서 그는 더 이상 묻지 않는 것이 그녀에 대한 예의라고 생각하고 있었던 것이다. 아무래도 그것이 그녀와의 독특한 관계설정인 것 같았다. 그러다가도 한 번씩 발원지를 알 수 없는 궁금증이 폭발할 때도 있었다. 그럴 때면 그녀의 귓가에 나지막하게 속삭이듯이, 당신은 조선의 여인이요 일본의 여인이요? 물어도 고개를 숙인 채 낮게 미소를 지을 뿐 아무런 대답이 없었다. 그래서 가끔씩 의심이 들기도 했다. 그녀의 얼굴은 절제된 조선의 아름다움과 고움을 자아내고는 있어도 무의식적인 행위 속에서 일본여인의 행동거지가 미미하게 풍기는 것이었기 때문에. 그래서 그런지 그녀는 장황하게 말을 늘어놓지 않고 한없이 조심성을 가지고 절제하고 있는 것을 표정과 행동으로 손쉽게 예측할 수 있었다. 아마도 그것이 그녀 자신을 지키는 길이라는 것 또한 알고 있었던 것이리라. 그런 행위가 그녀의 과거의 불행한 행적을 노출시키지 않기 위함인지도 모른다는 생각이 들 때도 있었던 것이었다. 그럼에도, 하룻밤을 꼬박 새는 크고 작은 전투를 수행하고 녹초가 되어 있을 때, 그 죽음과 삶 사이사이 빼꼭히 채우는 매캐한 회색빛 화약내 속에서 아련하게 때로는 선명하게 그녀의 해맑은 미소와 웃음과 다정한 손짓이 여유롭고 새록새록 돋아나서, 불확실하고 치열한 전투에서 확신을 가질 수 있는 여유를 주기도 했던 것이다. 그래서 불확실하고 치열한 전투가 끝나면 출신도 성도 이름도 알 수 없는 그녀의 솟을대문을 가볍게 넘고 있는 자신을 발견하는 것이었다. 아마도 그것은, 신비스럽게 포장되어 그 안속을 온전히 헤아릴 수 없는 그녀의 매혹적인 매력에서 기인한 것이리라.

　이런 일은 처음이었다. 하지만 이순신은 넉넉하고 달콤하게 다가오는 나날들을 외면하고 싶지 않았고, 온전히 받아들이고 싶었다. 하늘이 자신에게만 던져주는 값비싼 선물이라는 생각에까지 이르게 된 것이었다. 그는 그것을 누릴 수 있는 충분한 자격이 있다고 생각하기도 했다. 오만이고 자만이었다. 자신에게 너무나도 가혹하고 엄정했던 예전에는 상상도 못할 일이었다. 삽시간에 무너지고 있었다. 그녀의 출현 이후 줄곧 그랬다. 그는 시간만 허락하면 홀린 듯이 출신도 성도 이름도 모르는 신비스러운 그녀에게로 향했다. 솟을대문을 밀고 들어가면 세상의 모든 것이 하찮고 느슨하고 불필요한 것으로 느껴졌다. 왕도 무섭지 않고 백성도 측은하지 않았다. 시간이 제법 흐른 뒤에 알게 된 사실이었지만, 아마도 그것은 그녀의 사술임에 틀림없었다. 그녀가 그런 환경과 상황을 만든 것일 게다. 그런 예상하지 못한 행위는, 그가 빈틈없이 팍팍하게 살아온 생에서 처음 맛보는 신선함과 새로움 때문에 그럴 것이었다. 지금까지 한 번도 겪어보지 못한 것이라 더욱 그럴 것이었다. 그녀는 자신에게 늘 신선함을 선사하기 위해서 노력하는 것 같았다. 한 치 앞을 알 수 없는 전쟁이 진행 중인 상황인데도 늘 새로운 옷으로 깨끗하고 가지런하게 단장하고 자신 앞에 서서 요염한 미소를 던지며 자신을 기다리고 맞이하고 있었던 것이다. 그럴 때는 으레 조심성을 잃기도 하는 것이 여인들의 모습이지만, 그녀는 그런 것을 용납하지 않았던 것이다. 그래서 그런지 그는 백옥 같은 그녀의 알몸을 본적이 없었다. 짙은 어둠이 아랫목까지 드리우면 그녀는 큼직한 초에 불을 붙이고 자신을 맞이했지만, 어느덧 분위기가 무르익으면 여지없이 촛불은 어둠의 고요한 침묵 속으로 연기와 긴 그을음의 꼬리를 남기고 서서히 소멸해버리는 것이었다. 어쩌면 그것 때문에 그녀를 찾는 것인지도 모른다. 그녀의 부풀어 영근 아리따운 알몸을 한 번이라도 보기 위해서.

그녀는 자신에게 지극정성을 들이는 것을 알고 있었다. 그래서 늘 그가 도착하기 전에 그녀는 부엌에서 나무로 만든 깊고 폭이 넓은 목간통에서 목욕을 했다. 수증기가 모락모락 피어올라 천장의 그을음을 축축한 상태로 접어들게 할 정도의 기진한 시간이 흐르면, 그녀의 하얗고 고운 피부는 수분을 머금어 탐스럽게 번들거리는 것이었다. 그는 그런 그녀의 모습을 남 몰래 들여다보고 싶은 충동이 최근에 생기는 것이었다. 엿보기. 그래서 그는 평소와 달리 약속한 시간보다 더 일찍 도착했다. 그는 왜 이런 생각을 행동으로 옮기는 것인지 도대체 알지 못했으나 지금까지 살아온 일상들이 너무나도 비정상적이고 지루하고 팍팍해서 그럴 것이라 생각하지 않을 수 없었다. 그럴 수도 있었던 것이다. 무인의 삶은 적의 총칼 앞에 온몸을 던져서 나라와 민초들을 지키는 것이기에 보편적인 생각과 행위 밖에서 뛰어노는 용기를 붙잡는 것이라 매순간 과단성 있는 결단과 선택을 하지 않을 수 없는 그런 긴박한 상황에 처해지는 것을 이미 경험으로 체득하고 있었던 것이다. 일상에서의 탈출. 아마도 그럴 것이었다. 그 긴박하고 치열한 상황에서 잠시 벗어나는 길은 그 길밖에 없다고 생각하고 있었던 것이다. 견디다 못한 자아가, 삶의 새로운 활로를 찾던 중에 그런 곳에 흥미를 가지고 시선을 떨군 것인지도 모른다. 그래서 전지전능한 신을 끌어들여서 일탈과도 같은 현실을 정당화시킨 것인지도 모를 일이었다. 그것이 아니면, 어떤 설명할 수 없는 타고난 예리한 촉이 그쪽으로 인도한 것인지도 모른다.

아마도 그럴 것이었다. 이순신은 단지 욕정의 배설을 위해서 문지방이 닳도록 여기에 오는 것이 아니라는 생각이 들었던 것이다. 그는 피상적으로 드러나지 않는 자신의 인식단계 밖에서 기웃거리는 뭔가를 느끼고 있었던 것이라 생각했다. 예민한 샤먼의 촉이 자신에게도 있는 것이라 생각되었던 것이다. 그것을 인식하면서도 그는 욕정의 춤사위가 싫지 않았던 것이다. 다소 초조하고 불안한, 그러는 중에도 자신을 위해서 치장을 하고 기다리는, 달달하고 진한 과육을 입술로 느낄 수 있다는 것이 축복이라고 생각하고 있었던 것이다. 그랬다. 오늘은 그렇게 생각하고 내일부터는 경계의 눈초리로 그녀를 살피고 또 살펴서 어떤 계기를 마련해야겠다고 생각하게 되었던 것이 하루 이틀이 아니었다. 그것이 말처럼 잘 되지 않고 현실과 직면하게 되면 늘 뭉그러지기 일쑤였다. 눈앞에 있는, 눈앞에서 흐느적거리는 실루엣 안의 살내가 자신의 오감을 오묘하게 자극하기도 하고 무감각하게 만드는 것이기에 그랬던 것이다. 가볍고 순하게 들떠서, 현실이 혼몽한 꿈이 아닐까 하는 착각이 들 때도 없지 않았던 것이다.

그런 와중에도 조선 수군의 전부를 통제하고 있다고 해도 과언이 아닌, 막중한 책임감과 성실한 의무감에서는 자유로울 수는 없었다. 그것이 그가 현실을 붙잡고 있는 끈일 것이었다. 놓지는 않고, 놓을 수는 없는 그의 숙명일 것이었다.

그는 마당 한가운데서 크지 않는 기와집을 올려다보고 있었다. 그 사이, 해송 아래에서 해거름부터 을씨년스럽고 썰렁하게 서식하고 있었던 짙은 어둠이 용마루 위쪽으로 의뭉스럽게 어슬렁거리며 넘어서 아늑하고 고요한 마당 가장자리에 무겁게 오랫동안 주저앉아 있었던 맷돌에까지 이르게 되었다. 연이어 어둠을 뚫고 초롱한 별빛들이 하나둘씩 차분하게 군더더기 없는 해맑은 눈동자로 선명하게 둥지를 틀기 시작했다. 가을 초입에 들어서서 그런지 진한 흑갈색인 귀뚜라미들이 밝은 빛을 피해서 여기저기 웅크려서 자고 있다가 어둠과 함께 느닷없이 본능적으로 울기 시작하고 있었다. 산란관을 땅에 꽂고 알을 낳고 알 상태로 월동을 해서 봄을 기다리는 곤충이었다. 그 귀뚜라미의 울음소리들이 가을의 덧문과 밤의 덧문을 서서히 밀어서 관통하여 아득하고 먼 새벽의 공간으로 옮기고 있는 듯 보였다. 그 웅성거리는 낯익은 저음의 잔잔한 울타리 밖에서 안으로 수리부엉이의 울음소리가 몹시 날카롭고 급하게 찔러들어왔다. 점잖고 엄격해 보였으나 이방인의 갑작스런 출현처럼 무뢰하기 짝이 없었다. 그때부터는 밤의 일반적인 영역이기에 해거름까지 간혹 울며 가파르게 날갯짓하던 까치도 어디에 숨어서 안식을 취하는지 도무지 알 수가 없었다. 그는 그것이 낮과 밤의 경계이자 순리일 것이라 생각하고 있었다. 저마다 생명의 가는 숨결들이 무수한 시간과 습관으로 본능적으로 느끼고 있었던 것이다. 그래서 약속이나 한 것처럼 낮의 끈끈한 생명력과 활기찬 열정은 밤의 잔잔한 여유와 은은한 신비스러움으로 이어지는 것이었다.

이순신은 이런 자신을 무인으로 들어섰을 때부터 한 번도 생각해 보지 않았던 것이다. 늘 자신에게 처절할 정도로 엄격했던 나날들을 회상해 보았다. 그때는 그랬다. 늘 이런저런 삶의 공간 안에 머물러 자신에게 끊임없이 요구하는 것들이 거절당하자 자신의 어깨를 짓누르고 발걸음을 붙잡았던 것이었다. 이젠 다 부질없는 것이구나! 그 찰나에, 가끔씩 그런 생각이 자신을 유혹하고 있었던 것이다. 삶의 공간에서 벗어난 자신이 음산한 죽음의 골짜기에 기웃거리고 있었던 것을 말이다. 임금이 강하게 몰아붙이고 적이 강하게 몰아붙일 때는 그렇지 않았다. 갑옷에 밴 화약내가 미약하게 사라지고 송골송골 맺혔던 땀이 끈끈하게 말라가고 있을 즈음에 언제 다가와서 머물고 있었는지 형체를 알 수 없는 괴물이 낮게 흐느끼는 것 같았다. 공허함의 괴물. 적이 대형을 구축해서 빈틈없이 집요하게 쳐들어오는 것보다 더 으스스하고 무서운 일이었다. 우선 보이지 않고 냄새도 나지 않고 들리지도 않는, 그러면서도 마음의 약한 부분을 지렛대 삼아 서서히 오염시키는 것이었다. 지금 와서 생각해보면, 아마도 그런 공허한 공간에서 벗어날 수 있었던 것은 완강한 임금이었고 격앙된 적의 무리들이었는지도 모른다. 전쟁의 장치를 빌려서 강하게 밀쳐낸 것인지도. 늘 자신을 힘들게 하고 괴롭히고 죽이기 위해 미친 듯이 발버둥치는 것들이 자신을 삶의 공간 안에 아직까지 부려놓은 것인지도 모른다는 생각을 하게 되었던 것이다. 느슨하게 풀어진 삶 속에 언제나 다가와서 머무는 것은 공허함이었다. 죽음의 향기를 고스란히 간직하고 의뭉스럽게 흐느적거리는 몸짓. 그 공허함을 그녀가 어느 정도 불식시키는 것이었다.

이순신은 자신을 여기까지 끌어다 놓은 그녀의 정체를 확인하고 싶었다. 늘 확고부동한 원칙과 소신으로 자신을, 부하들을 다스리고 이끌었다. 그러던 자신이 여기까지 오는 데에는 현실에 존재하지 않는, 그 뭔가가 있었다는 것을 그는 미세하게 인식하고 있었던 것이다. 겉으로 천연덕스럽게 드러나지는 않았지만, 그것을 자신이 직접 확인하고 싶었던 것이다. 풀어진 정신과 신념으로 여기까지 조신조심 불안하게, 이미 마음이 무척이나 산란하고 감정이 무척이나 동요되어 한쪽으로 치우쳐 있는 상황에 처해 있다고는 하더라도, 그런 매몰된 상황에서도 그는 조선수군의 우두머리로서 경계를 게을리 하거나 멀리하지 않고 고삐를 단단히 당겼다.

이순신은 선비 갓을 벗었다. 그러고는 부엌문짝 사이 미세한 틈이 있는 곳으로 얼굴을 조심스럽게 들이밀었다. 그는 어떤 불측한 기대를 직면하는 것처럼 다소 불안하고 초조했다. 서늘한 밖과는 달리 평안한 안이 따스하고 느슨하게 펼쳐지고 있었다. 높직한 촛대 두 개 위에 촛불이 까마득한 어둠과 애태우는 정적을 밀어내고 있는 듯 가픈 숨소리도 없이 차분하고 고요하게, 부지런하고 성실하게 촛불을 밝히고 있었다. 바람의 손아귀에서 온전히 벗어난 평온한 모습과 여유로운 표정으로 태연하게 말이다. 촛불이 천장 그을음의 더께가 오랫동안 곱게 층층이 쌓여 있는 곳까지는 미치지 못하고 주위를 멋없이 장식하는 낮게 웅크리고 있는, 거뭇거뭇한 가재도구들만 밝힐 뿐이었다. 먼저, 그의 눈동자에 들어오는 피사체는 다소 애처로운 여인의 뒤태였다. 소녀에서 갓 벗어난 여인 정도였다. 아직도 온전히 여물지 않은, 크고 단단하게 여물어가는 보디였다. 키와 머리는 작고 목덜미와 팔은 가늘고 짧았다. 긴 머리칼을 땋아 움직일 때마다 조붓한 어깨 사이로 자연스럽게 움직이고 있었다. 작은 보디를 소유하고 있어 그런지 시계추처럼 일정하게 움직이지는 않았다. 아마도 뒤태와 옆모습만 보이는 피사체는 어릴 적부터 데리고 다니던 그녀의 충실한 몸종인 것 같았다. 그녀는 두 손을 걸어붙이고 목간통에 몸을 정겹게 기대고 있었다. 그런 목간통 안에는 아무 것도 보이지 않았다. 그래서 그는 부뚜막에 가마솥이 걸려 있는, 저녁밥을 하고 물을 끓인 흔적이 명멸하는 위태로운 숯불로 남아 있는, 아궁이 쪽으로 시선을 돌려서 연기가 나는 회색빛 재에 간신히 숨어서 간헐적으로 호흡하는 아득하고 어슴푸레한, 은근하고 따스한 불빛을 멍하니 바라보고 있었다. 그 찰나에 느닷없이, 그녀가 목간통의 순하고 고요한 수면을 갑자기 뚫고 찰랑거리는 소리를 내며 반질거리는 어둑어둑한 공간 사이를 비집고 형형한 얼굴을 새초롬하게 내밀었다. 아래로 가라앉아 잠잠하게 있던 부엌의 안속이 그녀의 매끈하고 부드러운 피부의 움직임과 동시에 물결이 갇혀서 벽에 강하게 부딪치며 일렁거리는, 작지 않은 소리를 내지르는 것이었다. 그러면서 목간통에 있던 따스한 물이 거칠게 넘쳐흘러 몸종의 윗도리를 흠뻑 젖게 했다. 그러자 몸종은 뒤로 엉덩방아를 찧고 말았다. 그녀의 갑작스런 출현은, 어수선하고 소란스러운 데가 없지 않았다. 그는 두

눈과 두 귀로 직접 보고 들을 수 있었다. 소리 없이 빙그레 웃지 않을 수 없었다.

그런 와중에 이순신은 그녀를 소상하게 보지 못한다. 속옷을 입고 따스한 물속에서 목욕하는지 알몸으로 목욕하는지. 그는 마음을 안정시키고 그제야 그녀를 제대로 볼 수 있다. 알몸이다! 그는 실오라기 하나 걸치지 않은 그녀를 처음 본다. 그녀의 알몸에서 올망졸망 돋아난 수증기들이 원을 그리며 빙빙 돌다가 일시적으로 잠시 멈췄다가 재차 뻗어서 지향하는 곳으로 쉼 없이 우회하다가 나아가다가 쓰러지며 사라진다. 각기 불규칙적으로 맴돌며 고르지 않게 소멸한다. 그는 그녀의 옥비녀의 구속에서 벗어난 정갈하게 다듬어진 길고 풍성한 머리카락들이, 한 가닥 한 가닥이, 일상의 단단한 옥죔에서 온전히 벗어난 너무나도 자유로운 모습들이, 자유에 대한 의심할 여지없는 편안함과 성취에 대한 확신과 미래에 대한 확실한 기대가, 풍성한 어깨와 허리 사이 아득한 곳에 가볍고 생생하게 가라앉아 머물러 있는 것을 볼 수 있다. 홍콩의 우산혁명처럼 자유를 찾아 헤매는 사람들의 자연스런 모습 같다. 나아가지만 부딪치지 않고 지향하지만 부러지지 않는, 고단한 어려움이 몰려오지만 꺾이지 않는, 자유를 향한 열망! 머리숱이 풍성한 그녀는 자유와 억압을 동시에 품고 있는 여인이다. 그는 그녀의 옥비녀에 갇혀서 숨죽이며 시간시간을 보내는 머리숱에서 그것을 미약하게 보고 느낄 수 있다. 어쩌면 옥비녀가 평화롭고 스스럼없는 자유와 통제하고 폭압하는 강한 구속을 명징하게 경계 짓는 잣대인지도 모른다.

안으로 깊숙이 뭉쳐서 촉촉한 몸피에서, 수증기들이 저절로 풀리는 가늘고 연약한 자태로 흐느적거리며 모호하게 유영을 한다. 처음에는 힘없이 움직이지만, 시간이 지나자 마치 존재적인 가치와 행보를 세상에 널리 알리고 드러내고 확산하기 위한 일념으로 움직여야 하는 치열한 실뱀장어처럼 가파르게 나아가다가 멈춘다. 환시인지 그는, 그 하얀 수증기가 사멸하지 않고 서서히 몸피를 키우면서 성장하며 어둠 속으로 뻗어나가서 사라지는 것이다. 아연실색하고 경악을 금치 못할, 무정형의 단순한 색깔을 오묘하고 향긋한 아름다운 색깔로 순식간에 바꿔가며 현란하고 이채롭게 뻗어 유영하며, 가늘고 긴 혓바닥을 부드럽고 유연하게 날름거리고 있다. 꽃뱀이다! 믿기 어려운, 믿을 수가 없다. 그래서 그는 눈을 찡그려서 노려본다. 그땐 어떤 헛것도 보이지 않고 볼 수도 없다. 그는 자신이 잘못 봤다고 인식하면서도 꽃뱀의 알몸을 놓치지 않고 뚫어지게 들여다본다. 지금까지와 달리 청각을 자극하여 현혹시키는 야릇한 신음소리가 들렸기 때문이다. 그 이상하고 괴이한 소리가 낮게 퍼져나가면서 꽃뱀의 백옥 같은 피부에서 하얀 피막이 형성되는 것을 볼 수 있다. 연하더니 짙어지는 것이다. 타들어가는 심지 곁에 녹아서 뜨겁고 무른 촛농이 차분한 어둠 속에서 굳어갈 때의 그런 견고한 외피 같기도 하다. 회색에 가까운 하얀색이다. 꽃뱀은 허물을 벗고 있는 것이다. 완전변태로 이어지는 과정에 놓인 것처럼.

그러는 사이에, 꽃뱀은 자연스런 몸놀림으로 비스듬히 목간통에 걸터앉는다. 출렁거리던 물결도 어느덧 숨죽이며 잠잠히 고요하게 아래로 가라앉아 있다. 조금 전과는 달리, 착시!  반질거리는 알몸이 형형하게 돋보인다. 선명하고 때로는 은근하고 그윽하다. 짧지 않은 시간 동안 따스한 수분을 듬뿍 머금어서 촉촉한 피부를 유감없이 드러낸다. 이목구비에 보석처럼 반짝거리는 물방울들이 알알이 맺힌 것이 점점 부피를 키워가고 있다가, 그 무게에 못 이겨 서서히 목덜미를 타고 내려서 유방의 아담한 능선을 거쳐서 지향하는 미지의 곳으로 방향도 없이 미끄러진다. 미끄럼틀 위에서 순식간에 쏟아져내리 듯이. 그와 동시에 유방에도 작지 않은 물방울들이 모인, 봉긋한 정점에서 무의미하게 맺힌 투명한 물방울들이 아래로 내리꽂히면 도미노처럼 아래로 처연하게 추락하는 것이다. 아직까지 위태위태하고 조마조마하고 아슬아슬하다. 숙명이다. 그때까지 가까이에 서있던 몸종은 꽃뱀의 풍성한 머리카락 옆 조붓한 양어깨 위에 손을 얹는다. 다정다감하다. 그녀의 미세한 터치로 인하여, 지금까지 정적인 고요에 일시적으로 단단히 묶여서 멈춰 있던 유두 위의 물방울들이 갈피를 잡지 못하고 유방 아래쪽으로 갑자기 쏟아진다. 아무런 애착도 없이. 아마 그런 것이리라. 물방울들은. 좀 전에 보여주었던 강한 집착과는 달리 무연하게 향하기 마련인 것이다. 삶이 그렇듯이 죽음이 그렇듯이. 그런 상황에, 그의 눈길이 일시적으로 왜소한 몸종에게로 머문다. 애처롭기 그지없다. 가슴속에 두서없이 억압적으로 쌓여서 정제되지 않은 불규칙적으로 가라앉아 있던 음흉한 찌꺼기들이 어떤 외부적인 충격으로 일렁거리다가 치밀어올라 처연한 눈물이라도 왈칵 쏟아질 것 같다. 단정한 커트를 하고 중학생 교복을 갓 입어 다소 어색한 여학생이 집에 가는 도중에 갑자기 쏟아지는 소나기에 온몸이 흠뻑 젖어 있는 모습이다. 온몸에 차가운 공기가 스며드는지 몸종은, 입술이 파리하게 떨리고 온몸을 오슬오슬 떨고 있는 것 같다. 그런 와중에도 몸종은 꽃뱀의 양어깨를 부드럽게 어루만지고 있다. 몸종의 손끝에서 차가움이 꽃뱀의 온몸으로 전해졌는지 꽃뱀의 양어깨를 약간 움츠러드는 것 같다. 그래서 그런지 그녀는 오른손으로 몸종의 왼손을 잡는다. 자연스런 따스한 손이다.

"목간통에 들어와."

무겁게 고여 있던 서늘한 어둠과 진지한 침묵을 산산이 깨뜨리는 소리이다. 몸종은 초조하게 꽃뱀의 부드러운 명령을 기다렸다는 듯이 스스럼없이 젖은 치마를 벗고 들어간다. 알몸이다. 민망한지 수줍은 미소를 희미하게 띤다. 초라하게 메말라 있다. 봉긋한 가슴도 제대로 형성되지 않은 판판한, 그러면서도 유두는 익지 않아 매달려 있는 검붉은 오디 같다. 태양을 듬뿍 품지 않아서 터질 듯이 농익지는 않아 시큼한 맛이 날 것 같다. 다소 큼직해서, 세련되고 신선하고 거룩하게 보이지 않아서 그런지 잔잔하게 주저앉아 있어 욕정의 흐느적거림으로 유혹하지는 못한다. 그래서 그런지 입술을 조심스럽게 가져가 혓바닥으로 굴려가며 살짝 깨물고 싶은 강한 충동도 일어나지 않는다. 감흥 없이 어수선하지만, 새로운 모양과 형태에 대한 미세한 호기심을 자극하기는 한다. 그 나머지의 몸매는 나쁘지 않다. 잘록한 허리, 그 허리를 받치는 엉덩이는 둔덕을 이루며 중심을 잡고 있다. 그러는 사이 몸종이 목간통으로 들어가서 온몸을 물속으로 숨기자, 비좁은 목간통에 숨죽이며 평정심을 유지한 채 담겨서 온전히 갇힌 따스한 물이 엉겁결에 아래로 떠밀려서 바닥으로 급하게 쏟아진다. 그 순간만은 거침없이 떨어지는 황계폭포 같다.

몸종은 한참을 따스한 물 밖으로 나오지 않는다. 꽃뱀은 의아해 하지 않는다. 외딴 섬에서 홀로 외롭게 살아가는 청순하고 해맑은 소녀가 긴 호흡으로 잠수를 해서 조개나 소라를 따는 모습 같기도 하다. 중요한 부분도 가릴 이유도 없는 구릿빛이 도는 그녀는, 아무래도 파도에 거친 껍데기를 한 조개 속에서 적색에 가까운 영롱한 콩크진주를 찾기 위함인지도 모른다. 그러는 사이에, 꽃뱀은 수면 아래 무정형의 사물이 멈춰 있는 것을 보고 미소를 던지며 찬찬히 내려다보고 있다. 그럼에도 수면은 여전히 가는 흔들림 없이 차분하게 머물러 있다. 고요하고 차분하다. 아마도 몸종은 가슴이 터질 듯이 짓누르는 갇힌 호흡에 아랑곳없이, 마치 물고기가 아가미를 연신 움직이며 호흡하듯이 한곳에서 정지하여 자유로이 유영하는 것 같다. 헤아릴 수 없는 무거운 정적이 감돌 정도로 깊숙이 아래로 가라앉아 있는 것 같다. 그런 상황에서, 꽃뱀은 가늘게 신음소리를 낸다. 그 신음소리가 정적의 틈 사이사이 미세하게 균열이 난 곳으로 파고든다. 그러자, 그때까지 안으로 숨죽이며 흔들림 없던 수면이 조용한 파문을 일으킨다. 몸종은 꽃뱀의 몸에서 콩크진주를 찾고 있는 것이 분명하다. 수경을 쓰고 있지는 않지만, 흐릿한 물속에서도 감각으로 정강이를 더듬고 무릎을 더듬으며 말이다. 그런 과정 속에서 꽃뱀의 신음소리는 더욱 오밀조밀하고 견고하고 끈적거리고 유연하게 촛불이 밝히는 어슴푸레한 천장 쪽으로 곡선을 그리며 향하는 것이다. 그러다가 몸종은 머리를 수면 밖으로 조심스럽게 드러낸다. 양손은 꽃뱀의 넓적다리를 더듬으며 나아가고 얼굴은 꽃뱀의 깊고 은밀한 곳으로 향한다. 몸종은 그곳에서 콩크진주를 찾기 위함인지 손가락으로 거웃을 조심스럽게 어루만지는 것이 좋아서 그런지 알 수는 없다. 연이어 입술을 가져간다. 지속적으로 데워진, 축축한 따스함이고 끈끈한 따스함이기도 하다. 숙련된, 자연스런 오럴로 이어진다.

몸종이 오럴을 한다. 아무런 대화도 없이 걸레질을 하듯이 밀착해서 그 자리에서 멈춰서 조심스럽게 움직인다. 그런 와중에 꽃뱀은 몸종의 까칠한 머리숱을 왼손으로 우아하게 어루만진다. 초점 없이 느슨하게 풀어진 넋 잃은 사람처럼. 그러면서 꽃뱀은 두 눈을 감은 채 오른손으로 자신의 유두를 살짝 자극한다. 포식자가 피식자의 살점을 도려내기 위해서 손톱을 세우 듯하다. 하지만, 강하게 긁어내지는 않고 자극할 뿐이다. 아픔이 진하고 폭넓게, 고통이 알싸하고 둔중하게 이어지는 것을 온몸으로 느낄 수 있다. 꽃뱀은 늘 자신의 성감대를 확인하는 것으로 삶의 즐거움과 위안을 가지고 있는 것 같다. 그런 달아오르는 열기를 의식하면서도 몸종은 자신의 책무를 잊지 않고, 콩크진주를 찾기 위해서 손가락으로 조심스럽게 밀어넣는다. 뜨겁다. 식지 않고 계속 이어지는 생존의 꿈틀거림을 느낄 수 있다. 그러자 꽃뱀은 오른손으로 유두를 더욱더 세차게 꼬집고 당기며 쾌락을 끌어당겨서 입맛 다시고 입속 깊은 곳으로 삼킨다. 그러자 꽃뱀의 사지가 억세게 비틀어지고 멈춘다. 연이어 애틋한 신음소리를 토해낸다.

몸종은 늘 꽃뱀과 하던 섹스를 하고 있는 듯하다. 몸종이 새로운 것을 선택해서 시험할 수 있는 권한은 없기 때문이다. 꽃뱀이 원하면 하고 원하지 않으면 하지 않는 식인 것이다. 그것만이 그녀에게 허락된 것이다. 그 안에서 몸종은 자신의 창의적인 몸짓으로 꽃뱀을 쾌락으로 인도할 수는 있다.

이순신은 그들이 하는 양을 보고만 있다. 아마 그들은 자신이 이렇게 일찍 도착할 줄 모르고 행한 섹스일 것이다. 하지만 그들의 행위가 바람직하지 않은 것은 아니다. 그들은 자신의 억압된 욕구를 느슨하게 풀 의무가 있는 것이다. 욕구불만으로 다른 이들에게 해를 끼치는 것보다는 나을 것 같다.

그때였다. 그들이 천천히 변하고 있다. 몸종은 목간통 속에 반쯤 잠겨 있고 꽃뱀은 상체를 거의 드러내 놓고 있어 제대로 볼 수 있다. 그는 잘못 보고 있다고 생각한다. 그것이 잘못이다. 우선 꽃뱀의 백옥 같은 매끈한 피부가 거칠어 보이고 구겨져서 고르지 않은 불안한 상태로 변하고 있다. 옥비녀에 구속된 풍성한 머리칼도 피부의 일부로 서서히 스며들어 바람이 불어도 한 가닥씩 휘날리지 않을 것이다. 원래 가늘고 긴 머리칼이 한 가닥씩 자유롭지 않은 것처럼 말이다. 그러자 지금까지 적당하게 부풀어 솟은 두 개의 구멍으로 호흡과 냄새까지 맡는, 멀리서 침입자의 적의와 꾀를 품고 다가오는지 가늠할 수 있던 코, 그 뚜렷하고 선명하던 선이 차츰 뭉그러지는 것 같더니 서서히 피부 속으로 스며들어 자취를 감춘다. 의뭉스럽게 바라보는 눈동자와 키스하기에 적당한 도톰한 입술과 세상의 온갖 소리들을 받아들이고 걸러내는 양쪽 귀만이 그 자리에서 사람의 모습과 동일하지 않은 변이된 형태로 존재한다. 그러고는 자유롭게 물건을 옮기고 드는, 자위할 때 꼭 필요한 양쪽 팔이 몸통으로 밀착하는 거 같더니 어느새 일부가 되어버린다. 더욱이 뭇 사내들의 시선이 머물고 고정되는 봉긋하게 치솟아 있는 뽀얀 유방도 유두를 감춘 채 피부 속으로 주저앉아 자취를 감추고 있다. 동시에, 애틋한 메아리가 들리기도 하는 깊고 음습한 치골도 어느 사이에 넓적다리가 붙는 것 같더니 한 덩어리가 되어 버린다. 그러자 사내의 정수를 깊숙이 받아들여 생명을 품고 잉태하던 자궁은 어디론가 사라지고 없다. 어디로 갔을까? 그는 그런 생각을 해 본다. 그 자신이 꽃뱀을 찾는 이유는 오로지 그것 하나인 것을 받아들이기 싫지만 받아들여야 한다. 섹스, 그것이 중요한 것이다. 기진한 전쟁의 속박과 조정의 압력에서 일순간 벗어나는 유일한 길이자 방법이기도 하다. 그것이 자신의 발걸음을 이끄는 중요한 이유일 게다. 늘 외면하고 싶었지만 외면할 수 없는, 그 무수한 전투와 전투 사이에 놓인 자신을 늘 외면하고 싶었던 것과 다르지 않아 보인다. 하지만 무인의 길은 있는 그대로 현실을 받아들이고 강하게 저항하고 맞서는 것이다. 조선이라는 나라는 그렇게 여유를 가질 수 있는, 살아가는 형편이나 정도가 넉넉한 나라가 아니다. 그것은 사치다. 그는 그런 생각을 할 즈음에, 꽃뱀은 이미 사람이 아니라 뱀으로 변하고 있다. 거칠어 보이고 구겨지고 고르지 않은 피부에서 윤기가 나는가 싶더니 우아하고 찬란하게 눈길을 끈다. 날렵한 눈 가장자리부터 꽃봉오리가 맺히는가 싶더니 꽃이 피기 시작한다. 붉고, 분홍의 화사한 장미송이들이 울긋불긋 매혹적으로 아름답게 피어오른다. 치열하다. 강렬한 향기와 화사한 빛깔을 안으로 깊이 품은 채 말이다. 수줍고 소심한 듯 때로는 활달하고 떳떳한 듯.

몸종도 그러하다. 그들은 가늘고 긴 혓바닥을 날름거리며 서로가 서로의 몸을 감고 감으면서 천장으로 향하고 있다. 그들이 지향하는 곳은 같아 보이고 삶을 잊고 얻고자 하는 것 또한 같아 보인다. 하지만 다른 것이 확연히 눈에 들어온다. 피부에 핀 꽃이다. 분명히 장미꽃은 아니다. 튤립도 아니고 찔레꽃도 아니다. 꽃이라는 범주에 들기에는 다소 난처할 정도로 흉하고 초라해 보인다. 처음 보는 꽃이다. 하트의 형태를 간신히 유지하고 있다. 솔직히 하트인지 하트를 닮아가는 것인지 정확하게 파악할 수는 없다. 과도기적 하트. 그런 상황에서 그는 피부에 도드라지게 피는 꽃도 클래스가 있다는 생각이 문득 든다. 몸종은 몸종에 어울리는 꽃이 있고 꽃뱀은 꽃뱀에게 어울리는 꽃이 있다는 생각. 조선시대의 계급처럼 꽃의 종류로 클래스가 드러나는 것 같다. 어쩌면 유전적인 영향일 지도. 그것도 아니면, 클래스가 올라갈수록 꽃의 종류와 빛깔이 달라지는 것인지도 모른다. 그것으로 그들의 세계에서 상층계급이 있고 하층계급이 있는, 자궁에서 나옴과 동시에 서열이 정해져서 왕이 되고 공주기 되고 마름이 되고 몸종이 되는 것인지도. 그것에 따라 주어지는 혜택과 보상이 달라지고 운신의 폭도 달라지는 것인지도. 아마 그 혜택과 보상 중에는 수컷을 선택할 수 있는 고유의 권한까지도 주어지는 것이리라. 그래서 암컷은 무수히 많은 수컷들이 모여들도록, 그 수컷들이 좋아하고 환장하고 미쳐 날뛰는 호르몬을 분비해서 가까이서 멀리서 그 향긋한 냄새를 맡고 물밀듯이 찾아오도록 말이다. 건강하고 능력 있고 사려 깊은 수컷들을 서로서로 경쟁을 시켜서 암컷이 원하는 건강한 새끼와 안락한 비전을 제시하는 수컷에게 송두리째 선사하기 위함인지도 모른다.

그제야 이순신은 자신의 허리에 길지 않은 칼을 차고 있었다는 것을 깨닫는다. 분명 그녀들은 꽃뱀의 족속이다. 그는 지금 이 순간에도 다가오고 물러서고 부딪치고 싸우는 처참한 전쟁과 무관하지 않은 것 같다. 그는 예전부터 전해내려오고 장수들에게 말로만 듣고 있었던 것이 자신 앞에 이렇게 직면할 줄을 꿈에도 생각하지 못한다. 왜구들의 치밀한 계획에 편입되어버린 것이라 생각된다. 미인계. 그는 늘 처절한 전투와 기진한 전투 사이에 놓여 있었지만 이런 형태의 침입은 경험하지 못한 일이라 어찌 해야 할지 도무지 판단이 서지 않는다. 부엌 안에 있는 그녀들은 분명 아녀자들이고 꽃뱀의 족속이다. 잘못 본 것도 아니고 환상의 이미지가 연속적으로 전개되는 것도 아니다. 그렇다면 그녀들은 왜구들이 작당을 해서 침입시킨 밀정이고, 거대하고 치밀하게 계획된 것임에 틀림없다. 사내들의 정수를 서서히 뽑아서 피를 말리는 방식으로 죽음으로 인도하는 것 같다. 칼과 창으로는 힘센 사내들에게 이길 수는 없으니 우회적으로 부드럽게 접근해서 그녀들이 원하는 것을 손쉽게 얻는 방식인 것 같다. 그래서 패배를 모르는 자신에게 그녀들이 친근하게 접근한 것 같다. 타고난, 능수능란한 재치와 잔꾀와 술수로, 교묘한 미소와 진지한 이해를 총동원해서 말이다.

그는 칼을 뽑아들고, 부엌문을 강하게 밀쳐서 부수고 달려든다. 그녀들은 순식간에 두 동강이 나 버린다. 가늘고 긴 혓바닥을 날름거리며 부엌바닥에서 고통에 허덕이며 괴이한 소리를 질러대지만 소용 없는 일이다. 그녀들은 머리와 꼬리가 하나로 연결되지 않은 단절된 상태이다. 그것이 현실이다.

이순신은 외로운 홀몸이었다. 여름이 가고 가을이 오고 갈 때까지 그는 적당한 때를 기다리고 있었다. 몇 달 전에 산신들이 물고 온 소략한 정보들은 적이 거짓으로 흘린 정보라는 것을 뒤늦게 알아차릴 수 있었던 것이다. 예기치 않은 과오를 범할 수도 있었다. 그래서 산신들이 어수선하게 가져온 소략한 정보들을 자신이 직접 발굴해서 제대로 된 정보로 분석하는 번거로움과 수고스러움을 아끼지 않았을 수 없었던 것이다. 근래에, 그는 여러 거짓정보를 걸러내고 제대로 된 소중한 정보를 얻을 수 있었다. 그런 여러 과정을 거치자 점점 시간이 뒤처졌던 것이다. 여름에 기습적으로 습격해서 적의 숨통을 끊어버리겠다는 계획을 수정하지 않을 수 없었다.

늦가을이 가파르게 겨울로 치닫고 있었다. 날씨는 설익은 겨울처럼 애매모호한 지점에 놓여 있었다. 밤낮으로 기온차가 자심하자, 별들도 더욱더 근면하게 자신의 고유 빛깔과 향기를 과감히 드러내기 위해서 무던히도 애쓰는 것 같았다. 늦가을에 대한 어떤 미련과 후회와 미안함을 그렇게 우회적으로 드러내는 것 같기도 했다. 그런 와중에도, 깊고 깊은 지리산의 늦가을은 하루하루 시간시간 치열한 생존을 위해서 자중자애하고 인내하고 버티며 분주하고 산란하고 불안하게 돌아가고 있었던 것이다. 늦가을은 몹시 길고 추운 겨울을 이겨내기 위한 번잡한 채비를 위한 중요한 시기이고 변화의 시기이기도 했다. 나무의 굵은 가지들마다 검질기게 붙어 있는 잎사귀들이 저마다의 화려한 빛깔과 아름다운 자태로 치장하며 하염없이 버티다가 어느새 봄과 여름의 각기 다른 기억과 추억을 가슴 깊이 담고 품은 채 무연하게 떨어지고 있었던 것이다. 아픔인지 아쉬움인지 알 수 없는 모호한 방식으로 땅바닥에 나뒹굴고 있었던 것이다. 장난기 많은 바람이 불어오면 귀신을 부르는 기이한 소리를 내지르며 혼비백산 어지럽게 흩어지고 바람이 잠잠하면 차분하게 그 자리에서 눌러앉아 있었던 것이다. 그 잠잠하던 상황 또한 오래지 않아 위태로운 상황으로 기울어지는 것이었다. 그러다가, 깊고 추운 골짜기마다 서리가 내리기 시작하면 생의 집착과 애착을 버리지 않던 몇몇의 잎사귀들도 단말마의 고통과 어수선한 반응과 행동도 없이 맥없이 송두리째 떨어지는 것이었다. 풋풋하고 충일한 삶의 공간에서 퇴색되고 헛헛한 죽음의 공간으로 향하는 길에 놓인 스산한 모습이었다. 그런 와중에도, 스산한 늦가을을 버리고 추운 겨울로 온전히 다가가는 발걸음에는 주저함 없이, 공포와 두려움에 떨고 있는 것 같지도 않았다. 작년이나 그 이전에 그랬듯이 올해도 그 정도의 번거로운 반복적인 현상은 환절기의 감기쯤으로 치부하고 감연히 받아들이고 있었던 것이다. 아마도 그것은 내년을 기약할 수 있는 삶의 여유일 것이다. 충일함이 있으면 헛헛함이 있고 여름이 있으면 겨울이 다가온다는 것을 이미 여러 해를 통해서 어렴풋이 기억세포에 흐릿하게 각성시키고 있었던 것이리라. 그러다가 지리산 뱀사골 깊은 골짜기에서 회색빛 짙은 구름이 몰려들어 엉거주춤 아래로 짓누르면 갑자기 울상으로 변해서 그때까지 참고 기다리고 있었던 첫눈이 소리 없이 내릴 것이다. 그것이 늦가을을 보내는 아쉬움의 표현인지 기쁨의 표현인지 명확하게 알지는 못할 것 같았다. 그럴 시기에, 초겨울로 접어드는 그럴 시기에 이순신은 풍신수길의 은신처를 은밀하게 찾아내었던 것이다.

이순신은 해거름에 도착했다. 처음에 그는 놀라지 않을 수 없었다. 풍신수길 같은 적의 우두머리가 이런 누추한 곳에 은둔할 줄 꿈에도 생각하지 못했기 때문이었다. 비록 400년

전에 보디가 썩어 소멸되어 없어졌다고는 하지만 그래도 한 나라를 이끌었던 우두머리이기에 그랬다. 아마도 그것이 적지에서 지금까지 숨어서 가늘게 호흡하면서 생존할 수 있었던 이유인지도 모른다. 이미 처참하게 수장이 된, 그래도 명령을 따르는 그 많은 장수들과 병사들이 호위하면 쉽게 노출된다는 것을 이미 알고 있었던 것이다. 그래서 호위무사도 없이 홀몸으로 은둔하고 있었던 것이다.

슬레이트지붕을 올린 오래된 집이었다. 제대로 된 정원도 없고 부엌도 없었다. 그런 와중에도 울타리는 홑겹이 아니었다. 주위에 여기저기 어수선하게 흩어져 있던 크고 작은, 울퉁불퉁하고 특이하게 생긴 돌덩이와 돌멩이 들을, 줍고 옮겨서 여러 겹으로 쌓은 울타리는 성벽처럼 견고하고 단단했다. 투박하고 힘센 장비가 살아 되돌아와서 강하게 밀어도 쉽게 무너지지 않을 내구성을 갖추고 있었던 것이다. 높이는 어른 가슴부위 정도였고 쉽게 뛰어넘을 수 없게 마른 돌가시나무를 심어 울타리 역할을 했다. 아마도 5월 정도에 하얀꽃을 피워서 다소 적적하고 삭막한 이곳에 생기를 불어넣을 것 같기도 했다. 그 울타리 위를 밖에서 안으로 넘어들어오는, ㄱ자와 엇비슷한 형태로 수평을 이루며 휘고 구부러진 큼직한 소나무가 있었다. 마치 이무기가 하늘을 향해 비상하는 것 같기도 했다. 그 슬레이트집 뒤로 제법 거리를 두고 수려하지 않는 아슬아슬한 바위산이 있었다. 그 바위산의 이름은 언제 지어졌는지 알 수는 없었다. 그리고 정확한 이름을 아는 사람들 또한 별로 없었다. 몇몇에 의해서 전해내려오는 이름은 사두이었다. 뱀의 대가리. 그래서 그런지 그는 어스름이 깔리기 전에 그 사두를 유심히 바라보았다. 얼핏 보기에도 바위산 같았으나 그것이 아니었다. 시간을 두고 소상히 뚫어지게 바라보자 사두가 두꺼비를 한입에 삼키기 위해서 한없이 안으로 감으며 움츠려서 곧바로 뻗어서 나아가려는, 그때를 기다리고 있는 듯했다. 표독스러운 눈동자로 먹잇감에 대한 시선을 거두지 않은 채 말이다. 그곳에 음산한 기운이 서려 있었다. 우연인지 필연인지 알 수 없으나 사두 곁으로 멀지 않은 곳에 두꺼비 모양을 한 오래된 바위가 천연덕스럽게 앞을 보면서 느릿느릿 걸어가고 있었던 것이다. 그래서 그런지 그는 풍신수길의 은신처에 가까워질수록 의식하지 않았는데도 강하게 의식이 되는 그 이상한 뭔가를 느낄 수 있었다. 비탈진 산길을 오르면서 그는 자신을 조금씩 밀쳐내는 어떤 의뭉스런 기운을 느낀 것이었다. 처음에는 낯선 곳에서 밤으로 향하는 어둑어둑한 산길을 걷는 환경에서 오는 부자연스러움과 이질감이라고 생각했으나 그것이 아니란 것을 힘들여 걸으면서 인식할 수 있었다. 섬 뒤에 숨어서 애써 감추는 살벌한 적의 같기도 하고 차가운 살기 같기도 했다.

그는 집에 인기척이 없는 것을 확인하고 주위를 휘둘러보았다. 우선 퇴로를 확보하고 나중에 어떤 급변사태가 일어날지 몰라서, 집주변의 지형을 소상하게 살펴두려는 심산이었다. 사두와 두꺼비바위가 있는 골짜기 깊은 곳에서 발원하는 계곡물이 졸졸졸 흐르고 있었다. 상수도가 없는 외딴집에서 식수는 그곳에서 해결하는 것 같았다.

그가 대문 앞에 서서 크지 않는 대문을 내려다보았다. 철로 만든 견고하고 튼튼한 대문이었다. 생뚱맞았다. 어떻게 이곳에 이런 철대문이 있었다는 것이 이상하고 기이하기까지 했다. 아직까지 녹이 슬지 않았고 긁힌 흔적이나 흠집 하나 없었다. 새로 칠한 페인트냄새가 날 정도로 새것에 가까웠다. 검은색으로 골고루 덧칠해져 있었다. 그는 주위환경과 어울리지 않는 대문을 이상하게 내려다보고 있을 그 찰나에 서서히 밤의 깊이 속으로 빨려들어가는 것을 느낄 수 있었다. 음산하고 깊은 산속의 밤은 재빨리 다가와서 야행성을 일찌감치 깨우는 것이었다.

그는 견고한 철대문은 터치하지 않았다. 적의 침입을 대비해서 보이지 않는 끈으로 연결되어 있을 것 같았다. 철대문이 열리는 순간에 풍신수길에게 곧바로 연락이 되는 장치가 되어 있을 것 같기도 했다. 가늘고 긴 뱀의 혓바닥을 날름거리며 주위를 삼엄하게 경계하고 신중하고 은밀하게 다가

오는 적에게 공격의 빌미를 주지 않기 위해서 늘 조마조마한 일상을 보내는 것이 분명했던 것이다. 인계철선.

　그래서 그는 ㄱ자로 꺾인 아름드리 소나무를 타고 마당에 조심스럽게 내렸다. 엉거주춤. 마당은 조금 전보다 어둠살이 더욱 짙어 가까이에 있는 물체의 윤곽을 제대로 식별할 수 없을 정도였다. 어둑어둑했다. 음산하고 괴괴한 기운이 으스스 짓누르는 것 같았다. 크지 않은 마당은 잡풀들이 자라서 시들고 말라 너저분하지 않았고 나뭇잎들도 이리저리 나뒹굴지 않았다. 그 누군가에 의해서 성실하고 경건하게 정리정돈이 되고 있는, 말끔한 상태이었다. 마당에는 사람의 온기를 불어넣는 맷돌도 없고 우물도 없고 삽살개도 없고 고양이도 없었다. 생명체가 살아가면서 제대로 된 활기를 불어넣을 것 같지 않은 음충한 분위기를 연이어 계속 자아내고 있었다. 그런 와중에, 그는 볏짚을 썰어넣어 황토로 쌓아올린 투박한 바람벽을 쳐다보았다. 개인의 역사가 고스란히 깨알같이 층층이 쌓인 오래된 집이었다. 아마도 예전에는 초가집이었을 것이다. 세상이 변하고 사람들은 편리로 인하여 슬레이트로 바꾼 것 같았다. 그래서 그런지 예스러운 멋이 없는 차갑고 삭막하다는 생각이 들었던 것인지도 모른다. 그는 바람벽을 보다가 어른들은 머리를 숙이고 들어갈 수밖에 없이 설계한 방문을, 마치 적을 쏘아보듯이, 문살 위에 발라놓아 얇고 팽팽한 한지를 찢을 정도로 살벌하게, 이마를 찡그리며 하얀 눈동자의 실핏줄을 세워가며 힘을 주고 모아서 비스듬히 내려다보고 있었다. 그는 잠시 그렇게 있다가, 그 방문 아래 디딤돌이 있고 빗방울이 떨어지는 처마를 따라 댓돌이 놓여 있는 것을 살폈다. 디딤돌 위에 사람의 흔적은 없었다. 집에서 가볍게 신을 수 있는 신발도 없었다. 그래서 그는 더 가까이 다가가 보았다. 방문의 문살도 일반적이지 않은 대나무 문살로 가로세로 얽어놓았다. 조잡스럽고 어수선했다. 그런대로 삶의 여운이 미미하게 남아 숨 쉬는 공간임에는 틀림없었다. 미약하게 온기가 도는 것 같기도 했다. 사람의 온기. 그제야 그는 여기 이미 죽어서 형체를 찾을 수 없이 소멸한 풍신수길만 은둔하고 있었던 것 같지 않았다. 풍신수길 그는, 이미 육체의 올무에서 온전히 벗어난 새로운, 어두운 삶을 영위하고 있었다는 것을 알고 있었기 때문에. 그는 그런 생각을 하다가 산신들이 가지고 온 수많은 정보들 중에서, 믿지 않으려고 무던히도 애를 쓰며 강하게 외면하고 부인했던, 그럼에도 슬금슬금 집요하고 선명하게 파고들어 떠오르는 것. 어머니! 언제나, 어둡고 차가운 낯빛을 한 어머니. 피할 수 없는 상황에 어쩔 수 없이 찾아가면 연신 따스한 손으로 어깨를 어루만져주고 사랑스런 시선과 대화를 나누며 격려하면서 칭찬을 아끼지 않는 여느 어머니와 확연히 다른 차갑고 냉정한 어머니. 어머니가 얼음인간이 아닐까 하는 의구심이 들 때도 있었다.

그는 그 미약한 온기의 정체를 확인하고 싶지 않았고, 그 정체가 어머니가 아니기를 바라고 또 바랐다. 길지 않은 힘겨운 삶을 살아오면서 그 바람대로 진행되지 않는 것이 인생이겠지만, 그래도 어머니가 아니었으면 했다. 그런 혼란스러움과 번잡스러움에서 잠시나마 벗어나기 위해서 그는, 천천히 댓돌을 따라 뒤꼍을 둘러보기로 했다. 다른 비상구가 있는지 살피기 위함이기도 했다. 아직까지 그는 왜구에게 크고 작은 전투에서 한 번도 패한 적이 없는, 평소에 치밀하고 꼼꼼한 자세와 태도로 접근한 것이 행동으로 자연스레 드러나는 것이라 생각되었다. 뒤꼍에 조그마한 봉창도 없었다.

그는 문고리를 잡았다. 문고리에 닿은 손가락이 차갑게 달라 붙었다. 그 차가움이 손가락에 닿아 온몸으로 전달되자 평소의 의연한 모습과는 달리, 소심해지고 소극적인 자신을 발견할 수 있었다. 이런 일은 처음이었다. 왜 주저주저하는지 알 수가 없었다. 그는 지나간 어떠한 전투와 전투 속에서도 이런 적이 거의 없었다. 그런 상황에, 가라앉은 차가운 정적이 흘렀다. 문살에 견고하게 붙어 있는, 안팎의 구분을 결정짓는 얇은 한지 한 장 사이에서 느낄 수 있는 사소한 불안이 아니었다. 색깔이 바래 찢어진 나풀거림 또한 아니었다.

생득적 불안과 두려움처럼 어느 과거의 몹시 추운 날부터 조그맣게 태동해서 얽히고설킨 그 무엇이었다. 서늘하고 묵직하고 음습했다. 음흉한 그 무엇이 존재한다는 것을 디테일하고 명징하게 표현할 수는 없었지만 말이다. 그래서 그런지 그는 문고리를 잡고 적지 않은 시간을 머뭇거렸는지도 모른다.

방문을 열자 갇혀 있던 구릿한 냄새와 향냄새가 훅 끼쳤다. 그는 길지 않은 칼을 뽑아서 오른손에 쥐고 디딤돌 위를 밟고 안으로 들어갔다. 왼손에는 손전등을 쥐고 앞을 밝히고 있었다. 천장은 낮고 옹색하고 머리에 닿을락 말락했다. 그는 왼손으로 손전등을 들고 방 안 구석구석을 살폈다. 사람의 흔적은 찾을 수가 없었다. 천장에는 전선도 없고 전구도 없었다. 녹슨 못 하나 박혀 있지 않았다. 울퉁불퉁한 면이긴 해도 바람벽에는 화사한 도배지로 깨끗하게 마무리되어 있었다. 사람의 흔적은 그곳에서밖에 찾아 볼 수 없었다. 그것과 더불어, 바람벽 중앙에 자리 잡은 향로상이 호젓하게 있고 그 위에 향로가 있었다. 그 누군가에 의해서 수시로 향을 피운 흔적이 재로 흉물스럽게 바닥에 소복하게 쌓여 있었다. 그때까지 향로상 위에 매달려 있는 두루마리를 발견하지 못했다. 화사한 도배지에 묻혀 있었던 것인지 알 수는 없었다. 아마도 숲속의 탁월한 사냥꾼, 사마귀의 보호색이 아닐까 하는 생각을 해보기도 했다.

잠시 후 그는 두루마리를 발견하고, 뚫어지게 쏘아보며 경계를 늦추지 않았다. 느닷없이 허리를 숙여서 바닥에 있는 성냥을 켜서 향을 피웠다. 그는 왜 그런 예기치 않은 행동을 했는지 자기 자신도 이해할 수가 없었다. 그럼에도 그는 그렇게 해야 할 것 같았다. 지금까지 몇 백 년 동안 적의를 품고 서로가 서로에게 적으로 살아왔지만, 그래도 자신의 주위에 기생하며 머물러 있었던 악기에 대한 최소한의 예의인지도 모른다고 생각하고 있었는지도.

향이 이리저리 기웃거리며 가늘게 피어오르자, 그는 기다렸다는 듯이 일어서서 방바닥에 놓인 길지 않은 칼을 조심스럽게 들어서 가는 끈으로 묶인 두루마리를 과감하게 잘랐다. 그러자 두루마리가 일시에 아래로 풀어지더니 멈췄다. 괴이한 고요와 싸늘한 정적. 그러자 두루마리 속에서 장군신이 노출되었다. 그는 어디선가 본 듯한 음험한 기억이 기분 나쁘게 되살아나는 것을 미세하게 느낄 수 있었다. 망각의 늪속에서 허우적거리며 아래로 깊숙이 가라앉아 있던, 다시는 자신 앞에 출현하지 않았으면 했던 그것이 보란 듯이 선명하게 걸려 있었다. 고등학교 다닐 때 본 그 장군신이었다. 어머니가 얼씬도 못하게 했던 불순한 그것이었다. 늘 지극정성으로 모시고 따르고 경배했던 그 장군신. 그는 이런 긴박한 상황에 그 음흉하고 간사한 장군신을 직면할 줄을 꿈에도 생각하지 못했다. 그럼 저 장군신이 풍신수길이었단 말인가! 그럼 어머니의 몸에서 평온하게 안식을 찾으며 살아가던 그 귀신이 그놈이란 말인가! 그는 그 자리에서 주저앉고 싶었다. 하지만 그는 몸과 마음을 다잡고, 이 상황을 이겨내야 벗어날 수 있다는 것 또한 오랜 전쟁의 경험으로 체득하고 있어서 그 누구보다도 회복력이 빨랐다. 이렇게 빠른 판단력과 선택으로 나아가지 않고 주저주저하다보면 바다 위에서 완전히 고립되어 전선들이 완파된다는 것을 오랜 경험을 통해서 아는 것이었다. 아니기를 바라던 불안한 예감이 여지없이 들어맞았다.

그는 대략적으로 풍신수길이 두루마리 속에 은둔해 있다는 것을 파악하고 있었다. 가끔씩 어머니의 몸에서 벗어나 자신만의 시간을 누리며 달콤한 안식을 찾는 경우가 있다고들 했다. 자만. 그 짧은 시간을 놓치면 더 이상 기회가 오지 않는다고 했다. 어머니와 풍신수길이 분리되는 그 짧은 시간. 여기 이 근처에서 살아가는 산신들이 그렇게 얘기했다. 처음에는 그 산신들은 풍신수길이 자신의 고유의 영역 안에 머물러 기생하고 있다는 것을 인식하지 못하고 있었다고 말했다. 가끔씩 불어오는 한가로운 산들바람 속에서 불순한 기운이 섞여 있다는 것만은 미미하게 느낄 수는 있었지만, 그것이 풍신수길이라고 예측하지도 못했다고 말했다. 산신들도 각자의 영역이 있는데 그 영역과 영역 사이 애매한 지점에서 가늘게 호흡하고 있어, 서로에게 책임을 떠넘기다가 생긴 불찰이라고 말했다. 지금 와서는 이미 자신의 세력을 구축해서 생존할 수 있는 근거와 근기가 생겨서 그런지 쉽게 뿌리째 뽑아낼 수가 없다고 말했다.

그는 과감하고 의연했다. 위엄이 없는 얍삽하고 치졸하게 생긴 장군신을 단칼에 베어버리기 위해서 칼을 들었다. 이 기회를 놓치면 풍신수길을 제거하기는 영영 어려울 것 같았다. 또 몇 백 년을 기다려야할지도 모르는 것이기 때문이었다.

하지만 풍신수길도 죽음을 직감하고 있었던 것인지, 순순히 머리를 늘어뜨리고 맥 놓고 기다리지만은 않았다. 아직도 적의 우두머리로서 기개와 베짱과 용기가 남아 있었고, 오히려 그것이 가상했다. 외통수였다. 그렇게 오랜 시간이 걸리지 않았다. 비수가 자신의 모가지 쪽으로 스스럼없이 다가가자 두루마리 속에서 빠져나오는 선택을 했다. 그것이 죽음의 길목이라는 것을, 죽임의 초입이라는 것을 풍신수길은 아마도 그때까지 몰랐을 것이다. 그랬다. 그것을 그가 민감하게 직감할 수 있었던 것은, 이순신이 날카로운 칼로 두루마리를 잘라버린 후의 일이었다. 망연자실 집을 잃은 풍신수길은 수몰지로 고향을 잃은 사람들처럼 발붙일 곳도 안식처도 없다는 것을 그제야 깨닫게 되었던 것이다. 평소에 이순신의 어머니를 숙주로 기생하며 살아왔던 그였기에, 그녀가 지근거리에 없으면 재빠르게 귀문으로 들어갈 수 없다는 것 또한 알고 있었기에 난감하지 않을 수 없었다. 그녀가 지근거리에 있어야 가능한 일이었다. 그런 약점을 파고들어 비수를 모가지에 들이댄 것은 참으로 우연한 일이 아닐 것이리라. 아마도 지혜롭고 영용한 이순신이 평소에 주도면밀하게 관찰하고 계획한 것이리라 생각되었다. 그때를 장수의 직감으로 깨닫고, 그때를 놓치지 않고 불시에 들이닥친 이순신의 타이밍이 경이로울 뿐이었다. 풍신수길은 임진왜란 때 승기를 한 번도 잡아보지 못한, 그것이 다 이유가 있었다는 것 또한 이제야 비로소 깨달을 수 있었다. 그것은 설명할 수 없는 치욕이었고, 원한이 되어서 400년이 지난 후에 그의 어머니의 몸에 은둔하고 있었던 것이리라. 그것이 풍신수길이 그에게 복수할 수 있는 유일한 방법이었고, 치명상을 입힐 수 있는 유일한 방법이라는 것 또한 알고 있었다. 그것도 이순신의 어머니가 지근거리에 있어야 가능한 일. 이순신의 어머니는 내일 아침 일찍 돌아올 것을 알고 있는 풍신수길은, 갑작스런 거친 비바람에 둥지 잃은 새처럼 젖은 허탈감에 빠져 있었다. 낭패였다.

이순신은 자신의 시간 속에서 일이 일사천리로 차근차근 진행된다는 것을 알고 있었지만, 그 시간을 왜곡시키거나 허투루 쓰면 안 된다는 것 또한 알고 있었다. 오직 풍신수길을 위한 시간으로만 제한되어야 하고, 그렇지 않으면 실수를 연발하여 끝내 그의 수급을 거두어들이지 못할 것을 알고 있었다. 풍신수길에게 절체절명의 이런 가혹한 상황에 작은 빈틈이라도 보이면, 그 빈틈으로 소리 소문 없이 슬그머니 빠져나간다는 것을 오랜 전쟁의 경험을 통해서 이미 알고 있었다. 그렇게 불필요하고, 자연스레 진행되는 것을 미연에 방지하기 위해서 몸과 마음을 다해야 한다는 것을 알고 있었다. 최선은 기본이고 최고의 경지에 닿아 오랫동안 머물러 있어 가능한 일이라는 것 또한 알고 있었다.

아직까지 시간은 이순신 자신의 유익한 공간 안에 머물러 있었다. 언제 어떻게 변해서 자신의 공간 밖으로 슬그머니 빠져나갈지 알 수는 없었다. 그 시간이 풍신수길의 유익한 시간으로 옮겨가버리면 이젠 두 번 다시 그를 이 나라 조선에서 박멸하지 못할 것이리라. 아마 그는 또 다른 소외되고 외로운, 메마르고 창백한 육체를 골라서 잘근잘근 씹고 물어뜯고 짓밟아 별 어려움 없이 종속시켜 비밀하게 숨어버릴 것이다. 그래서 이순신은 자신에게 주어진 시간이 얼마 남지 않았다는 것을 알고 있었고 풍신수길에게 주어진 시간 또한 얼마 남지 않았다는 것을 알고 있었다. 시간은 누구에게나 공평하게 주어지지만, 따스하고 흐뭇하고 인자하다가도 차갑고 도도하고 냉정하기 그지없었다. 하지만 이순신 자신의 현 상황은 자신에게 유익한 시간인 것을 알고 있었고 풍신수길에게 유익한 시간이 아니라는 것 또한 알고 있었다. 바다에 흐르는 조류도 일정한 흐름과 온전한 길이 있듯이 시간 또한 일정한 흐름과 온전한 길이 있었다. 더욱이 밀물과 썰물의 혼재 속에서 흐름의 산물인 조류는 항해할 수 있는 유익함을 선사하고 시간 또한 인생을 유유히 항해할 수 있는 유익함을 선사하는 것이었다. 그 속에는 때때로 가혹함과 흉포함이 있고 폭력성과 냉정함이 고스란히 담겨 있었던 것이다. 조류와 시간의 복합적인 이중성은, 그런 자세와 태도는, 그런 변화무쌍하고 조마조마한 모양과 형태를 수시로 재빠르게 바꿔가며, 몇 날 며칠 화약연기 속에서 전선과 전선이 부딪치며 싸우다가 동틀 무렵에 비로소 이르러서, 기진한 전투가 끝나고 갑옷 속에 끈끈한 땀으로 엉겨붙어 찝찝함을 드러낼 때, 삶과 죽음의 풀어진 모호한 경계 속에서, 불안하고 위태위태하게 가로지르며 간헐적으로 느낄 수 있었던 것이다.

이순신은 흐릿한 형체의 풍신수길을 쏘아보며 겨누고 있었다. 풍신수길은 이순신의 집어삼킬 듯 맹렬한 기세를 비스듬히 피하고 있었다. 양어깨가 풀죽어 있는 듯하고 오금이 저리는 듯했다. 풍신수길은 당황한 기색을 애써 감추는 것 같았고, 그럼에도 적장의 기상과 기백은 여전히 살아 있어 수그러들지 않고 저항할 자세를 취하고 있었다. 그래도 왜구들의 우두머리이기에 졸병의 빈약함과 옹졸함에서는 많이 벗어나 있었다. 그것이 어쩌면 400년의 적지 않은 긴 세월을 은둔하고 버티며 살아온 힘일 것이라 생각했다. 아직까지 그는 왜구들의 우두머리임에 틀림없었다.

　풍신수길의 왼손에는 긴 칼을 쥐고 있었지만, 힘차게 뽑아서 내리칠 수는 없었다. 천장이 낮고 방이 협소해서 칼의 날카로움을 보일 수는 없었다. 그럼에도 오른손을 칼자루에 얹어놓고 있었다. 이순신은 가까이 있고 그의 길지 않은 칼은 어스름한 공간 안에서도 형형한 빛을 품고 있었다. 풍신수길은 그 칼의 움직임을 주시하지 않을 수 없었다. 간신히 가냘프게 이어가는 생명을 지키고 유지하기 위해선 그의 날카로운 칼에 시선을 떼어서는 안 되는 것이었다. 복수의 칼을 갈고 400년을 버티며 살아온 무수한 세월이 아까웠다. 이젠 그 복수를 할 수 있을 것이라 생각을 하고 있었던 것이다. 그런 상황에, 그는 사지에 내몰려 외통수에 걸린 것을 직감하고 있었던 것이다. 이순신 모친의 육체에 들어가버리면 이 싸움에서 이기는 것을 알고 있었고, 그래서 될 수 있으면 그녀의 육체에서 벗어나지 않고 함께했었다. 예전에도 그랬고 어제도 그랬고 오늘도 그럴 것이라 믿어 의심하지 않았다. 400년의 긴 세월동안 복수의 칼날이 무뎌지고, 게으르고 나태해진 자신을 이제야 깨달은 것이었다. 타성과 자만! 풍신수길은 타성과 자만이 이런 사지에 내몰리고 외통수에 걸리게 한 요인이라고 생각했다. 때 늦은 후회였다.

알 수 없는 일이었다. 그들은 서로에게 날카로운 칼을 직접적으로 겨누지 않았는데도 날카로운 칼을 겨눈 것 같았다. 그들은 각자 손을 뻗으면 목덜미를 강하게 낚아챌 수 있을 정도였고 머리를 강하게 들이밀면 박치기가 될 정도였다. 그럼에도 그들은 먼저 공격하지 않았고 겉으로는 평온함을 유지하며 상대를 살피는 것 같았다. 이순신은 갑옷과 투구를 쓰지 않고 있는 터라 천장에 닿을락 말락 했으나 풍신수길은 갑옷과 투구를 쓰고 있어서 허리를 숙이는 자세를 취하지 않을 수 없었다. 이순신은 그런대로 봐줄만 했는데도 풍신수길은 그렇지 않았다. 어색하고 불편해 보였다. 초라하고 졸렬해 보이기까지 했다. 그런 자신의 모습을 의식하고 있었는지, 풍신수길은 방문 틈으로 뒷걸음치며 슬그머니 빠져나갔다. 그러자 이순신도 방문을 박차고 뒤따랐다.

"이젠, 너의 목을 길게 내밀도록해라. 400년을 기다렸다. 하늘이 너를 버린 것이 분명하다. 여기서 해묵은 원한을 풀어 서로의 길을 닦도록 하자. 비굴하게 사느니 하루를 살아도 떳떳하게 사는 것이 낫지 않겠느냐. 대장부처럼."

"그것은 내가 할 말이다. 너를 죽여 나의 과거의 영광과 존경을 되찾아야겠다. 이젠 비굴하게 숨어 지내지는 않겠다. 그래도 400년에 비하면 그렇게 긴 시간은 아니었지만, 이순신 너의 모친을 온전히 잠식하고 통제했다는 것 또한 하나의 성과임에는 틀림없다."

"닥쳐라. 그 주둥이를 함부로 더 놀렸다간 이 칼이 용서하지 않을 것이다!"

"이순신 너의 어미가 나를 전지전능한 신으로 모시며 살려달라고 애걸복걸했지. 얼음구덩이에 밀어넣고 불구덩이에 밀어넣어도 저항하지 않고 순응했지. 남편에게 따스한 손길도 받지 못하고 늘 상실감과 헛헛함의 수렁에 깊숙이 가라앉아 허덕이는 것을 차마 그냥 지나칠 수가 없어서, 그런대로 사내구실을 하는 놈팡이를 붙여주기도 했지. 얼마나 격하고 달콤하게 사랑을 나누던지, 차마 눈을 뜨고는 못 볼 광경이었지. 때때로 그 놈팡이가 때리기도 하고 욕지거리도 했지만 참으면서 나아갔지. 그것은 자신의 신인 나를 존경해서 거역할 수 없어서 그러는 것이 아니었어. 그녀 자신의 쾌락을 위해서였지. 간사한 인간만큼 자기 이익에 치열하게 행동하는 족속도 없는 것이지. 너의 어미는 치밀어오르는 욕구를 억세게 누르며 쟁여왔지. 난 그녀에게 그런 가혹한 율법을 강요하지 않았어. 오직 자신의 육욕을 채우기 위해서 자신이 선택했어. 오직 쌓인 욕구불만을 해갈하기 위해서 그의 가랑이 사이에서 현란하게 춤을 추고 있었지. 언제 그 놈팡이에게 얻어맞고 구박을 당했냐는 듯이. 다 이순신 너에게 당한 능욕을 해소하기 위해서 내가 치밀하게 계산하고 설계하고 기획한 것이었지만 말이야. 그런대로 볼 만했어. 격하게 빨고 핥으며 격하게 바운딩하는 리얼한 모습을 말이야. 아직도 너의 어미는 간절한 섹스를 바라는 여자임에는 틀림없는 것을 수시로 흥미진진하게 관찰하고 있지."

"더 이상 주둥이를 놀리면 혓바닥을 뽑아서 갈기갈기 찢어놓겠다!"

이순신은 풍신수길에게 달려들었다. 그는 이글거리는 불덩어리를 품고 있는 쇠꼬챙이를 얼굴 가까이에 가져다놓은 것처럼 화끈거리는 것을 느낄 수 있었다. 그는 자신이 감정의 노예가 된 것을 칼을 휘두르고 내리치면서 느낄 수 있었다. 아마 그것은 내재되어 있었던 어머니에 대한 일그러진 사랑과 치밀어오르는 분노와 증오의 그림자였을 것이다. 늘 자신의 내면에서 있는 듯 없는 듯 어슬렁거리고 배회하던 음산한 것들이 풍신수길의 충동질로 일순간 올올이 일어서는 것을 느낄 수 있었던 것이다. 목적 없는 것들이 정확한 목적을 가지고 나아가는 뾰족한 표창과 같았다. 이젠 의식과 이성, 번다한 이목과 편견에 눈치 보지 않아도 되는 그런 명확한 상황에 접어든 것이리라.

이순신이 길지 않은 칼을 내리치자 풍신수길은 기다렸다는 듯이 막고 찌르고 후볐다. 이순신은 자신이 자신의 분노와 증오를 통제할 수 없는 불안한 상황이라는 것을, 아직도 그의 충동질에 속고 있다는 것을 눈치 채지 못하게 나아갔다. 자신의 허점을 보여 상대의 허점을 찾고 재빠르게 타격하기 위함이었다. 그러기 위해서 그에게 위장 전술을 적절하게 베풀어서 철통같은 경계를 허물어야 가능한 일이었다. 어릴 적부터 연마하고 닦은 섬세하고 견고한 검술에 빈곳을 허락하고 의도적으로 보여주며 그 빈곳으로 찔러들 때를 기다려야 했고, 그 짧은 순간을 놓치지 말아야 했다. 하지만 그렇게 자신의 처지가 녹록하지 않고 상대의 검술 또한 왜구들의 우두머리에 어울리는 정제된 솜씨라는 것을 칼을 휘두르고 막는 순간순간 뼈저리게 느낄 수 있었다. 이순신은 갑옷과 투구를 쓰지 않고 풍신수길은 갑옷과 투구를 쓰고 있어 현재의 처지가 달랐던 것이다.

풍신수길은 그 외부적인 조건 때문에 상대를 얕잡아본 것인지도 모른다. 아니면 아직도 조선이라는 나라에서 머물러 있다고 착각하고 있었던 것인지도 모른다. 양반이 있고 노비가 있는 엄연히 계급제도가 상존하는 그런 곳 말이다. 태어나면서 이미 이마에 붉은 물감으로 자신의 계급이라는 운명을 칠하고 나오는 그런 깐깐하고 비효율적이고 소모적인 세상 말이다. 임금이 있고 신하가 있는 그런 세상. 자신들의 무자비한 힘으로 누르고 억압하고 갈취하고 강간하고 죽이고 살리는, 그런 불안한 전쟁 속에 방치된, 영원히 400년 전 조선이라는 나라로 머물기를 바라고 있었던 것인지도 모른다. 그것도 아니면, 아직도 풍신수길은 400년 전 조선이라는 나약한 나라에 살고 있었던 것인지도 모른다. 세월이 흐르고, 비록 대한민국과 조선민주주의인민공화국으로 두 동강이 나 선명하게 구분되고, 의식이 변하고 제도가 변한 21세기의 화려하고 찬란한 세상을 뒤로하고 말이다.

그것도 잠시, 풍신수길은 이순신의 의도를 재빠르게 파악하고 있었던 것이다. 아직 한 번도 이겨보지 못한, 그래서 그 승리에 목마르고 갈급한 상황에 놓여 있어도, 한 나라의 우두머리로서의 옳은 판단과 감각이 불길한 형세를 민감하게 제대로 간파하고 있었던 것이다. 그래서 이순신은 허점을 보이는 곳으로 찔러들지 않고 한걸음 물러서서 관망하는 자세를 잃지 않았다.

이순신은 어머니가 도착하기 전까지 자신의 유익한 시간

인 것을 알고 있었지만, 상대가 적의 우두머리인지라 쉽게 그를 지옥의 아가리 속으로 쑤셔넣을 수 없었던 것이다. 그것도 육체를 잃은 망령인지라 사지를 잘라도 그 잘린 사지가 잘려나가지 않고 어느새 돋아나는 것을 볼 수 있었다. 그를 영원히 죽일 수 있는 방법은, 똥구멍으로 칼을 쑤셔넣어 심장을 찌르면 될 것이라고, 산신들이 말했던 것이다. 마치 칼집에 칼을 집어넣듯이 말이다. 그것으로 목숨이 붙어 있으면 또 다른 날카로운 칼로 가슴을 정면으로 찔러야 한다고 말했다. 사람과 망령의 싸움은 단칼에 싸움이 끝나지 않는다고 말했다. 아마도 망령의 온전한 죽음은 칼날의 크로스가 있어야 가능할 것이라고 말했다. 십자가.

그래서 이순신은 단순하지 않은 복잡한 싸움이라는 것을, 목숨을 걸어야 겨우 이길 수 있는 쉽지 않은 싸움이라는 것을 알고 있었다. 왜구들 전체와 싸우는 것보다 더 중하고 버거운 싸움이고, 거대한 상대라는 것을 이미 알고 있었던 것이다. 같잖아서 우스운 데가 있는, 업신여기고 얕볼 상대가 아닌, 그렇게 섣부르게, 어설프게 판단하고 행동하면 큰코다친다는 것을 잘 알고 있었던 것이다. 침착해야 하고 조심스럽게 접근해야 했다. 그래야 그를 온전하게 지옥의 아가리에 쑤셔넣을 수 있었던 것이다. 만약에 그렇게 되면 그와의 기진한 싸움이 완전히 끝나는 것이다. 그는 또 그런 생각도 해보았다. 사람들은 살아가면서 각자 삶의 공간 속에서 싸우고 버티며 힐난하고 버티며 간신히 살아가는 것이라 생각했다. 그 싸움에서 이기면 승기를 잡고 달콤한 과육을 맛볼 수 있고, 지면 상대를 힐난하며 그 자리에서 떠내려가지 않기 위해서 바둥바둥 최선을 다하는 것이다. 조금이라도, 그 힘의 원심력에서 밀려나면 더 이상 그 언저리에 접근할 수 없다는 것을 너무나도 잘 알고 있었던 것이다. 사람들은 그것을 본능적으로 느끼고 있었던 것이리라. 이순신 자신도 그랬고 풍신수길 또한 그랬던 것이다.

그런 와중에서, 이순신은 정신을 똑바로 차리지 않을 수 없었다. 밑천이 두둑하지 않은 조선의 장수에게 복잡한 것은 사치이고 감상적인 것 또한 사치라는 것을 너무나도 잘 알고 있었던 것이다. 어수선한 생각을 다잡고 현실을 직시하는 것이 중요하고, 그것이 오직 당면한 현실을 타개하는 일이라 생각되었던 것이다.

한동안, 그들은 칼을 맞대고 서있었다. 서로 죽일 듯이 독살스럽게 쏘아보며 적이 적을 죽이기 위한 일념으로 강하게 저항했다. 각자 땀이 범벅이 된 채 말이다. 그럼에도 그들은 두 칼에 온힘을 집중하고 있었다. 그러다가 그들은 칼날이 강하게 부딪치며 불꽃을 튀기고 떨어졌다 또 접근해서 서로의 칼로 적을 한칼에 제압하기 위해서 무던히도 달려들고 빠졌다. 죽일 듯 다가가도 죽일 수 없는 그런 혹독한 형국이었다. 그런 날카로운 칼과 칼이 부딪치며 내지르는 소리가 산속 깊은 곳을 요란한 전쟁터로 만들었던 것이다. 시간이 연이어 흘렀고, 그 시간이 얼마 지났는지 알 수 없을 정도로 흘렀다. 이미 짙은 어둠이 켜켜이 쌓인 한밤중이었고 더 깊은 밤의 신묘함으로 침윤하고 있었던 것이다.

그들의 싸움은 400년의 시간과 공간을 초월한 싸움인지라 쉽게 끝나지는 않을 것 같았다. 어느 한 쪽이 자만이나 오만으로, 상대를 쉽고 가볍게 보는 순간 내부적으로 미세한 틈새로 기울 것이리라. 그때는 영락없이 한쪽이 무너지는, 400년 동안 은둔하고 찾았던 그 번거로운 과정이 사라지는 것이었다. 원한도 없고 원망도 없을 것이었다.

이순신은 싸우면서 풍신수길이 집 밖으로 도망가지 않는 것을 이상하게 생각했다. 철대문 쪽으로 밀어붙이면 어느새 마당 한가운데로 의식적으로 옮기는 것을 느낄 수 있었다. 소나무가지가 길게 늘어뜨려진 근처에서 맴도는 것을 깨달은 것이었다. 그래서 그는 일순간 섬광처럼 떠오르는 것이 있었다. 이 집에서 벗어나지 못하는 것을. 거리를 강제하는 성범죄자의 모습을 보는 것 같았다. 그곳을 벗어나면 경보가 울리고 추적이 되는 뭔가가 있었던 것 같았다. 하데스에게 자동으로 연락이 되는 것인지도 모른다. 풍신수길에게는 그런 말할 수 없는 은밀한 비밀이 있었던 것이지도 모른다. 그런 생각이 들자 그에게는 새로운 옵션이 생긴 것이었다. 풍신수길을 죽음의 아가리 속으로 밀어넣는, 똥구멍에서 가슴까지 길게 칼을 박지 않아도 되는 아주 간단한 방법이 생긴 것이었다. 그래서 그는 풍신수길을 강하게 밀쳐내고 굳게 닫힌 철대문을 활짝 열었다.

굳게 닫힌 철대문은 잘 열리지 않았다. 그럼에도 남아 있는 힘을 끌어 모아서 거침없이 열어젖혔다. '광' 하고 부딪치는 소리가 칠흑 같은 어둠 사이를 후비고 쑤시며 들어가자 한순간 정적이 감도는 것이었다. 굳게 닫혀 있던 철대문 사이로 세상의 이치와 규율과 가치관이 그곳으로 흘러들어 오는 것 같았다. 지금까지 조선에 살고 있었던 풍신수길에게는 기이하고 의아하고 새롭고 다채로운 것들이 끊임없이 흘러들고 있었던 것이다. 그 뒤로 made in Korea라는 상표가 붙은 TV라든지 냉장고라든지 자동차라든지, 스마트폰이라든지 반도체라든지 LNG선이라든지. 풍신수길은 현재에 일어나고 있는 기이한 일들이 이 조그마한 조선이라는 나라에서 생산하고 수출하는 것이라 꿈에도 생각하지 못하고 있었던 것이다. 그저 꿈에서 기웃거리다가 사라지는 헛것이라고 생각하고 있었던 것이다. 그의 정신과 가치관과 사고가 아직도 조선이라는 조그마한 나라에 머물러 있었기 때문에 그럴 것이었다. 나약하고 가난한 나라 조선.

그러자 풍신수길은 두려운 기색으로 뒷걸음질 치다가 뒤 꼍으로 사라졌다. 그래서 이순신은 그 뒤를 쫓았다. 풍신수 길은 이순신이 뒤따라오는 것을 알고 새끼를 건드린 멧돼지 의 돌진처럼 물불을 가리지 않고 거침없이 달려들었다. 그 거친 기세에 이순신은 물러서지 않을 수 없었고, 적의 공세 에 수세로 전환하지 않을 수 없었다. 크고 작은 전투에서 전 환만큼 유연하고 우수한 전술은 없었던 것이다. 완강한 기세 로 치고 들면 적의 완력과 에너지가 소진될 때까지 뒤로 물 려서 방어태세만 유지하면서 기회를 보면 되는 것이었다. 그 러다가 다소 헐거운 곳이 보이면 그곳으로 번개처럼 찌르고 후비며 나아가다보면, 어느 순간 상대를 완전히 제압해서 지 옥의 아가리에 쑤셔넣을 수도 있을 것이리라. 그러면 조선이 라는 아름답고 선한 나라는 영원히 해방될 것이고 어머니 또 한 풍신수길의 속박에서 온전히 해방될 것이리라.

아직 그럴 단계가 아닌 것 같았다. 400년을 은둔하며 살 아온 공력과 세월의 무게가 있었는지라 쉽게 목을 길게 빼고 기다리지 않았다. 그는 음습하고 침침한 곳에서 망령으로 살 아온 경험과 방편을 온몸으로 체득하고 있어서, 한순간에 소 멸할 보잘것없는 위인이 아닌 것이었다. 그 무디고 지루한 시간이 지나가는 것을 기다리듯이 이순신도 조바심으로 보채지 않을 수 없었다. 그런 상황에서, 늘 의도적으로 의연하게 대처해왔기 때문에 태연하고 천연덕스럽기 그지없었다. 그래서 그는 아직까지 무수한 전투와 전투 사이에서 적의 칼날이 자신의 모가지에 닿은 적이 없었던 것이다.

지루한 공전이 지속되었다. 새로운 전기를 마련하지 않으면 새벽은 어제와 마찬가지로 어슴푸레하게 아침을 서서히 맞이할 것이고, 그때 느닷없이 어머니가 도착하고 어머니의 몸속 깊은 곳으로 망령이 안전하게 깃들어버리면 날카로운 칼로 찌를 수도 없는 상황인 것이다. 아무리 지금까지 어머니와 냉랭한 사이일지라도 어머니를 찌르는 자식으로 후세에 길이길이 남겨지는 오명을 얻기는 싫었다. 만약에 그것으로 그와의 기진한 싸움이 끝날지라도. 어쩌면 그런 불행한 상황과 환경을 풍신수길이 오래 전부터 설계하고 기다리고 있었던, 그래서 간절히 원하고 바라고 있었던 비극적인 그림일지도 모른다는 생각을 문득 해보기도 했다. 그러자 이순신은 자신이 풍신수길의 그물에 걸린 것이 아닌가 하는 그런 불측한 생각을 해보지 않을 수 없었다. 군격정이 아닌 것 같았다.

풍신수길은 지붕으로 훌쩍 뛰어올라서 연이어 ㄱ자로 꺾인 소나무 위에 뛰어올랐다. 이순신은 그의 민첩한 행동을 뒤따르지는 않고 재빨리 마당으로 와서 소나무 아래서 그를 올려다보았다. 풍신수길은 소나무 위에 서서 이순신을 얕잡아 보듯이 말했다.

"이젠 시간이 나의 유익함으로 흐르고 있는 것 같구먼. 이순신, 너와의 싸움도 새벽노을과 함께 끝날 것 같네. 너의 모친이 신선한 새벽공기를 가르며 여기 이곳에 도착하면 난 말이지. 그때 너의 모친의 몸속으로 스며들어서 더 이상 나오지 않을 것이기에. 그러면 400년을 이어온 이 긴 싸움의 종지부를 찍지 못하고 또 400년이 흘러갈지 알 수 없는 것이네. 그러면 이 싸움의 승부는 나에게로 서서히 기울게 되어 있지."

"아직도 나에겐 12척의 배가 있다."

"그때는 그때고 지금은 지금이지."

"사람이 변하지 않듯이 너와 나의 전쟁의 과정과 결과도 쉽사리 변하지 않을 것이다. 그때나 지금이나 변한 것은 아무 것도 없어."

"주둥아리 닥치지 못할까! 사람은 변한다!"

"그래 이제 죽을 때가 되었구먼."

그런 후에 이순신은 두 개의 굵은 가지 위에 나란히 발을 올려놓고 서있는 풍신수길을, 그 괴수 밑으로 슬그머니 접근해서 재빠르게 길지 않은 칼을 세워서 동시에 훌쩍 뛰어올라서 똥구멍 속으로 박았다. 그는 칼자루가 보이지 않을 정도로 깊숙이 쑤셔넣고 착지하면서 풍신수길을 올려다보았다. 그때까지 그는 똥구멍으로 칼이 들어왔는지 알 수 없었는지, 육체를 잃은 망령인지라 조직적이고 유기적인 세포들의 소통과 전달이 단절된 무딘 감각이라서 그런지 무덤덤하게 내려다볼 뿐이었다.

"나에게 무슨 짓을 한 것이냐?"

풍신수길이 알아차린 것은 다소 시간이 지난 후였다. 원래부터 그 자신의 명확하지 않았던 이미지가 점점 더 흐릿해지는 것 같더니 어둠이 소멸하는 공간 속으로 연이어 뒤따르는 것을 느낄 수 있었다. 그러자 무의미의 고통이 몰려왔다가 서서히 의미 있는 잔인한 고통으로 오장육부를 갈기갈기 찢어놓은 것인지 그는 온몸을 쥐어짜는 고통을 호소하며 소나무 가지 위에서 떨어지고 말았다. 그 떨어지는 충격으로 똥구멍에 박힌 칼자루를 더욱 공고하고 정확하게 심장의 깊이 속으로 박힌 것이리라. 새 장갑을 끼고 손가락 마디마디 간섭 없이 편안하게 밀착하는 느낌과 상태에 온전히 접근한 것 같았다. 그곳이 본래 자신의 자리인양 제자리를 찾은 어색함과 불편함이 없어 보였다. 우주선이 안전하게 도킹하듯이. 그래서 그런지 더욱 겉으로 뚜렷하게 과거의 음산한 망령의 본질적인 형태와 이미지를 느리게 무너지고 잃어가고 있었다. 어수선하고 난잡하고 조잡하고 비참하고 초라하게. 창백하고 비굴하고 산란하고 동요하고 불안하게. 그는 자신이 허망하게 산화되어 카오스 이전의 무의 세계로 접어드는 것을 보고 있으면서 멋쩍게 웃었다. 그는 그 자리에서 일어서려고 발버둥치다가 그 자리에서 자꾸 쓰러지곤 했다. 아직도 망령으로서의 이탈되지 않은 집착이 고스란히 남아서 행위를 이끌고 있었던 것이었다.

풍신수길이 쓴 화려한 투구부터 밤의 끝자락에 물린 새벽의 차가움 속으로 서서히 소멸하고 있었다. 미세하게 부서지는 무연한 황망함에서 싸늘한 공허함으로 옮겨지는 것이었다. 그 옛날의 영광과 권좌와 명예와 부귀도 근저를 잃어 맥없이 뽑히고 무너지고 와해되는 비참한 상황에 놓인 것이었다. 그저 소멸하는 단계에 놓인 허전함과 초라함에 불과했다. 그러고는 갑옷과 칼이 아무런 개념과 사념과 생각과 의미도 없이 아스라이 분해되듯이 스러지는 것이었다. 한 움큼 쥔 하얀 모래를 다소 어두운 하늘에 던졌을 때 아무렇게나 퍼지고 흩어지는 무정형의 모습이었다. 혼란스러웠고 애처로웠다. 11월 말에 접어든 황매산 평전의 가련한 억새풀처럼 어지러이 아슬아슬 쓸쓸하고 처량하기 그지없었다. 그 메마른 억새풀이, 멀리 보이는 웅석봉 골짜기 위쪽으로 우격다짐으로 치솟다가 한없이 멀리 거칠게 뻗어서 가볍게 가라앉아 황매산 평전에 가까스로 닿아 물고 핥으며 아래로 가파르게 쏟아지는 초겨울의 매서운 바람에 위태위태하고 요란하게 이리저리 갈피를 잡지 못하고 송두리째 부서지는 처량한 모습과 너무나도 닮아 있었다. 소멸하는 아름다움과 여유로움과 태연함을 찾을 수는 없었다.

"아직 끝나지 않았다. 기다려라. 이 배은망덕한 놈아. 생과 사의 불필요한 지점에서 간헐적으로 헛것의 생을 집착하고 유지하며 살아가는 너에게 시간과 공간의 개념을 온전히 빼앗아버려야겠다. 너에게 베풀 사랑과 자비란 없다. 그것이 너를 영원히 고립시키고 고달프게 만드는 것이리라."

"나 또한 나의 나라와 국민들을 위해서 싸우고 있다. 그것은 한 치의 오차도 없는 것이다. 나의 나라와 국민들의 입장에서는 이순신 너 또한 강한 적일 뿐이다. 대국으로 향하는 길을 막는 거추장스러운 화적떼에 불과한 것이다."

"아니다. 너의 나라와 국민들은 너, 풍신수길 너라는 인물만을 감당할 수 없는 강한 적일 뿐이다. 내부의 불만을 외부로 돌려서 자신의 성취와 이득을 취하려는 지극히 개인적이고 이기적인 전쟁일 뿐이다. 너라는 인물이 전쟁의 소용돌이 속으로 나라와 국민들을 억지로 밀어넣어 너의 정치적인 이익과 사리사욕을 취한, 무례하고 몰인정한 인물일 뿐이다. 아직도 너의 귓가에는 그들의 울부짖음과 원성이 들리지 않는다는 것이냐. 아니면 눈과 귀를 감고 막아 의도적으로 외면하는 것이냐. 자기합리화에 익숙한 너라는 인물만이 가능한 것이겠지만."

이순신은 기다렸다는 듯이 준비해 왔던 단검을 뽑아서 풍신수길의 가슴 쪽으로 가져갔다. 비장하게. 이젠 지긋지긋한 그 와의 악연의 고리를 깨끗하게 정리하고 싶었다. 400년을 이어온, 그럼에도 끝나지 않고 꼬인 난해한 관계를 말이다. 죽음의 단계 너머에 있는 아직까지 가보지 않아 생소한 그 아득하고 메마른 곳으로 보내야겠다는 일념을 가지고 있었던 것 분명했다. 그곳이 왜구들의 괴수 풍신수길이 언젠가는 가야할 곳이고, 이젠 그때가 도래했다고 생각하고 있었다. 생과 사의 애매한 지점에서 이쪽의 사람들을 괴롭히고 중상모략 하여 서로를 싸우게 만들고 괴롭히는, 결국에는 힘없는 사람들의 소중한 생명까지도 앗아가는 풍신수길을 말이다.

"아직도 나의 시간은 나의 손아귀에서 완전히 벗어나지 않았다. 아직도 절대자는 나의 편을 들어주는 것 같다."

그때 철대문 쪽 너머에서 인기척이 들리는 것 같았다. '아차' 하는 생각이 뇌리를 스치고 지나갔다. 아마도 어머니일 것이다. 그녀의 완고하게 굳은 표정을 봐서 알 수 있듯이, 철두철미한 그런 삶을 살아온 것을 알고 있었기 때문에 그렇다. 공사구분이 정확하고 약속시간 또한 정확하게 지켰다. 그래서 그런지 조금 전보다 새벽으로 불쑥 들어온 것을 느낄 수 있었다. 머지않아 길지 않은 새벽도 사라지고 아침이 다가와서 세상을 신선하고 싱그럽게 밝힐 것 또한 알고 있었다. 그 새벽에서 아침 사이에, 하루 중에 그 짧은 시간에 이순신 자신과 풍신수길의 앞날이 결정되는 것이다.

"풍신수길, 이젠 너의 시간을 온전히 빨아들여야겠다. 빈틈을 주지 않겠다. 그것이 두 나라의 안녕과 평안을 위해서도 나쁘지 않을 것이리라."

그러면서 이순신은 소멸하는 풍신수길에게 단검을 밀어넣었다. 천천히. 늑골 사이의 근육을 예리하게 비집고 들었다. 그러자 풍신수길은 한층 더 빠르고 형식 없이 무분별하게 소멸하고 있었다. 그때 열린 대문 앞에 어머니가 도착해서 그것을 보고 있었다는 것을 시간이 조금 지나서 알 수 있었다. 그와 어머니의 눈이 마주쳤을 때는 풍신수길이 이미 소멸의 단계를 넘어서 인류의 바탕이고 토대인 무의 세계에 접어들고 있었던 것이다. 조금만 더 지체했다가는 어머니의 몸속으로 깃들었을 것이 분명했다. 그랬다면 영원히 어머니를 괴롭히며 자유롭게 해주지 않았을 것이다.

그런데 어머니의 표정이었다. 그는 어머니가 기뻐하며 달려들어 자신을 얼싸안아줄 것 같았다. 착각이었다. 그녀는 짧지 않은 긴 시간 동안 동거한 그놈이 아쉬운 것인지 아니면 그렇게 오랫동안 풍신수길에게 종속되어 행위의 주체를 잃어 허한 마음과 상실감에 갈팡질팡하고 있었던 것인지 도무지 알 수가 없었다. 그러다가도, 얼마 지나지 않아서, 얼굴 가장자리에서 따스한 온기가 스며드는 것을 볼 수 있었다. 망연자실. 혼이 빠진 사람처럼 우두커니 자식만 바라보고 있었다. 이순신이 조심스럽게 그녀 앞에 다가가자 그녀는 그 자리에 서서 멍하니 혼잣말처럼 말했다.

"미안하다. 사랑스러운 나의 아들아. 지금까지 너를 차갑게 대해왔었던 이유가 이것이다. 어머니의 사랑으로 가까이 다가가면 너에게 해를 입힌다는 것을 알고 있었기에 매몰차게 너를 밀쳐내었단다. 삶이 그렇듯 죽음이 그렇듯 마음대로 할 수 있었던 것이 별로 없었던, 부박한 인생이었다. 내가 너를 품에 안고 따스한 미소와 사랑으로써 키울 수 없었던 이유이기도 하다. 미안하다, 그리고 고맙다."

어머니는 하염없이 눈물을 흘렸다. 차가운 그러면서도 따스한 눈물이. 아들 앞에서 한 번도 울지 않았던 것을 회상하면서 어머니는 하염없이 울었다. 소리 없이.